静かなる中心

イギリス文学をよむ

工藤昭雄 編

南雲堂

0 はしがき

工藤昭雄

「蓋《けだ》し文章は経国の大業、不朽の盛時」（魏・文帝〈典論・論文〉）。山路愛山が北村透谷をしてその激越なわが国における初の近代文学宣言「人生に相渉《あいわた》るとは何の謂《いい》ぞ」を吐かせる契機となった「頼襄を論ず」を執筆したとき、士大夫知識人の遺風に立つひとりである愛山の念頭には必ずやこの一文があったにちがいない。なぜなら彼はこの山陽論の冒頭で、「文章即ち事業なり。文士筆を揮《ふる》ふ猶英雄剣を揮ふが如し。共に空を撃つが為めに非ず為《な》す所あるが為也。万の弾丸、千の剣芒、若《も》し世を益せずんば空の空なるのみ。華麗の辞、美妙の文、幾百巻を遺して天地間に止るも、人生に相渉《あいわた》らずんば是も亦空の空なるのみ。文章は事業なるが故に崇むべし、吾人が頼襄《らいのぼる》を論ずる即ち渠《かれ》の事業を論ずる也」と述べて、文章は何よりも先に国家経営に資するものでなければならないとし、「王政復古の預言者、文運改革の指導者たる大詩人」であったという理由で山陽を賞揚しているからである。

これはまたぼくらの世代の少年期に共通な、自ずと身についた文学観であったように思う。生まれた翌年の昭和六年が満州事変、小学校に入学した昭和十二年が日支事変、小学校五年が太平洋戦争、戦局が急転回を見せた昭和十八年が中学入学の年だった。文辞を弄する喜びを知り初めた中学一年生に漢文の教師が課したのは軍神を称える漢詩の制作だった。憂国の至情を吐露し、国難に殉ずる志を披瀝することが期待された文章表現であることを少年たちもすでに知っていたのである。

しかし事態は一変する。価値観の一大転換を要求する激変、敗戦が訪れたのである。昭和二十年、中学三年のときである。かつて透谷が愛山の頼襄論を「反動」による「純文学の領地」への襲撃であると断じ、愛山の経世の実効を求める功利主義的姿勢に猛反撃を加えたように、敗戦が与えてくれた言いようのない解放感のなかで、なぜ文学に「為《な》す所」がなければいけないのか、なぜ「世を益」し、「人生に相渉る」必要があるのか疑問を感じ、そのことの空しさ、愚かしさに気づきはじめたのである。透谷は「人間の霊魂を建築せんとするの技師」たる気概のこもった志によって世の実利主義から文学を守ろうとしているのだが、さらに一歩進めて玩物喪志であってはなぜいけないのかと考えはじめたのである。

とは言え国家主義イデオロギーの消滅は別の形のイデオロギー対立へと直結し、ふたたび文学の効用が問われることとなった。文学は政治的イデオロギーに奉仕すべきものであるのか、政治と文学の関係をめぐる論争が盛んにたたかわされるようになったのである。そのさいに一方の指標となったのは、文学者は「魂の技師」たるべしとするスターリンのテーゼである。文学者を歯車のひとつとして国家経営に組み込もうとするスターリンとあくまでもそれに抵抗する透谷、時代を異にするとは言えまったく反対の立場に立つこの二人が「魂の技師」というまったく同じ言葉で文学者の使命を表現したというのは歴史の奇妙な皮肉というもので、不思議な暗合というほかない。文学とは人生の批評であるとしたマシュー・アーノルドから、無用の用を唱えたT・S・エリオット、文化を社会の趨勢を批判し人間の十全性を回復させる原理として機能し形成されてきたとするレイモンド・ウィリアムズに至るまで、考えてみれば近代批評とは効用をめぐる文学の自己確認の作業であったといっても過言ではない。文学研究者であるなどと口幅ったい言い方をするつもりはないが、永年、教師として、翻訳者として、紹介者としてイギリス文学に関わってきた者のひとりとして、実作者ではなく一介の翫賞者にすぎない身ではあるけれども、用か不用か、述志か玩物かはつねに胸によどんでいる重い問いだった。自分のやっていることに意味があるのか、と自分にむかって切実に問いながら、つねに答えを見出しかねてきた。文学は翫弄物であると思いきわめたいと願いながら、たとえば小説は高論大説ではなく小人の説であるとする魯迅の『阿Q正伝』が胸を打つのは、そこに魯迅の熱い憂国の情がこめられているからだということを認めざるをえなかった。漱石の「高等遊民」に憧れながらも、永井荷風を「年金生活者《ランティエ》」風の弛緩した精神であるとして批判した石川淳の声、「散歩人根性」を戒める中野重治の声を、耳から振り払うことができなかったのである。

本論文集の表題を、スティヴン・スペンダーの一九三九年詩集の題名を借りて『静かなる中心』としたのは、以上のような事情があったからである。一九三〇年代は史上まれに見るけわしい政治の季節だった。文学者が己れの文学の意義についてきびしい自覚を迫られた時代である。スペンダーは共産党入党を決意し、その意思を党に伝える。ただしそこにはひとつの条件がついていた。個人的感情の表出については制約を加えないでもらいたいというのである。とうぜんのことながら共産党当局は彼の申し出を黙殺する。そうした経緯を経て彼はスペインへ赴き、市民戦争のなかに身を置く。そこで得た感懐をうたったのがこの『静かなる中心』なのである。こうして彼は個人的感情を深い静けさをたたえた台風の目に擬し、イデオロギーがいかにせめぎ合おうと、国際政治の嵐がいかに吹き荒れようと、個人的感情だけは守りぬく覚悟を示したのである。ソヴィエト連邦が瓦解したいま、文学の効用がかつてのように声高に論じられることはなくなったが、しかし問題が消滅したわけではない。創作であれ、研究であれ、鑑賞であれ、人はそのときどきで用か、不用か、無用の用かを思いきめずには筆を執ることができないはずである。いずれにせよ文学は、共作や共同研究ということがないわけではないが、本質的に個人的な作業であり、孤独な営為である。「中心」である自己のなかに深く静かに沈潜することなしには生じえない世界である。

　本論文集に執筆していただいたのは学習院大学文学部英米文学科常勤・非常勤の同僚諸氏と、東京都立大学や学習院大学の大学院で共にテクストを読み縁あって今もご交誼願っている諸兄諸姉である。いずれ劣らぬ才子才女ぞろいであって、個性豊かに論を展開する多彩なその光景は、絢爛たる花園に栩栩《くく》然として遊ぶ胡蝶たちの舞いにも似て、まさに「不朽の盛時」の名に値するものと言えるであろう。

　最後に、本論集のとりまとめに労を惜しまず尽力してくれた宮尾洋史君、このたびの企画を立て、老いたら負うた子に従えと有無を言わさず承諾を迫った松島正一君、永年の友情から出版を快諾され、編集・制作の労を一手に引き受けてくださった南雲堂原信雄氏に深甚なる謝意を表したい。

平成庚辰仲秋

工藤昭雄

静かなる中心　イギリス文学をよむ

目次

静かなる中心

イギリス文学をよむ

1 シェイクスピアの肖像

大橋洋一

ウィリアム・シェイクスピアは一六二三年に産声をあげ一七八〇年に本格的劇作活動を開始し十九世紀に本文が整備された劇作家・詩人である。

こう語ったならば、一五六四年にストラットフォード・アポン・エイヴォンに生まれ当時の演劇界で活躍した後に一六一六年に同地に没した劇作家・詩人を否定して、昔からかまびすしいシェイクスピア別人説――〈オックスフォード伯〉説からはては〈シェイクスピア=複数の人間のプロジェクト名〉説におよぶ新説（あるいは珍説）群――に一石を投ずるものと誤解されかねないが、ここで問題にするのは歴史上の一時期に存在した劇作家・詩人としてのシェイクスピア（あるいはその別人）ではなくて、そのようなシェイクスピア（あるいはその別人）が隠蔽し封印してしまう、歴史のなかで構築され編成された文化表象としてのシェイクスピアである。わたしたちは、その誕生の場面にもどりたい。そのつつがないとまではいえなくとも一見平穏な誕生は、せめぎあう勢力間の闘争を宿していた。

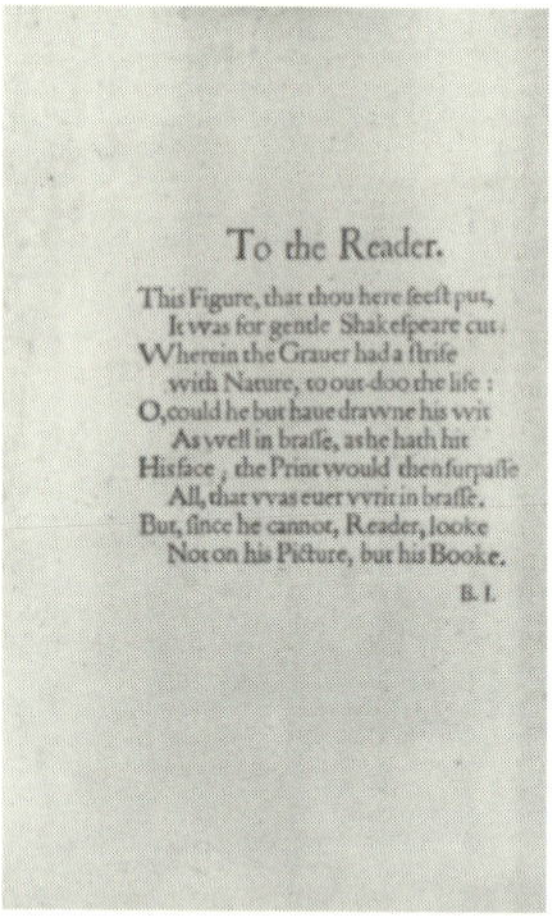
To the Reader.

This Figure, that thou here seest put,
It was for gentle Shakespeare cut;
Wherein the Grauer had a strife
with Nature, to out-doo the life :
O, could he but haue drawne his wit
As well in brasse, as he hath hit
His face ; the Print would then surpasse
All, that vvas euer vvrit in brasse.
But, since he cannot, Reader, looke
Not on his Picture, but his Booke.

B. I.

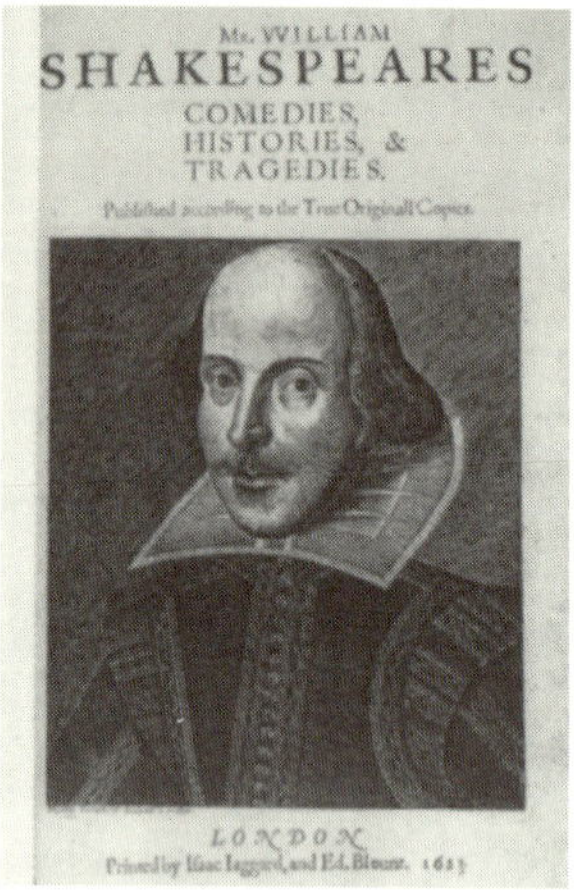
Mr. WILLIAM
SHAKESPEARES
COMEDIES,
HISTORIES, &
TRAGEDIES.
Published according to the True Originall Copies.

LONDON
Printed by Isaac Iaggard, and Ed. Blount. 1623.

（図 1） First Folio のタイトル・ページ（右）
と Frontispiece（左）

（図 2） Ben Jonson 作品集
タイトル・ページ

（図 3） King James 著作集のタイトル・ページと Portrait frontispiece

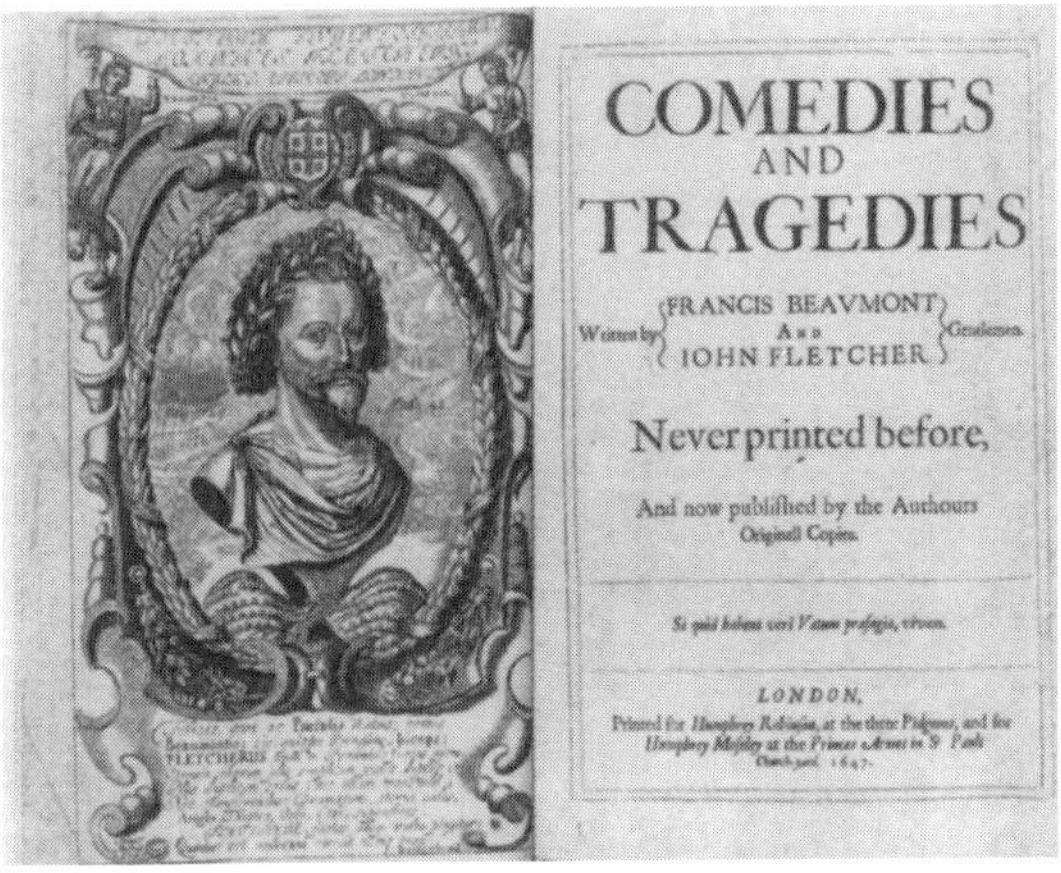

（図 4） Beaumont & Fletcher 作品集
タイトル・ページと Portrait frontispiece

1　寓意の零度

一六二三年に出版された一巻本のフォリオ版シェイクスピア全集（第一フォリオ）のタイトル・ページが異様なものであることは前から指摘されている（図1）。マーティン・ドゥルーシャウトによるエッチングの肖像画は、モデルとなるべき劇作家が、出版時で死後七年の状態だったため想像画に近いという事情を差し引いても、衣服が平面的で、顔が大きすぎ、目がおかしく、口の位置がずれていて、お世辞にもうまい絵とはいえない。ところがタイトルページ全体のデザインはモダンな印象をうける――モダンなとは、モダン・デザインというときの、装飾性を抑えた禁欲的なすっきりとした印象を念頭においている。事実、このタイトル・ページは白い。ベン・ジョンソン作品集のタイトル・ページ（図2）、ジェイムズ一世著作集のタイトル・ページ（図3）、ボーモント&フレッチャーの作品集タイトル・ページ（図4）と比較すると、その「白さ」は歴然としている。

ベン・ジョンソン作品集の表紙やジェイムズ一世の著作集のそれを見ればわかるように、当時の表紙の意匠は、さまざまな寓意的図像を配し、読者が多くの情報をつかむことができるような、〈寓意の扉〉であった（コーベット&ライトバウン一九七九――なお図2の解読については同書第十二章、図3の解読については同書第十三章を参照）。いっぽうシェイクスピアのファースト・フォリオの表紙はシェイクスピアの肖像画を載せているだけで、そこに目立った寓意はないように思われる。この肖像画、たしかに劇作家に裕福な服装をまとわせることで、社会階級に関する情報を発信しているが、それ以外に寓意的情報はない。寓意の零度。まさにこのタイトル・ページは寓意を欠如させたところに寓意性を成立させているように思われるのだ。

2　not for an age

この異様さをめぐる刺激的な考察の、おそらく嚆矢ともいえるのは、スティーヴン・グリーンブラット監修による〈ニュー・ヒストリシズム叢書〉の一冊として一九八〇年代後期に上梓されたリー・マーカスの著作だった（Leah Marcus, *Puzzling Shakespeare*, 1989）。いま回顧すると、この著作は、その後さかんになる書誌学批判の先駆的な仕事だったかもしれない。伝統的な書誌学であれ、科学的であることを標榜し歴史的厳密さを追求する新しい書誌学であれ、書誌学は新旧をとわず、書籍や文書を実際に手に取って触れる物資的実践にもかかわらず、根底は観念的であり、問題のある前提を多く抱えているため、書誌学そのものの再検討をとおして真に歴史的な書誌学を目指そうとするニュー・テクスチュアリズムが誕生する（あいにく「ニュー・テクスチュアリズム」の名称は長くは続かなかったようだが。なおマーカス自身におけるこの方向の、その後の展開は Marcus 1996 参照）。

マーカスの議論をはしょっていえば、タイトル・ページにおける寓意性ゼロのシェイクスピア肖像画は、劇作家を、彼の生きた時代や社会に差し戻すのではなく、むしろ時代や社会から超越した存在として立ち上げようとしているということだ。タイトル・ページにみられる矛盾した要素が、この仕掛けに加担する。たとえば肖像画を入れていながら、左側のページの詩は、肖像画を見るなと書いてある。

"true original copy"もよくわからない。「オリジナルなコピー」とは何か。この自己撞着的要素によって、読者は一種の宙吊り状態に置かれ、読者もまた時代や社会から切断される。かくして読者と劇作家はともに「〈Art 芸術・技芸〉と呼んでよい領域」(Marcus 1988: 23) で相まみえることになる。

ファースト・フォリオが読者に要求する読みあるいは姿勢とは、したがって、マーカスがクリフォード・ギアーツ経由(「ローカル・ノリッジ」)で使うことになった「ローカル・リィーディング」を徹底的に回避するものといえよう。時代を超越し、あらゆる時代に、あまねく存在する作家としてのシェイクスピアを、このタイトル・ページの肖像画は上演・表象している。この上演を阻止すべく展開するローカル・リーディングは、普遍的なるものの仮装のもとで抑圧された歴史的コンテクストを解放することだろう。とまれシェイクスピアを普遍的存在に祭り上げようとするイデオロギー装置たる肖像画を指して、マーカスは、シェイクスピアを「古典的作家」として演出するものと喝破した。

だが、ニュー・テクスチュアリストのひとりマーグレタ・デ・グラツィアは、シェイクスピア像の確定を一七八〇年のエドマンド・マローン版の全集に求める重要な研究のなかで、一六二三年のファースト・フォリオもとりあげ、シェイクスピアの古典化というマーカスの議論を批判した。もしシェイクスピアを古典的作家として表象するのであれば、ベン・ジョンソン作品集のようなタイトル・ページにしてかまわないし(図2)、ボーモント&フレッチャー作品集にあるジョン・フレッチャーの肖像(これはタイトル・ページではなくて、frontispiece と呼ばれている対面ページにあるのだが)のような意匠でもかまわない。フレッチャーは頭に月桂冠をいただき、ローマ時代の詩人然とした胸像として描かれている(図4)。もしこれが古典詩人の肖像ならシェイクスピアの場合とはずいぶん違うと言わざるを得ない。

デ・グラツィアの詳細な議論を思いきって単純化すれば、シェイクスピアの肖像が、寓意性をもたず、当時のジェントルマンとしての肖像であるのは、この劇作家が古典的な教養とか大学とは無縁なところで、すぐれた才能を得ていたことを読者に知らせる演出ということになる。この演出はベン・ジョンソンによるものかもしれない。なにしろ彼は一六一六年の作品集では、自分の学識を全面に出すような意匠でタイトル・ページを飾り、みずからを古典的な〈Art 芸術・技芸〉を体現する古典的詩人として演出、そのいっぽうで「一六二三年にはシェイクスピアを、〈Nature 自然〉の誇りというかたちで確立した」とも言えるからだ。このふたつのフォリオ版作品集を念頭に置いたうえでボーモント&フレッチャー作品集がおこなったことは、〈Art〉と〈Nature〉を統合した作家としてフレッチャーを前景化することだった。「フレッチャーの古典化された胸像は、パルナッソス的な丘のうえに位置づけられている。つまり大理石の Art が Nature 的な背景のなかに植えられている」(de Grazia 1991: 46)。したがってシェイクスピアの肖像画は、この劇作家・詩人を、学識的装飾(Art)とは無縁の天賦の才人(Nature)としているわけで、古典性とは縁を切っているということになる。

だがデ・グラツィアのいうフレッチャーの古典性とマーカスのいうシェイクスピアの古典性とは同じではない。なるほどシェイクスピアは肖像画のなかで同時代の衣服をまとい、所属する時代を限定されているが、しかしフレッチャーの古典的意匠も、古典性の強調ゆえに、劇作家を特定の時代、すなわち古典時代にこそふさわしい存在として限定するのではないか。「古典的」という語には、時代超越性と同時に時代拘束性という両面がある——なにしろそれは古典時代という時代区分も意味するからだ。したがって時として古典的なものは古典的ではなくなる。

またさらに古典的彫像としての肖像は、フレッチャーの死を前提として、死後の生を出現させるものだが、同時に、フレッチャー時代そのものをも強く喚起している。作品集が一六四七年に出版されている点に政治的重要性がひそむ。ボーモント&フレッチャーの作品が体制擁護的か体制批判的かは容易に決めがたい問題で議論も分かれると思われるが、一六四七年、つまり英国の内乱のさなかに出版されたこの作品集が、政治的プロパガンダそれも王党派のそれをねらっていたことはまちがいない。ボーモント&フレッチャーはKings' Men(国王一座)のために作品を書いた。国王一座。これはふつうなら劇作家の所属を示す単純な指標かもしれないが、英国が分裂した内乱時代においては嫌がうえでも政治的意味を帯びずにはいられなかった(Maston 1997: 147)。フレッチャーの肖像の演出は、おそらく、この劇作家をローマ帝国皇帝に仕えた桂冠詩人にみたてることで、英国国王一座の座付き作者の栄光を、ひいては王党派の栄光を顕彰しているのである。とすればこの古典的彫像が時代を超越する普遍性(「古典性」の含意の一部)を帯びるとはいいにくい。

ここで再びマーカスの議論にもどると、主張された「古典性」は、ルネサンス時代における「Art」概念と密接に結びつく「古典性」とは異なり、時代と社会を超越した脱ローカル的普遍性を意味していた。したがって、こういうことができる。ファースト・フォリオの肖像画は、シェイクスピアを「古典的」ではなく「正典的 canonical」作家として演出していた、と。マーカスのいう古典性とは正典性である。ならばではその正典性のもつ権威とはいかなるものであったのか。

3　作者の権威

のちにロマン派の時代になると、シェイクスピアに限らず、天才的詩人や作者というものが、作品のなかにあまねく遍在していると同時に、時代からも社会からも超越した存在として立ち上げられてくる（なお「作者」をめぐる古典的論文から現代の論文までを集めたものとしてBurkeが有益なアンソロジーとなる）。偉大な芸術家ならすべての芸術家が認められた時代から、超越的芸術家（その裏面としての呪われた芸術家）の時代へ。それはまた芸術家の存在する空間の変換でもあった。政治的・社会的・経済的・歴史的動向の交錯する空間から、脱世俗的な超越的異空間へと、芸術のトポスが変換する。この変換の萌芽となるものが、すでにファースト・フォリオのタイトル・ページにみられるのだ。シェイクスピアはこの表紙によって導入される以下のページに遍在している。だが同時にこの本のなかのどこにもない空間に存在している。それはシェイクスピアがフォリオ版という大判の版本という物資的存在――社会的・経済的・政治的・歴史的空間に接続される側面――であるとともに、それとは質的に異なる精神的・普遍的存在でもあるということだ。この二重性のドラマは、タイトル・ページでも再演される。

寓意性のないシェイクスピアの肖像画は、予備知識も学識もない読者に、ひいてはすべての読者にその作品が開かれていることを意味する（この裏面は、肖像画がごく一部の人間にしかその意味が読みとれない秘密の暗号だという可能性である――暗号は、暗号性の零度に限りなく接近しているかにみえればみえるほど、暗号として成功する）。ここで肖像画と本文の関係を確認してもいい。またそこからあらためてシェイクスピアの肖像の位置の異様さを確認することになる。通常、肖像はタイトル・ページの左（frontispiece）に置かれ、作品とは別個のものとして存在する（日本の口絵なども同じ趣向だろう）。ところがファースト・フォリオでは左のページではなくタイトル・ページに肖像画が移動し、作者と作品とが分離せず一体化し、作品が一種の〈擬人化〉表現あるいは作者の肉体表現となる。作者は作品そのものと化す。と同時に左のページは読者に、シェイクスピアの肖像はシェイクスピアではないと告げ、肖像画（the Picture）ではなくて作品（the Booke）を見よと、命ずるのだ（図1参照）。作者は二分される。可視的な作者像と不可視な作者に。かくして作者の位置する空間は曖昧になり作者の存在は二重化する。作者は可視的であると同時に不可視であり、物質的であると同時に観念的で、同時代的であると同時に時代を超える。それは作者が生きる死者、生ける神であることを意味する。だからこそ、作者が生きている表象として同時代の服装が選ばれた。もし古代ローマ的衣装ならば、それは権威性を増大させるいっぽうで、作者を死者として固定するのであって、もし生きることを表象するには、生活し活動する衣服を選ぶしかないのである。

　重要なことはこれが読者と作品との相互関係によって維持されることだ。かつてロラン・バルトが提唱し、英語のなかにreaderlyとwriterlyという訳語で定着したテクストの二分法がある。読者的なテクスト（読み込み中心、解読的テクスト）と作者的なテクスト（書き込み中心、構築的テクスト）。読者を、あくまでも受け身の情報受容者に置く読者的テクストに対して、読者の能動的な意味構築を誘発し読者を作者にする作者的テクスト。この二分法に従えば、通常の「寓意の扉」は、さしずめ、説明過剰で、時として説いても説ききれない謎を満載しながら、解読可能なメッセージの内包を前提とした他動詞的テクスト（バルトの命名）、最終的に受け手をテクストの権威に従属させる読者的テクストである。これに対し、ファースト・フォリオのタイトル・ページは、受け手（読者）に、その意味を考え解読させるというよりは、みずから意味を構築するように促す作者的テクストで、自動詞的テクストである。それは何も意味しない。もっと正確に言えば排他的・選別的（エリート主義的）な秘められた意味をもたない。読者に開かれ、読者が距離を置くというより、読者と一体化し、読者の相互作用的《インタラクティヴ》な参加によって意味をもつような表象なのである。それはまた生ける神の支配する世界でもある。生ける神へと変貌したシェイクスピアの掌中に読者はとらわれる……。

4　作者とは何か

だが表紙の異様さに隠されてるいまひとつの異様さがある。それは劇作家（詩人とか学者ではなく）が権威ある作者として前景化されたことである。想定されることは、この時期、文化編成の変革が起こり、演劇活動のなかに作者を中心に置く、現在もなお命脈を保っている動向が萌しはじめたということだ。

ここでは作者としての劇作家を問題にしているが、ごく一般的な理論的確認として作者とは何かという問題をとりあげてもいい。たとえばエドワード・サイードは『始まりの現象』のなかで、作者 author と権威 authority との語源的つながりをふまえながら、「作者」を四つの意味群にまとめて整理していた。「㈠起こし、制定し、設立する、すなわち始める個人の力、㈡この力、およびその産物は以前になったものの増加であること、㈢この力を振う者はその結果、とそこから生み出される物を支配すること、㈣権威はその過程の継続を支えること。……書かれた表現においては、始まり、開示、延長による増大、所有と継続が、authority の意味を表すのである」(サイード 1975: 113) と。「作者」問題についてては、たとえばドナルド・E・ピーズのポストコロニアル的定義も興味深いが (ピーズ 1990: 95)、ここでサイードの、一見、なんの変哲もない凡庸にすらみえる定義を選択したのは、それが最終的に「作者」を社会的政治的歴史的次元へと連接するために確認されたふしがあるからだ。サイードはこのような「作者」には「継続、父権的権威、階層秩序のイメージ」があると述べている。つまり作者 author の権威 authority は、時間的にみると連続と継承の重視、社会的にみると階層秩序の維持、ジェンダー的にみると父権制の強化につながるのである。

5 演劇のエラボレーション

シェイクスピア時代の演劇活動における劇作家の役割に焦点をあわせると、劇作家に関する限り、このような権威ある作者はまだ存在しなかった――すくなくともある一時期までは。当時の劇作品は共作が多く――一説によると職業劇作家の共作は一五九〇年から一六四二年の期間中、全体の作品数の半数を占めた (Bentley 1986: 199) ――、個人としての作者の権威には不安定なものがあったことは確かだが、それ以上に、著作権を劇団が所有していたことからもわかるように、劇作家は上演にいたるまでの演劇活動において重要な一翼をになってはいても、あくまでもその一部であって、すべてを統括するような立場にはなかった（もちろん役者であり座付き作者であり劇団幹部でもあったシェイクスピアはそのなかでは例外的な存在かもしれないが）。そこでまず作者が台本を書いてから上演にいたるまでの大まかなプロセスをたどっておこう。作者が原稿を書く。しかし foul paper と呼ばれたそれは句読点もなければ韻文や散文の区別もなく文のはじまりも大文字ではなく書き直しも多いなぐり書きのようなもので読みにくいこと汚れていることこのうえもない。そこで清書する。つぎにト書きめいたものを加えてプロンプタ用台本をつくる。またこの間、作品は宮廷の宮内大臣に検閲に出されて、認可を得なければならない。そして台本をさらに書き写してもう一部同じものをつくり、登場人物の台詞ごとに切り貼りをして役者に渡す。役者はそれを巻物 roll のようにして携帯し、そこから役割 role という表現も派生した。そしておそらくはリハーサルを通して、時にはリハーサルなしで上演にこぎつけ、やがてその台本が印刷本として出版されることもある。この過程において作者の原稿には作者以外の人間の手が加わる。いうなればこれは原石に磨きをかけて完成へともってゆく演劇的エラボレーションであって、留意すべきは、それが作者の精神内の葛藤・逡巡・決断・修正という個人的プロセスではなく、劇団員による集団的作業、まさに集団的エラボレーション（コラボレーション）によって達成されたことである。シェイクスピア時代の演劇活動では、個人としての作者がすべてを支配する権威ではなかった（Murray 1989; stallybrass 1992）。版権が劇団に所属していても、それは作者が冷遇されていたのではなく、まさに劇団が作品完成に深く関与していたからであった。

　だが十九世紀から本格化する書誌学では、この集団主体型の演劇的エラボレーションの思想を受け入れることができず、権威ある作者という、すくなくとも英国演劇の世界ではシェイクスピアの死後に制度的にも成立していった概念を無批判かつ非歴史的に受け入れ、厳密な科学的方法論（あるいは唯物的方法――とはいえエドマンド・マローンの昔から書誌学者には右翼イデオローグが圧倒的に多いから、この表現は好まないかもしれないが）と、栄光ある聖なる起源と確定的な作者の意図に立ち返るという観念論的方法論を合体させて、作者が書いたとおりの本文を復元するという、まさに前近代的な試みをつづけているのである。そしてそれは演劇的エラボレーションを否定するがゆえに、また権威ある作者像を前提としているがゆえに、伝統と継承の重視、社会的階層秩序の維持、父権制の強化へとつながっているのだ。

6　編纂王あるいはファシストの夕べ

新しい書誌学 New Bibliography の成果のひとつが、一九八六年にスタンリー・ウェルズやゲイリー・テイラーらが編纂したオックスフォード版全集であることはいうまでもない。もちろんこの全集はすでに袋叩きにあっているから、ここで批判を繰り返してもなんら新鮮な事件性はない。ただそれでもいまだ充分に批判されていない、この全集の、ひいてはニュー・ビブリオグラフィーの前提のいくつかを指摘するのは重要だろう。

たとえば『ハムレット』のなかで主人公ハムレットは最後に'The rest is silence'（あとは沈黙）と言って息絶える。ファースト・フォリオでは、そのあとに'O, O, O, O'の印字がみられる。つまりハムレットは毒が回って舞台で呻きながら死んでゆくのだが、この'O, O, O, O'を伝統的な書誌学ではカットしていた。これは役者があとで付け加えたものという理由で――演劇的エラボレーションの否定。ところがオックスフォード版全集では、作者が書いたままのものではなく上演されたそのもののかたちで本文を復元することを唱えていたので、当然これを復元する。これは画期的なことかもしれない。だが、その理由は、たとえ役者の追加かもしれないが、シェイクスピアが監督し容認したものだから、シェイクスピアの手になるものとみなしてよいというものだった。だがもしそれがシェイクスピアの目の届かぬ追加だったら削除してしまうのだから、つまるところ古い書誌学となんらかわらない。それに役者あるいは劇団の人間による追加がなぜだめなのか。そもそもそれが追加であるという記録もないにもかかわらずなぜ判明したのか。すべてが説明抜きなのである。

もうひとつ例をあげるよう。'Lover's Complaint' と題されたシェイクスピア作と想定されている詩がある。当時の版本のタイトルの Lover's は現代の綴りと同じ v が使われていたのに対し、オックスフォード版の古綴字版では、u を使った Louer's としている。たんなるミスかもしれないが、たとえそうだとしても徴候的なミスといえよう。これは、オックスフォード版の編者たちが、当時の印刷物の本文をなにひとつ信用していないことを示している。と同時に、もしシェイクスピアの自筆原稿が存在し、そこに Lover と書かれていても彼らは Louer に直すであろうことは容易に想定される。それは当時、未整備であった綴り字を強引に規制し整合化する試みであって、彼らにしてみれば Louer とすることで正常化を行っているつもりなのだ。しかし、それが正しいという論拠は希薄である。ここでわかるのは、現代綴版 Modernized Edition に対してなら、わたしたちはある程度編纂者の創意工夫と規格化と修正を許容しても、古綴版 Old Spelling Edition に対しては厳密な版本の復元を期待するのに、古綴版にも編纂者による規格化と修正が施されていて、両者選ぶところがないということだ。彼らは本文を修正し変更できる権限と資格を有していると錯覚している。現代綴版において、わたしたちは彼らの権限を承認した。だが、古綴版では作者の本文が権威のありかではなかったのか。権威主義者とはこういうものだ。彼らは自分以外の他者の権威を尊重しているようにみえて、権威への絶対的帰依とは反比例して、その実、誇示しているのは自分自身の権威なのである。イギリスでは導師《グル》と（軽蔑的にだが）呼ばれていた彼らは、当時の版本を復元するといって、シェイクスピアが書いたかもしれない本文を勝手に捏造しているのである。

おそらく彼らにいわせれば、シェイクスピアの本文を尊重はするが印刷本は信用しないということだろう。だが印刷本には書記、植字工、印刷職人のミスだけが反映されるのではない。そこには演劇的コラボレーションも反映されるのだ。だがこれを認める能力のない彼らグルの度し難さは、さらにつぎの例からも歴然とする。オックスフォード版全集には『テクスチュアル・コンパニオン』（Wells & Taylor 1997）があるが、他からの指摘（Holderness, Loughrey & Murphy 1995）を待つまでもなく、ゲイリー・テイラー執筆のイントロダクションに、きわめて差別的な比喩があることは誰でもすぐに気づく。ハロルド・ピンターの劇『ホームカミング』のなかに、梅毒にかかった女に言い寄られ、その女を殴り倒したという経験（作り話？）を語る男が登場するが、どうしてその女が梅毒持ちだとわかったのかと問われたその男は、自分でそうと決めたのだと答える（pinter 1965: 30–31）。このエピソードを引いてテイラーはこう書いているのだ――「編纂者はテクストが病気であると決める。その決定はまちがっているかもしれない。しかし、わたしたちは、シェイクスピアの戯曲の初期版本がことごとく、多かれ少なかれ病んでいることを知っている。あらゆる植字工が、あらゆる書記がまちがいを犯している。どこかが腐っていることは確かである。それがどこかは定かでないにしても」と（Taylor 1997: 60)。マッチスモ、ホモソーシャル、ミソジニー満載のこのピンター劇で劇中人物の野卑なほら話として相対化されている発言を、真剣に受けとめるとは！　テクストを梅毒持ちの女にたとえ、自分が医者気取り？　また同時にテクストを一元的に欠陥物と想定したうえでの処理という危険きわまりない思想（まるですべての人間をユダヤ人として強制収容させてから処理を考えるというナチス党員のような）。そしてゆくりなくもあらわになるミソジニーと父権的権威主義。テイラーのどこをとっても、父権的権威主義的発想しか出てこない。「継続、父権的権威、階層秩序のイメージ」――サイードが権威ある作者像にまつわるイデオロギーとして喝破したものを、権威主義者テイラーは、もののみごとに、それも無批判に嬉々として再生産しているのだ。テクストあるいは版本とは、男性あるいは父親に病気を感染させるかもしれない梅毒持ちの女――このなんとも父権的で性差別的比喩こそ、書誌学に内在するイデオロギーの表出だとしたら、たしかにニュー・テクスチュアリストが登場する理由はうなづけないこともない。はたせるかな現在、テイラーに梅毒持ちの娼婦扱いされたシェイクスピアの古い版本が、入手しやすいかたちで教育・研究用に出版されているのだ。

7　序詞役としての芸術家の肖像

権威ある作者は、シェイクスピア時代の演劇活動のなかでは明確に存在しなかったものの、その萌しとなるものはあった。劇作家としてのみずからの権威づけに腐心したベン・ジョンソンなどはこの傾向の急先鋒だったかもしれないし（Murray 1987; Lowenstein 1985, 88; van den Berg 1991）、そのジョンソンがファースト・フォリオのタイトル・ページにおけるシェイクスピアの肖像の演出法に関与した可能性は高い。

しかも、そのような動きは演劇そのもののなかにみられた。たとえば当時の演劇の導入部には、権威ある人物あるいは劇中世界とは無関係な中立的人物が登場し、導入役を務めることが多かった。『ロミオとジュリエット』や『ヘンリー五世』に登場するコーラス役は、劇中世界から独立し解説者のような役割をするが、匿名であるがゆえに権威のありかは不明である。名前をもつ導入役あるいは序詞役として、当時の演劇は、マキャヴェリや、はてはイグナチウス・ロヨラまで登場させて負の権威を帯びさせたり、〈復讐〉とか〈噂〉とか〈時〉といった寓意的人物に活躍の場をあたえたが、彼らは英語からは薄れているものの他のヨーロッパ系言語には残っている「作者 auhtor」のもつ「張本人、犯罪者、陰謀家」という意味と関係しているだろう。これに対して明確な権威を帯びているコーラス役としては、ファースト・フォリオには収められていない『ペリクリーズ』のなかにコーラス役として登場する実在した中世の詩人ジョン・ガワーがいる。ただその権威性は死せる詩人であるという死者の権威であったとすれば（そういえばファースト・フォリオのシェイクスピアの肖像も、フレッチャーの肖像も死者の肖像である）、たんなる解説役を通り越し、みずから劇中世界の人物であり同時に劇中世界を操作できる超越的人物として、生ける作者にもっとも近いのは『テンペスト』に登場し、締め口上を述べるプロスペロといえるだろう。重要なことは、権威ある作者的登場人物を立ち上げているこの『テンペスト』

が、この最後に書かれたかもしれない『テンペスト』がファースト・フォリオでは最初に置かれていることだ。物質としての製本上あるいは制度上の表紙がシェイクスピアの肖像を載せたタイトル・ページだとすれば、作品集としての、最後に書かれたかもしれないが最初に置かれているこの『テンペスト』は、もうひとつの表紙でもある。あるいはこの『テンペスト』という作品自体が、まさに権威ある作者的なプロスペロさながら、シェイクスピアの他の作品を導入しているということもできる。ただここでの問題は、コーラス役の機能と分類ではなくて、コーラス役が、少なくともシェイクスピア劇においては、曖昧な人物から作者的人物へと移行変容したことである。なぜ劇作品の代表者として劇作家が選ばれたのか。

8　植民者と被植民者

この点を『テンペスト』を通して考えてみよう。もちろん、ここでは『テンペスト』について詳しく語る余裕もないしまたそうする必要もないのだが、その概略だけが示されるわたしの読解は従来の読みを統合するものとなるだろう(批評史と論争についてはRichards & Knowles 1999ならびにGraff & Phelan 2000参照)。従来の読みとは、この劇をメタドラマ(メタシアター)として解釈する七〇年代的な解読と、八〇年代に入ってからグリーンブラットらのニュー・ヒストリシズムのなかで行われた植民地主義のメタファー解読、イデオロギー分析である。この劇ではプロスペロという追放されたミラノの大公であり魔術師でもある人物と、キャリバンという怪物的な人物との対立が、おおきな比重を占める。ここからメタドラマ的解釈は、劇作家あるいは芸術家ともいえるプロスペロが劇中世界をいかにコントロールするかを軸に演劇芸術に関する自意識的メッセージを作品から析出する。プロスペロを脅かすキャリバンが、演劇的芸術的世界の完成を阻む現実的要素として、あるいは錬金術的変容を拒む卑金属として捉えられたことはいうまでもない。いっぽうニュー・ヒストリシズムによる植民地主義分析では、追放された孤島にみずからの王国を築くプロスペロはヨーロッパ人植民者の典型であり、食人種のアナグラムをもつキャリバンは怪物として表象された新大陸の原住民であって、この作品は植民地主義のイデオロギーによる表象を忠実に再生産していることになる。

もちろんもっと古くからある解釈によれば、シェイクスピアはプロスペロに託してロンドンの演劇界を去る訣別の辞を送っていたことになる。作品の最後でプロスペロは、魔術を捨て、自分のミニ王国を、たとえ絶望のうちにとはいえなくとも、なにやらあきらめと安堵の気持ちをもって去るようにもみえ、ここから魔術を捨てるプロスペロとシェイクスピアの引退とを重ね合わせる解釈が生まれた。だが、この作品をファースト・フォリオの冒頭に持ってきた編纂者は、この作品に絶望と諦めのテーマではなく輝かしい勝利のテーマを見いだしているように思われる。

これとはべつにわたしに気がかりなのは（もちろん古くから指摘されてはいるが）、キャリバンの台詞が韻文で書かれ他の道化的人物とは一線を画していることである。キャリバンは、台詞を時として詩的に高揚させ歌もうたえば踊りもおどる。これについてはグリンーブラットがに論文「悪口を習う」のなかで指摘しているように（グリーンブラット一九九〇　原注⒂）、原始的な民族は歌や踊りに優れているという現在に至まで連綿と受け継がれている帝国主義的イメージに沿ったものかもしれない。キャリバンには当時そしていまもイギリスが植民地化している被植民者アイルランド人のイメージも含まれている。（Baker 1997; Dympha 2000）この点をふまえたうえでさらに、キャリバンは、役者（'O, O, O, O;：「バン、バン、キャ、キャリバン」）のイメージそのものとはいえないだろうか。もしそうならプロスペロは、キャリバンによって代表されるような役者の世界、あるいは演劇的エラボレーションの世界を植民地化して、そこに作者という植民者として君臨するともいえよう（『テンペスト』と劇団の比喩についてはNorbrook 1992参照）。つまり植民地主義的表象とメタドラマ的表象は、〈作者〉が〈演劇的エラボレーション〉を植民地化する表象のなかに統合されるのだ。その証拠に、ベン・ジョンソンの作品集には個々の作品の情報が盛られていた（ジョンソンの意図とは別に、その作品集は、まだ演劇的エラボレーションの世界を色濃く反映していた）のに対し、シェイクスピアのファースト・フォリオには上演に関する情報は一切なく役者名リストもほとんど出てこない。役者たちは完全に作者の世界に飲み込まれているのだ（Marcus 1988: 26）。当時、植民地時代は、英国とフランスに対してまさにその幕を開けようとしていた。その植民地主義が、演劇世界、その演劇的エラボレーションにも侵入して、役者たちの世界を植民地化し、役者たちの独自性を奪い、劇作家ひとりがそこに君臨する超越的存在となる契機となった――のではないか（Kastan 1999: 92は作者の中心化をファースト・フォリオ出版にかかわる商業戦略とみるにとどまっている）。

　こう考えると、シェイクスピア劇に頻出するメタドラマ的要素は、一般に想定されるような〈世界は舞台、人間は役者〉という『お気に召すまま』に登場するイメージの発展であるよりは、劇作家的人物と役者的人物との権威をめぐる争い、あるいは権威と反権威の争いであることに気づき慄然とする。プロスペロに反抗するキャリバンは、かつてシェイクスピアの劇団を退団したウィリアム・ケンプや、『夏の夜の夢』に登場するボトム、あるいはハムレットが嫌ったような決められた台詞をしゃべらぬ役者と重なってくる。ただしこうした要素はシェイクスピア劇のなかにまぎれもなく存在するものの、同時に作者的人物の権威は確定の途上にあり、まだ流動的であった。それがシェイクスピアの死後七年後、一六二三年におけるファースト・フォリオの出版によって、可能性として存在していた要素が、中心化されて権威ある作者の誕生をみたということではないのだろうか。

9　文化と帝国主義

作者による役者の世界の植民地化は、当然のことながら歴史的帝国主義とも重なっている。

2

ヘンリー五世をめぐって
シェイクスピア史劇考察

小林清衛

シェイクスピア史劇は、目的論的なチューダー朝神話を体現し、宣伝する歴史書の記述を資料として用いて創作された。しかし、シェイクスピアが新旧の価値観がせめぎ合って混沌としていた彼の時代の息吹を吸収しながら創作したがために、彼の史劇は時代のオーソドックスな価値観からはずれた、新しい面を持っている。以下、第二四部作を考察し、シェイクスピア史劇の独自性を探ってみたい。

1　リチャード二世の自己矛盾

リチャード二世は、自らが拠って立つ基盤を自ら崩壊させて王権を失う結果となる。中世の華やかさを備えたリチャード二世は、王権神授説により、神から地上の支配者となる権威を与えられており、また、彼は封建制度を成立させる根拠である相続権に基づいて、正統な順位による王位継承を行っている。さらに、中世の騎士道から彼は自らと臣下との名誉を守る最高権力者とされている。彼はこの三つの価値体系から君主としての権威と権力とを保証されているのである。

ところが、『リチャード二世』の冒頭の場面で、[1] 彼はこれらの価値体系を互いに矛盾させてしまう。王の従兄弟ボリンブルックが、ノーフォーク公爵トマス・モウブレイが王と彼の叔父であるグロスター公爵の殺害者の一味であるとリチャード王に訴えるのに対し、モウブレイは王に対して身の潔白を訴える。実はリチャード王はグロスター公爵の殺害を唆した張本人であるため、正義の執行者としてどちらの訴えが正しいか断を下すことが出来ない。リチャード王は二人に和解を勧めるが、それがかなわぬと分かると、決闘によってどちらが正しいか決着をつけさせようとする。

これによって、リチャード王は王権神授説の権威から騎士道の権威に自らの王権の根拠の重点を移動させたのである。[2] しかし、彼は決闘によってボリンブルックが勝利を収め、彼自身が叔父のグロスター公爵の殺害に関与していたことが明らかになるのをおそれ、開始直前に決闘を中止させ、二人を海外に追放処分にする。モウブレイは永久に海外に追放処分とされる。ボリンブルックは最初は十年の海外の追放であった。二人の決闘者の処置についての協議に加わって、私的感情を捨てて公的な立場から両者に対して厳しい処分を下すよう主張せざるを得なかったボリンブルックの父親のゴーントのジョンがあまりにも悲嘆にくれるので、[3] リチャード王はボリンブルックの刑を六年に減刑する。リチャード王はグロスター公爵殺害の下手人であるモウブレイを自分の近くから遠ざけ、自らが汚名を着ることを避けることが出来、他方、国民に人気のある政敵ボリングブルックを当面遠ざけられるという、一石二鳥の結果を得たことになる。しかし、これは当座しのぎの方策にすぎず、彼は致命的な過ちを犯したことになるのである。

リチャード二世は中世の華やかさを体現している王であるが、自らの行為によってその華やかさを放棄せざるを得なくなる。彼自身がグロスター公爵殺害の首謀者であることが露見するのを恐れて、ボリンブルックとモウブレイの訴えのいずれが正しいか、王権神授説から与えられた王としての権威に基づいて決定することが出来ず、王権神授説の価値体系を浸食してしまう。他方で、二人の名誉を賭けた決闘を中断させることにより、彼の王権の権威を成り立たせているもう一方の価値体系である騎士道をも浸食してしまう。モウブレイは中止の命令に対して、彼の名誉を守るために決闘を行わせてほしいと王に懇願するが、[4] 王は聞き入れない。リチャード王はモウブレイの名誉を守る機会を奪うと同時に、彼自身が臣下から名誉ある国王として敬われる根拠を失ってしまう。

リチャード二世がアイルランド遠征に出発するのを待って、海外追放の身のボリンブルックがイギリスに上陸する。彼の追放中に父のゴーントのジョンが亡くなり、その財産を王がアイルランド遠征の戦費をまかなうために没収した。ボリンブルックは封建制度のもとで保証されていた彼の相続権が無視され、横領された事実を正すためにイギリスに帰国したのである。[5] かねてよりリチャード王の国政に不満を抱いていた貴族たちと国民は彼の帰国を歓迎する。

急遽アイルランドから帰国して、勢力を蓄えたボリンブルックに直面するとき、リチャード王は自己の形勢不利を悟る。彼は情勢を逆転しようとして、王権神授説による自己の王職の権威の神聖さを蕩々と弁じる。[6] しかし、既に述べたように、リチャード王自身がその神聖さをグロスター公爵殺害の責を逃れるためにとった方便で空洞化してしまっているのである。

ボリンブルックは国民に人気があるが、彼はそれを直接王位簒奪の根拠とすることがない。確かに、彼の国民間の人気が実力でリチャード二世から王位を簒奪するのに役立ったのであるが、彼はあくまでも行動の根拠を封建制度のもとでの相続権の回復に置く。[7] リチャードの廃位は、ボリンブルックによる封建制度の原理の主張が有力な貴族たちの強い支持を集めた結果なのである。

『リチャード二世』の前半では、リチャードの君主としての資質が、封建制度のもとでの相続権を侵害されたボリンブルックの立場から問題とされる。リチャード二世が如何に王権神授説のもとで正統な君主であっても、彼の君主としての資格が問題視されるように劇が進展する。事実、ボリンブルックは劇の前半では、リチャードの王権を狙うことをせず、ひとえに侵害された相続権の回復を求めるだけである。王権神授説と封建制度の論理とが併存し、かつ衝突しているのである。

劇の後半でリチャード二世が廃位され、全てを失ってから、君主の職にあった自己の正体を探るように劇が展開する。彼の自己の正体の探求が劇の焦点となる。[8] それに対して、王権神授説のもとの正統な王から王位簒奪を行うボリングブルックは、政治的な能力と実力を持ちながら自己の行為に疑問を抱き、将来に不安を覚え、王位簒奪の行為を贖うために聖地遠征を公言するようになる。[9]

『リチャード二世』においては、王権神授説、封建制度、騎士道の論理とが併存し、それらの論理が衝突するために、劇の結論として統一されたパラダイムが提示されることがない。リチャード二世は冒頭で王権神授説と騎士道のパラダイムの間で宙づりとなり、イギリス帰国後のボリンブルックとの対立では、王権神授説と封建制度のパラダイムの間で宙づりとなる。リチャード二世とボリンブルックの二人の主要人物のいずれが観客にとってコミットすべき人物であるかが明示されることがない。

『リチャード二世』の主人公は確かにリチャード二世である。廃位されてからの彼の正体の探求の内面の動きが劇の焦点となっていることは明らかである。しかし、彼は王権神授説に頼りながらも、既に述べたように、彼自身が王権の権威を損なう行為をしているために、王権神授説の有効性を本心から頼ることができない。この劇では、王権神授説と封建制度の行動要領との幸福な併存が崩れてしまっている。封建制度の行動要領はリチャード二世に敵対するボリンブルックの側に移されてしまっている。価値体系の並列および対立はこの劇の結末をオープンな形にしているのである。

2　ハル王子の変身

『ヘンリー四世』第一部の冒頭で、[10] ヘンリー四世は内乱の束の間の平安に言及し、国民の注意を海外に逸らして内乱を防止するために十字軍遠征の実行の計画を述べる。しかし、その直後に内乱の再発の報がもたらされて、聖地遠征の計画は実現しない。また、内乱におけるホツパーとアーチボルドの英雄的な戦いの有様が報告される。[11] 両者とも騎士道の精神の体現者として描かれる。

ホツパーはボリンブルックがリチャード二世を廃位してヘンリー四世として即位するのに大きな働きをしたノサーバランド伯爵の息子である。ノサーバランドを初めとする貴族たちは、ヘンリー四世が自分たちの功績を認めず、優遇しないことに憤り、反乱を起こすことになるのである。血気にはやるホツパーは最も反乱に積極的である。それにより、この劇においては、騎士道が二律背反的になっていることが明らかとなる。

すなわち、『ヘンリー四世』の主人公ヘンリー四世は彼が廃位したリチャード二世とは異なり、もはや中世という過去の時代の栄光を再現することができなくなっているのである。封建制度を成立させる原理に基づいて、また、実力によって王位を獲得した彼は、王位簒奪とリチャード二世の殺害の行為によって自らの期待に裏切られる。彼には王権神授説の権威が欠けているのである。彼の治世は分裂した時代であり、過去の栄光の代わりになる新しい価値観をも欠いている。

ヘンリー四世は第一部の最初で、騎士道精神を体現するホツパーを讃え、皇太子のハル王子の放蕩を嘆く。[12] 彼はホツパーが自分の息子であれば良いと言う。しかし、ホツパーは戦争捕虜の引き渡しを拒み、また、リチャード二世の正統な後継者であるマーチ伯エドマンド・モーチマーの身代金の支払いを要求してヘンリー四世と対立する事になる。劇の初めから、ヘンリー四世と中世を華やかに彩る騎士道精神とは相容れないものであることが明らかとなる。

第二部のゴールトリーの戦場では、王子のランカスター公ジョンが反乱軍の罪を許すと約束して、反乱側が軍を解散すると、反乱の芽を徹底的に断つため大司教を逮捕するという裏切りを行う。[13] シェイクスピアの主な資料であるホリンシェッドの年代記では、この談判を行うのはランカスター公ジョンではなく、ウエストモランド伯であるとされている。[14]

チューダー朝神話はランカスター家とヨーク家の融合により薔薇戦争の葛藤が解消し、イギリスに平和がもたらされたというチューダー王朝の正統性を宣伝するものである。シェイクスピアの史劇は、『ジョン王』と『ヘンリー八世』を除いては、全て薔薇戦争という、その悲惨な結果が未だ生々しく彼の時代の英国人に記憶されていた、英国史の一時期に発生した君主たちの王位継承と貴族たちの政争を題材としている。チューダー王朝は、王位継承権に疑義があるとの攻撃をかわし、自己正当化を行って、政権の安定を計り、また国民一般に政治教育を施す目的から、薔薇戦争の因果関係を以下のようなものであるとする、史観を育成し宣伝した。

即ち、この内乱は、王権神授説によって神の正統な国家支配の代理者であるリチャード二世（在位一三七七年—一三九九年）の王位簒奪と殺害をヘンリー・ボリンブルックが行って、ヘンリー四世（在位一三九九年—一四一三年）として即位した罪に対する神の罰が、彼自身にではなく、孫のヘンリー六世（在位一四二二年—一四七一年）に加えられたために勃発したのであり、それを収拾して国内に平和と秩序を回復したのが、チューダー王朝の祖、ヘンリー・オブ・リッチモンド（即位してヘンリー七世となる、在位一四八五年—一五〇九年）である。これがいわゆるチューダー朝神話である。

そこから導き出される教訓は、現存の秩序の維持の重要性である。即ち君主がどのような人物であっても、臣下は反逆してはいけないし、もし反逆すればとりかえしのつかぬ程大きな代償を払わなければならない。君主の側のこのような意図と急速に高まりつつあった民族主義を契機として、チューダー王朝においては、歴史書の出版が盛んとなった。当時の歴史書には、現在を過去の歴史的事件と照らし合わせることによって未来への行動の指針を探るという英国人の歴史意識と結び付いて、教訓主義的色彩が濃厚であった。

シェイクスピアの歴史劇は、エドワード・ホールとラファエル・ホリンシェッドの年代記の記述を主な資料としている。[15] この二つの年代記においては、チューダー王朝の政治的目的に沿って、歴史の編纂が行われている。E・M・Wティリヤードとリリー・キャンベルのような歴史主義の立場を取る人たちから言えば、[16] 流動的でいまだ不安定な様々の要因を抱えていた国内情勢を前にして内乱の再発を恐れる国民感情を捉えたシェイクスピアは、また支配者の政治的意図を汲んで、両者が特に深い関心を持つ英国史の事件を素材として歴史劇を書き、その中で君主の資格、臣下の君主に対する義務と権利、王位継承問題等について考究し、論じているということになる。

しかし、既述のように、シェイクスピアがわざわざ、このような反乱軍に対する裏切り行為をランカスター公ジョンに帰するように史実を変更した意図は、J・J・ノリッジが指摘するように、[17] その行為があまりにも卑劣であるがために、劇全体の流れから見れば、ヘンリー四世の政治が彼の王位簒奪の行為によって王自身の健康と同様に病的になっている現れとして描くことであると考えるのが自然である。シェイクスピアはチューダー朝の年代記を資料としながらも、年代記が表す思想から離れて、歴史に対して彼独自の判断を下しているのである。ランカスター公ジョンは皇太子ハル王子の弟である。ヘンリー五世が理想的君主として即位する前の段階では、シェイクスピアはジョンの行為によってランカスター家の政治が汚されていることを強調する必要があったのである。

ハル王子は、第一部の冒頭で現在放蕩生活を送っているのは、将来人々の予想を裏切って、自分が理想的人物であること示すのに効果を上げるために偽装しているのであると独白で述べる。[18] 自分が武人としても、政治家としても理想的人物として偽装をかなぐり捨てて立ち現れれば、父王のヘンリー四世の治世がリチャード二世の王位簒奪と殺害という行為によって汚されている状態を癒すことになると表明する。この劇はヘンリー四世を主人公とする劇でありながら、彼を否定的に捉えることから全て劇は展開し始める。

しかし、ハル王子はここで放蕩生活が偽装であると述べながらも、自分が実際にいかなる理想的人物であるかは示すことがない。彼はまだ自己の新しい正体を獲得してはいないのである。彼はこの独白にも関わらず、イーストチープで、ヘンリー四世の時間に縛られた政治の世界から離れて、フォールスタッフたちの、時間の拘束から自由な世界で時を過ごすことにより、変身を遂げる必要があるのである。

『ヘンリー四世』二部作では、イギリスの過去の歴史と現在とを橋渡しする役として、架空の人物群からなる喜劇的場面が使われている。[19] 観客は直接ヘンリー四世の宮廷の場面を通じて過去の歴史の中に誘導されるのではない。過去の歴史はイーストチープでのハル王子のフォールスタッフたちとの交歓という架空の場面の中に歴史的事件が報告されて再現されるという形式を取っている。

そこでの中心人物であるフォールスタッフは、ハル王子との時間に関する喜劇的なやりとりから明らかなように、時間を超越した存在である。彼は時間と社会の道徳律を超越しており、イーストチープの彼の世界は、ヘンリー四世の政治が史実の再現として時間の枠組みの中で展開するのとは対照的である。

ヘンリー四世の史実は、過去の時間に属し、その舞台上での再現は現在に属する観客とは隔たりがある。チューダー王朝の歴史書は現在の歴史家の立場から見た過去の歴史の再現であり、それを元にしたシェイクスピアの歴史劇も同様に現在の彼の立場から見た過去の再現である。全ての歴史と同じように、チューダー王朝の歴史書と歴史劇はそれを書く歴史家および劇作家自身の時代に規定された態度に根ざしている。とは言え、それらは現在とは異なる過去の時代を扱っており、その過去の時代は読者および観客の現在とは大きく異なっている。

歴史劇の観客は現代とは異質な時代を提示されていることになり、自ずからその受容には努力が必要となる。しかし、フォールスタッフの時間を超越した喜劇的場面は観客を舞台の演技に容易に心理的に参加させる機能を果たす。ハル王子がそこに登場し、喜劇的場面の外部の、時間の枠組みに縛られた歴史的事件の情報が報告される。こうして、観客と過去の歴史との結びつきが容易になる。

ヘンリー四世はリチャード二世からの王位簒奪行為という過去のしがらみに捉えられて、政治的袋小路から抜け出すことができない。ハル王子は、放蕩生活を送る振りをして故意に汚名を買い、将来国王になる際にはその仮面を投げ捨てて立派な国王として名声をいや増すという目論見を持っている。『ヘンリー四世』第一部の冒頭において、ヘンリー四世の治世の混乱の解決策がいかなるものであるべきかが提示される。

しかし、既述のように、ハル王子は最初から父王の政治的ジレンマを解決する資質を持っているようには描かれない。彼は時間を超越した世界の中でフォールスタッフたちと過ごすことにより、我知らず変身を遂げる。それによって、父王の過去のしがらみと縁を絶ち切ることができ、ハル王子は全く新しい政治の世界を創造することができるのである。

時間を超越したフォールスタッフの世界は、観客と過去の歴史との橋渡しをすると同時に、過去にとらわれない新しい君主像を生み出すという二重の機能を果たす。ヘンリー四世の政治は、シェイスピアの時代の歴史書に見られるいわゆるチューダー王朝神話の公式に基づいて描かれている。しかし、『ヘンリー四世』二部作ではフォールスタッフたちの想像力豊かな世界が中心的にされているがために、ヘンリー四世の宮廷の事件は周辺化されている。ヘンリー四世自身も公的な面でのみ感情を吐露し、彼自身の深い内面の変化が描かれることがない。

それに対して、架空の人物群が登場するイーストチープの世界は、登場人物たちの性格創造が十分なふくらみを持ち、個性化されている。この世界が劇の中心となり、架空の人物群の世界が歴史上の人物群の登場する政治の世界よりも、観客に対して過去を非常に身近に実感させる役割を果たしている。

フォールスタッフは架空の人物である。彼は貴族の称号を持っていると主張するが、実際にはジョンと呼ばれて、一般庶民のメンタリティーを持っている。『ヘンリー四世』二部作の歴史上の人物たちは特権と高い社会的地位によって狭く規定された役割を演じる。それに対して、フォールスタッフは何も特権がない故にかえって精神的に豊かな一般庶民の想像力で以って自由奔放に振る舞う。

彼は猥雑で、強欲で、色欲も強い。ヘンリー四世が彼の王位継承権の正統性について悩み、彼の病身が彼の政治を象徴しているのとは対照的である。王の宮廷が内乱の恐怖に震えているのと対比すれば、イーストチープの世界はかつてリチャード二世が体現しようとした中世の安定した、かつ豪華な王制に取って代わる可能性を秘めている。

フォールスタッフがハル王子と、王子が父王と会見するときの稽古をする場面は、[20] 劇の主題である王権の職の概念を完璧に覆すパロディーとなっている。神聖で神から与えられたとされる王権がフォールスタッフの欲望を充足するための道具に変えられてしまう。フォールスタッフは、リチャード二世の王位簒奪が引き起こした強固な封建制度の秩序の崩壊に伴って登場可能となった人物である。彼は旧来の秩序、価値観を転覆し、それに取って代わる可能性を持っている。ハル王子が理想的国王となるためには、単にヘンリー四世の皇太子であるだけでは不十分であることが示される。ハル王子は一度はフォールスタッフたちの混沌とした世界を経験して、過去との絆を断ちきり、変身する必要があるのである。彼はフォールスタッフが持つ旧秩序を転覆する可能性に触れることによって、我知らず、新しい人間像を獲得する。

ハル王子がヘンリー五世として即位すると、彼は歴史書で賛えられていた理想的な国王となる。しかし、彼は皇太子時代とは違って歴史上の過去の中で活動しなければならなくなる。彼は架空の人物を彼の行動半径の中に入れることができなくなる。そこで、フォールスタッフの拒否が生じざるを得ないのである。

ハル王子は第一部においてホツパーを戦いで破り、騎士道精神を体現するのはホツパーではなく自分であることを実証する。第二部においては、それまでの偽装をかなぐり捨てて、改悛した息子として臨終のヘンリー四世と和解し、理想的人物になる。しかし、ハル王子は無味乾燥な道徳律の単なる体現者ではない。

彼は父親のヘンリー四世の負の世界から抜け出した、新しい精神を持つ人物であることが明かとなる。リチャード二世は王権神授説に頼って自己の地位を保とうとしたが、自ら犯した過ちのために廃位された。ヘンリー四世は正統な王リチャード二世の廃位と殺害の余波に苦しめられた。両者とも王権の概念に連綿としていた。それに比較すると、ハル王子は国王の地位に対して独立した人格を持ち、王権を一歩離れたところから見ることができる人物となっている。

彼はヘンリー四世の病床の前で、自分が王冠を継承するのは正統的な行為であることを強調する。[21]しかし、彼は父親とは異なって、王権の意味が持つ限界をしっかりと見届けている。ヘンリー五世は英国民の愛国心を刺激する人物であるとされることがあるが、後に述べるように、ヘンリー五世の言動を子細にみれば、彼はシェイクスピア史劇のこれまでの国王とは異質であることが明かとなるであろう。ハル王子はフォルスタッフの喜劇的な面に接することによって、自分自身をも突き放して見て、客観的に自己を評価できるようになる。この点で、彼は先行するシェイクスピアの史劇の国王たちが、王権の概念に溺れて、結局は悲惨な目に遭うという、あの限界から抜け出すことができるのである。彼は自身の立場を王権というフィルターを通してではなく、その現実を直接客観的に見ることができる。

観客は既にイーストチープの自由な世界でのびのびと過ごしていたハル王子の生き生きとした姿を見ていた。その残像がヘンリー五世として即位する彼に投射されるのである。従って、ヘンリー五世によるフォールスタッフの拒絶は、『ヘンリー四世』第一部の初めでハル王子が独白で述べた偽装を公的な場でかなぐる捨てる機会であるとのみ解釈するのは、シェイクスピア史劇の重層的な意味を捉え損なうことになる。

第二部の冒頭で、[22] 反乱軍の陣営内でシュルースベリーでの戦闘に関する情報が錯綜することを受けて、登場人物の「噂」が歴史的事実に関して、人々の間で様々な誤報が混じって報告されたりすることを語り、一つの事実に関しても、様々な解釈が成り立ち得ることが観客に知らされる。これは、作者シェイクスピアがオーソドックスな歴史観に基づく歴史書を資料として劇作を行いながらも、歴史的事実に関してはそれを報告する者の主観が入り、また純粋に客観的な歴史書など成立し得ないのであり、彼が資料とする歴史書も、史実に関して成立し得る多様な解釈の一つに過ぎないのであることを表明していると考えることができる。

シェイクスピアは資料の歴史書の史観を相対化している。従って、ハル王子が放蕩生活は真の英雄的な姿を隠す隠れ蓑であって、いずれかの時点でその真の姿を現し、世間の人々を驚愕させるのであると述べる独白を全面的に文字通りに受け止めて、元々完成した人格を持っていたハル王子がヘンリー五世として即位すると、イーストチープの放蕩仲間を拒絶して、理想的君主となるのであると見なせば、『ヘンリー四世』二部作が内包する多面性を見過ごすことになってしまう。ヘンリー五世のフォールスタッフの拒絶はもっと複眼的に考える必要がある。

ハル王子は第一部でホツパーを倒し、武人としての自己を確立する。、第二部においては、即位すると、かつて不仲であった高等法院長と和解して、[23] 正義を身につけて、国王として君臨する準備が整うことになる。高等法院長はハル王子の乱暴に対して罰を加え投獄したことがあるのである。正義を表す高等法院長は病気である。これは、新しい国王ヘンリー五世が和解し、放蕩生活を止めて、正義を行うことを誓う相手の高等法院長の体現する正義が、実は人間性を無視し、秩序の維持という観点からのみ考えられた正義であって、それには限界があることを表している。しかし、新しい人間像を獲得しているヘンリー五世は現実の世界を知っており、彼は高等法院長の表すものとは違った正義を知っているのである。

第二部の最後の場面で、ヘンリー五世は戴冠式を終えた後、これまでの王との交際から、多くのことを期待しているフォルスタッフの歓呼の声を受ける。しかし、王は彼と交際したことは認めるが、自分は今は生まれ変わって真の国王らしい国王となっているのであるから、過去の交際は無に帰すと言って、フォルスタッフたちを追放の刑に処す。[24] ヘンリー五世は国家の平和と繁栄を追求すべき国王として、従来のような、政治のアンチテーゼであるフォルスタッフとの交際は無理になったのである。ここで王はフォルスタッフたちが表す無秩序に対して批判を行っているのであるが、しかし、一方で、王に拒絶されるフォルスタッフたちは、彼が入っていく政治の世界の偏狭さとでもいうべきものに対する批判となっている。既に見てきたように、ヘンリー五世はフォルスタッフとその一派との間のこのような相対的な関係を十分に弁えている。ヘンリー五世は父王とは違って、王権に必要な条件に惑わされることなく、国家を治めるという実務的な面から物事を見ていく現実主義的な態度を取るのである。

3　新しい時代

『ヘンリー五世』において、ヘンリー五世がフランスに侵攻する大義名分を求める際に、聖職者は、フランス王が掲げる女系の王位継承を禁じたサリカ法はフランスに適用される根拠がなく、元々ヘンリー五世の先祖がフランスに対して王権を持っていたのであり、ヘンリー五世はそれを復活するに過ぎないのであるから、何らやましいところはないと主張する。[25] それに呼応して、聖職者と王との会話は、王が地上の王として神と一体となり、奇跡を起こすべきものであるという内容となる。

ここにおいて、『ヘンリー四世』二部作における放蕩者としての姿がヘンリー五世から完全に消えている。しかし、新王のこのような変身を遂げさせる聖職者たちは、教会の勢力と財力をいかに増やし維持するかに主要な関心を抱いている。フランス遠征に対して聖職者たちが与える大義名分は便宜的なものであることは明白である。

国民間の人気を王権の根拠の一つとしたのはヘンリー五世である。ヘンリー四世の王位簒奪行為は王権神授説のもとの国王の権威を損なう行為であった。ヘンリー五世は国王であるヘンリー四世の正統な皇太子であるという立場から、正統な国王として王位を継承する。ヘンリー五世は、従って、民衆の人気と王権神授説との両面から王権の根拠を与えられているという新しいタイプの国王である。それが彼が英雄的な、また、理想的な国王であるとされる理由となっている。リチャード二世の時代からパラダイムが変わり始めたのであるが、ヘンリー五世の段階に至って、完全にパラダイムが変わったのである。ヘンリー五世は確かに即位時にフォールスタッフたちを拒絶して、放蕩者の仮面をかなぐり捨て、理想的な君主の姿を国民に示した。彼は、しかし、フォールスタッフたちとの交流によって、彼が独白で述べて意図したような君主像とは異なった人間に我知らず変身しているのである。

フランス遠征の大義名分は教会の利害関係に基づいている。それと呼応するように、ヘンリー五世の神と一体となって奇跡的な偉業を達成しようとする意図[26]も相対化されている。その意図は、シェイクスピアの資料である年代記に見られる王権神授説に基づく神聖な君主像と直接的に結びつくものではなくなっている。シェイクスピアは『ヘンリー四世』二部作のハル王子が、時間に拘束された父王ヘンリー四世の政治の苦境から離れて、イーストチープの時間を超越した世界で過ごした際に受けた変身を『ヘンリー五世』劇の主人公に投影しているのである。

ヘンリー五世はフランス侵攻に際して、軍人としての側面を強く打ち出す。教会側が自らの利益を計るために王に大義名分を与えるのと呼応して、王は神の権威を引き合いに出しながらも、実際には、流血を伴う戦争の勝利を得るために、自分の祖先の英雄的勇敢さを身につけようと誓い、また、一般の兵士に愛国心を植え付けようとする。

ヘンリー五世は、シェイクスピアが資料とした歴史書の神聖な君主とは趣を異にして、より人間化されている。中世の騎士道華やかなりし頃の戦争とは異なり、ヘンリー五世は多くの一般兵士を巻き込んだ総力戦を行おうとする。勝敗は戦争の主導者の騎士道精神だけで決着するものではなくなっている。王は祖先の英雄的な行為に裏付けられたフランスに対する王位請求権を大義名分としながらも、実際の戦闘で働く一般兵士の心を掌握しなければ勝利がおぼつかない。

このような条件下で、『ヘンリー四世』のイーストチープの世界で経験した変身によって、中世の最後の華を咲かせたリチャード二世とも異なっており、また新しい政治の条件に適合できなかったヘンリー四世の曖昧な存在に決別したヘンリー五世は、彼の時代の政治的条件に良く適合して、人間化した国王として、一般兵士の勇気を鼓舞して勝利を得ることができるのである。

『ヘンリー五世』三幕三場において、彼はハールフラールの市民に対して、彼の包囲攻撃に屈しなければ、老人や女性、子供といった弱者が兵士たちの残酷な仕打ちを受けて犠牲者になると警告する。この脅しは、まさに騎士道の対極にあるものであり、総力戦の段階に至った戦争の実体を余すところなく伝えている。[27]

これは流血を避けるためにヘンリー五世が市民を威嚇している言葉であるに過ぎないと解釈することもできる。しかし、ハールフラールの市民が屈服しなければ、まさにそのような修羅場が生じることには変わりがない。『ヘンリー五世』の世界においては『リチャード二世』の華やかな中世の騎士道の残光は全く消滅している。騎士道の理念よりも、実践的な思想が歴史を動かしていく。シェイクスピアの資料であった歴史書に見られる神意を体現する理想的君主としての姿は、確かに、ヘンリー五世の敬虔な言葉によって示されている。しかし、彼は実際にはこの劇では一般庶民の生活感情に近いところで行動していることが明らかである。『ヘンリー五世』の第四幕のコーラスが述べるように、ヘンリー五世は自分を一般兵士と一体化し、平等主義的な立場からものを考えて行動する。これは中世の華やかな騎士道精神の残照の中にあったリチャード二世が王位簒奪を受けて、神聖な君主の職に対する未練を長々と述べるのとは対照的である。[28]

しかし、アジンコートの戦闘の前夜、ヘンリー五世が一般兵士に変装して陣地を視察し、二人の兵士と対話するとき、彼の平等主義が問題とされる。王は彼自身も一般兵士と同じように、フランス軍との不利な戦いを前にして苦悩していると言う。二人の兵士は王の戦争は王自身が戦えば良いのであって、王が捕虜となっても身代金を支払えば自由の身になれるが、一般兵士は惨めに犬死にしていくより他はないのであると反論する。兵士たちは、王のために戦うのであるから、戦闘で犯す兵士の過ちは王に帰すべきものであって、自身が責を負うものではないという。[29] 王はそれに対して、一般兵士の罪は一般兵士自身が責を負うべきであると反論する。二人の兵士が立ち去ると、王は自分の君主の職の重責に思いを巡らせ、一般兵士と自分とは国家の大事についての認識が異なると嘆く。[30]

フィリス・ラキンは、この場面で、王のオーソドックスな史観に基づく公的な立場と、生身を備えた一般兵士の戦闘を前にした苦悩とが対立しているとする。[31] 王は確かに王権についての公式的な概念を述べる。しかし、王が変装して陣中を視察すること自体が旧来の国王とは異なっている。フォールスタッフの拒絶を複眼的に見なければならないことは既に指摘した。アジンコートの戦闘の前夜の王も自分の公的な立場と生身としての人間の立場との乖離を弁えているのである。

ヘンリー五世は既に触れたように、『ヘンリー四世』の皇太子時にイーストチープの自由な空気を吸うことによって、王族でありながら、リチャード二世とも、また父王のヘンリー四世とも異なる人間に成長した。ヘンリー五世は心から一般兵士と一体化したいという欲求を抱くに至った。『ヘンリー五世』のヘンリー五世は敬虔な君主であり、かつまた、平等主義者である。シェイクスピアはチューダー王朝が公式に打ち出したチューダー王朝神話の硬直した歴史観を変質させて、新たな国民の歴史を打ち立てようとしているのである。

3

情念と理性の相剋

シェイクスピアの「心」のドラマトゥルギー

清水豊子

シェイクスピアの戯曲に登場する人物群像は驚くほど多彩である。主役、脇役、端役のどの人物をとっても、多様な個性で躍動している。四大悲劇の主人公はとりわけ個性的に描き分けられ、オセロ、マクベス、リア、ハムレットとそれぞれに強烈な自我意識と存在感を放っている。

多彩で躍動的な人物描写を可能にしたものは、劇作家の創造的な言葉の力とエリザベス朝という時代であろう。シェイクスピアは、ハムレットに語らせた演劇論どおりに、当時の社会に「鏡を掲げて」、豊かな人間的表現やコミュニケーションを活写しながら、彼のほとばしり出る言葉を縦横無尽に使って多様な人物を造型したのである。

悲劇の主人公といえども、冒頭では、リア王は退位のための王国分割、マクベスは栄誉ある凱旋、オセロは困難な愛の成就、といった人生の「喜び」の頂点にある。しかし遅かれ早かれ、自らの判断の過失を契機として、彼らは喜びとは別の「情念の奴隷」となる。一方、ハムレットは終始、父王の不審な死をめぐる想念に苦しみ通し、激情に屈する時もある。彼らの性格は全く異なって見えるが、個々別々の状況で苦闘する彼らの精神の軌跡は大本で共通点を有している。四人は激しい情念と理性の相剋に苦しんだ末に、悲劇の結末を迎えるのである。

四大悲劇の主人公の精神の軌跡は具体的にどう描かれているか。本論では、シェイクスピアが「情念と理性の相剋」をモティーフに、どんな心のドラマトゥルギーを駆使して主人公を造型しているか、をエリザベス朝心理学の観点から解き明かしてみたい。[1]

＊

H・クレイグは一九三五年に刊行した著書 *The Enchanted Glass* で、「情念」(passions) を中心論題とするルネッサンス時代の心理学の発展と文学者へ与えた影響を論じながら、その用語が叙情詩、ソネット、演劇のニーズに充分に適合して、長い間、「表現の環境」(a milieu of expression) になった、と述べている。そして、初期の文学者は心理学の広範な知識を披瀝し、シェイクスピアを含む中期の劇作家はその詳細な知識を洞察力のある方法で作品に生かし、ジェイムズ朝時代の劇作家は凶暴な情念に取り憑かれた人間の機械的変化を描くのに利用したという。[2] 当時の心理学的知見はその時代に生きる人々全体を捉えようとする基本的な人間学であったために、同時代の文学へより普遍的な浸透力をもっていたのであろう。

ただし当時、心理学という言葉はまだ存在していない。しかも占星術や生理学や道徳哲学だけでなく神学の含みも残している。理論的根拠も薄弱ながら、現代にも通ずる心理学的論題がヨーロッパで古典や中世の哲学を受け継いで盛んに論じられ、翻訳書も相次ぎ、英国では世紀の変わり目に文学者に大いに受け入れられたのである。[3]

クレイグによれば、シェイクスピアは初めのうちは性格描写に心理学の一般的な知識を使っているだけだが、一六〇〇年以後の作品では心理学に熟知し、それを道具として巧妙に活用している。後に分析するように、四大悲劇の主人公たちの「情念」や「狂気」のモティーフは、心理学書に頻出する情念論やその用語を駆使して展開され、それぞれのドラマのプロットに見事に織り込まれている事実から考えても、人物の心の振幅や深遠を描くために、心理学が必須の「表現の環境」になったのは確かであろう。

シェイクスピアが描いた劇的人物の中で、当時の心理学の本質を最もよく理解していたと思われるのはハムレットである。彼はホレーシオに次のように語っている。

…bless'd are those / Whose blood and judgment are so well comingled…Give me that man / That is not passion's slave, and I will wear him / In my heart's core…

(III. II. 73–78)

ここでは、blood は passion と、judgement は reason と同義語である。つまり、「情念」と「理性」が調和していて、「情念の奴隷」とならない人々が望ましい、とハムレットは言っている。そして自分が体現しえないこの理想像をホレーシオに見るのである。

「情念」と「理性」の調和とは、「中庸」（temperance）である。[4] 自制されていて節度ある心の状態を指す。これはまさに、古典的伝統を継承するルネッサンスの人間の理想像に他ならない。ところが、当時の劇作家が描いた悲劇の世界では、この理想像とはほど遠い、「理性」が「情念」に蚕食され、「情念の奴隷」となって悪戦苦闘する人物が中心となっている。シェイクスピアが創造した優れた武将のオセロやマクベスも、多血質のリア王も然りである。しかも、オセロとマクベスは情念が極まって、卒倒や幻覚という「一時的狂気」に陥る。リア王は情念が限界を越えて、「深い狂気」の淵をさまよう。ハムレットも理性が情念に勝る時とその逆の時が交錯し、相手によっては自分を抑えることができなかった。激情の末に temperance を回復するのはリア王だが（*Doctor*: I doubt not of his temperance. 四幕七場）、遅きに失して、その内実は余りに脆弱で、非情な悲劇の結末を変えることはなかった。

当時の人々にとって、「中庸」とは、ハムレットのようにわかっていても、人生の難局においては達成しがたい心の有り様だったに違いない。そのため、シェイクスピアや同時代人は、「情念」とはしばしば激しく危険なものだ、という共通認識を有していた。[5] そこで、「情念」は、神が獣と区別するべく人間にのみ授けた「理性」によって治められなければならない、とされた。当時の心理学書でくり返し指摘されている点である。

例えば、クレイグが、当時著された多くの類書の中で、心理学の知識や関心を広めた書と位置づけた *The French Academy*（一五七七年の仏語版からの英訳書、一五八六年刊）では、「人間ほど最悪な生き物はない。万物に支配権をふるいながら、自分自身も、自分の欲望も抑えられない。経験的に我々はこの諺の真実を十分すぎるほど理解できる。…厄介な『情念』は、もし『理性』によって遮断・支配されなければ、人を完全な破滅に引き込む。…perturbationsと呼ばれる『情念』は人類のあらゆる悪や悲惨の元凶になるが、堕落した我々の『意志』から生ずる情動に過ぎないので、神の恩寵によって『理性』がそれを抑制して支配できれば、大事に至ることはない。…肉体より心から生じる『情念』の方がはるかに危険だ。…『理性』は『情念』の治療薬かつ予防剤だ」[6]といった具合に、現実の人間とあるべき人間像をめぐる論議の核心部は堂々巡りしている。

同書では、「中庸」についても論じられ、「temperanceほど優れて素晴らしいものはなく、心のguide兼governorだ。その導きゆえに我々はreasonに従い、我々の精神にpeaceをもたらす」と記されている。[7]

シェイクスピアの作品中では、「情念」や「狂気」、「理性」という言葉はその同義語も含めて頻出するが、「中庸」はなぜかあまり使われていない。[8] しかし、ハムレットの語る「情念と理性の調和」は明らかに、当時のそうした人間学的理念を表していると考えられる。

*

エリザベス朝心理学の理論に精通し、奸計に悪用したのがイアーゴである。イアーゴは当時の情念論に従って悪のシナリオを書いて実行に移すのである。イアーゴの策略でオセロが陥る「嫉妬」は「愛」と「憎しみ」からなる複合的情念で、その危険性は強く警告されている。[9]

… I put the Moor / At least into a jealousy so strong / That judgment cannnot cure. …And practising upon his peace and quiet / Even to madness. (II. I. 312–323)

イアーゴはこの台詞で、「理性」では治せないほどの猛烈な「嫉妬」に追い込むとうそぶいている。人の心理を操ることなど可能なのだろうか。まさかと思う観客心理の虚を突いて、イアーゴは巧妙な手練手管で、オセロの「嫉妬」の情念を段階的に挑発し、彼の心の平安をかき乱して「狂気」へ駆り立てていくのである。

四大悲劇において、主人公の「情念と理性の力関係」あるいは「狂気」の質は、冷静沈着な同僚か側近が語る鍵の言葉で暗示されている。それが作品の土台となり、それぞれの悲劇的な世界が構築されていく。『オセロ』では、前述のイアーゴの言葉がそれである。つまり、「嫉妬」から「狂気」へという悲劇の命運はイアーゴによって握られてしまうのだ。なお『マクベス』ではバンコウ、『リア王』ではケント、『ハムレット』ではホレーシオが鍵の言葉を語っている。

イアーゴがこの途方もない予告をした直後の戦勝祝いの夜、キャシオは早くも謀られ、酒の勢いで喧嘩騒ぎを起こしてしまう。オセロは騒動の原因を問い詰めながら、「怒り」を露にして、自分を抑制できない。

My blood begins my safer guides to rule, / And passion, having my best judgment collied,/ Assays to lead the way. (II. III. 207–209)

オセロはここで、二重の表現で、「情念」が「理性」を圧倒しそうだと言っている。オセロの情念は巧みに煽られている。イアーゴはまだ布石を打っただけなのだが、陰謀はこうして好調な滑り出しをみせる。

免職されたキャシオはやがてデズデモーナに秘かに復職のとりなしを頼みに来る。遠目にその場をオセロに目撃させたイアゴーは、緩急自在の、思わせぶりな口舌で「嫉妬」の情念を一気に覚醒させる。それでもこの段階ではオセロにはまだ、「情念」を抑える「理性」が働いていた。「おれは疑う前にまず見る。疑う場合には証拠をつかむ。証拠があれば、愛を捨てるか、嫉妬を捨てるかだ」と。しかし、奸計の基礎を打ち終えたイアーゴは次にあからさまにデズデモーナの不実を臭わせ、オセロの潜在的な劣等感も意識化させるのである。

… I may fear / Her will, recoiling to her better judgment,/ May fail to match you with her country forms / And happily repent. (III. II. 235–238)

このwillは「意志」の他に「情欲」の意も含む。ここではjudgmentも欲得ずくだ。イアーゴにあうと、judgmentさえ「理性」の属性ではなく邪言になってしまう。間もなく、オセロは結婚を激しく悔やみ、妻に裏切られたと思い込むに至る。こうして、イアーゴは口先一つでデズデモーナの「愛」を「情欲」に貶めて、オセロの「愛」を「憎しみ」に変えることに成功するのである。

T・ライトの *The Passions of the Minde*（一六〇一年）は、四大悲劇と同じ十七世紀初頭に刊行されている。そこには、「情念」が「想像力」を増強させると、想像力は情念をさらに激化させて、やがては理解力を崩壊させる、と書かれている。[10] イアーゴはこの理屈通りに、オセロの危険な妄想を掻き立てることに成功する。そして、「血＝情念」にほんの少し働きかけるだけで、危険な妄想が硫黄の山のように燃え上がる、と言ってほくそ笑むのである。

The Moor already changes with my poison:/ Dangerous conceits are in their natures poisons,/ Which …/ But with a little act upon the blood,/ Burn like the mines of sulphur. (III. III. 326–330)

間もなく、危険な妄想に追い詰められたオセロが「おれの妻が淫売だという目に見える証拠を出せ」と荒れ狂うのを見て、イアーゴが I see, sir, you are eaten up with passion.（三幕三場）と言うように、今やすっかり「激情」に蚕食され、オセロの「理性」は見る影もない。情念の奴隷と化して、証拠にこだわるオセロがハンカチのトリックに引っ掛かるのは時間の問題だった。

こうして、さらに猥雑な妄想を煽られて、オセロは癲癇で卒倒し、公の場で取り乱してしまう。本国の特使、ロドヴィーコが Is this the noble nature,/ Whom passion could not shake?とか Are his wits safe?（四幕一場）と驚くほど、身体と人格の荒廃が顕著になる。その後、オセロの激情は純愛の妻デズデモーナを殺すまで、燃え尽きることはなかった。

オセロの悲劇を決定的なものにしたのは、当人の判断の過ち以上に、策士のイアーゴの歪んだ意志論と情念論であるのは明白だ。

… Our bodies are our gardens, to the which our wills are gardeners……the power and corrigible authority of this lies in our wills. If the balance of our lives had not one scale of reason to poise another of sensuality, the blood and baseness of our natures would conduct us to most preposterous conclusion …

(I. III. 324-334)

イアーゴの理屈では、「意志」を働かせる対象も肉体だけで、「理性」と相対する情念も「好色」(sensuality) だけである。人間らしい精神や心は不在だ。オセロ将軍を「嫉妬」で破滅させたのは、この冒瀆的な、貶められたイアーゴ流の似非心理学なのである。

*

オセロと同様にマクベスも、武勇の誉れは高かったが、世事や人間の心には疎かった。それゆえに、オセロは部下に裏切られるが、マクベスは自分に裏切られる。

マクベスの「野心」は冒頭から心に潜んでいたのだろう。戦勝の帰路、魔女に「行く末王になる人」と呼びかけられると、その場で茫然自失の状態になる。これは、魔女の予言で心身が恍惚状態となり、秘かな「野心」が意識化され、マクベスの「理性」が呪縛された瞬間である。

冷静沈着に魔女の手口を見抜くバンコウはこの瞬間を次のように捉えている。

Were such things here as we do speak about?/ Or have we eaten on the insane root / That takes the reason prisoner? (I. III. 83-85)

バンコウが言うように、「理性」が囚われの状態になったのであろう。従ってその属性である「判断力」も「意志」もまともに機能せず、「情念」がまたたく間に増殖してしまう。これは、マクベスが自ら陥ることになる呪縛された精神状況を暗示していると同時に、この悲劇の背景となる憑依の世界を象徴している。

マクベスは、魔女が消えた直後に王の使者が出迎えても恍惚状態にあり、国王殺害を空想して身の毛をよだたせ、異様に興奮している。マクベスがPresent fears are less than horrible imaginings（一幕三場）と言うように、「恐怖」の情念は生まれているがまだ付随的である。理性が虜になったために、頭をもたげるのは「野望」(my black and deep desires, Vaulting ambition) などの情念だけではなく、情念の仲間である「想像力」もすでに恐ろしい空想を煽り立てている。マクベスの心の激しい動揺は、バンコウが魔女の予言に微動だにせず、確かな現実感覚を示すのとは対照的である。

ダンカン王を自分の居城に迎えたマクベスは、世の正義を考える束の間の「理性」を取り戻し、国王殺害の決行を逡巡する。しかしその真夜中、殺害を促すような血糊のついた短剣の幻覚を見てしまう。「野望」に煽動された「想像力」の奇襲に屈して、「理性」がやはり機能しないためであろう。「意志」も「情念」に誘惑されるまま、[11] マクベスは夢遊病者のように、夫人の強い意志に後押しされて殺害を決行してしまう。

国王暗殺に恐れおののく側近や王子を前にして、マクベスは、憤慨のあまり侍従二人を殺した理由をこう取り繕っている。

The expedition of my violent love / Outrun the pauser, reason. (II. III. 117–118)

マクベスが言うように、「情念が引き止め役の理性を出し抜いた」のは確かだが、その情念は国王への「忠愛」ではなく、王位への「野望」である。これは、オセロが自分の「怒り」について「情念が理性を曇らせて先走りする」と語った台詞と似ている。二人の武将は当時の人間学的な知識を使って自己を語っているが、彼らの自己認識は表層的であり、情念と理性の調和の大切さに気づいてその相克に悩むハムレットの自己認識の深さとは比べるべくもない。

このように、マクベスの「理性」は大逆罪を犯しても目覚めず、本当の意味で罪を自覚し、良心の呵責に苦しむようなことはない。その代償としてマクベスを襲うのが予期せぬ心の地獄である。国王殺害の直後に激しく気病むだけではなく、念願の王位に就いても、「喜び」(doubtful joy) の情念に満足はない。彼の心は責め苦にかけられ通しで、心の平安は永遠に失われたのだ。

Better be with the dead,/ Whom we, to gain our peace, have sent to peace,/ Than on the torture of the mind to lie / In restless ecstasy. (III. II. 19–22)

「情念の奴隷」と化したマクベスの人格の荒廃はすさまじい。遂げた「野望」はさらなる殺人を急かし、「恐怖」の増殖は留まるところを知らない。バンコウ父子の殺害計画が半ば失敗に終わると、再び気病みの発作に襲われ、I am cabin'd, cribb'd, confin'd, bound in / To saucy doubts and fears.（三幕四場）と嘆く。マクベスの「情念」と「想像力」は、ライトが指摘したように、相乗作用で荒れ狂って、彼の自制心さえ破壊していく。そして饗宴の席でついに、バンコウの亡霊の幻覚を見て、その亡霊相手に大失態（admir'd disorder）を引き起こす。これが致命的となり、彼の政治的立場は破滅へ向かって急降下するのである。

この悲劇では、一連の病的イメジャリーが全幕に描き込まれている。マクベスの病める心（前記の他、brainsickly, fitful fever, afficiton など）に、やがては、暴君を主君として戴く病める王国スコットランド（suffering country, sickly weal など）を経て、夢遊病に陥って破綻するマクベス夫人の心（great perturbation, thick-coming fancies など）に対してである。[12] 詰まるところ、マクベス夫妻は一貫して「理性」を抑え込んだために、「激情」という自分の内なる敵に屈し、精神的破産を迎えるのである。

＊

リア王は、冒頭から、孝養の言葉を口にしない愛娘に「怒り」（wrath, hate, curse）を爆発させ、「情念の奴隷」になる。情念を抑止すべき「理性」は不在で、それを必死に補おうとするのが忠臣ケントである。

…be Kent unmannerly / When Lear is mad. …To plainness honour's bound / When majesty falls to folly. Reserve thy state;/ And, in thy best consideration, check / This hideous rashness: answer my life my judgment…

(I. I. 147–153)

ケントは、老王が末娘を勘当し、上の娘二人に全領土を授ける性急さを狂気の沙汰（mad, folly）と直観し、my judgment を命がけで差し出したのだろう。しかし、リア王は再び「激怒」して、ゴネリルがこの直後に冷淡に指摘する poor judgment を露呈してしまう。そして、自分の「理性」そのものである忠臣ケントを追放するのである。

リア王がやがて深い狂気の淵をさまようのは、この判断力の欠如に直接的原因がある。だが、リアの判断の過ちは、必ずしも加齢による衰えだけではなく、リーガンに'Tis the infirmity of his age; yet he has ever but slenderly known himself.（一幕一場）と言われるように、昔から自己認識は貧弱だったためである。リアには、オセロやマクベスの「理性を圧倒しやすい情念」といった自己認識さえなく、次々と「情念の奴隷」になるのは避けようもなかった。

リアは間もなく、ゴネリルの冷遇を思い知って、「激怒」「憎悪」（devils, bastard, marble-hearted fiend, detested kite）に襲われると同時に、O most small fault,/ How ugly didst thou in Cordelia show!（一幕四場）と勘当した末娘を想い、激しい「後悔」の情念に囚われる。ここで、何よりも大切な dear judgment を締め出していた自分に気づくのである。

O Lear, Lear, Lear!/ Beat at this gate, that let thy folly in, / And thy dear judgment out…

(I. IV. 294–296)

リアは道化との問答で、I did her wrong（一幕五場）という自省心も見せるが、序幕の最後では相次ぐ激情ゆえに狂気に屈しそうな自分に必死で堪えている。

O! let me not be mad, not mad, sweet heaven; / Keep me in temper; I would not be mad!

(I. V. 51–52)

リアの狂気は、こうしたリアの激情を土台にして、完璧なグラデーションの技法で描かれていく。第二幕は情念の極まった主人公の「狂気への抵抗」が主題となる。娘たちの冷酷な仕打ちは増し、リアの心には今までの情念に加え、「悲しみ」(mother, hysterica passio, climbing sorrow) も押し寄せる。リアはその度に必死に自制し、情念と忍耐の激しい葛藤に耐える。しかし、最後には抗しきれず、O, Fool, I shall go mad. と狂気の予感を告げる。第三幕ではまず、失われゆく「理性」を引き留めようとしたリアの努力も虚しく、「狂気への没入」が描かれる。身をやつして仕えるケントが His wits begin t' unsettle. と証言している。その上で、リアが冷酷な娘たちを裁く幻想の裁判場面が「狂気の頂点」となる。それは再びケントが his wits are gone と伝えている。第四幕では荒野で狂乱するリアの姿が垣間見られ、「深い狂気」の淵をさまようリアにエドガーは reason in madness! と憐れみを惜しまない。狂気の苦難を越え、リアが temperance を回復するのは最終幕である。

リアの狂気の描写は、二幕から終幕に至るまで稀有のうねりを見せている。シェイクスピアが序幕でリア王を「情念の奴隷」として大胆に活写したのは、この病める心の最大の振幅を描くためだったのであろう。マクベスの「野心」や「恐怖」が序幕から第三幕までの間に漸進的に描写され、オセロの「嫉妬」もイアーゴの周到な策略の後に第三幕で一気に描かれ、その上で両者に「一時的狂気」が導入されるのと比べれば、その大胆さは際立っている。ドラマの外的状況との相関関係でリアの「心」をどう描くか、そのドラマトゥルギーは劇作家にとっても大冒険であったに違いない。

＊

四大悲劇の主人公のなかで「情念と理性の相剋」に本当の意味で悩むのはハムレットであろう。オセロ、マクベス、リアの場合は、情念が理性を圧倒して荒れ狂い、互角の関係にはならない。ところがハムレットは、冒頭から、自分の意志ではどのようにも動きがたい不確実な「恐ろしい状況」[13]に投げ込まれるため、情念と理性の両極に激しく揺れ動くことを余儀なくされるのである。

父の急死と母の再婚、続いて叔父の即位という受動的な状況で、ハムレットは第一独白ですでに鬱屈した「苦悶の極限」[14]を吐露している。その後、亡霊の出現で亡き父王が叔父に毒殺されたらしいという心証を得る。しかもその復讐を厳命される。自分の苦悶の出所を察知した結果、亡き父への「悲嘆」や再婚した母への「嫌悪」に加えて、one may smile, and smile, and be a villain;/ At least I'm sure it may be so in Denmark.（一幕五場）と王国への「疑惑」も募らせている。しかし、近代的な懐疑精神を持つハムレットは「復讐」の情念へは直進しない。ここが当時の復讐劇の他の主人公とは違う。客観的証拠が不足し、どんな決定的な判断も行動もできない曖昧な状況とわかっているからだ。彼の「理性」はあくまで健在なのである。それ故にこそ、調子はずれの時代を嘆き、世直しのため「奇怪な行動 antic disposition」を決意するのであろう。しかもハムレットは、不確実な状況を突き崩せずに王子として苦悩を重ねるが、王国の「見かけ」の裏に隠された「真実」を終幕まで求め続けるのである。

　ハムレットがこの決意をする直前に、ホレーシオは亡霊の正体に懐疑を呈し、心配のあまり次のように語っている。

What if it tempt you…/ And there assume some other horrible form,/ Which might deprive your sovereignty of reason / And draw you into madness?
(I. IV. 69–74)

　「王子の理性を剥奪し、狂気に引き込むのではないか」というホレーシオのこの懸念が、作品全体の基調を築いている。ハムレットは自らの決意通りに佯狂を装い、周囲には理性が剥奪され狂気に陥った王子のように見える言動を続けるからである。そして、オフィーリアやポローニアスの目を欺くことには成功する。ポローニアスは娘が王子の奇態な行動を恐ろしげに訴えるのを聞くと、国王に王子の狂気（lunacy, madness）の原因を突き止めたとして、世俗的な狂気観を駆使して恋ゆえの狂気（the very ecstacy of love）を報告している。王の特命を受け王子の心中を探ろうとするローゼンクランツやギルデンスターンに対しても、鬱屈した情念が間歇泉のように噴出しそうにはなるが、佯狂ではぐらかす。ただし事態は一向に打開されない。

ハムレットはその直後に旅回りの一座の訪問を受け、第二独白では、俳優が虚構の情念（a fiction of passion）でも見事に奮い立って演ずる様と比べて、然るべき情念（the motive and the cue for passion）を抱えていても何もできない自分の不甲斐なさを口を極めて責めている。そうすることで「復讐」（vengeance）の情念を掻き立てようとしているのだ。一方、その独白の最後では、ハムレットは「亡霊よりもっと確かな証拠が欲しい」と苦渋の「理性」を絞り出す。情念と理性の葛藤は深まるばかりである。ここで思いつくのが芝居の上演である。

一方、クローディアスはハムレットの本心を探ろうとして着々と策を弄している。部下に王子の変わり様（transformation）を探らせ、オフィーリアに「怒り」をぶつける王子の会話を盗み聞く。その上で佯狂を読み取って、狂気（madness）ではないと判断を下す。そして「鬱々と考え込むような何かがある」と察知するや、王子のイギリス派遣を決めて斬首を策する。御前芝居で危険を感じた国王はそれを着実に実行に移すのである。

ハムレットは芝居の上演で国王の良心を罠にかけることには成功するが、それはやはり心証に過ぎなかった。その後、母ガートルードの前で興奮と佯狂のうちにポローニアスを刺殺してしまう。その勢いで母親への激情に荒れ狂って、年相応の judgment を欠き、reason panders will（理性が情欲を取り持つ）とまで言い募る。母に対しては一時的に「情念の奴隷」になり、自分を抑制できなかったのだ。しかし船出の前には「理性の人」に戻って、[15] 異国の王子の戦う雄姿に遭遇して自分の「鈍い復讐心 dull revenge」を責め、god-like reason を持ち腐れにしている自分の不甲斐なさを再び嘆いている。次の台詞にみられるように、「理性」と「情念」の両方から急かされながら身動きができない自分をはっきり認識していて、ハムレットが今なお八方塞がりの状況に苦しんでいることがわかる。

How stand I then,/ That have a father killed, a mother stain'd,/ Excitements of my reason and my blood, / And let all sleep…

(IV. IV. 56–59)

この悲劇の全編を通して、狂気（madness, mad とその類語）に言及する言葉の多さは、実に圧倒的である。本物の狂気を描く『リア王』より多い。ハムレットの佯狂が呼び水となって、周囲に狂気論争を呼び、当人もそれに加わるからである。[16] 従って、批評史上は、ハムレットが本物の狂気と論じられる時代もあった。[17] しかしハムレットは、一時的に「情念の奴隷」に陥ることはあっても、本質的には「理性の人」であった。本物の狂気はオフィーリアの身上に起こり、ハムレットの佯狂と鮮明に対比されている。

…poor Ophelia / Divided from herself and her fair judgment,/ Without the which we are pictures, or mere beasts…

(IV.V.84–86)

こう語るのはクローディアスである。ハムレットの佯狂を見抜いただけに、狂気の本質を知っている。

herselfは様々な情念や想像力や意志などを含む彼女の自我意識の総体を表し、judgmentはそれを統括する「理性」の核を示している。それらが不在では人も絵か獣に過ぎないとする見解はいかにも冷徹だ。シェイクスピアはリアの狂気にも人間性の片鱗reason in madnessを描いたように、オフィーリアの狂気にもA document in madnessという兄の一言を添えている。ハムレットの佯狂はmethod in madness（ポローニアスの言葉）を必要とし、二人の本物の狂気とは本質的に違っている。

情念と理性の相剋をくり返した末に、ハムレットが「確かな証拠」を得たのはイギリスへ向かう船上であった。父王毒殺の証拠はついぞ摑むことはできなかったが、王子斬首を認めた親書を発見して初めて、現国王の悪事の証拠を手にする。そして本国へ引き返すが、策を弄することもなく、readiness is allと達観してクローディアスとまみえることになる。ハムレットは終幕で、自ら理想とした「情念と理性の調和」の域に達したのだ。そしてその「心の平安」を楯に、デンマーク王国の正義のために最期に臨むのである。

4

末松美知子

シェイクスピア劇と上演空間
イギリスと日本

1　イギリスにおけるシェイクスピアの上演空間

一九九七年、テムズ川南岸にグローブ座が再建された。[1] 二〇年に及ぶ長い準備期間を経て完成したこの劇場は限りなくオリジナルに近いことを目指していたが、開場以前から、カルチュラル・ツーリスト目当ての新たな観光地にすぎないといった批判や、高度な劇場技術に支えられた現代のシェイクスピア上演状況に貢献する可能性があるのかといったその存在自体への疑問が投げかけられてきた。しかし、四シーズンを終えた今、この劇場空間の意義、そしてイギリスのシェイクスピア上演に与えた影響は予想を大きく上まったと言わざるをえない。

新グローブ座の誕生以前、イギリスでシェイクスピアが上演されている空間は主として次の四つに大別されていた。

1豊富な補助金を受けている二つの王立劇場、ロイヤル・シェイクスピア・シアターとロイヤル・ナショナル・シアター。[2]

2ロンドン・ウェストエンドの商業劇場（野外劇場も含む）

3ロンドンの小規模劇場（オフあるいはオフオフ・ウェストエンド）

4地方のリージョナル・シアター

数の上では二つの王立劇場で行われる公演が圧倒的であるが、シェイクスピアを上演する空間は、日本同様、実に多種多様である。しかしイギリスが日本と異なるのは、アカデミズムと現場の結びつきが強まった一九七〇年代以降、上演空間がシェイクスピア上演の成功を左右する重要な要素として改めて認識され、研究者を巻き込んだ論議や検証が盛んに繰り返されていることである。

ロイヤル・シェイクスピア・カンパニーの例を挙げれば、古典にふさわしい空間を求める動きは、七〇年代に新たな小劇場を生み出した。[3] 小さな空間で登場人物の心理を丹念に再現してみせるいわゆる〈スタジオ・シェイクスピア〉の登場は、テレビや映画のナチュラリスティックな感情表現に慣れていた観客に歓迎されたが、一方では、カンパニーは経済的な理由から大劇場での公演も依然として続けざるをえなかった。エイドリアン・ノーブルが芸術監督となった八〇年代には両極化が進み、心理的なリアリティを追及する小空間での上演と、大規模なセットや派手な演出で観客を圧倒する巨大な額縁舞台での上演が並行して行われることとなった。しかし、九〇年代にはいって大劇場での上演はいよいよ行き詰まり、ついにロイヤル・シェイクスピア・カンパニーとロイヤル・ナショナル・シアターは、一九九九年、ともに大劇場の改築を行ったのである。円形の舞台を額縁〈プロセニアム〉の外に半分以上張り出させたため、観客と舞台の距離は一気に近づき、改修後の舞台成果は上々である。[4] グローブ座完成二年後にしてイギリスを代表するこの二つの劇場が改築されたのは偶然ではなく、むしろグローブ座での成果が、シェイクスピアにふさわしい空間の再考を促した結果だろう。

では、そもそも、シェイクスピア劇にふさわしい上演空間とはどのようなものだろうか。上演空間、すなわち劇場と言っても、ホールや舞台の大きさ、形状など物理的構造をもつ建築物としての劇場から、ルネサンス精神史における宇宙＝円形劇場のトポスの具現としての劇場まで、その考察の範疇は広い。ここでは、狭義に、上演の行われる〈場〉としての劇場、特に舞台空間に的を絞って考えてみたい。実際の上演においてシェイクスピア劇が生かされる演技空間とはどのようなものなのか。シェイクスピアが劇作にあたり念頭においていた空間理念や空間処理を今に生かし、優れた舞台成果を挙げることのできる劇場とはどのようなものなのか。

まず手がかりとなるのは、シェイクスピアが大多数の劇を上演した第一グローブ座の舞台だろう。グローブ座の舞台は、屋根、二本の柱、舞台奥の内舞台〈ディスカバリー・スペース〉を備えた、幅十三メートル、奥行き八・五メートル程の張り出し舞台であった。[5] 一階平土間のちょうど中央にまで突き出た舞台で演じる俳優と観客の距離は実際無いに等しく、これが両者の密接な関係を生み出した。また、観客が舞台を三方から（舞台二階のバルコニーに観客が居るときには四方から）取り囲むことで、包囲型の上演空間が成立し、舞台上の演技者は自分たちを取り巻く観客のエネルギーを取り込む形で上演を行った。[6] 『ヘンリー五世』のコーラスが「さあ、皆さまご想像を。」と観客に訴えかける例を俟つまでもなく、この舞台空間で上演される芝居は、観客の想像力とエネルギーに依存した劇作法を前提としている。[7] 演技者と緊密な関係を持つ観客が、持てる想像力を活用し、上演に積極的に参加すること、すなわち、両者の一体化と共同作業がシェイクスピアの劇体験の根幹にある。

この張り出し舞台のさらに重要な特質は、その融通性〈フレキシビリティ〉である。中立の舞台空間は、何もないからこそ何にでも変化できるわけで、この何もない空間が持つ逆説的な雄弁さはJ・L・スタイアンによって指摘されている。[8] 例えば、場の設定というレベルで考えれば、この裸舞台は役者の登場や台詞によって場が規定される融通性を持つ。また、場面の空間的飛躍が可能なだけでなく、この舞台空間ではさらに、行為〈アクション〉の質までもが自在に変化する。例えば、『リア王』四幕六場、いわゆるドーヴァー・クリフ・シーンで、ありもしない崖から飛び降りて〈再生〉した盲目のグロスターと狂気に落ちたリアが出会うが、この二人の再開の場面は、人間が体験できうる極限の体験を経た二人の老人が自らの存在を舞台上の〈道化〉にたとえることで、普遍的な人間存在と宇宙の関係までも示唆する、スケールの大きな象徴的な場面である。ところが、この再開の直後、懸賞金目当てにリアを追ってきた、オズワルドという俗物の登場によって、場面の空気は一変し、その後繰り広げられるオズワルドとエドガーの戦いというリアリスティックな行為は、一挙に観客を即物的な現実に引き戻すのである。

演技者と観客の緊密な関係、舞台空間の中立、融通性を基本に据えたシェイクスピア劇が提示する劇的世界は、必然的にいわゆる近代劇が求めるリアリスティックなそれとは異なっている。にもかかわらず、シェイクスピア劇は長らくその近代劇と同じプロセニアム・アーチ形式の舞台で上演され続けてきた。周知のように、そのような劇場では観客と舞台は分断され、観客は、額縁の向こうの〈リアル〉な絵を受動的に鑑賞することになる。確かに、プロセニアム・アーチの向こう側の現実は、その完結性ゆえに、ある意味でよりリアリスティックになりえるが、前近代的なシェイクスピア劇だからこそ獲得できるリアリティはここでは得られない。相いれない上演空間に押し込められてきたシェイクスピア劇は、そのリアリズムが最も生きる空間を取り戻さねばならなかった。

まさにその契機となるべく、アメリカ人俳優サム・ワナメーカーのグローブ座再建プロジェクトが八〇年代にスタートした。ワナメーカーは、エリザベス朝の劇場で上演することによりシェイクスピア劇を生き返らせ、同時に、現代の上演方法に慣れてしまっている観客にある種のショックを与えることを意図していた。[9] ところが、このプロジェクトは、基本的に矛盾を抱えていた。たとえ完成したグローブ座の建築資材や工法がエリザベス朝そのままであったとしても、そこで演じる役者も、見る観客も今を生きる現代人である。そこでのエリザベス朝観劇体験の再現にどれ程の意義があるのか。しかし、少なくとも、シェイクスピアの劇作法と空間の関係を実際の上演で明らかにする、またとない実験の場となることは確かで、研究者達もその実験的価値を評価し、このプロジェクトに参入した。

一九九五年のワークショップシーズンから全てのリハーサル、本公演の記録を取り続けているポーリン・キールナンは、この劇場での発見や再認識をその著書 ***Staging Shakespeare at the New Globe*** で詳細に報告している。[10] その中で、グローブ座の舞台の中立性に関する次の指摘は興味深い。椅子などのわずかな小道具のみの使用でも、観客の台詞への集中度が高いため、〈場〉の意識の獲得は比較的容易であり、また、役者が登場するドア、立つ位置、柱の使い方などが象徴的な意味あいを持ってこの空間を生かすことが確認されたという。

さらに、観客と演技者の関係に関しては、両者の光の共有の予想以上の重要性が指摘されている。シェイクスピアの当時さながらに午後二時から開始される公演では、通常のプロセニアム形式の舞台のように演技者のみが光を浴びるのではなく、当然ながら観客も役者も真昼の自然光の下同じ条件で存在する。この光の共有は、観客と役者のアイコンタクトを容易にすると同時に、両者が同じ時間、空間を共有していることを常に意識させることとなる。そればかりか、観客同士も互いの存在を常に意識することから、共同で上演を成立させているという共通認識が観客の間に生まれ、その結果彼らは上演をコントロールする極めて大きな力を手に入れる。

小劇場空間や額縁の向こう側に分離された空間で発せられる時に台詞が持っていた微妙なニュアンスは、この空間では生きてこない。完全にコントロールされた静かな空間で息をひそめて耳をすます観客達であればこそ堪能できる台詞の微妙な意味合いも、屋根が無く開放的なこの空間では、瞬時にして内外の雑音やざわめきにかき消されてしまう。この劇場では、明確な意味合いを持った台詞が、力強く、ストレートに観客に向かって発せられ、それを役者と同等の力を持った観客が受け止め、想像力で補い、積極的に反応を舞台に返していくことこそがふさわしい。台詞を核に据えた役者と観客のダイナミックな交流と、それが生み出す一体感に満ちたおおらかで祝祭的な雰囲気—これこそがグローブ座体験の醍醐味であり、その意味では、ここでのシェイクスピア体験は他の劇場でのそれとは全く異なっている。完成した作品の受容でなく、変化する可能性を持った上演という共同作業に積極的に関わる観劇行為が現在でも有効であり、また、近代的なプロセニアム形式の劇場での上演で脆弱化した台詞が、生き生きとした力強さを取り戻し異なったシェイクスピア体験を可能にすることが、このグローブ座で証明されたのである。

2　日本におけるシェイクスピアの上演空間

シェイクスピアは、日本ではどのような空間で上演されているのだろうか。実際の上演空間はあまりに雑多で、分類は非常に困難であるが、劇場の規模とその性格から便宜的に分類すると次のようになるだろう。[11]

1大規模劇場（座席数九〇〇以上）
　東宝や松竹などが経営する商業演劇系の大劇場
　多目的ホール（公会堂も含む）
2中規模劇場（座席数四二〇〜九〇〇）
　流通系企業等が経営する劇場
　新劇系劇団の専用劇場
　地方自治体運営の公共劇場
3小規模劇場（座席数四二〇以下）
　小劇場（ボックス型のアダプタブル・スペースを含む）

戦後のシェイクスピア上演空間の変遷には、多目的ホールの占有から、多彩な劇場空間への分散へという大きな流れが存在し、その流れの中で、一九八八年にはシェイクスピアの専用劇場も誕生した。[12] シェイクスピアのグローブ座を模して建設され、現在では東京近郊のシェイクスピア上演の四〇%を独占している東京グローブ座（一時パナソニック・グローブ座に改称）は、日本のシェイクスピア上演状況に大きな変化を及ぼした。[13] 観客は、国内外の多くの上演に接する機会を得ただけでなく、プロセニアム・アーチ形式の劇場以上に、張り出し舞台とシェイクスピア劇の相性が良いことに気づいた。しかし、このグローブ座や、一九七五から八一年にかけて、劇団シェイクスピア・シアターがシェイクスピアの三七作品を上演したジァンジァンはむしろ例外的存在で、一般には、シェイクスピアの上演空間は、かなり場当たり的に選択されている。もちろん、これはシェイクスピアに限ったことではない。常に上演空間の質を問い、守り続けてきた伝統芸能に比べれば、西洋演劇や現代劇は、上演に際して自らの演劇観の反映に最適な空間を選択しようという意志は明らかに弱い。劇場の企画制作による公演、劇場と劇団の提携公演など公演形態は様々であるが、いずれにせよ、どの公演をどの劇場で上演するかは、公演の規模や日数、望める観客層や観客数といった外的要素により決定される。その結果、例えば、東京の中規模劇場で幕開けした公演が、地方では座席数一〇〇〇を越える多目的大ホールで上演されることは珍しくないし、小規模の劇場であれば生きるであろう演出が、プロセニアムの大空間に押しつぶされる例なども多々見られる。制作側には、選択の余地が無いという現実的な諸般の事情があり、観客側も、どこで上演されるかという場への関心はほとんど持ちあわせていない。

この希薄な場の意識にはいくつかの要因がある。まず、考えられるのは明治以来のシェイクスピアを含めた西洋近代劇移入の経緯である。一八七五年、横浜のゲーテ座で初めてシェイクスピアが上演されて以来、歌舞伎とは異なる西洋風の空間で西洋演劇を上演することが最大の目標に掲げられた。ともかくもプロセニアムアーチを備えた洋風劇場をと、有楽座（一九〇八年）と帝国劇場（一九一一年）の建設にまでこぎ着けた。しかし、実際そこで演じられた演目は、西洋演劇に加えて、歌舞伎、新劇、映画という有り様で、そのあまりにも形式的な西洋演劇空間の受容をすぐさま露呈することとなった。[14]つまり、西洋演劇移入の初期段階から、上演空間の他目的性を受け入れる素地が存在していたのである。

この多目的空間での上演の傾向は戦後にも引き継がれ、五〇年代のホール建築ブームにより一層拍車がかかる。（注12参照）現在全国に一六〇〇以上存在すると言われる多目的ホールはプロセニアム・アーチを備えた巨大な空間である。何にでも使えるがゆえにどの演目にもふさわしくないという矛盾を抱えたこの空間を、新劇世代が旅公演の受け皿として受け入れてきた事実も、この空間への批判を長らく押さえ込んできた。その後、〈反劇場〉を掲げた六〇年代の小劇場運動、八〇年代の演劇専用劇場やユニークな野外劇場などの劇場建設ラッシュと、多目的ホールの存在に批判的な動きは活発化し、九〇年代には、オープンステージを備えた演劇専用劇場から舞台と客席の形を自由に変化させることのできるアダプタブル・スペース（可変式劇場）まで、演劇空間の種類はかつてない広がりを見せ、今や多目的ホールも数ある選択肢のほんの一部でしかなくなった。[15]しかし、この多様な演劇空間で、それぞれの空間形式を生かす演目の上演が可能となったかはまた別の問題で、選択肢は増えたものの、相変わらず、その空間の適性を吟味したうえでのシェイクスピア上演は一般化するに至っていない。

こういった現実的な状況とは別に、そもそも、日本人の空間意識自体に、このような無自覚な劇場選択を許容する側面があるのではないだろうか。服部幸雄氏によれば、日本の芝居小屋のルーツは河原に設置された勧進猿楽（能）の舞台にたどることができるが、本来は、「神がいて、舞台とそれを取り囲む場所があり、そこで技芸者（役者）が演技を行い、人が群衆として神と一体になって楽しめば、その非日常的な時空＝その〈場〉がすなわち〈劇場〉にほかならない」と言う。[16] 神の意識の喪失した現在、かつての祭儀性や祝祭性を伝統演劇以外の演劇空間に見出すことは難しいが、役者がいて観客がいれば、そこが劇場という意識は連綿と日本人の中に存在し、それが、西洋的な意味での演劇空間意識を希薄にしているのではないだろうか。[17]

演目に合わせた空間の選択が難しいとすれば、せめて与えられた空間でシェイクスピアを生かす工夫をさらに期待したい。たとえ張り出し舞台の空間でなくとも、空間のスケールが様々でも、シェイクスピアの劇作法に配慮した上演により、その空間は生かされるはずである。だからと言って、今さら欧米のシェイクスピア上演の形式をなぞることは無意味だろう。イギリスを初めとする諸外国の劇団が毎年複数訪れる現在だからこそ、日本人固有の空間意識を生かした上演を模索してはどうだろうか。

実際、日本人の、特に伝統芸能における空間理念はシェイクスピアと相性が良い。というのも、歌舞伎を例にあげれば、両者の演劇空間、演技様式は驚くほど似通っているからである。[18] 物理的な演技空間は、両者とも客席に向かって着き出た張り出し舞台で、大きさもほぼ同じである。（グローブ座は幅約一三×八・五メートル、歌舞伎小屋の一例として、再現された江戸の歌舞伎小屋旧金毘羅大芝居・金丸座は幅約一一×八・五五メートルである。）しかも、天と地を備えた中立性の強い舞台空間での上演は、共に観客の想像力を重視し、約束事やシンボルへ依存するなど、演技様式上の類似点も多い。言うならば、両者は、前近代的な演劇として共通の特質を合わせ持っている。常々指摘されてきたこの共通性を実際の上演に生かすことで、優れて個性的な上演が可能なのではないか。

一九九九年、彩の国さいたま芸術劇場で上演された『リア王』（蜷川幸雄演出）は、我々日本人の中にいまだ根づいている、この前近代的な芸能の空間意識をシェイクスピアに応用し成功した一例である。[19] ロイヤル・シェイクスピア・カンパニーの英国人俳優達に唯一日本人俳優が道化として加わり、半年に及ぶ公演を日英両国で成功させた、このプロダクションの国際的な演劇事業としての成果についての評価は別の機会を待つとして、ここでは、その見事な空間の使い方に注目したい。

さいたま芸術劇場の大ホールは同規模の劇場に比べ、舞台の奥行きがかなり深い。間口一三―四メートルに対して、主舞台と後舞台を合わせると、奥行きは四〇メートル近くになる。堀尾幸男は、主舞台を板壁でコの字型に囲むというシンプルなセットを作り上げた。その板壁の両側には、ススキや竹や野の花が、正面には能舞台の老松を模した大きな松が、いずれも押さえた色合いで描かれている。正面部分は二枚の扉となっていて、開かれると、奥行きの深い舞台が一気に広がる仕掛けとなっている。

特にこの舞台空間が生きたのは、上演の要、四幕六場のドーヴァー・クリフ・シーンである。板壁はすっかり開かれ、裸の舞台が広がる。その巨大な空間の奥に盲目のグロスターとエドガーが登場し、ゆっくりと前進してくる。しかも二人は、舞台を斜めに進むため、その奥行きが最大限に生かされる。二人のゆっくりとした歩みとともに舞台はまさしく、草花の生い茂るドーヴァーの野原に変化する。そして、道行きさながらに、観客もこの道程で彼らの行く手にある運命―おそらくは死―を共に受け入れる覚悟をすることとなる。舞台の奥行きを存分に生かした演出ならではの、厳粛な場面である。

そして、その後のリアの登場で、この裸舞台はさらに雄弁となる。グロスターとエドガーの見守る中、舞台正面に伸びる光の花道をリアは厳かに進み、舞台中央にグロスターと腰を降ろす。

Lear. ...Thou must be patient; we came crying hither.
Thou know'st, the first time that we smell the air
We wawl and cry. I will preach to thee. Mark.
Glou. Alack, alack the day!
Lear. When we are born, we cry that we are come
To this great stage of fools. (IV. Vi. 178-83)

リア　忍耐だ。我々は泣きながらこの世にやってきた。
知っているな、生まれて初めて空気を吸うと、
おぎゃあおぎゃあと泣くものだ。いいことを教えよう。よく聴け。
グロスター　ああ、ああ、何ということだ。
リア　生まれ落ちると泣くのはな、このあほうの檜舞台に
引きだされたのが悲しいからだ。[20]

この瞬間、巨大な舞台空間は、「あほうの檜舞台」であると同時に、この世の、あるいはこの世を越

えた宇宙の象徴となる。そのためには、この空間はむき出しであるべきだろう。もちろん、この場面が裸舞台で演じられるのは今回に限ったことではない。しかし、これほど、〈無〉の空間が圧倒的な存在感を持って迫ってくることはまれだろう。二人の俳優が舞台上の空気をしっかりと掌握し、緊張感に満ちたその〈場〉を聖なる空間にまで高めていく――その時、むき出しの美しい舞台空間は永遠の広がりを見せ、そこに存在する老人達の姿は、まさに人間の原風景として、見る者の胸を打つ。[21] これは、能の様式性、そしてその背後にある日本人の精神性を見事に写し取り、シェイクスピアに生かした、実に優れた演出であったと思う。

西洋からの受容に明け暮れた二〇世紀の終わりにあたり、新しい世紀には、このような現代的な上演であれ、歌舞伎や狂言の中にシェイクスピアを取り込む形の上演であれ、日本人の身体性、精神性に根差したシェイクスピアの舞台を期待したい。その際、今に伝えられる伝統芸能の様式や空間理念は、確かな手がかりとなるはずである。

5

ジョー・オートン『執事が見たもの』／サバイバル

矢島直子

　一九九五年夏、ロンドンの舞台で『執事が見たもの』を見て笑いころげ、ジョー・オートンがこんなに面白い作品を書いていたのか、と遅まきながら驚いた。[1] オートンが、一九六七年に同性愛のパートナー、ケネス・ハリウェルに殺される、というスキャンダラスな死に方をしてから、三十年ばかりたっていた。当作品は亡くなる前に仕上がった、戯曲としては最後の作品である。それが三十年たっても面白かった。作者は亡くなったが、作品は生き延びた。作品自体がよく出来ているからである。

　作品の話に入る前に、題名に触れておきたい。というのも、オートンについての評論書のうち、名前の由来を書いているのはジョン・ラーだけで、そのラーもあっさり片付けているからだ。[2] ロンドンのミュージアム・オヴ・ザ・ムーヴィング・イメージ（映像博物館）に行くと、「執事が見たもの」という名前の機械がある。もとは海浜に置かれていたそうだ。コインを入れて、のぞき穴に目を当て、ハンドルを回すと、何十枚と重なった絵が順にめくれていく。わたしの見た絵には、男性が女性を持ちあげている姿が描かれており、めくれていくにつれ、人物が動くように見える。今見ても、どうということないが、当時は少々いかがわしいと思われる図柄だったらしい。機械のアイデアは、執事が主人たちの生活を鍵穴からのぞき見するようなもの、ということだ。当戯曲の題名は、こののぞき機械の名を取ったもので、観客はいわばのぞき穴からのぞくように、作品を見ることになる。

　というと、作品にメタシアター的な要素があるのかが問題になる。C・W・E・ビグズビーは、オートンの作品をまとめてメタドラマと呼んでいる。[3] 変装が出てきたり、最後のほうでデウス・エクス・マキーナ的な仕掛けが出てくるから、作者が作品の構成に意を用い、過去の作品に注意を払っているのは確かだが、演劇についての演劇という程ではないと思う。とにかくこっけいなドタバタ喜劇《ファース》であり、それにしてはいかがわしさも毒気もふんだんにある作品なのだ。

　分かち難いものを強いて分ければ、この戯曲には主筋と副筋がある。そのような言い方をしても、あまり的外れではないだろう。芝居を見ていて、ウェルメイド・プレイかと考えたくらいであるから。ただし、サイモン・シェパードの次の意見に賛成である――「彼（オートン）の戯曲は当世風すぎてリアリストとはいえず、激しすぎて『ウェルメイド』ではない」[4] つけ加えれば、作品の構成も整っていて、リアリズム演劇とはいえない。

　話を元にもどすと、主筋は、精神科医のプレンティス医師が、秘書の仕事を求めて面接に来た若い女性ジェラルディン・バークリーを誘惑しようとするが、そこへ妻のプレンティス夫人が帰宅し、政府の調査委員会から派遣されたランス医師もやって来るので、何とかごまかそうとしてジタバタする顛末である。副節は、マッチ巡査部長がやって来て、ジェラルディン・バークリーが持っている筈のウィンストン・チャーチル元首相の銅像の一部を探す話だ。以上二つの筋がからみあって、登場人物たちはさんざんな思いをする。

幕開きの場面からして、意味深長だ。わたしの見た上演は作品のト書にかなり忠実だった。舞台は終始精神科医の診察室で、本棚が下手の壁際にあり、その前に医師の机、舞台中央奥にセミダブルベッドがあって、周囲にカーテンがめぐらせるようになっている。フランス窓（庭に出る戸）と洗面台が上手奥にあり、上手の壁には三つドアがある。その診察室で妻帯者のプレンティス医師が診察するふりをして、ジェラルディンを誘惑しようとするのであるから、あたかもベッドルーム・ファースの始まりのようだ。作者はパロディーを考えていたのだろう。だが、この作品はそれにとどまらない。登場して早々、プレンティス医師がジェラルディンに尋ねる質問は「お父さんはどなたでしたか？」というもので、大団円の伏線になっている。さらに言えば、普通は現在形で尋ねるべきところが、過去形になっている。作者の誤りでなければ、すでにプレンティス医師が知っていた、と受け取れるが、オスカー・ワイルドの『まじめが肝心』を引用したのかもしれない。ブラックネル夫人がジャック（アーネスト）・ワージングに、父親が誰だったか聞くくだりである。[5]

唐突にワイルドの名を出したが、オートンとワイルドの関連はたびたび指摘されてきた。特に、早くに両者の類似性をうまく表現した批評家がいる。ロナルド・ブライデンである。ブライデンは当戯曲が書かれる以前に、オートンを「福祉国家のお上品ぶりを的にするオスカー・ワイルドだ」と書いて、[6]以後何度も引用されている。また、オートン自身、「『まじめが肝心』と同じくらいよい戯曲を書きたい」と述べたことがある。[7]当作品でワイルドを意識した様子が、もう一つの引用でもうかがえる。妻が出かけていることを告げて、プレンティス医師が「いつもより長い魔女集会（レズビアンの会）に出席している」と言う。『まじめが肝心』では、「いつもより長い講義に出席している」となっている。[8] 直接的な引用と思われるのは、以上二つのせりふだけであるが、ワイルドを彷彿とさせるせりふが他にもある。また大団円も『まじめが肝心』に通じる。が、結末については後に述べることにして、ここでは幕開きから主筋の伏線が仕掛けてあり、それが面接という状況に自然に組み込まれている巧みな始まりになっている点を指摘するにとどめたい。

また、副筋も早い段階で準備される。まずジェラルディンが登場時に持っている箱が、結末の伏線となる。さらに面接中も準備が続く。ジェラルディンは実の父母がだれか知らず、養母バークリー夫人に育てられた。が、養母は最近ガス管が爆発して亡くなり、その時吹き飛んだウィンストン・チャーチル像の一部が体に刺さっていたことが述べられる。ただし、どの部分が刺さったのか、ジェラルディンは知らない。

養母の死でショックを受けているかもしれない、ということを理由に、プレンティス医師がジェラルディンを診察すると告げて、主筋が動き出す。不安がるジェラルディンを、プレンティス医師は何とか説得して、服を脱ぐよう仕向ける。ただし、カーテンをめぐらしたベッドの上で全裸になるので、観客には見えない。そこへプレンティス夫人が帰宅し、ステーション・ホテルのボーイ、ニコラス（ニック）・ベケットも後から登場する。二人の間にも、ホテルのリネン室で怪しげな関係があったことがうかがえる。ついで、政府から派遣されたランス医師も、プレンティス医師の精神科医院を調査するために登場する。これで登場人物がほぼ揃い、プレンティス医師のごまかしも始まる。

導入部がすみやかに進むのもさることながら、以後も次から次へと出来事が展開していく。少々詰め込みすぎではないかと思うくらいである。その中で注目すべきは変装である。プレンティス医師によって、精神病患者ということにされたジェラルディンは、苦境を脱するために、ニックが脱いだホテルのボーイの制服を着る。ニックはニックで、プレンティス医師を助けるため、最初はプレンティス夫人の服（ひょう皮の斑点模様のミニのワンピース）を着て秘書になりすまし、後にマッチ巡査部長の制服を着る。マッチ巡査部長は、間違った薬をプレンティス医師から渡されて飲み、意識がもうろうとしている最中に、プレンティス夫人のミニのワンピースを着せられる。以上の変装は、元の人格が変わるといった類いのものではない。この作品の登場人物は、性格づけされて変化していく登場人物ではない。といって、戯画的な人物というのでもない。オートン自身は、自分の登場人物がリアリスティックな人物だと考えている。[9] その際、デフォルメされ、ドタバタ喜劇ならではの人物になっている。変装は、その場の困った状況をやり過ごすためのものなのだが、事態を解決するよりは、いっそう混乱させてしまう。

登場人物のうち、変装を把握しているのはプレンティス医師だけであり、部外者のマッチ巡査部長は当然のことながら、ランス医師とプレンティス夫人も分っていない。そのため、プレンティス夫人は着替える途中の裸の男性（ニック、マッチ）を見て恐慌をきたし、ランス医師から幻想を見ていると言われ、ついには自分でも精神異常になったと考える。またランス医師は、自分以外のほぼすべての登場人物を精神病と判断する。マッチ巡査部長については、念の為診察する、と言う。挙句の果て、ランス医師とプレンティス医師は、互いに怒って狂気と診断し合う。モーリス・チャーニーは、ランス医師が一番異常だと考えている。[10] その通りだと思う。ランス医師は、プレンティス医師の嘘に易々と乗り、様々な変装を文字通り見かけだけで判断する。というよりは、チャーニーが言うように、ファースの慣習に則って、見抜くことを禁じられている、というべきだろう。[11] しかもランスは、見たものよりも、自分の理論を信じている。

ニック　ぼくはどうなんです、先生？　ぼくは精神異常じゃありません。
ランス　（にやにやして）きみは人間じゃない。
ニック　ぼくは幻想じゃないですよ。（出血している肩を指さす）この傷を見て下さい。ほんものですよ。
ランス　そう見えるね。
ニック　痛みがほんものなら、ぼくもほんものに違いありません。
ランス　形而上的な考察にかかわりたくないですな。[12]

最終的には、プレンティス医師が事実を告白し、ジェラルディンが脇から補って、やっとランス医師は自分の理論をほぼあきらめる。ランス医師から精神病患者と診断されて、拘束着を着せられたプレンティス夫人とジェラルディンは解放される。が、この段階で、診察室には電気回路の故障で鉄柵が降りて、登場人物は閉じ込められている。

その中で、ジェラルディンとニックが持っていたブローチの断片から、二人が双子で、親はプレンティス夫妻と判明する。夫妻は結婚前、ステーション・ホテルのリネン室の暗闇の中で、相手がだれとも知らずに交渉を持ったことが明かされる。プレンティス夫人は同じ場所でニックと関係しそうになったわけである。

ささやかな物から親が判明すると言えば、ワイルドの『まじめが肝心』が思い浮かぶ。[13] ワイルドの場合は「かばん」が証拠品だったが、オートンの作品では、通りすがりの犬の首輪から落ちた飾りの「ブローチ」となる。ワイルド以上に竜頭蛇尾だ。さらに、どちらの作品も、最後は家族が再会する話である。だが、オートンの場合、単純なハッピーエンドではない。父親が娘を誘惑しようとし、母親は息子と関係があったのかなかったのか判然としないながら(ニックとプレンティス夫人の言うことが違っていて、事実が捕えがたい)、二重の近親相姦なのだ。苦いものが含まれる結末である。

おまけに、その事実を知ったランス医師は大喜びする。自分が小説として書くつもりでいた当事件(セックス・キラー・プレンティスと思い込んでいた)が、考えていたとおり近親相姦(ジェラルディンを真正の精神病患者と考え、養父との肉体関係が病気の引き金になった、と診断していた)だった、と分ったからだ。「殺人よりも、二重の近親相姦のほうがベストセラーになるだろう。それでいいのだ。暴力よりも愛のほうが、いっそう喜びをもたらすべきなのだから」[14] と言うのである。

以上、主筋の結末は苦味のあるハッピーエンドだが、副筋も両義的な結末である。家族再会の後、マッチ巡査部長が上の天窓から降りてくる。デウス・エクス・マキーナのパロディである。チャーチル像の欠けた部分の行方を尋ねると、ジェラルディンが登場時に持ってきて、プレンティス医師の机の上に置いた箱が問題と分る。マッチが中から取り出したものは、チャーチル像の男根である。プレンティス夫人のミニのワンピースを着たマッチが、「イギリスの戦いを勝ち取った精神のお手本として、偉大な方がもう一度ハイストリートで座を占めることができます」[15]と言い、男根を片手で高々と持ち上げる。探索は成功したが、見つかったものがものである。チャーチルの裸像がある筈がない。元首相といえば、権威の象徴的存在である。これはオートンによる権威への攻撃だ。ついでに言えば、副節(及び作品全体)がジェラルディンの箱で始まり、箱(の中身)で終る。様式が整っていることが見て取れる。

主筋でも、プレンティス医師が浮気しそびれてあたふたし、指揮を取る権威者のランス医師が見当違いの診断をして笑いの対象になる。医者といえば、イギリスではアッパー・ミドル・クラスに属するが、その医者たちが情けない有様である。また、法の秩序を維持する役目の警官が、きりきり舞いさせられる。マッチ巡査部長は、先行作品の『戦利品』に登場するトラスコットのような悪徳警官ではないが、当件を報道機関に秘密にしてほしいと頼まれて、すぐ同意してしまう。模範的な警官とは言いがたい。オートンの攻撃対象は、以上の権威者にとどまらない。中流階級意識に捕われているジェラルディンも、放埒なニックも難儀にあう。好き勝手をして夫を悩ませているプレンティス夫人も、ランス医師の手にかかれば、自分が狂気に陥ったと思いこんでしまう。ランス医師も例外ではない。プレンティス医師を危険な精神異常者と信じこんで、プレンティス夫人と一緒にピストルを振り回し撃つのだが、いったんは逆にプレンティス医師からピストルをつきつけられる。つまり、登場人物の誰もが、多かれ少なかれ、困った立場に置かれ、笑いの対象になるのだ。オートンは笑いによって、権威者もそれ以外の人々も攻撃したといえる。オートンの批評眼は、全方位に向けられているのだ。

以上の混乱は、そもそもプレンティス医師の浮気、つまり性が元になって起こる。プレンティス夫妻が言い争う場面も、性をめぐってである。プレンティス夫妻の脱線気味の性生活、女性とみれば手を出したくなるニックの生き方、ランス医師まで拘束着をつけられたジェラルディンに抱きついてしまう無軌道ぶり、以上すべて性があからさまに描かれるのだが、あまりに赤裸裸なため、エロティックにはならず、哄笑を誘うものとなっている。性の狂騒曲といった塩梅である。元首相の銅像の男根は、そのような作品の象徴といえよう。そして作者は、登場人物に対して、道徳的判断は下さない。最後に、マッチ巡査部長が降りてきた時に乗っていたゴンドラに、登場人物全員が乗って上がっていく。閉じ込められた診察室から脱出していくわけだが、同時に我々の道徳的判断も宙吊りにされてしまう。

ウィンストン・チャーチルが亡くなったのは一九六五年であり、当作品が一九六七年に書かれたことを考えると、当時は今以上にスキャンダラスな内容だっただろう。当作品の初演は作者の死後の一九六九年のことで、反発した観客がいた様子をジョン・ラーが書いている。[16] 初演時には宮内長官《ロード・チェンバレン》の検閲はなくなっていたが、ランス医師を演じたラルフ・リチャードソンが、チャーチルの男根を葉巻に変えた。それでも、上演中に批判の声をあげた観客がいたそうだ。一九九五年の上演時には、大笑いする観客のほうが多かったと記憶する。客席は満席ではなかったから、反発する観客は来なかったのかもしれないが、それだけではないだろう。時代が変わって、オートンが前より受け入れられるようになったのだと思う。

時代の変化は他にも表われていた。オートンのト書では、ニックとマッチが服を脱ぐ時、下着は身に着けているのだが、わたしの見た上演では、ニックが全裸になっていた。そのくらいでないと、プレンティス夫人が悲鳴をあげるに至らないのが現代であろう。この点は、時代が作品を追い越したと思うが、肝心の攻撃性は今も有効だ。
サイモン・シェパードが一九八〇年代に、オートン・インダストリー(「研究」と「産業」の両方の意味がこめられていると思う)があることを批判的に書いたが、[17] インダストリーは今も続いている。ここ数年の間に、オートンが若い頃に書いた作品が出版されている。また、オートンの『日記』は今も大きな書店の棚に置いてある。さらに、マイケル・ウルフが、イギリスの戦後の文化・文学を書いた書物の演劇の項目の中で、オートンに一部を充てており、その部分の直前でオートンを「一九六〇年代の主要な偶像破壊者《アイコノクラスト》」と述べている。[18]
オートンは早死したために作品数は多くないが、一九六〇年代のイギリス演劇を語る場合には、まず名前が出てくる作家である。少ない作品の中で、最後の戯曲『執事が見たもの』は、オートンの最高傑作だと思う。その点について、批評家、学者たちが同様の判断を下していることを、スーザン・ルシンコが指摘している。[19] 一九六九年の初演の時には、上演があまりよくなかったようなのに、フランク・マーカスだけが作品の価値を認めて、「古典が誕生」という題で劇評を書いたが、[20] 正しかった。一九九五年にも、作品は充分に見ごたえのあるものだった。この時の上演が優れていたのも成功の一因だろう。が、何よりも原作がよく出来ているのだ。さんざんな思いをする登場人物がみなサバイバルするのと同様、作品も生き延びた。恐らくは、今後も上演されていくことになるだろう。

6

イギリス・ロマン派と黒人奴隷の解放
ブレイクを中心として

松島正一

1

ウィリアム・ブレイクの『無垢の歌』（一七八九）のなかに「黒人の少年」という詩があります。

ぼくのお母さんは南の荒野でぼくを生んだ、
だから色は黒いけれど、おお！　ぼくの魂は白い。
イギリスの子どもは天使みたいに白い、
だけどぼくは真っ黒だ、まるで光を奪われたみたいに。

お母さんは木の下でぼくに教えてくれた、

日盛りにならないうちにそこに座って
ぼくを膝の上にのせ、キスをして、
東を指さして、こう言った。

昇るお日さまをごらん！　あそこに神さまがいらっしゃって、
光を出してくださり、熱も送ってくださる。
そのおかげで花も木も獣も人もが
朝には慰めを、昼には喜びをいただけるのです。

私たちはほんの暫くの間この世に置かれている、
私たちが愛の光に耐えるのを学べるように。
そしてこの黒いからだや、日焼けした顔は
ただの雲、陰の濃い森のようなもの。

というのも私たちの魂が熱さに耐えられるようになると、
雲は消えてしまう。そして神さまの声が聞こえる。
「さあ森から出ておいで、私の愛しいぼうや、
金色のテントの回りで仔羊のように喜びなさい」

こうお母さんは言ってぼくにキスをした、
そしてぼくはイギリスの子どもに言おう。
ぼくが黒い雲から、きみが白い雲から解き放たれて
神さまのテントの回りで仔羊のように喜ぶとき、

ぼくはきみを夏の暑さから守ってあげよう、きみが
ぼくたちのお父さんの膝に喜んでもたれるようになるまで。
そのときぼくは立ち上がって、きみの白い髪をなでよう、
そうしたらぼくはきみのようになって、きみもぼくを愛するであろうと。

イギリスにおいて奴隷貿易廃止協会は一七八七年に創立されましたが、この詩はイギリスの奴隷貿易に対するブレイクの反応を示した作品と言われています。ブレイクは、一七八八年五月二一日にオクスフォード大学選出の国会議員であったウィリアム・ドルベン卿によって提出された法案の通過を知っていてこの詩を製作したはずです。ドルベン卿はテムズ川に繋れていた奴隷船を見て非常な衝撃を受け、法案を提出したといわれていますが、この法案はアフリカから西インド諸島の英国植民地へ輸送される奴隷の数を制限したものです。

この詩の語り手である「ぼく」が生まれた「南の荒野」とは、言うまでもなくアフリカのことです。そうすると黒人の少年が今、いるところはアフリカなのでしょうか。ここで呼びかけられているイギリ

スの少年は、黒人の少年がまだ見たこともないイギリスにいると考えていいのでしょうか。

この詩に登場する黒人の少年は、奴隷として西インド諸島のどこかに連れていかれる運命を背負って生まれたのでしょう。黒人の少年は白人の少年と、いつか会うことができるのでしょうか。もし、西インド諸島のどこかに連れていかれてしまえば、二人の少年は出会うことはないでしょう。黒人の少年の願い「ぼくが黒い雲から、きみが白い雲から解き放たれて、神さまのテントのまわりで仔羊のように喜ぶとき」はやってこないでしょう。

第九行では、神と昇る太陽が関連づけられていますが、この連想は『イザヤ書』四五章六節「日の昇るところから日の沈むところまで、人々は知るようになる、わたしのほかは、むなしいものだ、と。わたしが主、ほかにいない」、また同五九章一九節「こうして、人々は西の方から主の名を恐れ、日の出る方からその栄光を恐れる」も関係しているでしょう。

この詩の中心的な思想を表現した「私たちはほんの暫くの間この世に置かれている、私たちが愛の光に耐えるのを学べるように」には自分の状態を神によって与えられた試練として受け取るというピューリタン的な生活様式が見られる、と指摘する批評家もいます。しかし、愛とはそんなものなのでしょうか。

この詩を読む限りでは、黒い少年は白い少年より劣っているというヨーロッパ的な考えにブレイクも従っているように思えます。最終連「ぼくはきみのようになって、きみもぼくを愛するだろう」には白人の優越性がはっきりと歌われています。若きブレイクも時代の制約のなかに生きていたというわけです。

この詩が執筆された頃のブレイクはスエーデンボルグ思想の影響下にありました。スエーデンボルグは「新教会」はアフリカに起こると信じていましたので、この詩は霊的に優れた黒人の少年が白人の少年に霊的な愛の方法を教えるという調和の時代を予言している、こうステュアート・クレアンは述べていますが、それも後知恵とでもいうべきで、この時点でのブレイクは全面的に黒人に肩入れしている後期のブレイクではないのを認めるべきでしょう。

当時、テムズ川の船着き場にも、アフリカから連れてこられた多数の黒人奴隷が働いていました。ブレイクの『ノートブック』のなかの作品『どうして私は好きになれよう、テムズの人々を』の語り手は奴隷です。

どうして私は好きになれよう、テムズの人々を、
あるいは特権づくめの流れのだましの波を。
雇われ者が私の耳に吹きつける
恐怖のちゃちな突風にたじろごうぞ。

ペテン師テムズの岸辺に生まれたとはいえ、
その水に幼い手足をつかったとはいえ、
オハイオ川がその汚れを私から洗い去ってくれよう。
私の生まれは奴隷、しかし私は自由に生きる。

『経験の歌』に収められている『ロンドン』の原形と言われるこの作品は、イギリス人が植民地のアフリカの人々に「支配せよ、イギリスよ！　海を支配せよ！　イギリス人は決して奴隷にはならない」と唱わせていた『ルール・ブリタニア』のパロディであったことを忘れるわけにいきません。[2]

2

奴隷貿易を最初に始めたのはスペイン、ポルトガルでした。しかし一七世紀になると貿易はオランダ、イギリス、フランスの手に移ります。

奴隷貿易は典型的な三角貿易で、まずアフリカ西海岸から大西洋経由で新大陸に黒人を輸送し、その地のプランテーション所有者に売り渡されました。西インド諸島で農業労働に従事したのはアフリカから連れてこられた黒人奴隷で、彼らによって砂糖、たばこ、コーヒー、綿花などが栽培され、それらがイギリス本国に供給されました。そしてイギリスからは織物、ビーズ、銃、鉄、アルコールなどが西インド諸島に輸出されたのでした。

このような経過のなかで、木綿の港となったリヴァプールは奴隷貿易港として急速に成長していきます。人口が一六八〇年から一七六〇年の間に、十倍になったことがそれを証明してます。一七〇〇年から一七八〇年の間に、ロンドンに次ぐイギリス第二の港の地位をブリストルから奪ってしまいます。

奴隷貿易で運ばれた黒人の数は正確なところはわかりませんが、例えば一七八三年から一七九三年の十年間に、毎年少なくとも七万四千人がアフリカから西インド諸島に運ばれたといわれています。イギリス三万八千人、オランダ四千人、ポルトガル一万人、デンマーク二千人、フランス二万人、これらを合計すると七万四千人です。十一年間で八十一万四千人となりますが、このうち四十万七千人がリヴァプールの船で運ばれ、これによってリヴァプールは年間約三十万ポンドの利益を得たと言われています。

黒人奴隷は西インド諸島などの植民地に存在しただけでなく、イギリス国内にも存在していました。最初はプランテーション経営者や退役将校に連れてこられたり、雇い主に捨てられたりした者が多かったようです。イギリスに連れてこられた者の中には主人から逃亡したり見捨てられたものもいましたし、また西インド諸島からイギリスでの自由を求めて密航者または逃亡者として来た者もいました。

ロンドンにいた黒人はその階級から離れた移民であり、彼らの位置は奇妙な程友人もなく、変則的でした。彼らは居留地に同胞と一緒に住んではいませんでした。アメリカ独立戦争で英軍とともに戦った多数の黒人は戦争が終結するとロンドンに連れてこられ、結局多くは乞食になるしか道はありませんでした。彼らのうち、四千人以上はシエラ・レオーネに船で運ばれましたが、多くはロンドンに留まり、黒人浮浪者として数年にわたっての社会問題となりました。[3]

有名なソマーセット事件の記録によって、およそ一万四千人余りの黒人奴隷がイギリス国内、それもロンドンの東部地区や河岸地区に住んでいたことがわかります。一七八〇年のゴードン騒乱では、黒人一名が暴徒として裁判にかけられています。

英国における黒人奴隷の解放運動は、一八〇七年に奴隷貿易の廃止、次いで一八三三年には奴隷制の廃止という過程をとりますが、イギリス国内ではすでに一七七二年、それまで英国に運び込まれた黒人奴隷を釈放することを決定しています。黒人奴隷ジェームズ・ソマーセットの拘禁に対して、マンスフィールド卿が下した「マンスフィールド判決」で、これがその後の解放運動の基礎となります。

ソマーセット事件とは、黒人であるソマーセットがテムズ川に停泊中のジャマイカ行きの船に足かせをはめられて拘束されているとの宣誓供述書にもとずいて、マンスフィールド卿が、同船の船長ノールズに人身保護令状「ヘイビアス・コーパス」(habeas corpus)を発したことに始まる事件です。

ノールズはソマーセットの身柄をマンスフィールド卿の面前に提出し、拘禁の理由をこう説明しました。「ソマーセットはチャールズ・スチュアートの黒人奴隷で、スチュアートは彼をジャマイカに連れていき、そこで奴隷として売るために、自分の管理下においたのであります」。またスチュアートは「自分はヴァージニアでソマーセットを奴隷として買い、英国に連れてきたのですが、彼に休暇をとらせたところ、彼が戻ってくるのを拒絶したので、ノールズの船に拘禁したのです」と述べました。

一七七二年六月二二日、次のようなマンスフィールド卿の判決が出ました。

黒人を拘禁していた船の船長は、アメリカには多数の奴隷がいたし、現在なおいるのであって、奴隷の取引はヴァージニアおよびジャマイカの法律によって是認されており、奴隷は動産であり、そのようなものとして売るに適し、そして売られているということを意味する言葉で令状に対して答弁した。我々にとって唯一の問題は、答弁書の理由が十分であるかどうかである。十分であるならば、この黒人は元に戻さなければならず、十分でないなら釈放しなければならない。

答弁書は、奴隷休暇をとり、仕えることを拒絶したので、海外に売られるために拘禁されたと述

> べている。奴隷に対する主人の権限は、それぞれの国でまったく異なっている。奴隷制度は、実定法によるほかは、道徳的であると、政治的であるとを問わず、いかなる理由によっても、取り入れられない性質のものである。奴隷制度は実定法による以外は、いかなるものによっても、それを支持することが黙認されえないほど、嫌悪すべきものである。従って、この判決からいかなる不便が生じようとも、私は本事案がイギリス法によって許され、または認められると述べることはできない。よって、この黒人は釈放されなければならない。

この判決で、マンスフィールド卿は「奴隷はイングランドに足を踏み入れる瞬間に自由になる」という法諺を確立したと言われています。[4]

奴隷貿易廃止協会が結成されたのは一七八七年ですが、協会の結成に至るまでに、運動にはずみをつける事件がありました。

一七八一年リヴァプール港に停泊していた奴隷船ゾング号で疫病が発生し、これを知った船主は百三十二名の奴隷を海中に投げ捨てるように命令しました。その口実は水の供給が不十分ということでしたが、真の動機は船主を助けることにあったのです。奴隷が病気で死ねば、損失をこうむるのは船主になりますが、船を守るために奴隷を海に投げ込んでしまえば、損失は引受人にかかることになるからでした。

この事件をめぐって裁判が行なわれましたが、それは損害賠償の裁判であって、「馬であって人間ではない」かのように奴隷を海に投棄した殺人行為に関してではありませんでした。しかし、この事件が世間の注目をあびることとなり、奴隷の地位改善の必要が叫ばれるようになったのです。

3

黒人奴隷の輸入、奴隷制の廃止はまずアメリカ南部のクエーカー教徒によって公の問題とされ、それがイギリスに波及することになります。イギリスでは一七七六年、国教会のグランヴィル・シャープの『人間における性質と基本的行動の法則』が出ましたが、アメリカでは一七八二年、アンソニー・ベネゼットの『ギニアと奴隷貿易の歴史』が出て、この小冊子が大西洋を越えてジョン・ウェズリや当時ケンブリッジの学生であったトマス・クラークソンに大きな影響を与えました。

クエーカー、長老派、メソディスト、バプティストらの非国教徒は、英国において政治的・宗教的権利を奪われ、大学や軍隊からも排除されていましたので、奴隷解放運動に積極的に関わりました。社会の一員としての彼らのアイデンティティは、その宗教的所属に由来したのでした。彼らは信仰厚き者で、神と人間との間の平等な関係という福音主義的な概念に貢献しました。[5]

ウェズリは早くも一七七四年に奴隷制を激しく攻撃した小冊子『奴隷制考』を出し、奴隷制なしでプランテーションの経営が成立しないなら、西インド諸島は全部海底に沈んだ方がましだ、とまで主張しました。また、彼の死の直前の最後の手紙（一七九一）は、奴隷解放運動のために戦っているウィルバーフォースを激励するものでした。

奴隷貿易廃止協会は一七八七年、会長グランヴィル・シャープ、副会長クラークソンとしてロンドンで結成されました。教会の創設メンバーは十二人で、大部分はロンドンの商人で多くはクエーカー教徒でした。また国教会内福音主義者の小グループであるクラッパム・セクトも協会結成に力がありました。

一七八〇年下院議員となったウィルバーフォースは議員として尽力し、彼の盟友であった小ピットも協会の運動を支持するというように、政治的には混成部隊で人道主義的立場で一致していました。従って、初期の協会の仕事は奴隷貿易廃止と黒人奴隷の状況緩和で、奴隷制度の撲滅はめざしませんでした。G・W・トレヴェリアンの言葉をかりれば、奴隷貿易廃止運動は「近代型のプロパガンダ活動の最初の成功例」でありました。[6]

熱心な運動家であった陶芸家のジョサイア・ウェッジウッドは一七九〇年頃、哀願する黒人奴隷のカメオを制作、配布する運動にあたりました。そのメダルには「私は人間でも兄弟でもはないのですか」と刻まれていました。[7]

奴隷貿易をやっていたのはイギリスだけではありませんでしたから、ヨーロッパ大陸においても、さまざまな人々によって奴隷貿易廃止運動は強力に支持されました。運動の支持者には、たとえばフランスでは、モンテスキュー、ライナル、ネッケル、またラファイエット、ミラボー、ブリソ、クラヴィエール、コンドルセらがいました。しかし、フランスもイギリス同様、もし一国が貿易を廃止したら、その競争相手が貿易を独占するのではないかという心配があり、国益が優先されました。後に述べるクーパーの『哀れなアフリカ人への同情』での態度と同じです。

一七九〇年代に入ると、イギリスでは奴隷貿易廃止運動は議会改革と共同歩調をとることになります。また、フランス革命とその原理に対する恐怖が、イギリスの世論に大きな影響を与えます。奴隷貿易廃止運動はジャコバン派に支持されていましたので、運動そのものがジャコバン的様相をおび始めたようにみえました。また、サン・ドミンゴでの黒人反乱の恐怖が反動勢力を勢いづかせることになりました。一七九一年の下院の大勢は廃止論者に不利となり、四月にウィルバーフォースはこれ以上西インド諸島に奴隷を移入するのを防ぐ法案を提出しましたが、長い討論の後、ピット、フォックス、バークらの支持があったにもかかわらず、動議は一六三対八八で否決されてしまいました。[8]

一七九三年フランスでルイ十六世が処刑されると、イギリスにおいて最初は好意的に迎えられたフランス革命に対する見方は急激に変化します。フランスの恐怖政治がイギリスに波及するのを恐れた支配階級は、いっきょに反動化への道を進んでいきます。首相である小ピットはロンドン通信協会の指導者トマス・ハーディなどを逮捕したり、集会・言論の自由を禁止したりします。

興味深いのは、ウィルバーフォースはピットの友人でもあり、一七九九年と一八〇〇年の団体禁止法は二人の仕事でした。時代は産業革命の進行により、広範な団結が可能となっていきました。この団体禁止法は、産業における不満が団体を結成し、それが政治的なジャコバン主義と交差して、一層過激な行動に走るのを恐れた支配階級の防戦、いや先制攻撃であったのです。

4

初期の奴隷貿易廃止運動に共鳴した詩人にウィリアム・クーパーがいますが、彼の考えには時代的な限界がありました。奴隷貿易は非人道的で悪いことだが、国家にとっては必要悪であるというのが当時の大勢でした。一七八八年初期に制作されたクーパの『哀れなアフリカ人たちへの同情』でも、国益のためには奴隷貿易も仕方がないという彼の態度が表明されています。

私は彼らをとても哀れむが、黙っていなければならない、
というのも、砂糖やラム酒なしでどうやって済ませられるのか。
特にとても必要なのがわかっている砂糖なしで。
なに、デザート、コーヒー、お茶をあきらめろだって！
その上、もし我々があきらめたら、フランス人、オランダ人、デンマーク人が
我々の苦痛に対して心から我々に感謝するだろう。
我々があの哀れな生き物を買わなければ、奴らが買うだろう。
そして拷問と呻きがいっそう増すだろう。（五〜一一行）

この時期、クーパーはこの詩以外にも『黒人の嘆き』『朝の夢』『砂糖菓子には酸っぱいソースが入っている』など、黒人奴隷をテーマにした作品を書いています。

『黒人の嘆き』（一七八八年三月執筆、発表は一七九三年以後）では、作者クーパーは黒人に同情的で、「奴らは僅かな金で〈私〉を売買し、〈私〉を奴隷として登録したが、精神は決して売られていない」と、「故郷とすべての楽しみから追い出され、アフリカの海岸をわびしく離れた」〈私〉に主張させ

ています。

故郷とすべての楽しみから追い出され
　アフリカの海岸を私は寂しく離れた。
未知の人の財産を増やすため
　荒れ狂う海上をを運ばれて。
イギリスの男どもは私を売ったり買ったりし
　僅かな金で私の代価を払った。
だが、奴らは私を奴隷として登録したが
　精神は決して売られてはいない。(第一連)

一七八八年は、イギリス船による黒人奴隷の極度に悪い輸送状態を規制するための法案が成立した年ですが、この時期のクーパーの書簡を繙くと奴隷貿易への言及が実に多いことに気がつきます。クーパーはヘスケス夫人宛(二月一六日)の手紙で、奴隷および奴隷解放が、「当節の重大なテーマ」に思えるので、もしホメロスを捨てることができたら、奴隷解放運動の道に進む用意があると一度ならず感じたと述べています。

また、ジョン・ニュートン宛(二月一八日)の手紙では、彼に奴隷貿易に関しての意見を問うています。ニュートンは数奇な運命を送った人ですが、ゴールド・コーストでは奴隷売買業者に雇われ、主人とその黒人の妾から甚だしい虐待をこうむりました。後にリヴァプールに戻り、アフリカからアメリカへ奴隷を輸送する奴隷船の船長となって、奴隷売買に従事しました。

ニュートンは奴隷貿易に従事した後、三十九歳の時に回心して牧師補となった人で、神経症に悩んでいたクーパーは彼に頼りました。二人で共著『オルニー賛美歌』（一七七九）を出版したことは知られていますが、ニュートンはその著『アフリカ奴隷貿易考』（一七八八）で、「全体の四分の一が死亡、つまりイギリスが毎年六万の奴隷を買うと、一万五千人は死ぬわけだ」と、奴隷船の船長の体験を実に具的に描いた人でもあります。

クーパーは後に『ウィルバーフォースに宛てたソネット』（一七九二年四月一六日）を書き、ウィルバーフォースの「栄誉ある大義」を称え、運動に共感を示しています。

汝の国は、ウィルバーフォースよ、まさに見下しながら、
汝の話を聞く。残酷で狂信的と呼ばれる不信心な人たちは
追放、公の売却、隷属状態の鎖から
奴隷となった人を解き放そうとする汝の熱望に対して。
貧者、不当に扱われた者、束縛された者、それらの友よ、
汝の労苦が無駄になるかもしれないと恐れることはないのだ。（第一連）

クーパーは「汝は己の役割を成し遂げ、イギリス上院に「汝の名誉ある大義」に耳を傾けるようにさ

せた」と言い、いづれ、ウィルバーフォースの目的が達成される日が来ることを期待していると述べて、詩は終わります。

5

ワーズワスは一七九三年の初頭にフランスから「実にまる一年ぶりに故国に帰ってみると、黒人奴隷の仲買人たちに対する反対論争で国内世論は沸き立っていた」（『序曲』一八〇五年版。第十巻、二〇二～二〇六行）と記しています。しかし、詩人は当時、フランス女性アネット・ヴァロンとの恋愛および結婚問題で悩んでいましたので、黒人奴隷問題には大した関心を持たなかったようです。

さて、その十年後のワーズワスに『トゥサン・ルヴェルチュールに』というソネットがあります。この詩は日本のワーズワス愛好家の間であまり問題になりませんが、奴隷問題を考える際に重要な作品と思われます。

トゥサン、人類のなかで最も不孝な人よ！
口笛を吹く百姓が汝の聞こえる所で
鋤の手入れをしようと、また汝の頭が今
深い獄舎の音も聞こえぬ独房で枕しようとも
ああ、みじめな司令官よ！　どこで、いつ

汝は忍耐を見いだすのか！　しかし死んではいけない。
汝は獄中に繋れていても、快活な表情を失うな。
二度と起つことができない程に衰えていても
慰めをもって、生きよ。汝はあとに残してきた、
汝のために働く力を。空気や、大地や、空を。
汝を忘れるような愚かな風は、ひとそよぎも
吹かないであろう。汝には偉大な盟邦がいる。
汝の友は狂喜と、苦悩と、
愛と、人間の不屈な精神なのだ。

開拓者トゥサンは一七四三年サン・ドミニゴのブーダに生まれた黒人で、両親はともにアフリカ出身の奴隷でした。彼は王党派支持でしたが、一七九四年フランスの国民公会が奴隷に自由を与えた際、その主張に共鳴し王党派支持から共和派になりました。彼はサン・ドミニゴのフランス軍団の司令官に任命され、当時フランスと敵対していたイギリス軍、スペイン軍を制圧し、一七九六年には全島の司令官にまで昇りつめた奴隷出身の奴隷解放運動家でした。

ところが一八〇一年ナポレオンがこの島に再び奴隷制を布いたため、これに反対したトゥサンはナポレオンに捕らえられ、一八〇二年六月パリに連行され、パリの獄舎に投ぜられてしまいます。彼は十カ月の牢獄生活の後、一八〇三年四月パリの獄舎で餓死します。[10]

ワーズワスのソネットが制作されたのは一八〇二年八月でした。それはトゥサンがパリに連行・投獄された二カ月後であり、この詩は翌年の二月二日の『モーニング・ポスト』で発表されました。トゥサンに関してはエドワード・ラッシュトン（一七六五〜一八一四）に「軍隊に向かって語るトゥサン」（一八〇六）という全七〇行から成る作品があります。

黄褐色のライオンが吼えるところの
燃える浜辺から強いられたにせよ、
ここでおまえの故郷の平原を装うために
鞭と鎖に運命づけられるにせよ。
気高く勇気ある者たちよ、言え
我々はガリア人の支配にぺこぺこするのか。
我々はまた、くわをふるって
悲しみの杯を味わうのか。
それとも立ち上がって稲妻の力で
無慈悲な敵を破滅させ、敵の進路を荒廃させるのか。

詩はこう始まり、次のように終わります。

おお栄光の時よ！　今すぐ、今すぐ、彼方の悪魔に挑み、
偉大な自然の大義を主張し、自由に生きるか、勇敢に死ねかだ。

ところで、ワーズワスは奴隷貿易廃止法案が両院を通過した一八〇七年三月、クラークソンに宛てたソネット『クラークソンへ』を書き、彼の努力を称えています。

クラークソンよ！　それは登るには頑固な丘だった。
なんと骨の折れる―いや、なんと悲惨な―ことであったか。それは
汝だけが知っている。誰一人これほどしみじみとは理解されていない。
だが、汝はその熱烈な青春時代に始め、
その崇高な企てを最初に導き
たえず世論がその非難を繰り返すのを聞いてきた。
それは汝の若い胸の神託の座より
初めて汝を立ち上がらせた―おお、時代の真実な仲間よ、
義務の大胆な臣下よ、見よ、勝利の棕櫚は
得られ、諸国民すべてによって身につけられるだろう。
血で汚れた著作は永久に破られ、
汝は今後は善人の冷静さを

偉大な男の幸福を持つであろう。汝の熱心さはいつの日か
休息を見出すであろう、人類の確固たる友人よ！
（『クラークソンへ、奴隷貿易廃止法案の最終通過の日に。一八〇七年三月』）

クラークソンの妻の旧姓はキャサリン・バックで、クラブ・ロビンソンの幼なじみでした。ロビンソンは彼女のことを「スタール夫人を除いて、私が会った女性のなかで最も雄弁な女性」と述べています。キャサリンはロビンソンをチャールス・ラム、コウルリッジ、ワーズワスなどに紹介した人でもありました。クラークソン夫婦は一八〇二年から一八〇四年まで、湖水地方アルズウォーターのプーリ・ブリッジに住み、ワーズワス一家と親しくつき合い、なかでも夫人はドロシーの親友となりました。二人の間でやりとりされた多数の手紙が残されています。

ところで、コウルリッジがクラークソンを「道徳的蒸気機関、一つの信念を持った巨人」（『書簡集』七四七。一八〇九年二月「ダニエル・スチュアート宛」）と呼んだことは有名ですが、彼はクラークソンの著者『奴隷貿易廃止の歴史』（一八〇七）に感銘を受け、『エディンバラ評論』（一八〇八年七月）で書評をしています。

『エディンバラ評論』はシドニー・スミス、フランシス・ジェフリー、フランシス・ホーナの三人の若者によって一八〇二年創刊されました。やがて正式にジェフリーが編集長となり、一八二九年まで彼の編集権が続きました。主筆ジェフリーは文芸批評ではワーズワス、サウジーを、ときにはコウルリッジをも攻撃したことで、ロマン派には評判が悪いのですが、この雑誌は野党的ウィッグ主義に立ち、カ

トリック解放、救貧法改正、奴隷貿易廃止、東インド会社の独占を批判するなど進歩的な論説をはりました。

コウルリッジはフランシス・ジェフリーへの手紙（一八〇八年五月二三日）にこう記しています。

これがなんであれ、私は——人類のために——クラークソンの『奴隷貿易廃止の歴史』の書評に関心を持たせるためだけに手紙をしたためています。私はクラークソンを知っています。もし貴殿が彼を知ったならば、貴殿はきっと彼を代理人として敬うでしょうし、彼がたんなる文人以上の人とわかるでしょう。彼の著作の書評を執筆すると申し出るのはおこがましいことですが、その閲読の間に私に思いついた多くの思想を貴殿にゆだねることが許されるならば、光栄であります。

ところで、一八一三年に桂冠詩人となったロバート・サウジーの詩集『奴隷貿易に関する詩編』には奴隷貿易をテーマとしたソネット六編と、その他『アフリカの守り神へ』『奴隷貿易に従事した船乗り』『グランビル卿の就任に際して、オクスフォードの劇場にて読まれた詩編』などの作品が含まれています。

『奴隷貿易に従事した船乗り』（一七九八）はバラッド形式ですが、まず次のような「梗概」が付いています。

一七九八年九月、ブリストルの非国教徒の牧師がブリストル近郊で、一人の船乗りが牛小屋で呻き祈っている姿を発見した。彼の精神の苦悩を引き起こした状況は少しの付加も変更もなしに以下のバラットで詳しく語られる。それを詩にして提出することで、この話はより公になるし、またこのような話はできるだけ公にされるべきである。

作品はこういう内容です。奴隷貿易船の船乗りは三百人の奴隷を運んだが、奴隷の中には「奴隷であることを嫌がり、食物に手をつけない者もいた」。船乗りは仕方なく、脅したり打撃を与えたりして食べさせようとしたが、どうしても食物を取らない女性がいた。そこで船長の命によって船乗りは彼女を縛り、鞭打ちしたりした。泣き叫ぶ女を何度も何度も鞭打ち、ついに女は死んでしまった。船乗りは「それ」を海中に投げ捨てた。この経験のために罪の意識におののく船乗りはその後、心の休まることがなかった。この船乗りの話を聞いた牧師は、祈ることによって彼の罪は消えると諭すのである。

コウルリッジの『老水夫の歌』と似ているが、この作品は祈ることで救われるという安易な結論で終わっています。サウジーはハズリットの『時代精神』(一八二五)でこう皮肉られています。

彼は奴隷貿易を唱導せず、マルサス氏の不快な比例説を彼の権威で武装させもせず、アイルランドを血の海とすべく懸命に努力もしない。人間性が不愉快なものにならず、自由が次第に物笑いの種に変わらないような論点について、サウジー氏は今なお寛大で人道的である。

6

ブレイクの奴隷解放思想は、『自由の歌』（一七九二年頃）の「おお、アフリカ人よ、黒いアフリカ人よ。行け、翼ある思想よ、彼の額を拡げよ」の力強い宣言から、『ロスの歌』（一七九五）で「アフリカ」を扱う作品へと発展していきます。

ブレイクの奴隷に関する知識は様々な方面より入ってきたと思われます。熱心な奴隷貿易反対者ジェームズ・バリーとの交遊もありますが、ジョン・ガブリエル・ステッドマン（一七四四〜一七九七）の『スリナムの黒人反乱鎮圧の五年間の遠征物語——一七七二年から一七七七年まで』の影響が大きいと思われます。

ステッドマンはスコットランド旅団の将校の九番目の子どもとして一七四四年に生まれました。母親はオランダ人でしたが、十歳の時、教育を受けるためにオランダから国もとの伯父の所に戻され、彼は絵かきとしての訓練を受けたようですが、結局、父親の職業をついで、士官候補生としてスコットランド旅団に入ります。

数年後、一七七二年オランダ・グィアノ（スリナム）で、ひどい扱いを受けていた黒人が立ち上がり、反乱が勃発したので、ステッドマンは連隊長ルイス・ヘンリ・フォーゲオルドの指揮下のもと、ヨーロッパ系のプランターを守るために、スリナムに渡ります。

スリナムに着いてもまなく、ステッドマンはジョアンナという奴隷の美しい女性に出会い恋に陥ります。ジョアンナは富裕なオランダ人プランターの私生児でした。二人の間に息子が生まれ、この子もジヨンと名付けられました。

ステッドマンは一介の軍人にすぎなかったので、スリナムを離れるに際して、ジョアンナの「自由」を買い取るだけの資力がありませんでした。彼女を本国に連れて帰ることができず、心が痛みましたが、結局、ステッドマンはジョアンナを置いて、イギリスに戻ることになります。絶望したジョアンナは毒を飲み死んでしまいます。一七八二年、ステッドマンはオランダ女性と結婚し、息子ジョンを引き取ります。晩年のステッドマンは健康がすぐれず、軍隊を辞めてデボンのティヴェルトンに隠居します。ここでスリナムでの体験を執筆することに専念します。

ステッドマン自身が『スリナムの物語』のために描いた八十枚ほどの下絵を、出版元のジョセフ・ジョンソンが彫版師に配って彫らせたのは、一七九一年頃と思われます。彫版師ブレイクは十六枚を彫版していますが、なかでも最大の傑作は「アフリカとアメリカに支えられたヨーロッパ」という寓意画です。黒人を愛する彼は、「拷問台の上の処刑」のような残酷な図柄には署名を拒否しましたので、ブレイクの署名があるのは十三枚です。

ブレイクの『アルビヨンの娘たちの幻覚』はこの『スリナムの物語』に影響を受けて制作された作品で、彼の『預言書』の人間の解放という主題につながっていきます。

一八〇七年奴隷貿易廃止法が成立しますが、この法律はあくまでも奴隷貿易の禁止だけで、奴隷制は容認しています。ブレイクは『ジェルサレム』において、この法律の限界を鋭く批判しています。

眠っているアフリカが

ビューラの夜に立ち上がり、太陽と月を縛りつけた時、
彼の友たちが彼の強い鎖を切り、彼の暗い機械を
激怒と破壊のうちに圧倒した、そしてこの人間はよみがえって悔い改めた。
彼は彼の怒りに満ちている兄弟たちの前で泣いた、彼等の時を得た怒りに
対して感謝し思いやりながら。しかしアルビオンの眠りはアフリカの
眠りとは異なり、彼の機械は彼の命《いのち》で組み立てられている。
慈愛以外には何も彼を救うことはできない！　間に立つ慈愛以外には何も
彼が恐ろしい嫉妬のうちにエルサレムを殺すことがないようにと。
（四五・一九〜二七）

奴隷解放運動の次の段階は英帝国内に存在する全奴隷の解放でした。ジェーン・オースティンの『エマ』で、家庭教師の職業が「人間の肉ではなく、人間の知性を売るためのもの」（第三五章）として話題になるのもこの頃のことです。

一八二三年、ウィルバーフォースとクラークソンの指導のもとで「反奴隷協会」が創設され、一八三三年には法律によって英帝国内の奴隷制は廃止されることになります。一八三三年の奴隷制廃止法は、奴隷について補償するために二千万ポンドを奴隷所有者に与えましたが、イギリスはこれを唯々諾々として支払ったのでした。[11] ウィバーフォースは「私は長生きしてイギリスが奴隷廃止のために進んで二千万ポンドを出す日に出会えたことは神さまのおかげです」と述べて、この年に死にます。[12]

奴隷解放運動は一八二〇年代からはトマス・ファウエル・バクストンが運動の主導権を握ることになりますが、それ以前の一八〇七年からの三十年間はクラークソンの本領をいかんなく発揮された期間であったといえます。クラークソンは奴隷に関しての情報を集め、正確な記録に基づく闘いをし、台頭してきた大衆の声を重視しました。国内問題については反動的であったウィルバーフォースに対して、クラークソンは進歩的でした。

トリニダード・トバコ出身の黒人歴史家エリック・ウィリアムズは、『資本主義と奴隷制』（一九四四）、『帝国主義と知識人』（一九六四）、『コロンブスからカストロまで』（一九七〇）の三部作で、西欧資本主義と奴隷制を批判し続けた人ですが、彼でさえクラークソンの業績は高く評価しています。

ガイアナ生まれの歴史学者W・ロドネーは「フランス革命は〈自由・平等・友愛〉の名においてなされたが、それは西インド諸島やインド洋でフランスによって奴隷化された黒いアフリカ人には及ばなかった。ブルジョア革命のリーダーたちは、黒い人類のために革命をやったのではないと明確にいった」（北沢正雄訳『世界資本主義とアフリカ』）と述べていますが、黒人の側からすれば、フランスのみならずイギリスの黒人解放運動も、所詮、白人の自己満足的な人道主義の運動にすぎなかったのです。

また、我々日本人にとって、フランス革命勃発の年である一七八九年は、蝦夷地におけるクナシリ、メナシ蜂起の年であったことも忘れてはならないと思います。

（付記）本稿はイギリス・ロマン派学会主催「イギリス・ロマン派講座」（一九九九年五月一五日）での講演に加筆したものである。なお、本稿の一部には「黒人奴隷の解放とロマン派詩人（特集＝フランス革命と英文学）」（『英語青年七月号』一九八九年七月）の論考と重複する部分があります。

7

橋本槇矩

ダグラス・ダン

揺れるスコッティシュネス

1

スコットランドの詩人、エドウィン・ミュアは初期・中期スコットランド語は英語を駆使した宗教改革者、ジョン・ノックスと欽定訳聖書の登場で分裂、衰退し、国民の思想と想像力を保証する統合意識の役目を果たせなくなったと書いている。[1] 一六世紀以降、スコットランド語は地方語として分散し、バーンズも折衷スコットランド語で詩を書いた。再び折衷スコットランド語による詩の復権と革新を目指したのはマクダーミッドだったが、それも袋小路で進展はなかったとミュアは考えた。彼はスコットランド人はスコットランド語で感じ英語で考える、感性の分裂した民族となったと述べている。ミュアはその一例として、バーンズのスコットランド語で書かれた「タモ・シャンター」も、人生の快楽の空しさを思索するスタンザになると英語で書かれていることを指摘している。

ダグラス・ダンは自ら編纂した『二〇世紀スコットランド詩』（フェイバー、一九九二）の序「言語と自由」のなかで、一九一九年『アシーニアム』に載ったT・S・エリオットの「スコットランド文学は実在したか」を引用しながら、スコットランド詩の時代区分をしている。(1) スコットランド語と英語がともにアングロ・サクソン語の方言に過ぎなかった時代。(2) スコットランド語と英語のみの時代。(3) 一七〇七年の合併以降の英語が主流となりスコットランド語が地方語になった時代。(4) 二〇世紀初頭、エリオットがスコットランド文学は英文学に吸収されたと見なした時代。(5) マクダーミッドが登場し、消滅していくスコットランド魂を復活すべく、折衷スコットランド語によって詩を書き始めた時代。マクダーミッドは詩と国家を同時に復興することを目指し、モダニズムと民族の再生の二つの目的を同時に達成しようとした。マクダーミッドは英語との近縁性を断ち切った翻訳不能の折衷スコットランド語によって、ジョイス、パウンド、エリオット、ウイリアム・カーロス・ウイリアムズが成し遂げようとしたことをスコットランドで達成しようとした。それは壮大で偉大な失敗であるかもしれないが、幾つかの作品において他に比肩できないことを成し遂げた。(6) ダンは自分の時代を、エリオットの意見、つまりスコットランド文学は英文学に吸収されて消えたと言う意見を退けられる時代と見なしている。自分たちに先行する巨匠たちの仕事を受容するなり、拒否するなり、個人の選択に任せる時代であり、英文学以外の、世界文学の刺激を自由に享受できる時代、ゲール語とスコットランド語と英語による詩が併存しうる、あたらしい時代を迎えたと書いている。ミュアの言う国民的意識統合の言語は形成されず、多様なヴァナキュラーの多様性の存在をそのまま許容することによって「感性の分裂」の問題は自然消滅した時代である。スコットランド内部の多様な地域性、多種の方言、それを用いている詩人たちの登場で「スコティシュネス」を一元的に定義することはできなくなったということである。

「バーンズではなく、ダンバーを」という標語を掲げたマクダーミッドはマルクス主義からモダニズム、科学技術までも取り込み、表現し得る折衷スコットランド語を考えた。彼はスコットランド語は現代英語にないレトリックを持っていて、相反する衝動を一つの均衡した言説に取り込むことができると考えた。ドストエフスキーからメルヴィル、D・H・ロレンスまで、あらゆる文学を取り込んだ、ごたまぜの『酔人、アザミを見る』では、道端の溝から宇宙にいたる壮大なスケールの広がりを網羅する酔人の妄想の中では、スコットランドのエンブレムであるアザミも骸骨になったり、風船になったり、赤いバラ（ストライキ）になったりする。彼の果敢な挑戦を完全な失敗と見なすことは難しい。先にあげたミュアはスコッラトンド語は簡単なバラッドとかスティーヴンソンの『スローン・ジャネット』のような素朴な短編のための言語であって現代を表現することはできないと断定した。しかしソーリー・マクリーン（ゲール語）やロバート・ガリオック（スコットランド語）、イアン・クリフトン・スミス（英語とゲール語）、トム・レナード（グラスゴー方言）などの存在を考えるとミュアの意見も修正を余儀なくされるだろう。現在、主として英語で書いている詩人ではダグラス・ダンとエドウィン・モーガンが双璧だが、彼等は必要に応じてスコットランド語を使うことができる。両方の言語を混交して用いることができることは彼等の詩の可能性を広げこそすれ、狭めることはないだろう。漢語と大和言葉とカタカナの使用の混交が日本語の可能性を広げたように。例をあげればhaarというスコットランド語（スコットランド東海岸の海霧）を使用することによって、ダンはピクトの遺跡への旅（「Going to Aberlemno」）を異化して見せることに、ケネス・ホワイトはエジンバラ（「Of the City」）を異化して見せることに成功している。詩人たちが使用する複数言語の存在は、今後のスコットランド詩の可能性を広げこそすれ、狭めることはないであろう。

スコットランド議会がおよそ三〇〇年の眠りから覚めて、今年（二〇〇〇年に）再建された。外交、国防、全体の財政などは連合王国政府の権限に属するが、教育、地方公共団体、交通、環境問題、農林漁業などに関する法律をスコットランド独自の立場で作れるようになった。イギリス議会の傘下にとどまっているとはいえ、自治政府の発足と見なしてもいいだろう。アイルランドの近年の経済成長を横目で見ながら、国民投票による完全独立が次の目標になる可能性も強い。政治、経済の部分的自立性の獲得と同時に、文化面でも変化が見られる。一九二〇年生れのエドウィン・モーガンが、イギリスの「桂冠詩人」に対抗して設けられた初の「グラスゴー・桂冠詩人」に指名された。やがて「スコットランド桂冠詩人」という名称も視野に入れられてのことだろうが、就任後のインタヴューのなかでモーガンは「桂冠」（Laureate）というイギリスのタイトルではなく新生スコットランドにもっと相応しいタイトル（たとえば First Poet）を提案している。[2] またおなじインタヴューで彼はスコットランドの完全独立が望ましいと断言している。伝統的ソネット形式でグラスゴーの都市生活を取り上げ、またコンクリート・ポエム、コンピューター言語による実験的な詩、未来世界をイメージするSF詩など、イギリスの詩人よりむしろアメリカの詩人たちとの近縁がある都市型の詩人であるモーガンのような一見、スコットランド・ナショナリズムと無縁に見える、英語で書く詩人も、スコットランド人としての「自己意識」を強烈に持っている。しかし「スコティシュネス」とはなにかという定義となるとモーガンも曖昧である。歴史を溯っても一義的にケルトに絞られるわけではない、ピクトやノルマンもゲルマンも入り交じっている。オフェイロンが『アイルランド人』で言っているようにアイルランドの歴史も混交の歴史であるように、スコットランドも混交の歴史である。「スコティシュネス」とは何かと言う問題は一七〇七年の連合いらい現在も論議されている問題だが、そもそも「スコティシュネス」を問うこと自体が意味をなさない時代になったという見方もある。現在のスコットランド詩の多様性には将来の可能性があると見なしているダン自身、多様性を持つ詩人である。後に「セント・キルダの議会、一八七九—一九七九、写真家再訪」を読んでダンの「スコティシュネス」を考察したいが、その前にダンの履歴と現在までの作品の特質をまとめておこう。

2

スコットランドの詩人、ダグラス・ダン（一九四二—）の第三詩集『愛に他ならぬ』（一九七四）に収録されている「クライドサイダーズ」は、シェイマス・ヒーニーの「掘る」の向こうを張って、自分の詩の出発点を宣言した詩である。ヒーニーがペンで土を掘ることを詩作のアナロジーとしたのに対して、ダンは造船所の職工たちの仕事を詩作のアナロジーに見立てて、自分の詩は「クライド河に生れ育ち、守られた／がっちりとして、混ざり物の入ったナットやボルトの詩」だと言っている。ダンはスコットランドの工業地帯、レンフルーシャーのストラスクライドのインチナンで生まれた。クライド河に面したグリーノックは蒸気機関の発明者、ジェイムス・ワットの誕生の地であると同時に、造船の町として有名だが、インチナンはそこをクライド河沿いにグラスゴーに向かう途中にある村である。現在はグラスゴー郊外の一部に飲み込まれようとしているが、ダンの子供の頃は、まだかなり豊かな自然が残っていたらしい。手付かずの自然と農業と工業が併存するインチナンの「普通の労働者階級の環境で」彼は育った。父親はインド・タイヤ会社に勤め、母親は近所の屋敷で女中として働いていた。長老派信者の勤勉な母は、クライドサイドに住む移住者の「不潔でだらしないアイルランド労働者」に軽蔑の念を抱いていたという。工業化、人口の流入の中心地だったクライドサイドは従来、労働運動や社会主義ないし共産主義が根強い土地だが、ダンの社会主義的姿勢もその風土の影響である。第一次大戦後の左翼運動の激しさをしめす「赤のクライド」という呼称もあるほどだ。また同時に祖父や父親譲りの職人気質もダンは受け継いでいる。ダンの成長した風土を要約すると田園と工業都市の両方を経験することが可能だったこと、個人の良心に基ずく厳格な道徳を説き、時に反体制的なカルヴィニズムの流れを汲む長老派の信仰、社会主義、職人気質の三つがダンの気質に影響を与えたといえる。

ダンは大学には進学せず、一九歳のときに司書の資格を得て、グラスゴーのアンダソニアン図書館の助手を勤めるが、一九六四年にレズリー・バルフォア・ウオリスと結婚すると同時に、新たな職を求めてアメリカに渡り、オハイオ州のアクロン公立図書館に勤めた。彼はその間に貪欲にアメリカ文学を読んだ。移住者ヴィザを持っていたため、一九六五年、ヴェトナム戦争への招集を受けた。しかし健康上の理由から、検査を受ける必要があり、その直前に妻とともに船でスコットランドへ帰った。一時、グラスゴー大学の図書館で働いた後、大学卒業資格のためにハル大学の英文学専攻課程に入学した。下層の労働者たちの住むテリー・ストリートに居を定めたのは経済的な理由によるだろう。

以上の経緯とダンとラーキンとの出遇いによって同時代英国詩の影響が現代スコットランド詩に織り込まれることになった。追悼記念講演の記録『影響のもとに—ダグラス・ダン、フイリップ・ラーキンを語る』[3]によれば一九六二年、アンダソニアン図書館の助手勤めていた時期にダンは『ニュー・ライン』に載ったラーキンの詩に関心を持った。同時に、同じ年に出たアルフレッド・アルヴァレズの『ニュー・ポエトリ』を読んだ。アルヴァレズはテッド・ヒューズの「馬たちの夢」とラーキンの「放牧場にて」を比較して「未知の領域に踏み込んでいる」ヒューズの作品に軍配を上げている。しかしダンは両方の詩を好きになった。アルヴァレズがヒューズを評価する理由も理解できた。「しかしラーキンの詩の抑揚、言葉遣い、語り口のほうに、ものを書き始めたばかりの私は、遥かに親しみを感じ、引き込まれるような経験をした」。その後、テリー・ストリートに住み、ラーキンの知遇を得て詩を書き始めたときのダンは、模範とすべき「ラーキンを心に染み込むまで繰り返し読んだ」。しかし、そこには同時に「影響の不安」も存在した。ラーキンの詩は人生全般の事象に対する「否定的な感情」に徹頭徹尾、正直であることを武器に、モダニズムが唱導した詩の「非人格性」に反旗を翻して、むしろ個人性の暴露もいとわないところに特徴がある。シェイマス・ヒーニーは「それぞれのイングランド」[4]で「ラーキンはロマン主義的願望や霊感に対し、周到な卑しさをもってけちをつけていきます。彼が月を見るとしても、それは小用を足し、たよりない足取りでベッドに戻る途中なのです」と述べている。ただしラーキンの詩にはロマン派的希求がときおり見え隠れする。しかしラーキンはロマン派的希求に異を唱えて、徹頭徹尾「今・現在」の卑小な、日常のイギリスに拘ることに自分の美学を見いだしたのである。人生の陽画の色をひとつずつ消去していくこと、陰画に裏からさらに黒の色を塗り付けていくこと。これはまさしくハーディの詩の世界と同じである。たとえばラーキンの風景詩「此処」は工業地帯、田園地帯が入まじる地方都市ハルの全貌を、人の暮らしの模様を織り込みながら追っていくが、主語は曖昧なままで、視線の移動とともに「此処」も移動し、陸地がとぎれて最後の海辺の風景では、無限（infinity）に向かって視線が解放されるかと思われるとき、（…Here is un-fenced existence:/ Facing the sun, untalkative, out of reach.）ラーキンはヴィジョナリーな啓示の一瞬を意図的に忌避するかのように、そこから先は「手が届かぬ」と打ち切るのである。人いきれのするハルの町から自然に向かう詩人の視線の解放はせいぜい「unfenced」と表現されるだけである。

ラーキンに影響された初期のダンはテリー・ストリートに住む人々の生態を、ジャングルに出かけた人類学者が現地の人達やゴリラを観察するような、細部への揺るぎない視線で描出している。たとえば「衣装部屋」（原題は'The Clothes Pit'であり、ピットは地獄でもある）。化粧と衣服にしか関心のない、テリー・ストリートの「どういうわけか太って醜い」娘たちは「派手な服をきているので／ここよりほかのどこでもいいパラダイスを夢見ていることがわかる／せいぜい、いい気にさしてくれる男の子たちと太陽の下で珍しい鳥の肉を食べている夢だとしても」。ラーキンの「此処」の「バーゲン品をもとめる人々」（cut-price crowd）の生態を呵責のないタッチで描き出している。しかしラーキンの詩と異なって「視線」の主体が、一方的に対象の人間を観ると言う一方通行ではなく、見るものが同時に見られると言う視線の相互関係がある。例えば「ヘアカラーをした娘たち」は、「互いに街路でにきびを潰しあい／歩きながら手鏡を見るようなタイプ」だが「今度は窓べにいる私を彼女らが見る／書物に囲まれて、守られた、ガラスの下の標本の私を」。観察するものが観察されるという視線の相互性は、ダンの社会的姿勢、他者との共感的理解をしめすもので、一方的に他者を観察するラーキンの視線とは明確に異なる（視線の相互性は後に論じる「セント・キルダの議会」でも重要な役目を果たしている）。

先にあげた『影響のもとに』の中で、ダンは「ラーキンに影響されるのは不安でもありました。彼はスコットランド人ではなく、骨の髄までイギリス的でありましたから」と述べている。卑小なものへの注視とその表現法についてラーキンから学ぶことが多かったダンであるが、スコッランド人の彼は自分の進路がラーキンの世界から離反していくことをすでに予感していた。「ハルのもう一人の詩人」という名称から「スコットランドの詩人」への脱皮である。その予兆は「人物のいる風景」の他に『テリー・ストリート』に収録された自然との神秘的交感をテーマとした「コスモロジスト」に見られる。また「プレイ終了」も『テリー・ストリート』の中では異質であり、アンドルー・モーションの「タムワース」やジェイムズ・フェントンの「スタフォードシャーの殺人者」のような「物語詩」に類似した詩である。カントリー・ヴィラでクリケットやテニスに興じる有閑階級の人達が、夕闇が迫って自室にこもる時刻、屋外の自然は人間に馴致された相貌を捨てて、野生の姿に戻る。「ゴルフ・コースはマナーのない砂漠になり／強姦者が生け垣や橋の下に群れる」。この詩にはデレク・マホンの影響も見られるように思われる。ちなみにダンは一九六二年にアイルランドの詩に関心を抱き、毎年、アイルランドを訪れた時期があった。一九七五年にはアイルランド詩の批評書『アイルランド文学の二〇年』を自ら編集しているのだからマクニースやヒーニーやマホンの影響があるのは当然である。『テリー・ストリート』の路線で書き続けないダンに不満を漏らしていたラーキンも第四詩集『野蛮人たち』（一九七九）ではダンの異質性を認識したようである。ダンは第二詩集『もっと幸せな生活』（一九七二）ではフランスの詩人、ロベール・デスノスやアメリカの詩人、ジェイムズ・ライトたちを模範にして、イギリス的コモンセンスにもとずくリアリズムの詩から、シュールリアリズムの方に向かっていき、イメージを表層ではなく、無意識の深みで幻視的に捕らえようとする。そのようなときダンが把握しようとするのはラーキンのような「イギリス的人生のあじけなさ」ではなく、ヨーロッパ、アメリカ、アジアも視野にいれた人間の奥に巣くう悪の問題である。「都市を流れる河」は橋の下で入水自殺する男女、溺死体を「捕まえられない」黒い魚に食わせるらしい、黒いボートに乗った老人が出てくる。(「そんな魚はとてもフィシュ・アンド・チップスとして食べるわけにはいかない」。)ヒットラーによる大量虐殺、食人嗜好を暗示するこの詩の最終行では、歴史の暗部を閉じ込めるかのように下水管の鉄のドアが閉まる。

第三詩集『愛に他ならぬ』は様々なテーマ、詩形を試行錯誤しつつ自分の声を見いだす途上のダンを示している。ジャズ、政治、歴史、愛、酒、自然、鳩や鉛筆、飛行機旅行、なんでもテーマにし、またあらゆる韻律、あらゆる詩型を駆使している。しかしたとえばヒーニーの地名詩やスウィニー詩と同じテーマを扱う「ムアランダーズ」などはヒーニーの二番煎じである。そのために『野蛮人たち』以前の詩集はダン自身の真の声が聞こえないと言われた。[5] 『野蛮人たち』(一九七九)では地域性、階級性にもとずいた差別に対する反英国的な姿勢が顕著であったために、英国に従属してきたスコットランドの積年の憤懣の声の代弁をし(サッチャーの導入した人頭税に反対する強烈な攻撃パンフレットを書いたのもその一例である)、スコットランドの地方性の復権を目指す政治詩人と見なされた。また既に述べたように「虐げられた人々」に対する同情、貧者や労働者への共感の詩が彼を社会派詩人として位置づけた。さらにダンには「クライドサイダーズ」にみられるように「物作り」をする職工の世界に対する共感がある。スコットランドの風土と歴史を意欲的に追及したのが『セント・キルダの議会』(一九八一)である。しかしダンの「スコティシュネス」追及は妻の死によって中断し、社会的、政治的な視点を離れて、個人の感性におもいきり沈潜した詩集『エレジー』（一九八五）は高い評価を得た（残念ながらここでは取り上げて論じる紙幅が無い）。次の『北方の光』（一九八八）は再びスコットランドをテーマとしているが、同時にイタリー、オーストラリア、コンゴなどを扱い、詩の地平を広げている。さらにヒーニーの『サンザシのランタン』に似た寓意詩、再婚の官能的喜びを歌う詩などが特徴である。『ダンテのドラム・キット』（一九九三）に至るダンの詩を概観すると大きく四つに分類できるだろう。むろんこの分類から漏れる作品も多いが、彼の優れた詩の多くはこの中に入るだろう。(1)スコットランドの歴史・風土の詩「クライドサイドの人々」（LN）、「レンフリューシャーの旅人」（LN）「レンフルーシャーの竪琴」（SKP）、「帝国」（B）、「こことそちら」（N）「ドレスド・ツ・キル」（DD）、「セント・キルダの議会」（SKP）(2)労働者や貧者、虐げられたものへの共感の詩「コートを着た少年たち」（LN）、「失われた教区への哀歌」（B）、「古着」（SKP）、「コインを洗う」（SKP）、「若い魔女」（SKP）(3)物質、物への関心、職人技への共感の詩「ラタトゥーユ」（SKP）、「ペイパークリップへの賛歌」（SKP）、「ウィンキー」（N）「ヘンリー・ペトロスキー『鉛筆の歴史』」（DD）(4)自然や女性との神秘的交歓や哀感の詩。「コスモロジスト」（TS）、「湖の音楽」（SKP）、「ロウソクの明りの下の性愛」（N）、『エレジー』（E）

念の為、同時代スコットランド詩の見取り図の中でダンの位置付けをしておきたい。(1)ソーリー・マクリーンやマッカイ・ブラウンのように地方に沈潜した詩人たちとエドウィン・モーガンやトム・レナードのようにグラスゴーに住み続けている都市型の詩人の中間に立つダンは郊外型の詩人である。（rural と arban を合成して rurban という言い方がある）彼はあるインタヴューで述べているように都市嫌いである（「私はグラスゴーが好きでない。今までも好きでなかったし、これからも好きになることはないでしょう。…エジンバラにも昔から警戒心を持っています」）。したがってダンはグラスゴーに拠点を持つエドウィ・モーガンのような詩人を全面的に承認することはしない。またオークニー諸島の半歴史的・半神話的理想社会に拠点をおいているマッカイ・ブラウンを「農耕的ロマン派」と呼び、性急に都市を切り捨てる姿勢を批判している。ダンは常に都会と田園の両方を眺望できる「ひそやかな村」に住み続けてきた。ダンディー大学に勤めているときは対岸のタイポートにセント・アンドリュー大学にいる現在はすこし内陸に入ったダーシーに住んでいる。(2) 上記の略伝から分るようにダンは一度スコットランドを離れてから帰還した詩人である。上記の詩人たちのように生涯、スコットランドに住み続けた詩人たち、またW・S・グレアムのように英国に住んでだ詩人やフランスに居を定めたケネス・ホワイトのような詩人たちとも異なる。フランス贔屓のダンはヨーロッパ大陸からスコットランドを見る視点を持っている。ダンは「フランス」（『エレジー』所収）で書いているような解放された感覚の喜び（jouissance）の詩をスコットランド詩に移入しようとしてきた。(3) ダンは社会的リアリズムとロマン派的叙情の両極の間を揺れ動いている詩人である。「私は二つの駅の間を走る汽車に乗っている。駅の一つは『ロマン派的睡眠』、もう一つは『社会的リアリズム』である。降りるとき自分がどちらの駅に下りたつのかは分らない」一九八三年三月一八日のTLSに載った「スコットランド詩の苦境」でダンは、スコットランドでは文学の社会的意義が重視される余り、詩人が自分の文学的感性に忠実であるのが難しいと書いている。自分の感性を自由に羽ばたかせて、想像力に身をゆだねることや、甘美な感情に浸ることは難しい。それは主としてスコットランドの歴史の足枷であるカルヴィニズムのせいだとダンは言っている。それは生を頑迷な、狭い視線で捕らえ「乾いた道徳主義」の灰色の世界に閉じ込める。やわらかな瞑想によって自然を感覚の美に定着するイギリス的な「官能の喜び」を知らない。このことは多分、キーツを知らず、「口語的な、説明可能な、酔った澱みの」バーンズに親しんでいることと関係がある。また一連のイメージを生み出す感覚を窒息させるように倫理性や知性が作用するのはスコットランド詩にとってよくないと発言している一方で、ダンはハフェンデンとのインタヴューで「考え過ぎ、頭を使い過ぎる点」に言及されると自分は確かに「思考する」詩人であると認めている。しかし、それが欠点かどうかは疑問である。ペイパークリップのような些細な事物を当意即妙に詩にしてしまう器用さがあるかとおもうと『エレジー』の「記念日」ではシェイクスピアからジョン・ダンに至る英詩の伝統を見事な形式と叙情性に織り込んでいる。ダグラス・ダンの振幅は大きいといわなければならない。同時代のイギリス詩を飛び越えて北アイルランド詩、アメリカ詩、ジュール・ラフォルグ、トリスタン・コルビエール、ロベール・デスノスなどフランス詩などに感性のチャンネルを開いてきたダンは、早期からラーキンに代表される同時代イギリス詩を「地方的」で「想像力に対して拘束的」とみなす地点に達していたと言ってよいだろう。したがって以下、ダンにおける「スコティシュネス」という問題はダンの詩の一つの特徴を見る限定された視点にすぎないことを断っておきたい。

3

石を敷き詰めた小路の両側に
裸足の男達が二列に並んでいる。

髭にチョッキにタモシャンター帽
多くの男は薄笑いを浮かべているが、
その表情は、岩、霧、雨、突風と
カツオドリと卵、海草と藻の食事と
しっくり合っている。

ダンはヴィクトリア朝時代の写真家、ワシントン・ウィルソン（一八二三-九三）が一八八八年に撮った写真を見て「セント・キルダの議会」を書いた。[6] セント・キルダはスコットランド本土から一一〇マイル離れた大西洋に浮かぶ、ブリテン島からもっとも遠い島である。ゲール語を話す島民たちは数世紀の間、漁業と海鳥に頼って生きてきた。しかし一九三〇年、食料難、医療の困難が原因で全住民が島から退去した。その子孫は今でも本土に生存している。危険な航海を必要とする遠隔の島であるにも拘らず、最も文明から見放された僻地と言うイメージがさまざまな神秘化を生んで、一七世紀末から二〇世紀の後半まで旅行記、写真集、映画の舞台となってきた。一六九七年に島を訪れたマーチン・マーチンの『セント・キルダへの航海』は島を「黄金時代』の「高貴なる野蛮人」の島として神話化した。その後、セント・キルダはケルト神話の「常若の島」、「オシアン伝説の島」として理想化された。ロマン派の時代には鳥の島としてバラードに登場し、一九世紀の写真の時代には、島民全員の民主的話し合い（議会）でものごとが進む「理想的社会」として美化され、二〇世紀には「ケルトの周縁」として映画化されてきた。映像記録者たちも、その多くが自分たちが島民に期待するものを恣意的に投影してきた。つまりセント・キルダは中心を成す文明社会に欠落している美点を具現している理想社会のモデルとして機能を長期にわたり押しつけられてきたと言えるだろう。

見よ、何とすべては素朴なことか、彼等の
足指はたくみに石の縁をつかんでいる。
遠いデモクラシーの島、そこでは
土地に縛られた人々が、潮の足枷を
投げ返してくる海を睨みつけている。

ウィルソンの写真から読み取れる島の人達の様子を報告する第一スタンザに続く第二スタンザはロマンチックな景観を求める旅行者への語りかけで始まる。

ロマンチックなスタファスに、冬の炉端の話題に
あこがれる旅行者よ、もし、セント・キルダの
険しい岸に夜明けに上陸したなら、
料理や教育の差別化によって
毒されたことのない人々の話す
島のゲール語が亡霊たちの詩のように

耳に入ってくるだろう。

スタファスはヘブリディーズ諸島の一つで、その岸壁の景観が一八世紀の末以来、多くの芸術家や音楽家（たとえばメンデルスゾーン）を惹つけてきた。セント・キルダも同じような観光の対象となったのだが、しかし語り手＝観察者はロマンチックな「他者」として島民を対象化しない。なぜなら島民は旅行者や写真家の意図を見破り「ずるがしこそうな嘲り」の表情を浮かべているからだ。彼等はやがて島を捨てる日の来ること、島が文化人類学者や鳥類学者のテキストになる日を予見している。一八七九年（南アフリカでズールー戦争が起こり、モスクワでチャイコフスキーの『ユジーヌ・オネーギン』が初演された年）、写真を撮った「私」は一世紀後の一九七九年にセント・キルダを再訪する。世界中を旅して、人類の悲惨な歴史の記録者としてそれを（写真の中で議会の建物の外で永遠にポーズを取ってる）島民に告げるためである。

私の多くの記録写真は打ちひしがれた都市、
幾多の上流著名人たち、餓死した者たち、
消えた帝国、爆破される艦隊、もがき苦しんで
死んでいく市民、ポルノグラフィの記録、

二〇世紀の悲惨な世界史の目撃者、記録者として島を再訪した「私」は「自らは話せないゲール語に

耳を傾けながら棒きれを削るように時間を削る」より仕方ない傍観者である。しかし「豊かで、教育を受けた」部外者の意図を見抜くかのように「階層社会にゆがめられていない」島民はカメラを通して彼等を見ている「私」を見ている。その視線は「善意か悪意か」「私にもまただれにもわからない」のである。

以上が「セント・キルダの議会」の概要である。しかし副題の「一八七九-一九七九」に謎がある。第一にウィルソンが取った写真は一八八八年とされており、なぜダンは一八七九年としたか、また一八九三年に死亡しているウィルソンがなぜ一〇〇年後の一九七九年に再訪するのかと言う疑問である。セント・キルダの島民は一九三〇年には離島しており、ウィルソンの死はそれより以前である。謎は英国の歴史を見ることで解けるだろう。まずダンは一九七九年という時代を重視したのではないか。この年、地方分権を推進する「スコットランド法」が国民投票の結果、棄権が多かったために無効になった。スコットランドを共和国として独立させる夢の第一歩が、挫折することにダンは失望したのではないか。先に言及したマーチンの著書以来セント・キルダの議会は全員参加の民主的共和国の理想として美化された時代が続いた。ダンはスコットランド議会の理想の原形として、また同時に既に失われたユートピアとしてセント・キルダを見ていたらしい。(「It is a remote democracy.」)一九七九年はまた、後に人頭税を導入した保守党党首、サッチャーが初の女性首相に任命された年でもある。このように見てくるとダンは、スコットランド議会の実現が遠のいた一九七九年の時点から一世紀を振り返るという発想と一八七九年(スコットランドを従属させてきた英帝国が最盛期を迎え、やがてボーア戦争を契機に凋落していく年)の時点からみたセント・キルダの変遷を追うという双方向からの視線をこの詩に含めたのではないだろうか。つまり過去の写真家ウィルソンのカメラを通した視線と写真を見ている現在の「私」(ある意味でウイルソンの亡霊の視点を借りた詩人)の視線が双方向から、セント・キルダの島を見ている。ウイルソンの視線は「ロマンチックなゲール文化の島」「デモクラシーの理想の島」としてセント・キルダを見ている。しかし二〇世紀の悲劇を経験し、歴史の理想化を禁じられ、民主的議会の死滅を見た「私」の視線は「無人となり、学者のテキスト」となったセント・キルダを見ている。この詩には「視る」という単語が何度も用いられている。そして視線の交錯の中でも最も重要なのはウィルソンと「私」を見ている島民の視線である。しかし彼等の視線は何も語らない。

私を見ている彼等をカメラを
通して見ている私を彼等はいつまでも
見ているに違いない。その視線は
善意か悪意か?しかし時を経た今になって
誰に分ろう。考えても仕方無い。
私はそこにいた、今もいる、そして忘れるのだ。

ダンの視線が「スコティシュネス」をもとめて歴史的過去にさかのぼるとき、それがピクト人の森であろうとセント・キルダの議会であろうとそれらが既に過去の幻影である以上、懐旧的な響きが付きまとう。しかし失われたゲールの島の生活に対するエレジーの音調のなかにも「政治」が隠されている。

スコットランドの歴史において（ダン自身の体験も含めて）差別され、虐げられたものへの同情と、虐げたものへの激しい義憤の詩を書く力強いダンにって「スコティシュネス」は自明のものとしてそこにあるのではなく、スコットランドの過去と現在を往還しながら絶えず探求し続けなければならないテーマである。「セント・キルダの議会」でダンが一九七九年から一八七九年にさかのぼって、カメラを持った写真家として過去を訪れるとき、既にダンは「失われた共同体」の部外者なのである。この点で、同じく失われた共同体（ラーセイ島）の過去をそこに参加するものの視点からゲール語で書いたソーリー・マクリーンの詩と対照的である。ダンがスコットランドの過去を再現する場合、写真というテキストに基づいて詩というテキストを創造しなければならないのと違ってマクリーンには伝承がそのまま血肉として生きているからである。しかしダンの詩が規則正しいストレスを打ちながら「スコティシュネス」を大英帝国の歴史や現代史に織り込んでいくとき見事な成果を収めるときがある。バグパイプが鳴り響くミリタリ・タトゥーの行進リズムにあわせて、スコットランドの英雄、ウィリアム・ウォレスやロバート・ザ・ブルース、サー・コリン・キャンベル率いるハイランダーの勇士たち、カメロン・ハイランダーの兵士たちが行進し、ステルス機が登場する湾岸戦争までの世界史を渉猟する「ドレスド・ツ・キル」（『ダンテのドラムキット』所収、英語の「dressed to kill」は異性を惹きつける服装のことだが、この詩では大英帝国の先鋒として戦場に赴いた、キルトを着たハイランダーの軍人たちが人殺しをしたことを暗示している）はダンが他の詩人の追随を許さない、地方性を脱したスコットランドの代表的詩人であることを示している。

8

フィリップ・ブラウン

北イングランドのルクレティウス

バジル・バンティング『ブリッグフラッツ』を精緻に読む

せせらぎの傍らに立ち、こんなことを考えた子供はかつていなかった。この絶えることない流れをもたらすものはどんな力を持つ者か、倦むことないどんな源からこれだけの水が流れてくるのか。だが、子供はさらにこう考えずにはいられなかった。「どんな深淵に向かって流れて行くのか。この膨大な流れを受け入れるものはどのようなものなのか」と。海、大洋という答えが浮かんだ。だが、それは境界のない、際限のないものでなければならないはずだった。そう、無限にほかならなくては。

ワーズワス「墓碑銘に寄せる」

バジル・バンティング（一九〇〇―八五）は長詩と頌詩を作るかたわら、一連の詩の翻訳にも取り組んだ。それは「当座貸し越し」（'Overdrafts'）と題され、ルクレティウスの『事物の本質について』（*De Rerum Natura*）の冒頭の「祈り」の翻訳ではじまる。

Darling of Gods and Men, beneath the gliding stars
you fill rich earth and buoyant sea with your presence
for every living thing achieves its life through you,
rises and sees the sun. For you the sky is clear,
the tempests still. Deft earth scatters her gentle flowers,
the level ocean laughs, the softened heavens glow
with generous light for you. In the first days of spring
when the untrammelled allrenewing southwind blows
the birds exult in you and herald your coming.
Then the shy cattle leap and swim the brooks for love.
Everywhere, through all seas mountains and waterfalls,
love caresses all hearts and kindles all creatures.⁻

神々と人間の最愛の女よ、天駆ける星の下
あなたは大地を豊かなものに、海を陽気なものにする
生けとし生けるものは、あなたを通して生命を得、育ち、
太陽を目にする。あなたの前で空は澄み
嵐も凪ぐ。あなたのために、技巧上手の大地がやさしく花を撒き
大海原はにこやかに笑う。穏やかに天空は惜しみなく光をそそぐ。

春のはじめの日に
限りなく、新たに生命を吹き込む南風の吹く時
鳥たちは欣喜し、あなたの到来を告げる
内気な雌牛も跳ね、愛を求めて川を泳ぐ
どこからどこまで、海も、山も、瀑布も
愛がすべての心をやさしく撫で、生けとし生けるものを
止めることのできぬ肉欲に駆り立てる、定められた再生へ向かって

この「祈り」は、ほぼ四十年後、『ブリッグフラッツ』（*Briggflatts*）の冒頭でも呼び起こされる。

Brag sweet tenor bull,
descant on Rawthey's madrigal,
each pebble its part for the fell's late spring.
Dance, tiptoe bull,
black against may.
Ridiculous and lovely
chase hurdling shadows
morning into noon.

May on the bull's hide
and through the dale
furrows fill with may,
paving the slowworm's way.[2]
歌え、高らかに、雄牛の甘きテナー
ロウゼイ川の恋歌
小石は転がり歌う、丘の遅い春を
爪先立ちの雄牛のダンス
五月の白い花々、そして黒い斑
おどけ、戯れ
影は柵を越えゆく
朝日は正午に向かい
雄牛の体についた五月の花
谷を下り
畦に山査子の花が満つ
アシナシトカゲの道をならしながら

暖かな風が吹き、雌牛は跳ねる。風が吹き、雲が飛び、影が柵をまたぐように越えてゆく。雄牛が踊る。撒き散らされる五月の花々、豊穣な大地、そして耕された畑…ルクレティウスの春の描写が細やかに彼の地の風景を写すように、バンティングにおいても、北イングランド特有の丘や谷やロウゼイ川が移殖され、郷土の風景となる。「祈り」のいくつかの要素は、それに続く詩の中に登場する。欣喜する鳥たちは「雲雀のさえずり」の中でこだまし、海や天駆ける星、嵐や瀑布も登場する。

とはいえ、引用に挙げた二つの詩の関連についてはすでに指摘されてきたところである。しかしこれまでのバンティングの批評においては、初期の詩や書簡の中にルクレティウスの影響の証拠を求めるばかりで、『事物の本質について』と『ブリッグフラッツ』との関連について深く追及されることはなかった。[3] そこで筆者は、バンティングの『ブリッグフラッツ』を精読してゆくが、それはルクレティウス及び彼のエピクロスの哲学がいかに詩の中に浸透しているか示すことになるだろう。実際のところ、『ブリッグフラッツ』が最高の詩であり、語法において、最もルクレティウスの影響を反映している詩であると言っても過言ではないと筆者は信じている。

『事物の本質について』におけるルクレティウスの目的は、詩形において、ギリシャの哲学者エピクロスの自然科学理論を示すことにあった。この理論の中心的な原理は「無からは決して何も生じない」というものである（『事物の本質について』1：150）。[4] 一切のものは究極において分離できない「アトモイ」（原子）から成る。（これをルクレティウスはラテン語で原初の意味の「プリモルディア」と翻訳した。）「自然は万物を生み、育て、太らせ、事物が滅びるに当たり、分解する。」（1：55–57）ティンターン・アベイにおけるワーズワスのごとく、ルクレティウスは「隠れたものの本質を見る」（1：145）ことができた。そして彼は、自然界において目にするもの何であれ、その本質を明らかにしようと決意する。つまり、生成と分解の回帰的なリズム、宇宙は物質に満ちた空間以上のものでもなければ、それ以下のものでないということ、そして永久の流転の中で四大元素が結合と分離を繰り返すということを明らかにしようとしたのである。「大地から出たものは、同じく大地へ帰る。」(2：999)「雨は消え失せ、…輝く穀物が萌え出でる…自然はあるものを他のものから作りかえるだけであり、他のものの死なくしてはいかなるものの生も許されない。」(1：250-64) 死体は腐る、そして「プリモルディア」が「生物が生まれてくるように」再び結び合う。(2：897-901)
バンティングは、ホイットマンに同意しつつ、さらに濃縮する。

Decay thrusts the blade,
wheat stands in excrement,
trembling.
錆びる、刃
小麦は立ち上がる、汚物の中に
ゆれて

冒頭の連において、地、風、火という要素の糸を手繰り、それらを織り合わせ、豪奢な織物へと仕立てる。地と水の複雑なサイクルを織り合わせ、濃密な文様を創り出す。その文様は、視覚的であるが、同時に聴覚的な文様でもある。それは高らかに歌う雄牛のテノールと下流へと転がる小石(水は石を削り、石は互いに摩耗し合う）の音楽で始まる。
第二連において、大理石の墓を刻む石工が雲雀のさえずりに耳を傾ける。小石が大理石とつながるように、花咲く畦道は、石工が墓碑銘を刻む「死んだ男」と関連する。

In the grave's slot
he lies. We rot.
墓の中に彼は
眠る。人は朽ちる。

一切のものは、究極において、成長する小麦の栄養物となる。
石工の仕事場で、川の動きを真似て子供が

the stone with sand,
wet sandstone rending
roughness away.
石碑を砂で磨く、
濡れた砂石は
石を滑らかにする。

続く連で、二人の子供は、石工と一緒に丘へ墓石を荷車に載せて運ぶ。雨に濡れないように麻袋をかぶると、音だけの世界となる。

hear the horse stale,
the mason whistle,
harness mutter to shaft
felloe to axle squeak,
rut thud the rim,
crushed grit.

馬の尿《しと》音
石工の口笛
馬具と梶棒の囁き合う音
大輪は車軸に軋り
車輪は轍に重い音をたて、
ジャリをくだく。

音の描写は、続いて最後には大理石から小石、小石から砂という、さらに細かい粒子への摩耗へと至る。一方で、轍のついた地面が、「群集の足に踏まれ、すりへっている歩道の敷石」を思い起こす。（1

：315-6）

Rain stops, sacks
steam in the sun
雨は止む。日に晒され
湯気たちあげる麻袋

「着物をひろげて日に干せばまたかわく。」（1：305-6）「大地は至る所、煙って水を吐き返す。」（6：523）彼らは目的地近くで休息し暖をとる。肉体が朽ちて土に帰るように、硬木はくすぶり灰となる。そして道へ戻る。再び、雨に洗われ、地上は雄牛で満たされる。馬が尿するように、雄牛は「涙を流し、悲しみの声を上げる」。一切の有機物は溶解し、終りのないサイクルを流転する。

最後の連で、アシナシトカゲが再び現れる。つややかな肌に反射する光は色のモザイクを作る。ここで私たちは、ルクレティウスの鳩の羽と孔雀の尾の変わりゆく輝きの描写を思い起こす。（2：799-807）この光のモザイクは、アシナシトカゲの通り道にある牛糞に汚されることはないし、雲雀が巣の中の糞尿に汚されることもない。小麦のように、美とは腐敗より生まれるのである。

中心をめぐる四季の運動の中に、「夢」の断片が散りばめられ、『ブリッグフラッツ』の第一部は春の終りと共に終わる。山査子は萎れ、ロウゼイ川は長雨で「残忍」となり、霧に隠れた丘から洗い流された泥炭で、糞まみれになったように黒ずむ。

この詩には自伝的要素があり、季節は人の齢を表わす。春の終りは子供時代の終りである。捨てられてから、長い間の「切断された年月」を思い、彼は後悔の念に苛まされる。彼が丘を一緒に旅した後、台所のストーヴの前で服を乾かしながら、愛し合った幼き日の恋人を思うのである。五十年の歳月がたち、詩人は恋人にこの詩を捧げる。

It is easier to die than to remember.
Name and date
split in soft slate
a few months obliterate.
記憶より死の方が易しい。
名前も日付も
柔らかなスレートの中で割れ
数ヶ月すれば、消える。

人の記憶も愛も、朽ち果てる肉体と同じ物質からできている以上、存続することはない。石工のつくる墓碑銘すらもいずれは消えてしまう。

見たことはないのか、石が年月のため擦り減って行くのを…くずれおちた英雄たちの記念碑を。(5

：306–11)

ルクレティウスの詩は今では散逸し、完全な形では残っていないので、多少混乱がある。例えば、これに続く「老いることをあなたは信ずるかとたずねているのを見たことはないか」という詩行は意味不明である。全体を総合して推測してみれば、この箇所の真意は、たとえインクで書き付けられていようと、鑿で彫りつけられていようと、言葉もまたくずれおちる、というものであろう。

この詩の第二部は、成人した頃の足跡を辿る。『ブリッグフラッツ』という織物へ更なる糸を加える。ワーズワス同様、バンティングは北イングランドの丘をロンドンに変換し、自分によりふさわしい環境を求めて旅立つ。ワーズワスは、フランス、アルプスへ向かったが、バンティングは、ワーズワスの兄のように、海へ向かう。第一部において、石工は、子供たちに、民間伝承で伝えられている、ヴァイキングのエリク・ブラダックスの殺された場所を指し示したが、ここで魔法の呪文を唱える。

Copper-wire moustache,
sea-reflecting eyes
and Baltic plainsong speech

銅線のような顎鬚
海を映す瞳

すると石工はブラダックスの家来の一人に変化する。ここで北欧サガの話になる。バンティングの海の経験と北欧サーガの読書体験が結び付き、石工はヴァイキングの船乗りとなり、北の海を航海する。

… drawing leagues under the keel
to raise cold cliffs where tides
knot fringes of weed.

縄の結び目で船足を測り
荒涼とした崖は立ち上がり
寄せる潮はしぶきとなって、海草と絡み合う

ワーズワス同様、バンティングの旅は故郷からの離脱の旅である。ヴァイキングが、氷塊や海草のついた岩場を通りすぎるとき、彼は「耕された畑」、「炉辺の爆ぜる音」に思いを馳せる。しかし、その帰還は不可能である。というのも

Fells forget him.
Fathoms dull the dale,

丘（フェル）は疎遠となり
何尋の海は谷間のことを忘れさせる

代わりに、勇敢なヴァイキングの遠征のように、バンティングは南へ、イタリアへ向かう。
そこで壊血病に冒され、リグリアの海岸にあるラッパロの町で、官能的な悦びに身を委ねる。一九二〇年代のしばらくの期間、イエーツやパウンドの助けを得て、詩作を学びながら、バンティングはここで生活する。

…the breeze fresh
with pollen of Apennine sage.
…さわやかな　そよかぜ
運べ　アペニノセージの花粉を

海岸から内地へと向い、カラーラの採石場へ至る。

White marble stained like a urinal
cleft in Apuan Alps,
always trickling,

アピュアン・アルプスの裂け目から
したたり落ちる
染みのついた小便器みたいな白い大理石

岩間から水が現れ、さらに北へ向かうと、水間から岩が現れる。

…Ice and wedge
split it or well-measured cordite shots,
while paraffin pistons rap, saws rip
and clamour is clad in stillness:

…氷が　楔が
岩を砕く　あるいは　計算されたコルダイトによる撃破
パラフィン油を塗ったピストンの運動　裂け目がのぞく
喧騒を静寂が包む

詩はここで、自然力による、または人間の手による岩の粉砕という初期のテーマに戻る。「ある力がこれを襲ってそのものを砕き、隙間を通って侵入し壊すとき、はじめて自然はものの終末を人目にさらす。」（1：221-4）山を下だり、教会の墓地を通る。大理石は、イギリス人の石工の刻む墓石と同じ場所に行く定めにある。そして農家の庭の脱穀場へと向かう。そこでは亀が粉塵の中に深く埋もれている。この粉塵も、かつては堅固に見えた岩であった。

しかし、なぜ脱穀場へ行くのか？　ラテン語で「脱穀」を意味する“triturare”は、英語では“triturate”である。『オックスフォード英語辞典』によれば「摩耗、つく、叩く、押しつぶすことにより、細かな粒子、粉にすること。粉砕すること。すりつぶすこと」とある。しかし、この語は、まれにしか使わない言葉である。イギリスのもう一人のルクレティウス信奉者、チャールズ・ダーウィンは『栽培土壌の形成』の中で、この言葉を使って、「大気、水、温度の変化、川、海の波、地震、火山の噴火を通しての分解」によって、結晶化した岩がくだけて、海や川や湖の底に沈澱してゆく過程を説明している。そして、それら沈澱したものは、「再び、堅く結合し、再結晶化するが、その後、しばしば、分解される」のである。ダーウィンの擁護者というバンティングの側面を考えるなら、『ブリッグフラッツ』における脱穀場の情景と、「分解された物質は流水や風に運ばれる」とか「風に運ばれる流砂は岩をすり減らす」というダーウィンの表現との一致は偶然のものではない。[5]

私たちは、『ブリッグフラッツ』の輪郭のはっきりした地形に沿って旅をつづけ、粉塵にまみれた低地から、北へ向い、再び丘を登り、ステインモアに向い、ブラダックスの死の場面に立ち会う。

Loaded with mail of linked lies,
what weapon can the king lift to fight
when chance-met enemies employ sly

sword and shoulder-piercing pike,
pressed into the mire, trampled and hewn till a knife
—in whose hand? —severs tight
neck cords? Axe rusts. Spine
picked bare by ravens, agile
maggots devour the slack side
and inert brain, never wise.
What witnesses he had life,
ravelled and worn past splice,
yarns falling to staple?...

嘘を束ねた鎧に身を包み　王は
どんな武器を振り上げることができただろう
偶然を装い、敵が巧みに剣を使い
槍で肩を貫いたとき
泥沼に倒れ、踏みつけられ
ナイフで—一体、誰の手にあったのだ—
首を切られたとき。王の斧は錆びる。
むき出しになった脊椎を烏がつつき

機敏な蛆虫が脇腹に食らいつき
鈍重で、愚かであった脳を食らう。
彼がかつて生きていたと誰が信じようか
ほぐされ、継ぎ目が擦り切れ、
より糸が糸にほつれゆくのを見て

この一節にはルクレティウスが反響している。ブラダックスは、カラーラの大理石を砕くような一撃によって粉砕される。それは「嘘を束ねた」偽りの鎧をまとった、裏切り者の王の無残な最期である。「王たちが殺されると昔からの王座の権威と、高貴な笏は、地に投げ捨てられ…民衆の足元で、血にまみれる。」(5：1136–9)「恐るべき斧は踏みつけられる。」(5：1233–5)「王たちは声をあげて泣く…あたかもその場でのどを掻き切られたかのように。」(4：1013–4)「野獣はその死体をかみくだくだろう。」(3：880)「魂と肉体をつなぐ結び目が解かれる。」(2：944–50) 家来の血がぬれた泥炭にしみこむ。死体が墓穴に入れられるように、肉身が土壌に押し入る。肉身は踏みつけられるが、詩中の「(首を) 切られた (とき)」という言葉は、石工の、石を意味する「裂きがたき、結節のある木」を想起する。石も木も肉身も分解、腐敗する。切り刻む鉄の刃も錆びてゆく。腐肉が炭化するように、肉体は糸をほぐすように、その組成成分へ腐朽してゆく。

ステインモアにおける、嘘と貪欲の顚末を見てから、私たちは慎ましい世界へと下る。そこは自然の音楽に満ちている。岩の上にできた水溜まり、砂漠、果樹園に音楽が漂う。それは、クレタの牛小屋の砂にまみれた床へとつづく。そこでは、気丈な妃パーシパエーがポセイドンの雄牛と愛し合う。それは崩壊に抗する創造の行為である。

第三部において、私たちは更に低みへと下る。ダンテやパウンドから派生した、糞尿地獄へと下るのである。バンティングにとって、中心となるテクストは、アレクサンダー大王のペルシャ遠征の伝説である。ここでマケドニア軍は、インドへ至る東方への旅へ向かうが、途中、地獄を通る。この地獄から逃れるため、兵士たちは上方へ向かう。塩湿地、沼地、鷗の群がる崖を通って、最後に「死者が落下」し、滝の下で鮭が産卵する。鮭は放卵し疲れ果て、竜巻の強力な打撃に打ち砕かれ、

borne down to the sea,
archipelago of galaxies,
zero suspending the world.

海へと運ばれる
銀河の多島海
ゼロが世界を支える

と、突如、

Banners purple and green flash from its walls,

pennants of red, orange blotched pale on blue,
青地の小旗についた、すすけた赤やオレンジのしみ
紫や緑の幟が壁にきらめく

「世界の燃える壁」を越えて、エピクロスは真実の探求に向い、アレクサンダー大王は一人、聖なる頂に登ろうと決心する。

アレクサンダー大王が頂上へ到達すると、そこに天使イスラフィールを見つける。天から落下してきたばかりで、急激な変化に目が眩み、茫然としている。森の泉の側で今、目覚めたばかりである。ルクレティウスにも、同じような転落の描写がある。「高い山から大地にまっさかさまに落下するかのように、…正気を失ってねむりからさめ、体の混乱のため、動転しわれにかえることはない。」そして傍らに「川や心地よい泉のほとりに佇む」人がいる。（4：1020–5）

つややかな苔の上でアシナシトカゲが斃《たお》れた王に歌う。ブラダックスはそれを欠いていたために生命を失ったのである。慎みと自己滅却の美徳を教える。

My quilt a litter of husks, I prosper
Lying low, little concerned.
Grubs adhere even to stubble.
Come plowtime

The ditch is near.
我足るを知る、籾殻を寝床に
低く這い、執着をすてて
切り株にも餌となる蛆はわき、食は足る。
耕作の時が来ると
蛆は近くの溝に逃げ込む

エピクロスが教えるように、欲望と平安との間の橋渡しは不可能である。平安を得るために、私たちは、動物のように、欲望を減らし、質素に生きることを学ばなければならない。「なぜ、生命の宴にあきた客人のように引き下がり、心安らかに、憂いない平安を求めないのか、愚か者よ」（3：938-9）清めの嵐にずぶぬれになり、（詩は秋に入ろうとしているのだが）、アレクサンダー大王は教えを受け入れ、部下たちを、清らかな森を通って、静かに故郷へ導く。

where every bough repeated the slowworm's song.
枝々もアシナシトカゲの歌を歌う

第四部において、詩人、及び彼のペルソナは、中年を迎え、長い間つきまとってきた挫折感や裏切りを甘受できるようになる。秋の大風の結果である洪水は「失意の七月」の象徴の「傷んだレタス」を洗い流す。ここで私たちはヴァイキングの時代を超えて、アネイリンが歌う、初期のブリトン人の時代にさかのぼる。ブラダックスが西のステインモアを目指したように、ペナイン山脈を越えて東に行進し、カタラスの廃虚を目指す。ノーサンバランドの聖者が、マケドニアの戦士たちに取って代わり、バンティングは、エピキュリアニズムと初期イングランドのキリスト教との、または、地中海と北海との個人的な統合を企てる。この統合は、バンティングの経験主義と唯物主義に基づく一切の「無を除く」包含的統合であり、リンディスファーン福音書の能書的な織り込みを包み、「まっしぐらに飛ぶ小虫ように」、「泉より滴る水のように」「砂嵐の中の砂塵のように」、前後に飛び交う杼を包み込む。そして、勤労の修道僧の手により、細心の注意の下、解かれ、集められ、折り合わされる糸を包含し、さらにパーシパエーの獣姦同様、自然な「光彩に光彩を添える」修道僧らの技術を巻き込みながら、そこに最高の表現を見出そうとするものである。

　リンディスファーン福音書の複雑な織り合わせがバンティングの詩学に視覚的なモデルを与えているとするなら、同様に彼の詩学は『ブリッグフラッツ』に充満する音楽から聴覚的刺激を受けている。ドメニコ・スカルラッティのソナタによって絶頂に達する音楽が呼び起こされる。

　　　　stars and lakes
echo him and the copse drums out his measure,
snow peaks are lifted up in moonlight and twilight
and the sun rises on an acknowledged land.

星と湖は
スカルラッティに響き、低い林は彼のソナタのリズムを奏でる
雪をかぶった頂は、月明かりに、曙光に、浮き上がる
太陽は上り、再び大地を知る。

夜明けが近づき、詩人は後朝《きぬぎぬ》の別れの歌を歌う。恋人は「若い、けれど知恵がある」ので、彼女の愛の炎を小さな燠火《おきび》にして昼まで灰の中にとっておく。第一部における、渓谷での焚き火や、秘めやかに愛を交わした子供たちの前にあったストーヴの炎に見られるように、詩全体を通して炉辺は、暖かさとやさしい友情の象徴として機能している。第二部において、ヴァイキングの船乗りは、静かな炉辺を切なく思い起こすが、第三部において、その思いは到底かなえられないものとなる。というのも、マケドニア軍が地獄への道すがら、通り過ぎた炉辺はすっかり炭化していたのである。(恐らく、ヴァイキングの襲撃で燃やされたのだろう。北欧サガには、松明で火をつけられた家の話がたくさんある。)

しかし、ここ第四部では、愛、暖かさ、食べ物に目覚め、語り手は、りんごの木の燃える匂いがたちこめているのに気づく。この匂いは遠く五十年前の春に解き放たれたものだ。これは「定められた再生」を意味する。一時は、死んだのように思われたが、それは単なる眠りであった。その間「灰に埋もれた燠火のように、魂が四肢の中に隠れていた」のである。彼は目覚め、魂は再び燃え立ち、「隠れた燠火から炎を立ち上げる。」(4:925-8)

後朝の歌は別れの歌である。語り手は、寒い、粗末な丸太小屋に独り戻る。しかし彼は「ビールとピ

クルスで満足できる」。詩の中に住む、狐、ハゲワシ、ヤドカリ、ネズミらの、世界の片隅で生活する腐食動物を真似ることを学んだのである。「もし人が、正しい教えに従って過ごすなら、慎ましく、心安らかに生きるのが人間にとって、大きな富である。なぜなら、乏しさに、不足することはないのだから。」（5：1117-9）

第五部において、詩の勢いは、洪水という自然の勢いとなり、私たちを再び、海へ、冬のノーサンブリアの海岸へと連れ出す。そこで、ワーズワスにおける古代の哲学者のように、引き潮で海辺に打ち上げられた死骸を観察する。蛆が朽ちてゆく肉身に食らいついている。[6] 私たちはここで、ブラダックスの死体を食らう蛆を思い出す。物質が物質の餌となり、「肉の腐った死体は蛆を吐き出す。」（3：719-20）

沖合にはファーン諸島が浮かんでいる。北にはリンディスファーンがあり、修道院の写字室で修道僧によって「編まれた」カーペットページは「岩礁に波で刻まれたテクスト」と対比される。

Silver blades of surf
fall crisp on rustling grit,
shaping the shore as a mason
fondles and shapes his stone.
寄せ波の銀色の刃
さらさらと砂の上に　ぱらぱらと寄せて返す

石を愛で　形作る石工のように
海岸を作る。

擬音が丘を進む荷車を思い起こさせ、ホイットマンのポーマノクの浜辺のこすれる砂の音を想起させる。さらに、私たちはヴァイキングの剣の響き、石工の鑿、「泡立つ海に書き付ける」風に気づく。『ブリッグフラッツ』は「見事なまでに複雑な」テーマとリズムと音を統合するカーペット・ページとなる。しかし、膨大な数の詳細を編み込み、複雑な文様を作りながらも完全なバランスを保ち、その一方で、詩人は「かかる詳細の中で、唯一不可欠な本質が明確になるまで簡潔にしてゆかねばならない。」[7]同時に、カーペット・ページと刻まれた石は、バンティングにとって詩となり、それが生起する自然の過程を反映していなければならない。つまり事物が、絶えず分離し、結合するエピクロス的相互作用を映し出すのである。この相互作用を具現するために、バンティングはルクレティウスを越えて、はるか先史時代の詩人へ立ち返る。彼らは、フェノロサによれば、「自然の全調和の枠組みを発見」し、「自然の過程を賛美した」詩人である。もし、西洋の詩が、原初の活力と無媒介の直接性を取り戻そうと思うなら、それは動詞に焦点を合わせた中国の詩を見習うことであるとフェノロサは言う。つまり、動詞こそが「自然界の根源的事実なのである。というのも、私たちが自然界において認識できるものは、動きと変化だけだから」である。根源的事実である動詞、一方イギリスのモダニズムにおける三冊の主要テクスト（『荒地』『キャントウズ』『フィネガンズ・ウェイク』）は、接続詞、形容詞、代名詞で始まる。フェノロサに負うところが多いと告白するバンティングは、『ブリッグフラッツ』を動詞で始め、動詞で終える。実際、この詩は「具象化された動詞」の宝庫である。[8] バンティングが、スッカルラッティの数少ない小節の中に、余りに多くの音楽が凝縮されているのを見て驚嘆したように、私たちもまた、テクストの中に多くの行為を詰め込むバンティングの技に驚くばかりである。「こする」、「ちぎる」、「引き裂く」、「裂く」、「キーキーわめく」、「湯気を上げる」、「歌う」、「割く」…ほとんど七〇〇近い動詞とその連辞が、七〇〇のそれぞれ短い詩行の中に組み込まれている。

動詞が詩の中に満ちているように名詞も充満している。「独立した、真の名詞は、自然界には存在しない」ので、すべての名詞は「機能の束」である。[9] ルクレティウスは長いリストを紡ぎ、私たちに「プリモルディア」が、「航海術、栽培法、城壁、法律、武器、道路、衣類」(5：1448-54) を通して、様々に合体する形式を思い起こさせる。そして「骨、血液、血管、熱、水、肉、筋」(2：670) という体の部分から詩を作る。同様に『ブリッグフラッツ』においても体の部分のリストが見つかるし、道具や武器、航海器具が見つかる。筆者の計算では、八十八種類の動植物が詩に登場するが、この詩の批評にあたって、「エコロジー」が重要な位置を占めることを示している。[10] フェノロサは、漢字を読むとき、「精神がひっくり返るような気がする一方、そこには自らの運命に働いているものを目の当たりにするような気がする」[11] と述べている。私たちもルクレティウス、ダーウィン、『ブリッグフラッツ』を読むとき、同じような不思議な感覚にとらわれる。

海岸から少し内地に入り、チェヴィオット丘の渓谷に至る。バンティングは昔、ここの羊飼いの小屋で生活したことがあった。ガースデイルとウェンズリーデイルが南の境界を示すように、この渓谷は歴史的なノーサンブリアの北の境界線である。遠く旅しての帰り道、バンティングは故郷の境界線を定める。そこは神秘的な領域であり、その境界内には、彼の人生（チェヴィオットの小屋、ブリッグフラッツの隠者）と想像の生活（リンディスファーン、カトラス）にとって重要な、聖なる場が含まれている。これらの言葉づかいの中に、この詩の自伝的要素を読み取ることができるのである。時間、場所、歴史、土地というものは、それらが作る人間とは不可分のものである。

where the fells have stepped aside
and the river praises itself,
silence by silence sits
and Then is diffused in Now.

丘が退き、景色が開き
川が自らを賛美する
静寂が静寂の傍らでうずくまり
「そのとき」が「今」にとけてゆく。

老齢がエピクロス的な平安、嵐の後の静かさをもたらす。平静な時間にあって、詩人は、（エリオットを思い起こすべきであるが）、過去を振り返る。「彼女は五十年私と連れ添った。」パウンドやカトゥルスを響かせながら、将来に向かう。

I had day enough.
For love uninterrupted night.
僕は十分、生きてきた
愛には、とぎれぬ夜がある。

この静寂は黙想にふけるノーサンブリアの聖人のものである。何行か後、夜、私たちは立ち上がり、カスバートの島の庵に目を向ける。

Orion strides over Farne.
Seals shuffle and bark,
terns shift on their ledges,
watching Capella steer for the zenith,
and Procyon starts his climb.
オリオンはファーンの島々を一跨ぎに越えて行く
アザラシは体を引きずり、嘶く
アジサシは岩だなのところで向きを変える
カペラが頂上へ駆るの見ながら
プロキオンが上りはじめる。

修道僧は行ってしまった。だが、彼らが古い写本の中に織り込んだ生き物は、静かにそこにいて、聖カスバートが「黒い煙突から勢いのよく炎」を上げる屋根のない庵から、見ているのと同じ星を見つめている。岩も水も変容するように、火もまた変容する。『ブリッグフラッツ』の炉辺の炎はすべて宇宙の炎に包まれる。産卵後の鮭が、鱗を光らせ下流に落ち、「銀河の多島海」へ散ってゆくように、私たちも「長い年月に、少しずつ細ってゆき」、意識を失い、暗い海へ落ちて行く。精子を解き放った魚たちは星に導かれ、私たちの運命は、そして存在し得るすべての運命は、「流れによって変容し、地上から剝ぎ取られた一切のものの、偉大な受け手である、海へと流れる。」[12] ドナルド・デイヴィーは、クエーカー信仰と詩人を関連付けようと試みたが、[13] 『ブリッグフラッツ』のルクレティウス的宇宙には、エリオット的な信仰の入り込む余地はない。漂泊者が出発点に戻ることはないのだ。海のうねりのリズムに揺れるこの詩の最後に付せられたコーダで、私たちは海岸から出発し、細長いヴァイキングの幽霊船のように「私たちの知らない領域」に向かうのである。

9 鍵穴からメリー・クリスマス　ディラン・トマスのリリシズム

宮尾洋史

1　ディラン・トマスの語法

Though they be mad and dead as nails,
Heads of the characters hammer through daisies;
Break in the sun till the sun breaks down,
And death shall have no dominion.[1]

引用は、トマス（Dylan Thomas (1914-53)）の初期の詩“And death shall have no dominion”「そうだ、死よ、おまえには何の力もない」（一九三三年四月）の最後の四行である。

死者たちが　釘のように　狂い　死のうとも
死者の頭は　ハンマーで打ち鍛えられ　雛菊となる
太陽が停止するまで　陽だまりの中で　打ち砕け
そうだ、死よ、おまえには何の力もない。

わからない…
己の性を高らかに歌いあげ、三七歳でその生涯を終えた、酔いどれ詩人。政治性は皆無。酒に纏わるエピソードには事欠かず、その会話は愉快で、猥雑でなものであった。

"bum"ってのは、イギリスでは"fanny"（陰部）のことだ。でもアメリカ人は"fanny"っていうと、おケツになるらしい。地理学的見地から見れば同じようなものだが。（笑）[2]

第二次大戦直後、この典型的な破滅型の詩人による詩の朗読会に、人々は熱狂的なまでに集まった。トマス熱も冷めた今、冷静に彼の詩を振り返ってみよう思うが、改めて読んでみても、相変わらずわからない。目茶苦茶に作っているような印象もなきにしもあらずである。（ならば、試しに目茶苦茶に作ってみるがよかろう。案外と自分の想像力が、型にはまった、羽をもがれたような、情けないものであることに気づくだろう。現代美術でもそうだが、目茶苦茶にやっただけではできるものではない。）一見、目茶苦茶に見えるトマスの詩においても、そのリズムは伝統的なウェールズのもので、文法も整い、きちんとシラブルが計算されているのである。[3]

トマスの語法の特徴の一つは、使い古しの文句を、巧みに言い換え、より強固な表現にして蘇らせることである。[4] 引用一行目の“they”は、「死者たち」のことである（具体的には第一次世界大戦の戦死者を指している）が、“mad and dead as nails”の背後には、“as hard as nails”（「徹底的にやる」）という常套句がある。だから「棺桶を釘で打ち付けたように、徹底的に死んでいる状態にある死者であっても」という意味が、この第一行には含まれている。

二行目に“hammer”（「鉄槌」）があるのは、一行目に“nails”（「釘」）があるからだが“nails”は“daisies”（「雛菊」）と韻を踏む。“daisy”には、「死んで埋葬され」て、墓場から雛菊の花が咲いたの意味の“push up daisies”とか“under the daisies”という表現がある。だから「死者が、死の試練という硬い鉄槌で叩かれ、練り直され、柔らかな雛菊となって頭をもたげる」という意味である。ここで詩人は、墓場に咲く雛菊を見て、そこに復活の兆しを見てとるのである。

三行目は“break”と“sun”を編みあわせた詩行だが難解である。“Break in the sun”は「太陽の光を受けて休むがよい」とも取れるし、「雛菊よ、土を押し割って、光の中へ芽吹くがよい」とも取れる。“sun-break”は「日の出」であり、「死者は、復活の日の昇るときまで、花となって陽光の中で佇むがよい」ということである。

そういう訳で、「そうだ、死よ、おまえには何の力もない」となるのである。この文句には『新約聖書』（「ローマ人への手紙」）からのエコーがある。イエスは死者の中から復活したのだから、もはや死ぬことはないというものである。しかし、花という形に姿を変えて復活するというのは、輪廻転生的であり、その背後にはロレンスの思想があるのかもしれない。ロレンスは、暗く青いバヴァリアりんどうの花を松明にして、地獄への道案内とし、何らかの形での復活に思いを馳せるのである。[5] トマスのヴィジョンは包括的で、人間、男、女、原子、生、死…一切を包み込むものである。そこには善悪、美醜といった差異は存在しない。それら諸々のものは、差異のない、等価のものであり、トマスが時折、口をすべらせて命名する「愛」とか「悦び」という神聖なエネルギーにより循環しているのである。トマスは、この解釈、哲学、観念に説明を加えることはない。トマスの詩が、それを表す試みなのである。だから、死―再生乃至復活に際し、キリスト教がどう絡み、ロレンスがどう足を掬うのか、確かな論理的なつながりは判然としない。兎も角も、トマスはここで墓場に咲く雛菊を見て不滅を確信するのである。どういう訳で？　はっきり言って、墓場の雛菊と死者との間には何の関係もない。ただ、墓場に小さな雛菊が咲いているだけの話である。しかしそこに、詩人は、凝縮された絶大な生命力を見出すのである。小さな雛菊の中に「僕を緑の時代を駆り立てる、緑の信管を通して花を駆り立てる力」を感じ取るのである。

　トマスの詩は死に満ち満ちている。トマスは生の直中にあっても、死のわずかな痕跡を嗅ぎ取る。

僕はじっとすわって　爪の下で蛆虫が　速やかに
いきみをすり減らして行くのを　みる。[6]

人生はその始まりから死に脅かされている。人生は死で溢れかえっている。だから、絶大な支配力を持つ死の直中にあって、そこで、当たり前に、何のけれんもなく咲く花を見て、その密やかな生命力に驚嘆するのである。一七世紀オランダの花をモチーフとした静物画では、圧倒的なまでに華やかな花々が描かれるが、その花器が骸骨であったりする。花の虚栄と生のはかなさを知らせるメメント・モリーである。一方、トマスの詩においては、死が圧倒しているのである。その中で、雛菊の小さいが、確かな生は見事なコントラストをなすのである。極々日常的な、極々自然なものの中に秘められている、一見、小さく、当たり前だが、実は絶大な生命力を、この雛菊は有しているのである。死の直中にあっても、そこには確かな雛菊のような生命力が存在するのである。だから、「そうだ、死よ、おまえには何の力もない」というのである。

しかし、こう解釈せよ、というのではない。一見、目茶苦茶と見える詩行の背後には、それを作り出す確かな論理がある。だが、詩人が求めているのは、裏側に潜む論理立った解釈ではなく、そこから引き出された、言葉やイメージの大胆な結合なのである。その意味では、トマスの詩の、一見、意味不明な逐語的な訳も、我々には意味のないものではないのである。意識的に、言葉を坩堝の中に入れ、溶解し、積極的に、新しいイメージの接合を生み出している例を見てみよう。

Especially when the October wind
With frosty fingers punishes my hair,
Caught by the crabbing sun I walk on fire
And cast a shadow crab upon the land,

By the sea's side, hearing the noise of birds

十月が誕生月の詩人は、自分が生を受けた十月に特別な意味を込めて、多くの十月の詩を残している。この引用は、初期の作"Especially when the October wind"（一九三四年一〇月）の冒頭の部分である。「とりわけ、十月の風が、霜の降りた指で、僕の髪を、罰するとき」は中年男性の頭にはいささか寒々しく響くかもしれないが、意味的にさしたる問題はない。問題はその次である。「横這いする太陽に捕まり 火と燃え立ち、地に蟹の影を落した。」もはや日本語としては意味不明である。[7]

"catch a crab"（「ボートでオールをこぎそこねてバランスをくずす」）という表現がある。少し想像してみよう。詩人は晩秋の海辺を歩いている。日は差しているが、冬を迎える海の風は、死の凝《こごり》のように冷たく、髪をなびかせる。彼は砂に足をとられる。つまずき、ころびそうになる。影絵となって砂浜に映る彼の姿が蟹のように見える…実際のところはわからないが、ここでは、詩人と蟹と太陽が、影を介して結び付けられる。石川九楊は、書は影なりとしたが、トマスにとって詩は影である。言葉を求め、海へ漕ぎ出でようとする詩人。蟹にオールを取られ、ひっくり返りそうになる詩人。言葉が坩堝の中に入れられ、溶解し、アマルガムとなって新しい接合が生み出されるのである。そして私たちは、その接合物を、現代美術のオブジェのように眺め、新たなる想像を膨らませるのである。

「東海の小島の磯の砂浜にわれ泣きぬれて蟹とたわむる」と石川啄木はうたったが、青年と蟹の組み合わせはうら悲しい。蟹は横に歩く。不器用だ。いかつい鋏が、何に向けた怒りなのか、どうにもならぬところが物悲しい。青年の中に滞る行き場のない性欲。影を介して、蟹に投影することで、トマスは体を突き上げる、どす黒い性欲にやり場のない、燃え立つような怒りすら感じる。地に這う、所在のない性欲を抱えた蟹である詩人は"crab-cancer"(「癌」)であり、死すべき存在である。飛翔する鳥の声を聞きつける。詩である。蟹は太陽と結ばれ、鳥の声音を介して、詩作と結び付けられる。十月の寒い風に吹かれ、地を這う蟹の如き存在は、詩を介して飛翔するのである。おそらく「難解な」(crabbed)言葉をつかって。トマスの肉体は詩となり、その血液には、言葉が流れるのである。ただ、その言葉は余りに暗く、苦しみに満ちた言葉である。

海のほとりで 暗い母音をもつ鳥たちの声を聞け

2　舞い踊るリリシズム

肉体を襲う暗い執念からの自然な脱却—三十歳の誕生日を祝う前後から、つらく苦しかったはずの幼少時が甘美な郷愁のリリシズムに乗って歌い出されてくることがそれを物語っている。とぎれとぎれの喘ぐような結滞と苦渋が消えて、軽く、流れるようにリリシズムが舞いはじめるのだ。[8]

工藤昭雄氏が『破滅の証言』の中で的確に指摘しているように、後期—といっても三十過ぎの話だが—に入ると、詩作の数は減少し、トマス特有の難解さ、晦渋さは幾分後退するように見える。満たされぬ性の苦しみを離れ、リリシズム—子供時代へ回帰する傾向が見えてくる。

「どうして東風はさむくて、南風はすずしいの?」「どうして絹はやわらかくて、石は痛いの?」「どうしてこだまは答えるの?」「冬将軍はいつくるの?」「彗星を手につかめるかしら?」「魚には雪が見えるの?」大人たちが答えを出しても、どれも舌足らずで到底納得には至らない、子供の心に自然に浮かぶ疑問の数々。しまいに大人たちは「もういいだろう。そんなつまらないことを考えていないで勉強しなさい」と怒り出す始末なのだ。だが、それらの大人を悩ます質問の数々をトマスは、子供たちの心に自然に立ち現れる「叫び」と見る。「子供っぽい」(childish)なものとして、大人になる過程で捨て去られていった疑問を、もう一度ごみ箱から拾い出し、私たちに突き付けるのである。

なぜ　こだまは答えるのか　冬将軍はいつくるのか
伸ばした手のはるか先を　彗星は駆け抜けて行く
子供たちの叫びに　ぼくはどんな答えも持ちあわせていない。[9]

*

トマスの見せるリリシズム―子供時代の意味を、後期の代表的名作(ウィリアム・エンプソンはけなし、誰もが「誰もがこの作品を誤解しているのだが」と断わってから論じはじめ、更なる誤解を書き加える)「ファーン・ヒル」から考えてみよう。この作品では、難解さは和らぎ、軽妙な言葉遊びが冴え渡る。

Now as I was young and easy under the apple boughs
About the lilting house and happy as the grass was green,
  The night above the dingle starry,
    Time let me hail and climb
  Golden in the heydays of his eyes,
And honoured among wagons I was prince of the apple towns
And once below a time I lordly had the trees and leaves
    Trail with daisies and barley
  Down the rivers of the windfall light.

さて、りんごの木の枝下で　ぼくがまだ若くて　のんびりすごしていた頃
たのしく歌う家のまわりで　草がみどりであるように　しあわせだった頃
　小さな谷間の上に　星がかがやき
　　時間は　上機嫌で　ヘイ　ホーと
　黄金色の荷車を止め　ぼくを乗せてくれた
荷車の中でえいよをうけ　ぼくはりんごの町の王子さま

ずっとずっとそのむかし　りっぱに木々や木の葉のあいだをあるいてた
　雛菊や大麦の生えている小道を
風に落ちた光の集まる川に向かって

“Now as I was young”の“Now”は奇異である。これは“Once, when I was young”の意味であり、南ウェールズでは特徴的な言い回しである。だからこの“Now”には「今」というよりは、広い時間幅が設定されているのである。南ウェールズ特有の言い回しを前面に出すことで、「今」という時を過去に忍ばせ、かつての少年の日々を、今ここにあるかのように現出させるのである。

幸福の表現として“happy as the day is long”や“happy as a lark［a sandboy, a king, Larry, a cricket］”という慣用表現があるが、トマスは“happy as the grass was green”という表現を作る。頭韻を響かせ、草は青々と生気を漲らせているときが幸福なように、人間も、子供の頃の、若く、ぴちぴちと張りのある時代が幸福なのである。生活に追われることもなく、性に悩み、引き裂かれることもなく、体裁も気にせず、元気一杯、遊んで過ごすことができるのである。正に天国のような、楽園のような日々である。

“once below a time”は、物語の始まりを示す言葉“once upon a time”（「むかしむかし」）からの造語である。物語の始まる前の、自意識が目覚める前の、時間―死の意識が入り込む前の子供時代を示している。時間の下の世界とは、エデンであり、りんごを口にして追われた先が、私たちが住む、時間の上の世界である。とはいえ、私たちは原罪ゆえ最初から楽園を喪失している存在である。だから、トマスの詩においては、時間の下の世界とは、生まれる以前の母胎内であり、あるいは性に目覚める前の、自己が引き裂かれる前の子供時代であり、時間の上の世界とは、性体験以降の、大人として目覚め、営々と生活してゆかねばならない、脅かされ、傷ついた私たちの世界である。[10]

"had the trees and leaves"(「木々や木の葉を所有している」)は、時間の下の世界で王子さまであるトマス少年が、世界を自由に支配していることを表わしているが、"make like a tree and leave"(「(森へ)出かける」)という表現が背後に隠れている。そうして揚々と少年は森の小道を進むが、傍らには、育みの象徴である「麦」と死の象徴である「雛菊」があるのである。少年はその生の直中に、死が忍び寄っていることを、少年時代を思い浮かべる詩人によって気づかれるのである。

こうしてトマスはこの詩の中で、大人になる前の時代を、懐かしく賛美するのである。後期になって、彼の詩の難解度が減少するのは、言葉を様々に言い換えながらも、例えば、子供時代という一つのテーマに、意味が収斂してゆくせいかもしれない。言葉遣いと子供時代というテーマが一致する幸福感がこの詩の心情を一層増幅しているといえるかもしれない。

しかし、彼は子供の時代、実際には、これほどきらびやかな幸福にひたっていたわけではない。「ファーン・ヒル」は固有名詞であり、「羊歯萌ゆる丘」という詩的な意味ではない。そこはトマスが好意を寄せる伯母のアン・ジョーンズの住む農場であり、彼は小学生の夏休みをここで過ごしたのである。短編「ピーチ」で描かれる伯母さんの農場は、貧しく、不衛生なものである。伯父さんは酒好きで、農場の家畜を酒代にかえてしまうような人だった。唯一、とっておきの部屋は、文字通りとっておきの部屋で、日曜日しか使わないので、防虫剤と毛皮と湿って腐った植物の混ざった、むせかえるような臭気が漂っていた。そんな石器時代人の洞窟みたいな匂いのするよそ行きの応接間には、これまた一年間、後生大事にとっておいた埃をかぶったピーチの缶詰があるのだ。ここにはジョイス風のパラリシスがある。

「大きなピーチの缶詰よ」アニーはいった。

「古い缶詰で、戸棚にクリスマスからずっとしまってあるのさ」グウィリンはつづけた。

「こんな日のためにお母さんがずっと取っていたのさ」

「ほんとうにおいしいピーチなのよ」アニーはそういうと、日曜日のように、おめかしに二階に上がっていった。[11]

"dingle starry"(「星ふる渓谷」)は美しい描写であるが、音感の似ている"dingleberry"は、「苔桃の一種」で、俗語表現として「肛門のまわりの毛に付着している糞」というとんでもない意味もある。そう思うと、ここにはファーン・ヒルの不衛生さが背後にあるような気もしてくる。「輝く黄金色の荷車」も、実際のところは、伯父さんの今にも壊れそうな、干し草を積んだ汚らしい荷車だろうし、「りんごの町の王子さま」も昭和三〇年代の、鼻を垂らし、汚れたランニングシャツを着て、棒切れを振り回した少年と大差ないような気がしてくる。そう、実際の「ファーン・ヒル」は美しい所ではないのだ。例えば、私たちは田園の、牛がもうと鳴くような光景を写真に見て美しいと思う。しかし、実際歩いてみれば、虫はぶんぶん飛んでくるし、地面はぬかるんでいるし、おまけに牛糞を踏みつけそうになるしというようなものである。しかし、ウェールズを「美しくも醜い町」と考えるトマスには、『マクベス』

の魔女同様、美と醜は表裏一体の関係にあり、これら汚い農場の記憶を、積極的に、懐かしい美しい思い出へと変換させるのである。そう考えると、その過程で彼が見せる、道端に落ちていた糞への気配りは見事なものといえるであろう。

おお、時間の恵みを受けて、ぼくが若く、気楽であったとき
　時間はぼくを緑のまま、死なせていた
海のように　鎖につながり　ぼくは歌をうたっていたのだけれど

「ファーン・ヒル」は、単純に子供時代を懐かしむ詩ではないし、現実逃避の詩でもない。むしろ、汚辱、苦しみに満ちた子供時代を、積極的に書き換え、生を肯定する力強い詩である。気楽そう見えても、そこには時間─死がひたひたと迫り、「ぼくを緑のまま、死なせて」いるのだ。しかし、時間の「鎖」につながれていても、少年は「海のように」生命の歌を歌っているのだ。では、少年が海のように歌う生命の歌とは何か？　それは一つに「彗星を手につかめるかしら？」「どうして東風はさむくて、南風はすずしいの？」といった子供たちの心に自然に立ち現れる「叫び」であろう。自然のサイクル─生命力を、そのままに感じ取る、私たちが捨て去ってしまった子供ならではの感性であろう。三十を越えた詩人はそれに気づくのだ。真の詩人は、時間─死に囲まれながらも、海のように歌っていた少年なのである。三十を過ぎた詩人は、もはや詩人ではなく、かつて詩人であった少年の歌を書きつける記録係に過ぎない。「ファーン・ヒル」は「詩」ではなく、記録なのだ。「詩」は、私たちが耳にすることの

できない、少年の歌にある。意味は、「ファーン・ヒル」という記録の向こうにある。彗星を捕ろうと伸ばした、はるか先にある。

4　鍵穴からメリー・クリスマス

子供の頃のクリスマスはどれも同じようで、海辺の町のすぐ近くまできて、眠りに落ちる前のほんの刹那、遠く聞こえてくるだけが聞こえ、雪は降っていたのだが、それが一二歳のときに六日六晩降りつづいたものか、六歳のときに一二日と一二晩降りつづいたものなのか、覚えていない。[12]

"A Child's Christmas in Wales" (1952)（「ディラン・トマスのクリスマス・キャロル」）は、一九四五年一二月のラジオ放送の「クリスマスの思い出」を元に改訂された散文による作品である。クリスマスの子供向けの読み物として評判も高く、多くの画家たちが、この作品に挿し絵を載せている。孤独な少年であったトマスはディケンズをいたく信奉していた。ディケンズはクリスマスを「よい時、すなわち、優しい気持ちになり、人を許し、慈善を行う楽しい時。長い一年のあいだで、私の知る限り唯一、男も女もみな閉じた心を自由に開く時」と言っているが、このトマスのキャロルにも、クリスマスの和やかな気分が息づいているのである。トマスに特徴的な、死とか、猥雑、劣等感、不潔といった要素は一切排除され、純粋なまでに美しいリリシズムの作品となっている。[13]

クトマスのキャロルでは、ウェールズの子供の頃に過ごした楽しいクリスマスの思い出が語られる。クリスマスの数々の思い出は、雪の中で舞い踊る。それらの思い出は、大人のトマスが、そして私たちが、時間―成長の過程で、捨て去った思い出である。"childish"として捨て去った思い出が、ごみ箱から取り出され、雪の中に一つ一つ並べられるのである。いわば、マージナルな領域へと追いやれた子供っぽい思い出の数々が、クリスマスの日に引っ張り出されるのである。象徴的な場面がある。子供たちがキャロルを歌いながら近所の家々を訪ねて回る。ある薄気味悪い、噂のお化け屋敷があって、そこへ出かけてみようということになる。そうして、その家の戸口で「聖ヴェンツェラス」のキャロルを歌うと、鍵穴から子供たちのキャロルに合わせて歌声が聞こえたのである。

ちいさな、かわいた声で、長い間話をしたことがなかったような人の声で、僕たちの歌に加わった。ちいさな、たまごのからのようにこわれそうな声が、扉のむこうから聞こえてきた。鍵穴を通してちいさく、かわいた声がした。

ディケンズの『クリスマス・キャロル』において、スクルージは鍵穴を通してキャロルが聞こえると、彼は定規を振り回して追い払った。[14] ここでは鍵穴の向こうから歌声が返ってくる。鍵穴の向こうにいるのは誰か?

「あれは幽霊だよ」ジムがいった。
「たぶん、トロールさ」本ばかり読んでるダンはいった。[15]

幽霊であれ、トロール（岩屋や丘陵に住む北欧の妖精。巨人の場合もあるし、小人の場合もある。因みにムーミンはトロールである）であれ、彼／彼女らは人間―文明に追いやられたマージナルな存在である。無論、鍵穴の向こうにお化けや妖精がいるわけではない。子供たちのキャロルに答えたのは「長い間話をしたことがなかったような人」たち、つまり、大人の世界で追いやれた人たちである。トマスは、ウェールズの「美しくも醜い世界」の住人たち、つまり、公園のせむし男やウェールズの陽気な飲んだくれ父ちゃんやミルクの森の住人に暖かい眼差しを送るのである。

＊

トマスが生まれる一九一四年、の八月、ヨーロッパに砲声がこだました。当初、この「グレート・ウォー」が、後に第一次世界大戦と呼ばれる四年の長きに及ぶ戦争になろうとは誰も考えていなかった。大会戦を一つやれば、雌雄が決するものと考えていた。しかし、クリスマスを迎える頃になっても終結する見込みはなかった。フランス北部に展開されたドイツ軍とイギリス・フランス連合軍が対峙する西部戦線では、冬の湿地帯の中で、敵兵というよりは、泥と水とねずみと疫病との、士気を確実に低下させる、うんざりするような冷たく不毛な戦いが、いつ果てるともなく続いていた。そして、一二月二四日、西部戦線で奇跡が起こる。「フラタニゼーション！」（“fraternization”）クリスマスを迎えたこの日、敵も味方もなく、何の打ち合わせもなく、自然発生的に、ノーマンズ・ランドで、塹壕から出て、兵士たちが互いにクリスマスを祝福したのである。彼らは戦っている相手が自分と同じ人間であることを確認した。煙草や食料を交換し、ある戦線では、サッカーの試合が行われたという。[16]
とはいえ、これで戦争が終結したわけではない。戦局は、打開策を見出せぬまま、泥沼化してゆく。その後、戦争は、近代兵器による大量虐殺に拍車をかけ、残虐非道、人間のあらゆる忌まわしい行為を正当化し、肥大させてゆく。前線でのフラタニゼーションの事実を知った当局は、翌年からは、クリスマスの停戦は認めるものの、フラタニゼーションは禁止するという現実的な対応を見せる。クリスマスの奇跡も戦争の現実の前では無力なのである。恐らく、このフラタニゼーションは、戦場という人間精神の究極状態の中で、奇跡とか神の顕現とか、ヒューマニズムの実現とかを信じようとした最後の瞬間であった。と同時に、それは神とか奇跡とかが無力であることを露呈し、神の死を明確にした事件でもある。それはクリスマスに幽霊に導かれて、改心するというディケンズ的なクリスマスの奇跡にも終焉を告げる事件であった。
一九一八年、第一次大戦は終結する。敗戦国ドイツには過大なまでの賠償責任が課せられ、自暴自棄的に、次の戦争への準備を始める。大戦の火種となった民族問題も先送りされるばかりであった。かくして、オーデングループが参加し、空虚を味わったスペイン内乱、ゲルニカの空襲、そして第二次世界大戦、原爆、アウシュヴィッツ…人類の非道は止まるところ知らず拡大してゆく。[17]そう、今私たちが生きていることが不思議なくらいだ。トマスは、そんな状況の中で雛菊を見つけようとしたのであろうか。鍵穴の向こうにいるのは、夜明けの空襲で吹き飛ばされた百歳の老人であり、ロンドンで母に抱かれたまま焼死した子供であろう。鍵穴のこちら側が、クリスマスの、子供の世界であるとするなら、鍵穴の向こう側には、大人の世界、戦争で焼け爛れた世界が、荒涼と広がっているのである。子供の声で、荒れ果てた大人の世界へ語りかける。鍵穴から「メリー・クリスマス」。唯一トマスが見せた政治的発言である。

10 ジョン・トーランドとミルトン

市民的自由と宗教的自由の擁護のために

三井礼子

はじめに

ジョン・トーランドはその唯物論がスピノザ哲学と比較されたり、あるいはその理神論が、自然宗教、寛容、理性などの観点からハーバート・オブ・チャーベリー、ジョン・ティロットソン、ジョン・ロック、広教主義者、ソッィーニ派などと比較されることで、哲学的、宗教的な側面から主に研究が進められてきた。しかし地下出版の書物の配布や自由思想家のサークルにかかわって、ウィリアム三世時代からアン女王治世治下の一七一三年まで対フランス戦争に明け暮れていたヨーロッパ中を自由に動き回り、自らのメッセージを精力的に広めていたトーランドの全体像を解明するには、今後多くの資料発掘とより多面的な研究が必要とされるであろう。しかし、現時点で可能な限り、彼の政治的信念を宗教的信念と連動させて考察しその一歩としたい。この小論ではトーランドが十七世紀末の数年の間に出版した、ピューリタン革命時の共和主義者たち（ミルトン、アルジャーノン・シドニー、エドモンド・ラッドロー、ジェイムズ・ハリントン）の評伝や著作編集から「ミルトン伝」[1]をとりあげて、彼がそこから取りだしたメッセージが何であるのかを考えてみたい。それは名誉革命以後の時代に、売文によって生計を立てるルンペン・インテリがイギリスの政治的現実において格闘する姿であり、その格闘によって共和主義的伝統が十八世紀啓蒙への遺産となった過程を追跡することになるであろう。

1　トーランドの政治世界

トーランドは主に『キリスト教は神秘ならず』（一六九六年）、『セリーナへの手紙』（一七〇四年）、『パンテイスティコン』（一七二〇年）などの著作によって理神論者、汎神論者、自由思想家として知られているが、その探究・出版活動は驚くほどに広い。初期キリスト教研究においては先駆的な業績を残すほどの洞察力をもつと同時に、彼の知的興味はほとんど百科全書的とも呼びうる範囲に及んでいる。彼の著作には政治パンフレット、弁明書、エッセイ、詩、歴史、自然哲学、書評、聖書解釈、教父研究、新約聖書の外典や偽書の書誌などが含まれ、また他の著作家の作品や書簡の編集、翻訳も含まれている。彼が残した時事的な著作、パンフレットのタイトルを一瞥しただけで、トーランドが一六九〇年代から一七一〇年代の政治状況に密接にかかわっていたことがうかがえる。

主な政治的文書をあげてみると、一六九六年ベルナルド・ダヴァンツァーティの『貨幣論』を英訳出版。アウグスブルク同盟戦争の一時的終結にともなって、ウィリアム軍隊を大幅に削減する要求が議会に提出されると、この運動の一端をになって、一六九七年ジョン・トレンチャードとウォルター・モイルと共同で、常備軍解散のプロパガンダを書き、さらに一六九八年、『市民軍の改正あるいはイングランドに常駐の陸上部隊を設置することで、外国の軍事力を阻止、抑止し、国民の自由を危険にさらすことなく国内に常時平穏を維持するための簡便な計画案』を書いてトレンチャードを支援した。この常備軍問題においてホイッグ内部の危機的な分裂が露呈した。旧ホイッグは「ジャント」と呼ばれた新ホイッグと分離し始めていた。前者はトレンチャードを筆頭に、国王に反対して常備軍の解散を説き、一方後者はジョン・サマーズのもとでそれに反対するパンフレット合戦を繰り広げた。また、同年シャフツベリーのために書いた『買収された議会の危険』、一七〇一年王位継承法を擁護した『自由なイングランドあるいはイングランド王位の制限と継承について』、一七〇二年ホイッグと「コモンウェルスマン」[2]に対する誤解を解消しようとした『自由の擁護あるいは最近の大主教区会議下院やその他の方面からの反対に対するトーランド氏の自己弁護』、一七〇五年『プロイセン宮廷とハノーファー宮廷の報告』、一七一〇年には、名誉革命を非難する説教を行った高教会派に対して『サシェヴァラル博士の説教についてのトーランド氏の考察』、一七一一年『暴露された高教会、サシェヴァラル事件の全貌』、一七一七年にはホイッグ政策の要点をまとめた『大ブリテンの国家解剖』などがある。これらのパンフレットで彼はホイッグ主義の基本要素を展開していた。

このような活動の中で、トーランドは『キリスト教は神秘ならず』を出版後、ミルトンの評伝を付した『ジョン・ミルトン歴史・政治・雑録著作全集』三巻（一六九八年）を皮切りにして、アルジャーノン・シドニーの『統治論』、『エドモンド・ラッドロー伝』、ジェイムズ・ハリントンの評伝を付して『オシアーナおよびその他の著作』（一七〇〇年）を刊行して、共和主義者たちの作品を名誉革命後の時代に復活させた。このような活動に従事していたのはトーランドばかりではなかった。『デンマーク実状報告』でデンマークが専制政治へと転落していった過程を分析するロバート・モールズワスは、イタリアに依然として存続している共和主義的形態に注目していた。旧ホイッグの指導者であるシャフツベリーはトーランドのパトロンであり、先のモイルは『ローマ統治機構論』で共和主義を論じている。また、このサークルにはミルトンについて最初の伝記資料を残したジョン・オーブリが属していた。彼ら、旧ホイッグはヨーク公ジェイムズを王位継承者から排除しようとした時の原則、そして名誉革命時に世襲君主制の実現を阻止した原則、すなわち議会が王位継承者を指名する権限をもつという原則を守ろうと闘う人々であり、その原則に反するような「ジャント」らの行動は彼らにとって「背信的ホイッグ」と映った。トーランドは、最晩年に編集、出版した『故シャフツベリー伯爵からロバート・モールズワス宛ての書簡』において、「世界においてそれ自体は最善の大義」であった名誉革命がウィリアム三世とアン女王の治世に破壊され、腐敗していった原因がトーリにではなく、「背信的ホイッグ」にあったと述懐し、「ジャント」のリーダーであったハリファクスを名指しであげている。[3] トーランドが編集した共和主義者の諸著作と彼らの評伝はこのような人々が集まるサークルの共和主義的共感の産物であったであろう。ここで問題となるのは、ウィリアム治世下で、共和主義への共感が実質的に意味していたものは何なのかということである。それはピューリタン革命において達成された、君主制と貴族院を廃した共和制統治形態の実現をめざしていたのか、あるいは君主制を維持しつつ伝統的な共和主義の主要な遺産を継承した立憲君主制の確立をめざしたのかが問われるだろう。「コモンウェルスマン」としてのトーランドについてこの点を明らかにするための一つの準備作業として、彼がミルトンから抽出したメッセージを調べてみよう。

2　専制政治と市民的自由

ミルトンは共和政府の弁護論者として有能な論客であった。一六六〇年六月に逮捕状が出され、九月焚書の処分がとられた。一六八三年、オクスフォード法令によって彼の「国王殺し」に関する著作は焼かれた。共和制以後のミルトンの一般的評価の一例は、一六八七年のウィリアム・ウィンスタンリの『著名英国詩人伝』にある。詩人としてのミルトンの才能への評価に続いて次の言及が続く。「しかし、彼の名声は消えゆくロウソクのように絶え果ててしまった。彼の思い出はいつまでも悪臭を放ちつづけることだろう。彼が悪名高い反逆者でなければ、そしてあの聖なる殉教者、チャールズ一世王を不敬かつ極悪非道にも裏切ることがなかったならば、彼の思い出は栄誉ある世評を受け続けたことであろうに。」[4] ミルトンの伝記を最初に刊行した（一六九一年）オクスフォードの有名な好古学者アントニー・ウッドもミルトンを弑逆者ととらえている。ウッドにとって共和主義は「最も腐敗した反君主制原理」であり、それを擁護したミルトンは「極悪な第一級の扇動者」であった。[5]

このようなミルトン評価にたいして、共和主義支持者たちはミルトンの『偶像破壊者』（*Eikonoklastes*）の再刊（一六九〇年）という挑発的な行動で応酬した。この再刊に続いて、「ラッドロー」のペンネームで書かれた一連のパンフレットが一六九〇年から一六九三年にかけて出版され、ミルトンによるチャールズの告発と国王処刑の正当化が弁護された。[6] それに呼応するかのように、トーランドはミルトン、アルジャーノン・シドニー、エドモンド・ラッドロー、ジェイムズ・ハリントンなどの評伝や著作を刊行した。

　トーランドは「ミルトン伝」の冒頭で、「[ミルトンは]自国と海外で、広い学識、賢明さ、信頼できる思慮分別において有名であり、彼の神々しく比類のない詩はもちろんであるが、とりわけ彼が市民的、宗教的、国家的自由のために書いたあれらのすばらしい著作のためによく知られている」[7]と述べて、ミルトンの政治的、宗教的著作の重要性を強調する。トーランドがこの評伝を書くさいに取った方法はミルトンの作品からの引用をもって、作品自体に語らせるという方法であった。トーランド自身はこの方法によって自らが「誠実な歴史家」[8]であることを保証しうると考えているのだが、私たちにとっては彼が引用する内容から彼自身の関心がどこにあるのかを知ることができる。トーランドは作品についての概要を要約と引用、さらに自分の見解を交えて解説していくが、それらを検証していくことで、トーランドのフィルターを介したミルトン解釈が得られるだろう。そのミルトン像こそが、トーランドが名誉革命後の彼の時代に復活させようと意図したものであると考えられる。

　ミルトンの共和制弁護論は、国王側に宗旨がえした長老派の王政弁護に反対する『国王と為政者の在任権』（一六四九年）をもって開始された。トーランドはこの著作の主旨を次のように述べる。

「この著作でミルトンが証明しようと苦心したことは、権力を獲得した者が暴君を召喚して、彼にその悪政の説明を行わせ、そして正当な有罪判決の後に、その罪悪の性質に応じて、彼に死を宣告したり処刑したりすることはそれ自体としてきわめて公正であるばかりでなく、あらゆる時代の自由で思慮深い人々によって公正と見なされてきたということである。そしてさらにまた、いかなる国家であろうと、通常の為政者が国民を正当に取り扱うことを拒否するならば、その時は自己防衛義務と全体の善(これは至上の法である)に基づいて、国民にはもっとも安全かつ有効な方法による、隷属からの解放を行う権限が与えられるということを彼は教えている。」[9]

トーランドがミルトンの主張から抽出したことは、「暴君」に限らず、「通常の為政者」の不当な統治から国民は自らを解放しうる権利があるという原理である。トーランドは共和制への変化を「民主政体あるいは自由国家への転換」[10]ととらえ、この原理を途中で放棄して、王政弁護へ転換した長老派の宗旨がえが、信念に基づくものではなく、独立派や他の諸セクトに対する党派精神に起因するものであると非難する。[11] トーランドは「市民的自由と宗教的自由」のために闘ってきたミルトンを弁護して、彼の長老派批判に加勢する。

チャールズ一世処刑後に現われた『王の姿』(*Eikon Basilike*)に対して、ミルトンは「相手が王といえども、自由と共和国のために敢然とこの挑戦に応じる」[12]決意のもと『偶像破壊者』(一六四九年)で応戦する。『王の姿』について、トーランドが問題とするのは作品の真偽性である。つまり、この著作が本当に国王によって書かれたものであるか否か、偽作であるか否かである。したがって、ミルトンへの評価もこの点に集中している。ミルトンはチャールズが書いたとされる「囚われの身での祈り」と題した祈りがフィリップ・シドニーの『アーケイディア』のパメラの祈りからの剽窃であることを発見し、また、この本の構成、文体、時期などから判断して、敗走する軍の先頭に立ったり、囚われの身となってたえず牢獄から牢獄へと移動させられていた苦悩に喘ぐ国王の作というよりは、どこかの暇な聖職者の作であると見抜いた点をトーランドは評価する。そして、トーランド自身はこの機会を利用して、『王の姿』そのものがエクセター主教のゴードン博士による偽作であることを委細を尽くして立証していく。アングルシ卿の蔵書が競売にかけられていたおりに、『王の姿』もそのなかの一冊であったが、その本からアングルシ卿の筆跡で書かれた一枚の覚え書きが出てきた。そこにはチャールズ二世とヨーク公によって、その著者はチャールズ一世ではなくゴードン氏であることがアングルシ卿に言明されたと記されていた。この記述から、さらにゴードン夫人のもとに残されていた『王の姿』に関する一包みの手紙の束にいたるまで、さまざまな詳細を説明し、この著作が偽作であることをトーランドは検証している。

トーランドの執拗な検証は王党派のイデオロギーを支える偶像としてのこの著作の欺瞞性を暴露することで、プロパガンダとしての有効性を無効にすることであった。トーランドは『王の姿』の目的が、国民から告発された専制政治という非難に対して国王が身の潔白を立証することであるから、それによって生みだされる害悪を防ぐ必要があることを痛感している。[13] 確かに、一六六〇年から一七〇〇年にいたる数十年間の間に、チャールズ一世によって書かれたとみなされていた『王の姿』はイングランド、アイルランド、海外を含めて多数の版が出版され、君主制擁護の生々しいテキストとして文化的生命力を維持し続けていた。その口絵には、キリストのイメージとしての王が祭壇の前に膝まづき、祭壇には棘の王冠と聖書が置かれ、王の顔は天からさす神性の光を受けている。殉教者としてのチャールズ（Carolus）とキリスト（Christos）の対比のイメージはこの著作の目論見を十分に物語っている。[14] 王政復古以後、このイメージは処刑日の一月三十日をチャールズの殉死の記念日とすることで社会的に具現化され、さらにその日に行われる説教によってそのテーマの定着が図られていくことになる。この過程で『王の姿』は国教会王党派が拠り所とする神聖な政治的文献という性格を獲得していった。このような偶像が政治的害悪を生みだすと考えたトーランドにとって、その破壊は「誠実な歴史家」の務めと自覚されていたであろう。

ミルトンはさらにサルマシウスの『王政弁護論』に対し、トーランドが「傑作」と評する『イングランド国民のための第一弁護論』(一六五一年)をもって共和制の弁護にあたる。ライデン大学教授のサルマシウスは亡命中のチャールズ一世の長子から金貨百ジャコブスの報酬で彼の依頼を引き受けた。トーランドは依頼主チャールズ(後のチャールズ二世)の思惑が、「誰かに亡き父王の死をどす黒い色彩で描いてもらえば、その死をもたらした張本人たちが憎まれ、自分の復帰がよりうまく達成されるか、あるいはそのような結果が得られなくても、自分の復位を達成できるように外国の有力者の同情をかうことができる」[15]ことにあったと政治的要素を指摘する。ミルトンは内乱勃発時から当時に至るまでのイングランド国民のとった行動を次のように弁護する。

「今や、私は自分が引き受けた仕事を神の助力によってやり遂げたと考える。その仕事とは、国内や国外に向けて、この血迷った詭弁家の怒りと嫉妬に満ちた狂気から私の同国人の高潔な行動を弁護することであり、そして国王ではなく暴君に対する憎悪から、国王の不当な支配に対して国民の共通の権利を主張することであった。……神は名誉にも、あなたがたを(諸国民のうちで最初となったが)、現世における二大害悪であり、徳を阻む最大の有害物である、暴政と迷信から救い出したのです。神はあの偉大な魂によってあなたがたが人類史上初めての者になるよう導いたのです。すなわち、自分たち自身の王を征服し逮捕した後に、ためらわずに裁判で有罪判決を下し、さらにその公正な判決にしたがって国王を処刑した人類史上初めての者なのです。」[16]

この引用から明らかなことは、ミルトンは「国王ではなく暴君」を処刑し、「暴政」からの解放を達成したと訴えている点である。ポーコックは、チャールズ一世は国王たりえなかったために処刑されたのであり、処刑した人々は国王としての正当な務職の存在そのものは信じていた人々であったと指摘しているが、[17] ミルトンにその一例を見て取れる。ミルトンは「王の処刑は野心的な企みや他人の権利を侵害したいという欲望からではなく、また扇動的な原理とか邪悪な目的からでもなく、怒りや狂気に踊らされたわけでもなく、まったくあなたがたの自由、宗教、正義、徳に対する愛情ゆえに、燃える愛国心ゆえに、あなたがたは暴君を罰したのです」と強調する。[18] ミルトンは共和制の原理を掲げて闘ったわけではなく、暴君からの解放のために闘い、その結果としての共和制を擁護したと考えられる。

国王処刑後の共和政体を「民主政体あるいは自由国家」ととらえるトーランドはミルトンの弁護論をどのように評価しているのか。ミルトンの主張に「抗しがたい真理の光」[19] があるために「絶対君主に仕える公使や臣下」からも賞賛されたと記して、その正当性を確信している。彼のコモンウェルスマンとしての共感がミルトンの主張とぴったり重なるのかどうかを調べてみよう。トーランドは意外な所で、あの内乱について彼自身の明確な解釈を残している。『歴史批評辞典』に書かれたベールによるミルトン評価をトーランドは次のように英訳した。「ミルトンのラテン語表現は流暢で活気があって華やかで、共和政体の大義を巧妙かつ気転のきいた言葉で擁護したことは否定しがたい」と。[20] しかし、ベールによる実際の記述は「共和政体の大義」ではなく、「モナルコマキの立場」であった。[21] 旧ホイッグが名誉革命の原則を死守するために、王位継承法成立に向けて動いていた時代に、モナルコマキ（暴君放伐論）ではあまりにも狭義にすぎた。『国王と為政者の在任権』の主旨を述べた際に、トーランドは国民の抵抗権を「暴君」に対してばかりでなく、「通常の為政者」に対しても拡張していたことはすでに指摘したとおりである。彼にとって王位継承法成立はカトリックから王位を守ると同時に、ウィリアム三世の専制的統治を牽制し、「民主政体あるいは自由国家」の基盤の形成を意味していたからである。ミルトンがいわゆるモナルコマキの枠内で共和制を弁護したとすれば、トーランドは共和主義の遺産のなかに、モナルコマキを超えた、市民的自由を見ていたといえるだろう。

3　聖職権主義と宗教的自由

暴政から市民的自由を擁護すると同時に、ミルトンは聖職者から宗教的自由を擁護する論争にもその精力を注いだ。イギリスで始まった内乱を聞き及ぶとすぐさま帰国したミルトンの目に映った光景は、トーランドの引用によれば、「人々が口々に主教に反対し、ある者は彼らの悪徳を訴え、他の者は聖職自体に異議を唱えているありさまであった。彼はその当初から、真の自由への道が開かれうると考えていたので、学問においては主教たちより劣っていたピューリタンの牧師たちを支援するためばかりでなく、同胞の市民を隷属状態から救うために本気でその論争にとりくんだ。」[22]

『イングランド宗教改革論』をもって内乱へ参加したミルトンの具体的目的は急進的ピューリタンが要求した「根絶法案」を支持して、主教制度を廃止し長老制度の採用を推進することであった。ミルトンにとって、主教制度の残存こそが宗教改革の完全な達成を妨げた原因であったからだ。それは「儀式を温存し、聖職叙任権を国民から排除して、主教管区の主教のみに限定すること」[23]によって存続している。「私たちの儀式はそれ自体無意味であり、法皇教への後戻りを助長するか、……あるいは監督制度の虚飾をきわだたせる以外には何の役にもたっていない。」[24]

主教たちは教皇のもっていた聖職権を破棄せず、それを固守してその権力を保持し続けているとミルトンは指摘する。彼らはカトリックの性格を引き継いで、政治的、宗教的な腐敗を引き起こしている。ミルトンは主教たちのずる賢い策略によって君主制の統治が干渉を受け、混乱が生みだされてきた歴史的事例を例証として挙げていくが、トーランドもその個所を引用して強調する。エドワード六世に対してミサの承認を強要したカンタベリー大主教トマス・クランマーとロンドン主教ニコラス・リドレイ。王位継承の資格をカトリックのメアリばかりでなく、プロテスタントのエリザベスからも剝奪する策動に手を貸したクランマー主教と他の主教たち。これらの事例からミルトンは主教制と君主制の関係について次のように結論する。

「とりわけイングランドでは、一般に言われているごとく、高位聖職者による監督制度が君主制にふさわしい唯一の教会統治の形式であるどころではなく、統治における致命的な疾病と異変はたえず高位聖職者の術策や高慢によって引きおこされた。」[25]

高位聖職者は諸法、法令を無効にし、身体、財産、自由に対する権利を停止、没収し、議会をないがしろにし、その首領たるロードによって制定された教会法によって、国王から独立し、国王への従属を拒もうという野心をもっている。彼らのもくろみは議会を国王の専制支配下に押し込み、最終的にその国王を教会組織の下におくことであるとミルトンは警告する。監督制度が君主制に適さないばかりか、その破壊を招くと説いて、教会の権威は世俗の統治者の権限を侵すべきではないとして政教分離を主張する。また、国家の安全という観点からも「スペインかぶれの」主教制は危険である。臣下の愛国心の低下、人口減少（ピューリタンのアメリカへの移住）、富の減少（オランダとの敵対関係、儀式による浪費、宗教裁判からの吸い上げ）などによる、国家の弱体化を危惧している。

教父、宗教会議、教会収益などに対するミルトンの批判は痛烈である。高位聖職者たちは賢明で善良であったどころか、その野心や堕落や無知のため、彼らの間での口論と応酬はすさまじく、彼らが束になって論争する宗教会議などは時間の浪費であったし、教会の悪弊を改善するどころか増大させる役に立つばかりであった。今日、説教壇に立つ聖職者の無能ぶりは「四十年か五十年のうちの七分の一近くを費やして、人々に宗教の原理をかろうじて半分そこそこ教える」[26] 程度のものである。

ミルトンによる高位聖職者の堕落への批判は職務そのものにとどまらず、彼らの経済基盤にまで及ぶ。「五本の足指（通風ではあるが）を隠すリンネルのソックスを履いている主教の足は高位聖職者そのものの絶好の象徴である。彼らは聖職録兼領者であるから、おそらく儀式用の白い衣の下にロンドン以外の四箇所の聖職禄を隠しもち、そのため、ロンドンへは天国へ立ちのぼるくさい悪臭が流れこんでいるであろう。」[27] また、別の箇所では、彼は主教たちを「聖職禄が吹きだまる深い裂け目や渦巻き」、あるいは「健全な教義がすっかり干からびてしまった乾ききった穴」と呼んで激しく避難する。存続している教会収益については、それはもともと正当な方法や健全な法に基づくものではなく、王侯や貴族の迷信的信心であるか、死に際の人々のまわりをうろつき、教会への喜捨とひきかえに天国をちらつかせるカトリックの托鉢修道士のさもしい要求によって始められた「煉獄のどす黒い収益、虐待され殺された魂の代価」[28]であったと指摘する。

ミルトンの批判は聖職者にばかり向けられているわけではない。平信徒のなかには、カトリックと寸分たがわない「盲目的信仰」のうちに暮らしている者もいる。自分の快楽と金儲けに夢中になっている裕福な人は「自分の宗教的業務の管理をすべて託すことができる代理人」、すなわち「どこかの有名で世評の高い聖職者」を見つけて、「その人物にしっかりすがりついて、自分の宗教貯蔵庫を錠前と鍵もろとも彼に明渡して、その人物自体を自分の宗教に仕立て上げてしまい、彼と交際することで自分自身の信心が十分に証明され賞賛されると考えている。だから彼の宗教はいまや彼自身の内部にあるのではなく、彼から分離した移動可能な物となってしまい、その人物が家にやってくるのに応じて彼の宗教もやってくると言っていいだろう。彼はその人物を歓待し、贈り物を進呈し、ご馳走をふるまい、宿泊を提供する。いっぽう、彼の宗教は夜になるとやって来て、お祈りをあげ、ふんだんにちびりちびりときこしめして、贅沢な寝室でやすむ。」[29]

聖職者の堕落と平信徒の堕落は相関的なものとしてとらえられる。教会組織の制度的な改革とともに、信徒自身の意識改革の必要が説かれる。聖職権主義を否定し、権威に依存しない、各人の理解に基づいて確立される信仰を提示する。「人は真実のなかにあっても異端者となりうる。牧師がそのように言ったからとか、集会でそのように決定されたからというだけの理由で、それ以外の理由をもたずに信じるのであれば、彼の信仰が真実のものであっても、彼が信奉している真実は彼を異端とする。」[30]逆説的に聞こえるが、この表現は各人の良心に基づく信仰というプロテスタント原理に直結する。そして、各人の理解による信仰が成立する前提には聖書は平明であるという主張がある。ミルトンは知る必要のある箇所については聖書は平明であり、その理解には自然哲学や他の学問よりはるかに時間がかからないと述べて、次のように結論する。「キリスト教の知識に到達するのに、説教壇の聖職者の足元に終世ずっとへばりついている必要はない。」[31] 膨大な量にのぼる教父の諸著作についても、それが教義決定の規則や拠り所にはなりえないと述べて、「なぜなら、神が私たちに与えた必要な知識を理解するための規則と道具は、確かに、人間社会の義務から隔離されずに、その一生においてなんとか使いこなせるようなものであるべきであるからだ」[32] と主張する。聖書理解のための道具は世俗から隔離された聖職者しか使えないようなものであるべきではなく、世俗人に使用可能なものであることを要求する。

トーランドによって抽出されたミルトン像はプロテスタント宗教改革者としてのイメージである。それはカトリックの制度的遺物である主教制、その構成員である聖職者、彼らに追随する平信徒のカトリック的盲信などの批判に明らかである。そこから提唱される各人の理解に基づく信仰、そして聖書理解は世俗人に可能であるという確信。このようなカトリック批判（カトリックの残存形態としてとらえられたイギリス国教会批判も含めた）に共通して見られる見解はトーランドが二年前に出版した『キリスト教は神秘ならず』においても基本的要素として展開されているものであるし、プロテスタントに共通した批判であったと言うこともできるだろう。しかし、共通して見られる「カトリック的」宗教への批判は、必ずしも思想内容の同一性を意味しない。批判のターゲットが同じであっても、また批判に用いられる慣用的言語が同じであっても、彼らが批判の先に提示しようとしていたアンチ・テーゼの射程距離はさまざまに異なるゆえに、両者についての慎重な検討が必要とされる。

トーランドはミルトンの宗教的立場について、初期にはピューリタンに好意的で、中期には独立派と再洗礼派にもっとも好感を寄せていたが、「後半生はキリスト教徒のいずれの宗派にも属さず、キリスト教徒の集まりにはいっさい通わず、自宅においてもいかなる宗派の典礼定式書も使わなかった」ことを強調し、後半生におけるミルトンの最終的な宗教的スタンスについて以下のように推察する。

「このことは、ミルトンがキリスト教徒たちの愛徳を欠いた果てしない論争や、あらゆる教会から断ち切ることができないと彼がみなす、法王教の一部である支配欲と迫害傾向を嫌ったためなのか、それとも、どんな宗派の信仰定式書に署名しなくても善人でありうる、またどの宗派もみなどこかでイエス・キリストのきまりを改竄してきたと考えたためなのか、私はあえて決定するつもりはない。」[33]

この推察はミルトンの異端性をトーランドが承知していたことを示していると同時に、それへの共感をも示している。トーランドはミルトンの「神学体系」(『キリスト教教義論』の草稿であろうとチャンピョンは推測している)[34]の内容をある程度知っていたことが、それについてのトーランドのコメントからうかがえるし、[35]また『真の宗教、異端、分派、寛容、および法王教の伸長を防止するために用いうる最良の手段について』(一六七三年)において、アリウス派やソッツーニ派の寛容すら擁護しているミルトンの主張に最高の賛辞を贈ってはばからないからである。トーランドは自らをミルトンに重ねあわせて自分自身の宗教的スタンスを暗示していると考えられる。プロテスタント的用語でキリスト教批判を展開したトーランドはプロテスタントの枠を越え、さらにキリスト教の枠を越えた、彼にとっての「真の宗教」である自然宗教を抱懐していた可能性があるからである。[36]

ミルトンを市民的自由と宗教的自由の擁護者として復活させた「ミルトン伝」はトーランドの手を離れて、十八世紀を迎えようとしているヨーロッパへ放たれた。フランスでは、アンリ・バナージュ・

ド・ボーヴァルは彼の編集する月刊の学芸新聞『学芸著作史』の一六九九年二月号において紹介し、[37] ピエール・ベールは『歴史批評辞典』の二版目以降の「ミルトン」の項目を書く際に、「ミルトン伝」のラテン語抜粋を作ってもらい、それをもとにミルトン作品の抜粋を含む「かなり長い補遺」を追加した。[38] トーランドが「ミルトン伝」に装塡した共和主義的自由のメッセージは確実に十八世紀啓蒙に伝達されていった。

11

高橋和久

近代の医者なら彼を何と呼ぶだろうか

ジョイス「痛ましい事故」を素朴に読む

『ダブリナーズ』のなかでも「痛ましい事故」（'A Painful Case'）を読むと、どこかしら他の短編とは異なっているという印象が残るように思われる。この感想は特殊なものではない。実際、過去の夥しい研究を踏まえているに違いない最近の批評を少しだけ走り読みしただけでもそれは明らかである。ある批評家は、現代批評の例に漏れずというべきか、フロベールを論じるジョナサン・カラーを援用しながら『ダブリナーズ』というテクストの特性を「読解をまごつかせずにはおかない非画定性」であると画定した上で、この作品は「『ダブリナーズ』全体のなかで例外である」と指摘し、その理由として「人生も愛も拒絶するというテーマが明確に描かれているのみならず、それが人物の動機づけと緊密に結びついている」点を挙げて、読者は「このストーリーの結末に驚きはしない――それは主人公のなかにあらかじめコード化されていたように読める」と述べている（Basic, 20）。当然ながら作品タイトルも従来より批評上の関心を呼んでいるが、これも最近の議論に従って整理すると、この短編の「タイトルが本文中の表現から採られている点で例外的」という事実から、「痛ましい事故」という表現が、まず最初にミセス・シニコーの代理検死官によって用いられ（115）、それが彼女の死を報ずる新聞の見出しに利用され（113）、それが最後にストーリーそのもの表題となっている（107）というテクストの構造が脱構築的に確認されると、タイトルに含まれる'Case'という語の多義性を意識しつつ「このタイトルは浮遊するシニフィアンとして機能し、ミセス・シニコーの死のみがその指示対象であるにとどまらず、次第にミスター・ダフィの人生が、最終的には『ダブリナーズ』で提示される痛ましい case すべてが、指示対象となってくる」（Schneider, 201）と言うことも可能になる。

このように一瞥しただけでもこの短編の特異性については様々の声が、すでに多くのことを語っている気配なのだが、同時にそこにはある評価が共有されているように思われる。主人公ミスター・ダフィについての否定的な評価である。一言で纏めてしまうと、彼は甚だ評判が悪い。ミスター・ダフィのどこが許し難いのか。幾つか評言を拾ってみるだけでも、「ダブリン市民の誰の場合よりも、彼の意識は偽装の度が徹底している」というように彼の欺瞞性が暴露され（Williams, 69）、また「孤高の精神」を志向しながら実は他人に依存しなくてはならないという自家撞着（Brown, 80）或いは「欲望に対してハンガーストライキを行っている」という矛盾（Ingersoll, 126）、が暴露され、物語最後に見られる彼の悔悟についても、「自己憐憫以外の何物でもない」（Rice, 45）と指弾されたり、それは、自分の利益になるだけの「擬似エピファニー」の産物にほかならないと断定されるばかりか、その悔悟に見られる思い入れ過多の大袈裟な身振りが指摘される（Kershner, 113）、という具合に、さんざんな言われようである。批評家たちはおしなべて、自己を抹消するようなミスター・ダフィの身振りの背後に、ほとんどグロテスクな自己肯定の欲望を見出しているようであり、彼に何らかの「自己啓発」の契機があると考える見解（Brandabur, 73）がないではないにせよ、それは少数意見に留まっているように思われる。自分を棚上げにした他人の悪口は心弾むものだからというわけではあるまい。事実、ミスター・ダフィの人物像に対する以上の批判を招き寄せる要素は少なからずテクストのなかに見出される。例えば、他人に依存した上で成立する孤高の精神という図式は、ミスター・ダフィとミセス・シニコーの親密さが深まる過程を記した有名な一節に、容易に看取される。二人の「結びつき（union）」が彼の気持ちを「昂揚」させ、「彼の性格の粗い角を取って、彼の精神生活に感情の潤いを与えた」のだが、しかしミスター・ダフィはその状態に安住できず、「気づいてみると彼は自分の声に耳を傾けている（he caught himself listening）」ことがあり、「彼女の目には、自分は天使のような高み」（111）に上りそうに見えるはずだと考えるのである。天使の高みになぞらえられる精神の孤高がそれを感知する相手を必要とするという逆説に、鼻持ちならない欺瞞と傲慢を嗅ぎ取ることは極めて自然であろう。

しかし、自分の声に耳を傾けるミスター・ダフィをどう了解したらいいのか。この後には念を押すように、彼は「相手の熱く燃える心情を身近に引き寄せるにつれて、自分の声だと分かる不思議な非人称の（impersonal）声が、魂の癒されることのない孤独を執拗に言い募るのを聞く」（111）と改めて記される。それにも拘わらず、この記述がミスター・ダフィの苛まれている幻聴について述べていると考える批評家はひとりもいない。まして彼を分裂病患者であると読むなどは論外であろう。つまり、この表現は一種の言葉の綾であって、修辞性の濃厚なこの一節から読みとるべきは、ミスター・ダフィは燃える愛などというものにはまったく無縁な人間であり、常に他人を意識しないではいられない自意識過剰の人間である、ということらしい。彼には、行動する自分を見張りながら、行動にあるいは行動を促進する感情への没入に水を差すコメントを発するもう一人の自分、個人的な感情を消した自分がいる、というわけである。しかもこうした心の構えは、自（己）意識もしくは自己抑圧に富んだ知識人であると、最近は例外が多いにしても、大雑把に定義されるはずの、換言すれば、「ぼくの恋人は赤いバラ」などと愛を声高に素直に口走ることの滅多にない、知的に洗練された批評家たちにとって、馴染みのものなのであろう。かれらは、男の批評家であればなおさらかもしれないが、ミスター・ダフィのうちに自分と似た傾向を感じ取り、彼を批判することを通じて、甘美な自己批判の快楽に耽っているのかどうか。むろん判断のしようもないが、考えてみれば、自分について悪口を言うほうが、他人について悪口を言うよりもいっそう気持ちが晴れるものかもしれない。ところがこの姿勢こそ、鋭敏な批評家たちの発見したダフィ的な意識の偽装の一変奏ではないだろうか。

自意識過剰による分裂した自己を抱えた男の造型など陳腐であるとすれば、問題は、この短編の特異性を摘出する批評は総じて、主人公に格別の特異性を見出していないことである。しかし素朴に読めば、ミスター・ダフィの自意識のありようにはどこか奇妙な点があるように感じられる。犀利な現代批評にとっては、明らかすぎて言うも愚か、ということなのかもしれないが、少し調べた限りでは、過去においてすらジョイス学者は愚かなことは言わないのが常であった様子なので、不健康な自己批判とは無縁な愚かな読者を自覚すれば、天使のような読者にのみ許された洗練された読解の踏み込まないところに突進する権利が生まれることになり、表層の読解に留まって、ミスター・ダフィの造型に関わる謎めいた部分にもっと素朴に反応できることになる。

まず気づくのは、ミスター・ダフィと他のダブリンの人々との相違である。改めて注記するまでもなく、『ダブリナーズ』は「麻痺の中心」たるダブリンの「精神史の一章」たることを目指しており、アイルランドの現状からの脱出を願う人々の抱く無駄な期待とその挫折が、すべての短編に共通する最も顕著なモチーフとなっている。ところがミスター・ダフィはこうした特性表示をすり抜けているように読める。なぜなら「ミスター・ダフィがチャペリゾッドに住んだのは、自分も市民の一人であるダブリン（the city）からできるだけ離れて暮らしたいと思ったからだった」（107）という冒頭の一文から、彼はかなり意識的に麻痺の中心から距離を置いて暮らしているように記されるからである。そうした主人公の生活態度は、人間嫌いを滲ませた彼の「卑しい」かどうかは別としても「周到さ」そのものの反映である。彼は他の短編の主人公とは異なり、結局はかない夢に終わることになるような過大な期待を抱くことを用心深く避けているように見える。そうした夢を抱いて破滅を招くという類型におさまる人物としては、ミスター・ダフィの相手であるミセス・シニコーが与えられているから、彼の抱え持っているその反措定としての側面はいっそうくっきりと浮かび上がるように思われる。そしてこのような周到な用心深さは、言うまでもなく、決して欺かれまいという決意の産物である。これが言うまでもないのは、欺かれるのは、対象が何であれ過大な期待を抱くからこそであり、その結果、酒に走るかどうかはともかく自分の感情に惑溺する羽目に陥るということを用心深い人間は承知しているので、夢を追うなどという間違いを犯さないのだ、と経験則が告げるからだが、しかし、経験則を参照せずに素朴な読解は進行しないとはいえ、読み手それぞれの経験則だけを根拠にしては批評にならない以上、意見を知識へと転換しなくてはならないから、具体的な記述を参照すると、たしかにミスター・ダフィは、ミセス・シニコーの死の新聞報道を読んで冷静沈着な日頃の自己抑制を喪失したかに見えるときに、「彼女についてこれほどまで完全に間違った幻想を抱いていた（deceived himself）などということがありえようか」と自問している（115）。さらにその後、ただならぬ心の動揺を窺わせるかのように、珍しくも酒場におもむいた彼は、彼女のことを回想しつつ「彼女相手に欺瞞の喜劇（a comedy of deception）を続けるわけにはいかなかった」のだ、と自分を納得させる（116）。

この点でミスター・ダフィは『欺かれること少なく（*The Less Deceived*）』を目指した詩人、フィリップ・ラーキンを想起させる。たしかにこの詩人の作品には、ミスター・ダフィと多少なりとも似ている生活習慣なり姿勢を持っていると思わせる人物像が現れる。例えば「ミスター・ブリーニー」の部屋を引き継ぐ下宿人や「参加する理由」の話者である。前者は、ミスター・ダフィの部屋に一脈通じるような温もりを感じさせない部屋の調度を数えたてながら、前の居住者に否応なく同化してしまうし、楽しげにダンスに興ずる男女の交わりを見ながら、そんなものが幸福だとは思わないと嘯いてそこから自らを引き離してみせる後者は、自分は「人生の饗宴から締め出されている」と繰り返す（117）ミスター・ダフィの自己認識を反復しているようにも見える。もちろんラーキン経由でジョイスを論ずることはアナクロニズムの誹りを免れないが、ここでこの詩人を引き合いに出したのは、ラーキンがそのダブル・ヴィジョンを評価されるのに対して、これまでミスター・ダフィの場合、その二面性が、仮面を被った偽善者として強く批判されてきたという対照が興味深く思われるためである。もっとも、伝記的事実が明らかになるにつれ、とくに女性に対して、いかに身勝手で不愉快極まる男だったかがいろいろと取り沙汰されるようになった生身のラーキンは、非難されるべきミスター・ダフィと奇妙に重なり合ってきたと言うべきかもしれない。

そうなれば当然、ミスター・ダフィに対するフェミニズムからの批判を確認すべきだろう。予想通りと言うべきか、ミスター・ダフィは「理性を基盤とした構造を支持し保証する伝統的な男性像」であり、ミセス・シニコーは「そうした構造に揺さぶりをかける」ものであるという読み方が提示されている（Hyman, 116）。たしかに彼女は「線路の横断ができないように（to prevent people from crossing the lines）」という鉄道会社の規制をかいくぐって「習慣的に線路を越えていた（in the habit of crossing the lines）」（114）ことによって、キプリングの短編の（わざとらしい）語り手さながらに――そう言えば、キプリングがいなければジョイスは出なかった、と述べたのはエドマンド・ウィルソンだった――「矩を越える（Beyond the Pale）」愚行を哀れむようなスタンスを崩さない、つまり決して間違いを犯しそうにない男ミスター・ダフィとは、決定的に対立する。したがって、この見解は一面の真理を突いているには違いないが、しかし、『ダブリナーズ』においては一般に、「男の主体の（虚構上の）統一を保証するために、女の主体は自らの欲望の問題を抑圧するように求められている」（Leonard, 12）という命題が成立することも忘れてはならないだろう。重要なのは、作者自身のミソジニーの現れであるかどうか（Cixous, 485）はともかく――ともかく、と棚上げするのは、最近の論調によると、男の作家はほとんどどこかしらにミソジニーの要素を持っているようであり、もしそうであれば、それを指摘したところで特性表示にはならないからである――この短編もまた「男の主人公の意識を中心として構築」されており、「その視点からの描写が支配的」であるという観察である。そのために、ミスター・ダフィはたとえ「作者の支持を得ていない」としても、「関心の焦点」となっており、作者によって「女性の作中人物には与えられない」主体／主観／主語性を附与されている（Baccolini, 153）のである。こうしたフェミニズムの論点は、ミスター・ダフィの人物像に関する限り、彼の自意識に許し難い欺瞞を見る読解に寄り添ってくるように思われる。ミスター・ダフィが支配的な男性原理を体現するということは、自己を客体化するという分裂のプロセスも、結局は主体を温存する回路に吸収されてしまう単なる擬態に過ぎないことになってしまうからである。彼が抱え持ったように描かれる分裂は、どの程度ほんものなのだろうか。

主人公の「二叉に分かれたパーソナリティ」（Connolly, 109）なり「精神と肉体の分裂」（Brown, 79）といった表現を典型例として、先行研究が繰り返し明らかにしてきたダフィ像には、その根拠として、彼が、先に引用したように自己の別の声を聞くだけでなく、別の目なり視線を持っているという事実がある。批評家の誰もが引用したがる有名な一節で、ミスター・ダフィの生活態度を述べた箇所に見られるのだが、そこで「彼は自分の肉体と少し距離を置き、自分の行為を疑わしげな横目使いで見ながら暮らしていた。奇妙な自伝癖があって、彼は折に触れて自分自身についての短い文章を心の中で作り上げるのだった。その文章は三人称の主語を持ち、過去時制の述部を含んでいた」（108）といかにも意味ありげに記されているのである。当然その意味はいかようにも解釈されるだろう。ミスター・ダフィに巣くった分裂がここにあからさまに解説されているのはもちろん、それ以外にも多くのことが暗示されている。『ダブリナーズ』の「全短編が一人の同じ人物によって語られているという可能性――テクスト上からは頭ごなしに否定はできないが、同時にテクスト上から証明もできない可能性」――を示唆し、もしそれが妥当であるならば、「死者たち」のゲイブリエルが、はじめの方に置かれた諸短編に登場する少年と同一人物ということになって、「後にスティーヴンが述べることになる抒情的なものから劇的なものへという文学の発展の理論を先取り」していると言う（Boldrini, 232; 242）ことも可能だろうし、さらにこの部分から、別の可能性として、三人称の語りに隠された作者ジョイスの自伝癖或いは自己告白のスタンスを読みとることもできるかもしれない。ミスター・ダフィは作者の「想像した」自分の弟が「中年になったときの姿」をモデルにしている（Stanislaus Joyce, 159–60）とはいえ、そこに作者自身の心理的な投影が含まれていないとは考えられず（Beck, 219; 221）、事実関係の対応という点でも、ミスター・ダフィがアイルランド社会主義同盟の集会に出席したというのは（110）、ダブリンで社会主義者の会合によく出席していたという作者自身の実体験（Manganiello, 127）の反映かもしれない。しかも、『ダブリナーズ』のみならず、「ジョイスの全作品を通じて、ブルジョア階級の人間が労働者と何らかの連帯を模索する例はこれだけ」（Williams, 99）であるとするなら、その意味するところは一層重要になるだろう。そして言うまでもなくここでの最も露骨な含意は、ミスター・ダフィがこの物語を書いているということだろう。知的洗練を誇る読解はここに彼の精神構造を特定する手がかりを発見するに違いないので、例えばこの「症例」にラカン的な読解を施して、「鏡面イメージ」との同一化によって形成されるナルシスト的な「エゴ」から遊離した（男の）話す「主体」の欲望を指摘することもできよう。さらにまた、この自伝癖には現実をテクストへと転換せずにはいられない聊か不気味な傾向が示されているとも読める。たしかに言葉で栄養を取るかのように、彼は「デザート代わりに夕刊を読む」（112）ような人物であり、だからこそミスター・ダフィは後に確認するように、言葉を与えるだけで、ミセス・シニコーとの肉体的な接触を拒否せずにはいられないことになるだろう。いずれにしてもここから、この作品の語りには作者か主人公か、あるいはその両者としばしば視線を共有する話者の抱えこんだ何らかの形で屈折した心理の翳がこもっていることが明らかになる。ある批評家が別の短編「土くれ」について指摘している、「語り手」なり「語りの声」と主人公の意識と「作者の声」を整合的に定式化することの不可能性（Attridge, 36; n2,3）がここにも当てはまるのである。換言すればこの作品は、ミスター・ダフィの外側の、もしかしたら神の位置にいる中立の観察者／語り手によって、標準的なリアリズムの文法に従って書かれているわけではないということである[1]。観察者が彼の「横目使い」の視線を所有しているか否か、それもまたテクスト内部では証明することも否定することもできないが、素朴な読解が拘るべき主人公の造型に関わる謎めいた部分は、修辞性と文法のせめぎあう語りの戦略そのものにあったと言わねばならない。

　この語りを特徴づけるのは、しかし、一見したところ逆説的なことに、古典的なリアリズム小説の様式である。それは冒頭の四つのパラグラフに顕著に示されている。第一パラグラフで最初に主人公が紹介され、その住居の様子が述べられ、次に、先に引用した自伝癖についての文を含みつつ、「彼は肉体的であれ精神的であれ混乱（disorder）を示す一切のものを嫌悪していた」（107）といった具合に主人公の性格が要約され、第三、四パラグラフでは、「毎朝、チャペリゾッドから電車で」（108）勤め先の銀行まで通勤していることなど、彼の生活習慣が記される。その最後はそうした主人公の存在を総括するかのように「彼の生活は平穏に（evenly）過ぎていった――波乱のない物語（an adventureless tale）」（109）という一文で閉じられている。「物語」という語を通して、テクスト化の欲望を滲ませた主人公がここでの語り手であるという可能性が仄見えることに目をつぶれば、このように横溢するダイクシスは、『ダブリナーズ』において特異であるもう一つの点であろう。しかもそうした過剰なまでのダイクティックな情報を前提として、「ある晩」と始まる次の第五パラグラフから、ミスター・ダフィとミセス・シニコーの出会いが語られるのである。ディエゲーシスからミメーシスへ。いかにもリアリズムの文法に従った安定した語り口だと見える。まず波乱のない物語を生きている主人公の人物像をその生活の舞台とともに定着させて、その上で、主人公の経験することになる波乱を呼ぶ出来事つまりは冒険が描かれることになる。こうした語りの安定感は、ミセス・シニコーと別れた後の主人公についての描写によって強化される。その部分では「四年が経った。ミスター・ダフィは平穏な（even）生活に戻り、彼の部屋は相変わらず（still）彼の精神の秩序正しさ（orderliness）を証明」していること、彼が「毎朝、相変わらず（still）電車に乗って町に通勤」（112）していることなど、彼の生活の不変ぶりがひとつのパラグラフで要約的に報告されるのだが、それを引き受ける次のパラグラフの冒頭は「ある晩……」（112）となっている。そしてこのパラグラフが、ミセス・シニコーの死を報ずる新聞記事を読むという、ミスター・ダフィにとっての新たな経験を物語ることは言うまでもない。つまりここでは冒頭の数パラグラフに見られた形式が圧縮されて反復されているように読めるのである。

しかしながら興味深いのは、リアリズムの長編においては読者に安心を与えるはずの地と図の安定した関係が、これほど短い作品でほとんど強迫的とも思えるような反復を示すことによって、その安定性が揺らぐこと、地がひたすら図を浮き立たせるためにだけ、奉仕しているようには見えなくなってくることである。「ある晩」によって導入される主人公の経験を鮮やかに、劇的に示すために用意されたかに見える地はどうやら、それだけに留まらない意味作用を顕在化させてしまうらしい。明示的に示される主人公の二面性は改めて言うまでもない。例えば第一パラグラフ。彼の「くすんだ家」は「絨毯もない」と記され、「黒い鉄製のベッド」に「白い寝具」に「白い木製の書棚」というように全体がモノクロームの色調が覆うなかに、なぜか「黒に緋色のまじった膝掛け」(107)が紛れ込んでいる。書棚に目をやれば、本の大きさに従って整然と並べられているのだが、その結果としてワーズワス全集が一番下に、一番上の棚には『メイヌース教理問答書』が置かれることになる(107-8)。ここからミスター・ダフィのパーソナリティにおける、鹿爪らしいドグマティックな上部構造に覆い隠されながらも、愛もしくは欲望の炎が消えることなく燻り続けているロマンティックな基底部を探り当てることは難しくない。洗練された読解はこれに留まらず、この部屋の調度として、一文の中に「鏡とランプ」が同時に言及されている(107)ことに気づかずにはいられず、M・H・エイブラムズを参照しながら、主人公のパーソナリティの二面性をさらに強調することもできよう。ミスター・ダフィが机の中に「熟れすぎた林檎」を放置している(108)という事実も彼の表面上の秩序志向と矛盾する。だが考えてみれば、まさに主人公の抱えた分裂を指し示していることによって、それらの報告された事実はすべて、そのあとに語られる彼の体験を劇化するのに、その経験を理解するための正しいパースペクティヴを読者に与えるのに、役立っていると言えるだろう。注目すべきは、こうした準備段階としてのディエゲーシスからミセス・シニコーとの出会い以降のミメティックな語りへの移行に「引用されたモノローグが多くなる」ことによる「語りの親密度の増加」(Riquelme, 115)、換言すれば話者と作中人物の共犯関係の深まり、を見て、それをリアリズムの文法に規定された定型として安心して了解してしまうには、一見客観的な事実の報告と見えるこの冒頭部分ですでに「横目使い」と呼び得るようなレトリカルな視線が紛れ込み、屈折した陰翳の揺らぎが見えすぎてしまうことである。プルーストの一節について論じた脱構築派の用語を意識しつつ別の言い方をするなら、前後の文脈とのメトニミカルな関係のなかに埋め込まれながら、メタフォリカルな修辞性が読者を別種の読解へと誘惑せずにはおかない（De Man, 64-7）ということになろうか。例えば壁の描写。絨毯の敷かれていない部屋に対応するかのように紹介される絵のかかっていない壁は、その事実だけから見ると、モノクロームを愛するミスター・ダフィの一面を補強しているかもしれない。しかしその壁がどうして'free from pictures'（107）と形容されなければならないのか。絵画は危険なもの、有害なものだというのだろうか。それともここで想定されているのは、危険で有害なある種の絵であって、それだからこそ排除されているということなのだろうか。繰り返すけれどもこれはリアリズムが常套とする中立の視点からなされた記述ではない。そう考えると、排除されているのはそれだけではないように思えてくる。「白いシェードのついたランプが暖炉にのった唯一の装飾品」だという記述は、たしかにすでに確認した主人公の造型に貢献するものと考えられるけれども、素朴に読めば、それだけならどうして、その前に「昼の間は」（107）という限定句の附される必要があるのか分からない。ここには、夜になるとランプの役割が装飾品から実用品へ変わるという意味だけでなく、いやそれよりむしろ夜には別のものが装飾品に加わるのだという含意が伴ってはいないだろうか。そして昼間には排除されているその装飾品が、不道徳な絵や人目をはばかる写真でないと誰が言えよう。

このような素朴な読み方は、ミスター・ダフィを「中世の医者」のように「土星のもとに生まれた（saturnine）男と呼ぶ」（108）ことがないのはもちろん、過剰な自意識のために自己分裂を起こし、結果として自己の硬直したエゴで異質なる他者を平気で傷つけることになる男、という現代批評の理解にも一足飛びに到達することはできない。夜密かにポルノグラフィーに耽っているミスター・ダフィというのは、土星の影響としての陰鬱とも、ロマンティックな燃える愛ともあまりにも隔たったグロテスクな姿だからである。しかしすぐに気づくことだが、彼がたとえグロテスクであれ、或いはグロテスクになるほどに、性愛を求めているのだとしたら、ミセス・シニコーの接近を拒絶したはずがない。ところが実際は、すでに触れたように、彼は「少しずつ」手足ではなく「自分の思考を彼女の思考に絡みつかせ」ることによって(110)、彼女との親交を深めながら、彼女が「情熱的に彼の手を取り、それを彼女の額に押し当て」ると、「幻滅」を感じてしまい(111)、それが二人の別れへと直結していた。これもまた、分裂したもう一人の自己が潜んでいる欲望を抑圧した結果であると了解できれば話は簡単なのだが、必ずしもそう言い切れないのは、「あらゆる絆は悲しみに通ずる絆なのだ」(112)と箴言めいた言葉を吐いて——箴言は生の現実をテクスト化せずにはおかない彼の姿勢を端的に示すだろう——ミセス・シニコーと別れた彼が、「ほとんどものを書き留めることがなくなった」(112)にも拘わらず、書いたとされるもう一つの箴言が、文脈上、多少とも奇妙に響くからである。ミスター・ダフィは「男と男の間には、性的関係があってはならないので、愛は不可能であり、男と女の間には、性的関係がなければならないので、友情は不可能である」(112)と書いた。この箴言が二つとも作者の弟に由来する(Stanislaus Joyce, 160)かどうかはこの際関係がなく、また後者について注釈書が記すニーチェの『ツァラツストラ』——主人公の書棚に新たに加わった書物——との関連(Gifford, 86参照)もそれほど明確なものでないとすれば、この一節にミスター・ダフィの同性愛の傾向を読むことは不可能ではあるまい。ミセス・シニコーとの交友を断った自分を正当化するためだけであれば、彼はなぜここで「男と男」の関係まで語らねばならなかったのか。つまり、ここでは二つの断念が語られているのではないかということである。実は、犀利な批評が無視してきたと思えるのはこの点なのだが、目にした中で一つだけミスター・ダフィの同性愛傾向に触れている読解は、この箴言を同性愛への唯一の明示的な言及であるとみなし、その上で当然とはいえ、ダフィが男性との付き合いを忌避していることに軽く触れている（Reid, 231）。しかしその批評は、フロイト派心理学の文献を引用しながら、主人公のパーソナリティはいかなる病理に冒されているかを臨床的に示す——例えば、ミスター・ダフィがミセス・シニコーの死亡記事を読んだ衝撃に耐えかねて丘に登ったときに、暗がりに横たわった幾つかの人影を見て「こうした金銭ずくで、人目を憚る愛は、彼を絶望（despair）で満たした」（117）という事実に触れながら、「性行為への嫌悪は強迫神経症の一般的な構成要素である」という一般論を導く（Reid, 233）という具合である——ことに力点が置かれているので、俗流精神分析しか手にしていない素朴な読解には馴染まない。素朴な読解はもう少しテクスト自体の語ることに素直に反応する。例えばここでも、「絶望」を「嫌悪」に読み替えるのではなく、どうして彼を満たすものが「絶望」なのかと素直に訝しむのである。

主人公が男との付き合いを避けているという記述は、ホモソーシャルな欲望と異性愛が連動すると考えれば、たしかに裏返しにではあるが、同性愛を示すことになる。しかし、ミスター・ダフィの暮らしぶりを紹介する文脈で、行きつけの食堂を形容するために用いられる「そこならばダブリンの金持ちの貴公子連中と会う心配がなかった（Where he felt himself safe from the society of Dublin's gilded youth）」

(109)というテクストの表現に接すれば、難しい議論を経なくとも、中年であるはずの主人公はダブリン社交界の若者たちを恐れているのか、もしそうならばどうしてか、という疑問が自然に出てくるであろうし、その疑問から、ミスター・ダフィは実はダブリン社交界で味わえるはずの気晴らしに惹かれるだけに避けているのではないかという疑惑まで、それほど甚だしい径庭はない。なぜなら、この文の直後に、彼が夜は「家主の女主人のピアノを聞くか、町はずれをぶらついて」過ごし、「音楽好きでオペラやコンサートに行く(His liking for Mozart's music brought him sometimes to an opera or a concert)」――この構文にも注目したい――ことが「彼の人生のたった一つの気晴らし(dissipation)だった」(109)と報告されるからである。また同様の文脈で「彼は乞食に施しを与えることなど決してなく、断固とした足取りで、頑丈なはしばみの杖を携えて歩いた」(108)とも記されている。問題はこれが先に引用した彼の自伝癖についての一文に続いていることである。この二つの文の間に見えやすい論理的な連関はない。いかにも唐突な並置である。三人称過去形で記される自伝の、これは典型的な例文なのだろうか。ここで彼という人間にとっての核心的な何かが語られているのだろうか。単純にそれは彼の冷徹さかもしれない。しかしどこか気負っているとも見える歩きぶりに示されるその冷徹さが隠しているかもしれない欲求、誰かにならば何かと引き替えに金をやってもいいという気持ち、いや金で何かを買いたいが、それは出来ないという気持ちが、かすかながら、透けて見えては来ないだろうか。後に彼が「金銭ずくで、人目を憚る」性行為に「絶望」を感じることになるのを思い出すとすれば。さらにミスター・ダフィとミセス・シニコーとの関係が「外来植物(exotic)」とそれを包む「あたたかい土」(111)と形容されるのはどうしてだろうか。「外来植物」の意味作用は、例えば男を育てる優しい女といった異性愛の型にはまった図式に収まることを拒否するだろう。副次的にミスター・ダフィの「特異性」を暗示する箇所は他にもある。「市民生活を規定する約束事に譲歩する」ことを潔しとせず、「時と場合によっては銀行強盗をしてもいいと考えるのを自分に許す（He allowed himself to think...）」彼の姿勢（109）は、異常なまでに過激であり、厳格な社会規範に敏感であって、それをひたすら遵守していると見える——ミセス・シニコーに初めて話しかけられたときに、彼女が「ぎこちなさをほとんど見せない」（109）ことに驚いたほどのミスター・ダフィである——彼の像とは結びつきにくいだけに、ここでの彼は、どんな状況下でも自分に考えることを許さない、銀行強盗よりもはるかに過激な、規範からの逸脱の極めて激しい行為を意識しているために、銀行強盗を夢想することを自分に許していると考えられはしまいか。「道徳を警察任せにしている鈍感な中産階級」に対して彼の示す強い批判（111）も、彼自身が中産階級的な道徳観に従って生活していることを考えれば、聊か奇矯に響くし、それならば共感は労働者階級に向けられたのかと言えば、彼はそこからも除外されている。「しらふの（sober）」労働者たちのつまらぬ集会に参加した彼が「自分を唯一無二の存在だと感じた（he felt himself a unique figure）」（101）ときの感想に見られるように。この感想は批評家たちによって、彼の抱いている隠微な知的優越感を示す格好の例証であるとされており、そこで彼が唯一無二なのは労働者たちが欲している高賃金をすでに確保しているためだ（Leonard, 220）という指摘もある。しかし重要なのは、彼がもともと労働者の集会に行くようなイデオロギーとも日常行動とも無縁に見えることである。自ら身を置いている中産階級の行動規範のどこが不満で、労働者に何を期待したのだろうか。自分で酒を飲まないダフィがどうして酒を飲まぬ労働者たちに批判がましい言葉を投げ、「労働者たちの議論」

は「臆病すぎる」と難じ、「彼らの賃金についての関心は法外」であって、ダブリンにはずっと「社会革命は起こりそうもない」（102）と言うのか。ここには中産階級には求め得ない労働者への彼の期待が仄見えているかもしれない。それは飲んだくれて社会規範に制約されない行動の自由を手にして、臆病でない議論のできる労働者で、高賃金とは別の要求もしくは欲求に裏打ちされることで初めて可能となる社会革命を目指す人々である。

その社会革命の実体を性の革命であると特定できないのと同様、以上の諸点はいずれもミスター・ダフィの同性愛をはっきり指示しているわけではない。ただし、彼が社会規範から大きく逸脱した、決して容認されることのない暗い衝動を抱えていたこと――いやむしろその衝動をリアリズムの書法に満足しない話者が提示しようとしていること、と言うべきか――はたしかであるように思われる。これまでの幾つかの引用にも示されているように、そして、音楽会の席で「二人の女性と隣り合わせに座ることになった（he found himself sitting beside two ladies）」（109）という象徴的な文に見られるように――この「異常なまでに受け身」な彼は「意識を失って音楽会に来たかのようだ」という評（Leonard, 218）がある――この作品には再帰構文が頻繁に発生している。この事実に、女性作家は女性の作中人物を描くときに「再帰的な知覚」という「文体上の工夫」を多用することによって、その人物の一部が「自ら意図したわけではない行動をしている、自分には理解できない状況に置かれている」ことを示しているのだ、という知見（Kolodny, 79）を対応させるならば、ミスター・ダフィにフェミニズムの造型する「女性」が色濃く影を落としていることは間違いない。それが、家父長制のもとで女が自己分裂を余儀なくされるのに似た形で、ミスター・ダフィに自己の分裂を促すことになる。それならば、彼の自意識過剰は陳腐とは呼べなくなり、男中心の構造を補強する傲慢に近い超然たる姿勢を彼に見出して非難することはそれほど簡単ではなくなる。彼がテクスト化という装置にすがるのは、自己の深部に錘を垂らすことに耐えられず、もしくはそれが許されず、現実と妥協できる自己の上澄みを掬わねばならない人間の宿命であるかもしれない。その彼だからこそ、リアリズムの限界と欺瞞とを露わにするために長々と引用されているようにも読める新聞記事に、テクスト化されたミセス・シニコーの死に、異常なまでに反応するのである。彼が彼女と別れてから四年経っており、彼女が酒に溺れるようになったのは二年前から（115）であることを考えれば、彼との別れがこの事故の引き金になったわけではないことが明白であるにも拘わらず、である。そのとき、まずその死によって自分までもが「汚された」という彼女に対する罵倒（115）が生まれ、そこから彼女への同情と激しい自己批判へと振り子のように揺れはじめる契機が、彼女の手が肉体的に「触れたように思った」（116）ことであるのは意味深い。それが記憶によるものであるにせよ、かつて彼女の肉体的な接触によって別れることになったミスター・ダフィのテクスト化が遮断される瞬間だからである。彼が「自らの徳性が粉々に砕け散るのを感じる」（117）瞬間。しかしそれは一時のことに過ぎない。彼はすぐに「彼女が近くにいるとは感じられなくなり、彼女の声が耳に触れるのも感じられなくなる」（117）のだから。新聞記事を読んだ直後の怒りの興奮が収まった後のミスター・ダフィは、従って、二つの局面を経験していることになる。しかし、彼がそれまでの自分に戻ることを暗示する最後のパラグラフは、その直前に彼の感じた後悔が見せかけのポーズといった偽りのものであったことを必ずしも意味するわけではあるまい。リフィー川と平行して走ることによって男と女は交わらないことを暗示しているかもしれない列車（Connolly, 113）を形容する「闇の中を頑なに、懸命に進む火の頭をした毛虫」というエロティックな比喩（119）を介在しつつ放り出されたように並んだ二つのパースペクティヴは[2]、何よりも彼の「絶望」の深さを物語っているように思われる。そしてそれもまた「麻痺」の一つの現れであることは言うまでもない。

＊本稿は国際アイルランド文学協会日本支部（IASIL-JAPAN）の第15回大会（一九九八年九月二〇日、早稲田大学）におけるシンポジウム'Re-reading "A Painful Case"'の席で口頭発表したものをもとにしている。司会のジョージ・ヒューズ、講師のアン・ブラッドショー、道木一弘、扶瀬幹生の各氏をはじめ、質問やコメントをくださった方々に感謝したい。なお、本稿では紙幅の制約で断片的な引用を本文中に組み込まざるを得ず、素朴なわりに読みにくい議論となってしまった点については、御寛恕ください。

12

スウィフト、ガリヴァー、そしてヤフー

『ガリヴァー旅行記』第四部について

塩谷清人

ジョナサン・スウィフトは馬好きで、交通手段として馬を所有してもいた。またしばしばアイルランド国内の騎馬旅行を楽しんだ。もちろん十八世紀前半のアイルランドやイギリスで馬はごく日常的に存在する動物であった。

彼の『ガリヴァー旅行記』第四部「フウイニム国への旅」は馬が人間を支配する社会である。ペンによって既成観念や体制に対し挑発し続け、物議を醸したりもしたスウィフトは第四部で大胆な人間批判を展開した。通常人間社会では馬が荷車を牽くが、フウイニムランドでは人間とおぼしきヤフーが牽く。

スウィフトは『ガリヴァー旅行記』でガリヴァーをさまざまな状況に置いた。ガリヴァーの視点はそのたびに激しく移動する。第一部小人の国「リリパットへの旅」、第二部大人の国「ブロブディンナグへの旅」では、ガリヴァー自身はそれぞれ現地人の十二倍の巨人となり、十二分の一の矮小なものとな

る。つまり読者には等身大のガリヴァーは見えてこない。執筆の順序としては第三部よりも前に書かれた第四部はその仕上げとして、動物を人間よりも上位においた。

この第四部は初版（一七二六）以来絶えず論争をひきおこした。二十世紀後半にそれは「ハード派」「ソフト派」という形でまとめられたが、いまだに論争は決着を見ない。簡単にいえば、前者は第四部をペシミスティックな内容として理解し、後者は喜劇的な要素を含むとする。ガリヴァーは物語の最後で狂気に近い、極端な人間嫌いに陥るが、それをそのままに受け取るのが前者であり、逆に滑稽な姿として読むのが後者である。[1]

「ハード派」的な考えの人たちは昔からいる。またそのような解釈をスウィフト自身が助長しているところもある。スウィフトは詩人ポープに宛てた有名な手紙で「私は人間と呼ばれる動物を憎しみ、嫌う」[2]と書いた。ポープはその返信で「君は憤りの詰まった瓶をこの世の哀れな連中にぶちまけたい、いや、できるだけ苦い丸薬としてかれらに自分の本『ガリヴァー旅行記』を飲ませたいのだろう」（Ⅲ一〇八）と書いた。またスウィフトは若い友人トーマス・シェリダンへの手紙で「人間からはできること以上のことは期待しないほうがいい」と書いてもいる（Ⅲ九四）。さらに先に挙げたポープへの手紙で、人間は「理性を使うことはできる動物」(animal rationis capax) ではあるが「理性的動物」(animal rationale) ではない（Ⅲ一〇三）という有名な言辞も残した。この定義は第四部解釈に重要なヒントとなる。

一方でスウィフト自身を巡る状況は彼をペシミズムの方向へ押しやるに十分ではあった。イギリスでの高位聖職の道もすでに十年以上前に絶たれた。アイルランドに閉じこめられたという思いは終生消えなかった。

つまりスウィフト自身の生涯の軌跡を読みこんだ第四部解釈は「ハード派」に近づきやすい。またその基底にスウィフト＝ガリヴァーという考えがある。サッカリーのようなヴィクトリア朝の人間は「すべての慎みの端切れも引き剝がし、男らしさや恥の感覚もなく、言葉は汚らわしいし、考えも汚らわしいし、荒れ狂って、猥褻でもある」[3]と最大級の批判をし、ガリヴァーの終局での狂おしい状況も絡めてスウィフト自身の精神状態を疑った。夏目漱石は「スヰフトと厭世文学」という本邦初のスウィフト論で「ガリヷーと云う主人公は素よりスヰフト自身のことに相違ない」[4]と書いて、スウィフトの厭世観をもとに『ガリヴァー旅行記』を解釈した。スウィフトの特異な気質、気性はことさら強調され、時には狂気説をもちらつかせることがある。それはある意味では独特な、また深刻なスウィフト観を日本人に植え付けている。

果たしてガリヴァーをスウィフトと連結させる読みは妥当だろうか。

ガリヴァーは自身の体験を語る語り手である。しかしまた彼は物語の中で操られる人形であり、笑いの対象でもある。さらに作者スウィフトから付与された独特のペルソナ、架空の作者でもある。この三者が『ガリヴァー旅行記』では絶えず絡み合っている。現在ではガリヴァーを小説上のペルソナとして切り離して考えるのが普通である。第一部から第三部までと違って、第四部ではかなりスウィフトの考えがガリヴァーに託されていることは間違いないが、だからと言ってガリヴァー＝スウィフトということにはならない。この作品に限らず、スウィフト作品全体に言えることであるが、スウィフト作品の語り手はアイロニーを生み出すための手段であることが多いのだ。

たとえば、この旅行記の三年後に出された『控えめな提案』（一七二九）で、語り手は幼児の肉を食肉として利用するよう勧める。アイルランドを周期的に襲う飢饉の結果、町に乞食があふれ、子供の養育が負担になっていることを見ての提案である。スウィフトはこのペルソナに仮託して極端な意見を述べている。しかし作者とこの語り手を同一視する人はいないだろう。語り手は大まじめに提案している。「人道的立場」から提案しているとも言う。この語り手は果たして何者か、アイルランド人か、それとも非道なことを言うイギリス人か。いずれとも断定はできない。スウィフト得意の帰謬法（reductio ad absurdum）でこのような逆説的な提案を書いている。というより、書かざるを得なかった状況がアイルランドの現実だった。スウィフトは怒りとやりきれない気持ちでこれを書いたのは確かだ。しかしこの作品のアイロニーやブラック・ユーモアはこのペルソナの創造から生まれている。その面を無視するのは片手落ちである。

一般に風刺はホラティウス的（Horatian）風刺とユウェナリス的（Juvenalian）風刺に分類される。前者は対象を寛容な精神で描く、笑いを誘う風刺であり、後者は対象を激しく弾劾、批判し、怒りをこめて書く風刺である。当然のことながらスウィフトの風刺はユウェナリス的風刺を多く含む。しかし、それ一辺倒ではなくて、ホラティウス的風刺もある。今流の言い方を使えば、メニッポス的（Menippean）風刺ということになる。つまりさまざまな要素がカーニヴァル的に入っている。深刻な風刺ばかりではない。政治、宗教、性、などすべてがごたまぜに書きこまれ、笑いの対象とされる。

『ガリヴァー旅行記』は第一に当時流行した旅行記の体裁を取っているから、行く先々の社会が描写される。第一部のすべてが十二分の一に縮小され、矮小化された社会はその背後にイギリス社会が透かして見える。当然その社会が風刺的に描かれる。しかし一方で巨人（Man-Mountain）と呼ばれたガリヴァー自身もその風刺対象から逃れていない。彼の積極的な戦争幇助や放尿による王宮消火事件はガリヴァーの単純な思考、肉体の誇示を示すものだ。第二部大人国では、逆に虫けらのように卑小な肉体(little odious vermin）と呼ばれ、さらに第四部では自らの肉体を激しく憎むようになる。その時々のガリヴァーの反応は滑稽ですらある。

サミュエル・ジョンソンは「いったん小人国と大人国を考えつけば、あとは簡単なこと」とズバリ言ったが[5]、確かにこれは至言である。「物事は比較の問題である」。（九四）[6] あとはガリヴァーが上から眺め、下から眺めるという構図になる。つまり人間をさまざまな角度から検討すること、これがこの作品の仕掛けである。別の言い方をすれば、人間を巨視的に見るか、微視的に見るか、科学的思考構造への盲目な依存と錯乱を分析するか。最後に残された第四部は、それらを総合して人間の肉体と精神をまな板に載せて裁断する。

その場合、ガリヴァーは決して部外者ではない、彼も逆に見られる立場であり続ける。単なる観察者ではないのだ。風刺する者であり、かつ風刺される者でもある。そのいい例は第二部で王室の女官たちからじっくり観察されるガリヴァーの姿を想起すればいい。

1　ヤフーは何者か

表面的には人間から理性をはぎ取り、もう一つの人間の側面、獣性だけを残した者である。本性をむき出しの性欲、喧嘩、諍いはフウイニムランドの他の動物とも違う醜悪さをみせる。ガリヴァーは最初醜い姿のヤフーを人間と認定したくないために、「怪物」か「家畜」と書いているが、違いは衣服を着ているか否かでしかない。彼はヤフーを近くで見て、もはや人間であることを否定しがたいと思う。

…この醜悪な動物が完璧な人間であると気づいた時の、私の恐怖と驚きはとても言い表せない。実際顔は平たくて大きくて、鼻はひしゃげていて、唇は分厚くて、口は大きい。でもこれらの違いはどの野蛮な国にも共通のことだ。（二一二）

これはアフリカの原住民を紹介する旅行書のようである。[7] ガリヴァーは服を着ているから毛深いヤフーとは随分印象が違う。さらに彼は帽子や手袋をあくまで脱がずヤフーとの違いを示そうとする。そこでフウイニムはこの衣服に大いに悩まされ、ガリヴァーのうっかり素肌を見せた段階でやっとヤフーと認定している。フウイニムに衣服の意味が分からないということは象徴的である。

衣服はカーライルが『衣装哲学』でいうようにいい意味でも悪い意味でも一つの文化の集積である。ガリヴァーはヨーロッパの状況を細かく説明するが、それは自らの虚飾をどんどん暴いていく行為でもある。フウイニムの批判にさらされて、ガリヴァーはその虚飾を脱ぎ捨てていく。彼はフウイニムランドから追放後も執拗に人間の服を着ることを拒む。西欧文明の集積でもあるからだ。文明復帰を拒否するガリヴァーには自然な行為である。これもフウイニムのガリヴァーに施した教育の効果である。

飼われているヤフーは首を藤蔓のようなものでつながれている。それは彼らが反抗的で、ずるがしこく、手に負えないからである。また腐肉や根っこを食している。しかし昔からヤフーはこのような状況だったのか。

ガリヴァーの世話になっている主人によると、大昔、山上に二人のヤフーが現れたという。(二四五)それからどんどん増えたために、ヤフー狩りをして数を減らして、一応ひとまとめにした。大変狂暴だったので、飼い慣らして何とか役にたつようにしたという。さらにガリヴァーの話を受けて、海上からやってきたのだろうと推測する。(二四六)つまりガリヴァーと同じように流れ着いた者がいたのだ。

そうなるとこのようにもともと狂暴だったか、野蛮だったかは大いに疑問になる。一見やさしそうなフウイニムに無理に押さえつけられた結果こうなったかもしれない。奴隷状態にされた結果、こうなったかもしれない。

最近、何人かの批評家がアイルランド人の状況をヤフーのそれに重ねて、イギリス支配による隷属状況、さらに当時のアイルランド自体の問題を指摘している。[8] 腐肉や根菜を食べるのもフウイニム「イギリス人」がちゃんとした物を食べさせないからである。何も食べる物がないからである。ヤフー「アイルランド人」の置かれた状況を考えれば、その本性丸だしの姿は、ある意味で理解できるのではないか、と言う。この意見自体は説得力あるが、第四部をそれほどローカルな読み方で限定させる必要もない。

ガリヴァーとヤフーの違いは衣服着用以外にもいくつかある。言語を持たない、道具を持たない。フウイニムの主人に言わせると、「ガリヴァーとヤフーの違いは前者が理性のかけらを持っている」ことである。『ガリヴァー旅行記』(一七三五年版)の冒頭につけたガリヴァー自身の従兄弟シムプソンへの手紙によれば、「フウイニムランドのヤフーとここ［イギリス］のヤフーとの違いは、ここの連中はたわ言をしゃべって、裸でないことくらい」[30]ということで、これはスウィフト自身のコメントとして読める。辛辣なスウィフトはイギリス人もヤフーと変わらないと考えているようだ。

ガリヴァーは自分がヤフーに比べて運動神経など肉体能力が劣っていることに劣等感を持っている。（二二二）肉体面の劣性とは別に、精神面でも馬の主人が指摘するように、理性のないヤフーより堕落しているという言い方もできる。[9]「理性のかけら」(some Glimmerings of Reason)（二一七）をせっかく持っていながら、人間（ヨーロッパ人）は戦争など、愚かしいことを繰り返す。その話を聞いて主人は「理性機能の堕落」（二二六）と烙印を押す。

…彼［主人］はわれわれを推測つきかねるが、何らかの偶然でわずかな理性を授かった動物と見なしている、われわれはそれを本来の堕落をさらに悪くし、さらに自然が与えなかった新しいもの［堕落］を獲得する補助としてしか使っていないと（二三五）

常々スウィフトは人間の肉体にとらわれ続けた作家である。彼はできることなら肉体を無視したい、消去したいと願っていただろう。しかし、その肉体から宿命的に人間は逃れられない。そのようなことが肉体呪詛ともいえるような詩を、女性を中心に書かせた。つまり、その宿命を直視し、逆にあからさまに描くことが彼の営為となった。この第四部でも来島早々にヤフーから糞便をぶっかけられる。（二〇八）子供からも放尿される。（二四一）さらにヤフーの女性におそわれる。（二四二）このように繰り返し排泄物に言及するのはブラウンのフロイト流の性欲云々と関連づけられる[10]かもしれないが、基本的にスウィフトにとって人間は理性をはぎ取れば、このような姿しか取れない。その現実を無視して観念的なことばかり言う姿勢を批判している。

2　フウイニムはどう考えればいいのか

おもしろいことに、ガリヴァーが最初フウイニムを見た時、しきりに魔術師が化けて馬になっているのでは考え、何度も腕をつねったりする。（二〇九、二一一）いきなり動物寓話の世界に飛び込んだ感じに設定されている。つまりフウイニムランドは幻想の国なのだ。ガリヴァーはフウイニムに教わって嘘はつかないと言い、本当の話と繰り返しながら、一方でトロイの木馬を引き入れた大嘘つきのSimonのように嘘をつかない（二六二）とオクシモロンを言う。深刻な内容ではあるが、スウィフトはコミカルな調子を持たせている。これは最後の結末解釈にも関係する。

この国はフウイニムランドという。「フウイニム」という奇妙な名前は、多くの指摘があるように、馬の嗚き声から採ったとされる。しかしスウィフトは命名にこだわる作家、というより言葉に大変繊細なこだわりをみせる作家、言葉の伝達能力にこだわる作家だから、Houyhnhnmは単にそれだけの意味と取るのはちょっと危険である。[11]

この話の要点は、馬と人間、それにヤフーの関係にある。馬が最上位に位置するという、動物崇拝（theriophily）を利用している。[12]馬という当時のイギリスではごく日常に見られる動物を理性のある理想の存在としている。これも逆転の思考である。(mundus inversus, or the world upside down[13]) ここではヤフーが橇に馬を乗せて牽く。

フウイニムはFriendshipとBenevolenceを二大徳義としているという。彼らは質素で清潔な生活をしている。嘘をつかない。嘘という言葉はなくて、「嘘をつく」という言い方はsay the thing which was notとされる。問題なのは、この平等社会にも階層があって労働をする馬と支配する馬とに分かれていることだ。ロナルド・ノウルズの指摘にもある[14]が、「あらゆる馬は平等であるが、ある馬は他の馬より平等である」ということになる。オーウェルが風刺したような社会である。[15]

悪を知らないということは西欧の思考では原罪以前の状況にフウイニムはいるということになる。しかし逆に言うと悪を知らない限り善も知らないことになる。善悪の判断は反対のものがあって始めてできる。というわけで、素朴な状況にフウイニムはいる。外の世界もまったく知らない。ガリヴァーが来島して始めて、外界の存在を意識した。島国なら船を作ることは当然考えられるが、フウイニムは船を作れない。馬だから、というのではない。フウイニムは前足のPasternとHoofを使って裁縫も上手に(?)できる。

しかし、閉鎖的社会だから、外界に出ることも考えない。知識はすべて伝統(二四七)によっている。進歩とか、変化を嫌う社会である。文学などもない。というよりそもそも文字がない。このことに関しては、テリー・キャスルはデリダ理論を援用して、書き言葉の問題性を指摘した。[16] つまり人間は文字文化によって堕落したという。この理屈で行けば、フウイニムランドはますます理想的状況にあることになる。

しかし善しかない社会は、許容する幅が極めて小さい。四年に一度総会が開かれるが、その決定は有無を言わさないものである。というよりフウイニムの思考では議論が成立しない。フウイニムランドの全体主義的傾向がはっきりしてくる。

「理性」という言葉は第四部のキーワードになる。'reason'という言葉が十八世紀前半にどのようなニュアンスを持っていたか。「理性」というと十八世紀啓蒙主義の中心となる理念である。それによって迷妄な社会から脱却できることを示した。しかし、この思考を追っていくと、宗教の面ではどんどん理神論（deism）の方向に進んでいく。この延長上には懐疑主義や無神論、物質主義が見えてくるわけだ。これを英国国教会の首席司祭であるスウィフトが嫌ったのは当然である。となると、スウィフトはフウイニムを理想の姿と見たかどうかは疑問になる。ただ第四部に宗教的側面を当てはめることに否定的な批評家もいるから、一概にはいえない。

このように問題点はいくつも出てくる社会なのだが、「理性的人間」ならぬ「理性的動物」であるフウイニムにはプラトンの思想、理想国家ユートピアの影響がかなり色濃い。実際、ガリヴァーの主人はガリヴァーの説明するプラトンの書いたソクラテスに賛同している。(二四三）プラトンの『共和国』に似た設定になっている。[17] 馬の世界を人間界風に説明すれば、以下のようになる。

私有財産もない、当然お金も使用しない。男女平等の教育、愛情でなく、優生学的な視点から両親と友人が結婚を決める。夫婦関係も男女それぞれ一人を生めば終わる。よその子も自分の子も区別しない。子供もある意味では社会の共有という考えである。死に対する余計な感情の起伏のない。文字文化に犯されず、余計な感情を持たず、裏表の思考を持たず、虚偽もなく、災いもなく、病気もない社会。

これを動物崇拝の寓話に託して書いた。ある意味ではスウィフトが終生悩まされ続けた諸問題、女性関係、肉体の問題、文字による脅迫観念的な意識、それから逃れようとして、一層文字の、言葉の網に絡まれていく状況、そしてメニエール病からくるめまい、耳鳴り、難聴などの苦しみ、それらから解放された、極端に人間らしくない社会をここに描いた。「理性を働かせ、それに完全に支配される」ことがフウイニムの目標であるが、これは自然（nature）に従うということと同じことのようだ。

先に書いたように、現実を離れて、肉体を離れて純粋に理性のみを追求できるという思考はスウィフトの取る姿勢ではない。

ガリヴァーは「わずかな理性」を持つ者で、フウイニムが彼の存在を恐れるのは当然のことである。その堕落した理性を使って他のヤフーを煽動することも可能だから。総会でガリヴァー追放を決定するのも、フウイニムの知らない策謀をガリヴァーが操れるからである。またヤフーにはひょっとして「理性のかけら」が隠されて残っているかもしれない。所詮、ガリヴァーはフウイニムのような純粋な汚染されない精神は持ち得ない。

ガリヴァーは完全なヤフーであることを自覚している。それが水に映る自分の姿を見て、顔を背けさせる。自己嫌悪に陥る。「自分はフウイニム国から追放された哀れなヤフー」である。（二五七）人間との接触を避ける。すっかりフウイニムびいきになって人間（ヤフー）嫌いになったガリヴァーは物語の最後で人間との接触を避け、家族との関係まで最低限にして馬小屋で馬と会話をする。妻と再会した直後はキスをされるだけで失神したガリヴァーになる。

この結末は論争点の一つで、「ハード派」はこれをガリヴァーが現実の人間社会に幻滅してのペシミスティックな絶望感と見ている。スウィフト自身の手紙はその見方を支持しているように見える。「この［本］の主目的は世の中を楽しませるというより悩ませること」（Ⅲ一〇三）スウィフトはここで人間の実物大の内と外を解剖してみせた。結果はおぞましいものである。しかし馬に理性を持たせ、その感化で自らの姿におびえ、人間におびえる姿はいささか滑稽である。冒頭の魔術師の幻想世界への導入と同じく、すっかり洗脳されたガリヴァーが滑稽に見えるのも確かである。さらに「ハード派」が無視し続けるメンデズ船長の存在はこの滑稽感を一層引き出しているように思える。

13

鈴木万里

「家族」と「教育」による複合的支配構造

フランシス・バーニー『カミラ』試論

1 序

フランシス・バーニーは第一作『エヴェリーナ』(一七七八)で、身寄りも名も持たない若い女性が慣れない上流社交界の習慣に戸惑いながらも次第に成長して、父親の認知(名前)と貴族の夫(愛情に基づく経済保証)を獲得するまでの軌跡を辿った。しかし、その後の三作では同じようなロマンス形式を踏襲して、女主人公の結婚で終わる結末をとりながらも、作者は二度と『エヴェリーナ』で提示した楽観的かつ予定調和的なビルドゥングス・ロマンを描くことはなかった。むしろ、ロマンスという定型をかろうじて維持しつつ、当時の社会状況のもとで女性が置かれていた苦境に対する憤りや無念さを表現し続けた。けれども、バーニーは現状を鋭く告発するような対立姿勢を慎重に避けて、体制を受け入れつつもそれを批判的に見るというアンビヴァレントな方法を採ったために、首尾一貫性に欠け、散漫な構成であるという非難を免れなかった。しかし最近では、むしろそれら矛盾や逡巡こそが作者の問題意識の核心をなしていると見なされるようになり、新たな解釈の可能性が示されている。

バーニーが取り上げたテーマは、現代社会においても極めて根元的な問題と言える。第二作『セシリア』(一七八二)では、身寄りのない若い女相続人を登場させて、ロマンティック・ラヴがいかに女性を自発的な服従へと導くかを描き、「恋愛結婚」に潜む支配構造やアンバランスな男女の力関係に焦点を当てている。次の『カミラ』(一七九六)では、ジェンダー化された「家族」や「教育」が抑圧的な装置として女性を呪縛する実態が明らかにされる。最後の『さすらう女』(一八一四)では「女らしさのイデオロギー」が女性の経済的自立をどれほど阻害し、個人としての尊厳を傷つけるかが語られる。これらの問題は当時正面から取り上げて主張すれば、逸脱した女性として激しい非難を浴びて社会的制裁を加えられる可能性が高かった。従って作者はそのような批判をかわすため、主人公を非のうちどころのない模範的な女性として設定し、一方で自由な発想ができる脇役の女性を配して革新的な発言をさせ、主人公はそれに共感しつつも警戒心を解かないという構図を提示することによって、「保守的な」作家としての評価を維持している。本稿では第二作『カミラ』を取り上げて、「近代家族」の成立した社会状況を背景にした「家族」と「個人」の関わり、および「教育」の機能を中心に論じる。

バーニーが執筆した四作の長編小説の中で唯一『カミラ』の主人公は、家族をもつという例外的な立場に置かれている。愛情に満ちた敬愛すべき両親と思いやりのある姉妹、温厚で寛大な伯父に囲まれ、皆に愛されるカミラは恵まれた家庭環境にあると言える。にもかかわらず、カミラは最も不自由で身動きのとれない主人公であり、常に自分の意志に反して行動することを余儀なくされている。それでは、なぜカミラは不本意な生き方を選ばざるを得ないのであろうか。その原因を「家族構成」「教育」「恋愛関係」の三項目にわたって分析する。

2 「家族」という巧妙な装置

カミラの家族は愛情に基づく絆によって結ばれた典型的な「友愛家族」である。穏和で自らには厳しく他人には寛大な牧師の父親、夫を敬い家族に尽くす母親、悪戯好きの兄に仲のよい三姉妹、近くに住むおおらかで気前のよい伯父と、理想的な家庭環境であるかに見える。しかし、「近代家族」は個人の幸福追求を重視するとは言え、すべての構成員に個人主義を許せば家族は解体する可能性が大きい。従って、家族内には暗黙の優先順位が存在し、下位の構成員が愛情と敬意ゆえに自発的に譲歩することによって家族としての結束を保っている。ティロルド一家の中心は財産家の準男爵サー・ヒューである。健康を害して気ままな独身生活が心細くなり、ヨークシャーの地所を遠く離れてハンプシャーの弟一家の近所に越してきた、善良だが愚かで軽率な老人の気ままな行動は身内の人々に決定的な影響を及ぼす。すでに妹の遺児クラーモントとインディアナの後見をしていたサー・ヒューは、弟の次女カミラの優しさと愛らしさに魅了され、引取って自分の相続人にする。ところが、不注意からカミラの妹ユージニアに障碍が残るほどの大怪我をさせ、水疱瘡に罹らせ一生消えない痕を残してしまう。罪悪感にかられたサー・ヒューは、慌ててカミラを弟夫婦に返し代わりにユージニアを引取り、相続人にすることで過失を償おうとする。さらにクラーモントから相続権を奪った後ろめたさの代償に、将来ユージニアと結婚させようと決心する。（妻の財産は夫の所有物となるので、相続権を失っていたクラーモントはこの縁組によって伯父の財産を手にする見通しが復活する）そして財産のない美貌のインディアナは、近くの資産家エドガーと結婚させ（実はエドガーとカミラは幼なじみで相思相愛なのだが二人の気持ちにはまったく気づかない）、カミラはずっと自分の手元に引留めておきたいと勝手に計画する。彼の思惑は本人たちの感情をまったく無視したもので、結局すべて実現しないことになる。しかし、ティロルド氏は兄の希望を最優先して決して反対せず、夫人も義兄の言動には批判的であるものの、夫の決定には絶対に逆らわない。娘たちも伯父や両親の意向には全面的に従う。しかも、この一家に見られるのは高圧的な支配、被支配関係ではなく、愛情を介在させた自発的な従属関係である。「大好きな伯父さんを悲しませないため」「優しいお父さんに心配をかけないように」という理由で、カミラたちは自分の気持ちを抑制し、苦悩に耐え、兄の不行跡を隠蔽する。いわば、支配を内在化させるシステムが家族の中に存在するのである。コワレスキー・ウォレスによれば、十八世紀にかけて家父長制の形態が変化し、力の行使を前提にした懲罰への恐怖感に訴える代わりに、罪悪感と義務感に働きかけるような心理的な新しい家父長制が浸透したという。[1] ちなみに、ストーンは情愛的個人主義の発達により友愛結婚が浸透するにつれて、家族内での女性の地位が向上したと考えているが、[2] スティヴスはむしろ、情愛が重視されたために女性は「自由意志」の名のもとで「愛情」という新しい抑止力によって家庭内での活動を厳しく制限されたと述べている。[3] これは、十九世紀に女性が「家庭の天使」と賛美され、愛と自己犠牲が女性の本質であるという言説が流布して、女性の言動が社会的に検閲されたことともつながる。従って、必ずしも家庭内での地位の向上が、女性の自律的な思考や行動には結びつかないことになる。

十八世紀後半に家庭が「女性の領域」と見なされるようになり、家庭での中心的な役割と責任を担ったのが女性であった[4]にもかかわらず、家庭内での発言権、決定権をほとんどもたないという状況は、カミラの母ティロルド夫人に集約されている。彼女は賢明で慎み深く、常に夫への敬愛を忘れない、模範的な妻である。たとえ夫の判断や義兄の決定に内心不服であっても決して口に出すことはない。カミラの両親は「妻は愛人でも奴隷でもなく伴侶（companion）」[5]と考える友愛結婚主義であるが、ふたりは対等の関係ではない。コーエンが指摘するように、核家族では性役割に基づく補完的関係の中にヒエラルキィがある。[6]また、「友愛結婚」が実は「穏やかな圧制」による男性支配の巧妙な装置であるという見方もある。[7]カミラの母は「妻の義務」の範囲を逸脱することがないために、彼女の優れた知性や洞察力は生かされないことが多い。ジェンダー・イデオロギーが合理的思考や行動を阻害しているために、「賢明な母」は機能しないのである。例えば、彼女が物語の重要な時期に不在であることは極めて象徴的でもある。息子ライオネルの不祥事がもとで実兄が健康を害した時に、息子から相続権が剥奪されないように懐柔する意図で、兄に付き添うために長期間海外に滞在する。その結果、娘たちを放置し、カミラが密かに借金を抱えて（大半は兄ライオネルの借金の肩代わり）進退窮まっている時にも、ユージニアが持参金目当てに誘拐されて強制的に結婚させられた時にも、まったく救いの手を差し伸べることはない。それどころか、夫が投獄され、カミラが心身共に危機に陥った時に「今は会わない方がよい」[8]と拒絶し、娘を絶望させる。ティロルド一家は伯父、父、兄を優先させる方針を母が率先して実践しているために、愛情深い娘たちもそれに従うことを当然と受けとめている。情愛家族とは、父や夫の権威による高圧的支配の代わりに、愛情によって秩序を保つというゴンダの指摘[9]はもっともである。近代に入って家族が社会の基本的な構成要素として重要視されるにつれて、家族内での秩序維持が社会の安定には不可欠と考えられるようになった。そのために、家族構成員の暗黙の序列化と、(下位の構成員による)愛情に基づく自発的な従属が、新しい家父長制を支える効果的な装置として機能するに至ったと考えられる。

「愛情」が教育的効果において有効であるという指摘は十七世紀末から目立ち始める。ジョン・ロックは、恐怖よりも愛情に訴える方が子供は親の希望に従うと考え、ハリファックスは愛情深い振る舞いがより父親の子供に対する影響力を強めると述べた。この考え方はその後も引き継がれ、十八世紀後半のジェイムズ・ネルソンは、子供の心に愛を育てることで、親への服従が喜びとなると考えた。[10] すなわち、親の子に対する愛情は、個人の幸福追求を優先させる個人主義的側面よりも、むしろ家族内の秩序を維持するための最も効果的かつ巧妙な戦略であったことになる。

3 「教育」という効果的な装置

「教育」もまた女性の行動や表現を規定し、抑圧的に働く社会的制約として『カミラ』で取り上げられている主要なテーマである。ナンシー・アームストロングによれば、十八世紀初めに女性にとって何が最も大切であるかという基準が変化したという。[11] すなわち、血統や身分ではなく、適切な振る舞い方が重視されるようになったのである。言い換えれば、地位や財産などの物質的魅力よりも、美徳やモラルといった精神的価値に焦点が移ったことになる。これは、中産階級の女性の優位性を印象づけ、上昇婚を実現させるための戦略でもあったに違いない。その結果、十八世紀には女性向けの「コンダクト・ブックス」と呼ばれる作法本が流行する。特に一七六〇〜一八二〇（バーニーやオースティンの時代）はその伝統が最高潮の時期に当たり、小説の枠組みを規定するまでになる。[12]その内容は、女性の務めや役割、必要な徳目（慎み、服従、思いやり、優しさ）、家庭生活の重要性、愚かさへの警告から、良い夫の見つけ方、夫のつなぎ止め方、家政の効率的な運営方法などを含み、教訓的な指導書として「近代家族」のイデオロギーを支える機能を果たした。ピューリタニズム教義の影響を受け、性役割に基づく女性の下位を前提としたため、女性には従順、謙虚、男性への敬意を強調する。[13]

このような女性に対する厳しい行動規範は、家庭内の秩序維持には有効であったに違いないが、カミラのような優しく素直でしかも賢く活発な少女にとっては致命的となりうる。カミラが幼なじみのエドガーと相思相愛でありながら、自分の好意を伝えられずに延々と苦しむのは、ひとえに「女性のあるべき姿」という基準に抵触しないようにとの教育ゆえである。それが端的に表されているのが、父親がカミラに宛てた手紙であろう。女性としての心構えや適切な振る舞い方が述べられ、特に恋愛関係における女性のとるべき態度が提示される。

娘のエドガーに対する想いに気づいて心配した父はまず、女性の運命とは男性よりも先の見えないものであり、両親の元で身につけた教育が、将来夫のもとで役立つかどうかさえわからないと警告する。このような女性の将来の不確かさを承知しているカミラの両親は、娘たちには「素直、従順、順応性」を心がけて育ててきたと言う。結婚後社会的に上昇しても傲慢にならず、臆せずにいられるように、また、たとえ下降しても希望を失わず、不満を抱かないようにとの配慮からである。[14]すなわち、結婚相手次第で女性の生きる場はいかようにも変化しうること、従っていわば無色透明にしておくことが望ましい女子教育と考えられていることが明らかである。フレッチャーによれば、近代の家父長制では、結婚こそが女性を従属させる中心装置であったため、女子教育で最優先されたのは、将来妻として有能で従順であることとされたという。[15]

次に、男女ともに相手に愛情を抱く自由が許されており、その点では対等であるものの、選択権は男性側だけにあることが力説される。女性は前に進み出るべきではなく、「後ろに控えて選ばれるのを待つべき」[16]であることは、繊細な感情をもち、適切な振る舞い方をわきまえた、慎ましく道理のわかる女性には自明のことであるはずと説く。更に、相手から想われてもいないのに女性が好意を示すことは愚行であると諌め、「敵に抵抗するように、自分自身に対して抵抗しなさい」[17]と忠告する。良識や慎み深さが、女性として禁じられている習慣の境界と、それを逸脱することの危険を教えてくれるであろう。「平等の権利」と言いながらも、女性には「選ぶ自由」はなく、「選ばれる自由」だけしか許されていないことがわかる。マナーの規律が女性の意志を抑圧している。

「片思いの禁止」に関しては更に詳しい分析が披露される。[18]「敬愛する優れた男性を心の中で密かに想うことが、なぜいけないのか？　誰も傷つけはしないのに？」という質問を想定して、その理由が延々と述べられる。まず、相手が別の女性を愛しているかもしれないので、片思いは有害で危険な愛情である。また、女性に慕われれば男性は喜ぶが、優位に立っていると意識してその女性に敬意を抱かなくなり、男性は成功を確信すれば相手に魅力を感じなくなるものである。そして、女性の失恋が世間に知れた場合の恥辱にも言及する。だから、口さがない人々の疑惑を招かないように平静に振舞い、無分別を避け、自分の感情を抑えるようにと厳重に注意する。更に、カミラが敬愛するエドガーは好ましいだけではなく、裕福でもあることにさりげなく注意を促すことも忘れない。[19] つまり、もし片思いが表沙汰になれば、世間に嘲笑されるのみならず、財産目当てと非難される危険も加わることを、周到に示唆している。経済的に不安定な立場が女性を一層傷つきやすくしている。

最後に「母を模範」とするようにとの忠告がくる。[20] この手紙は厳しく叱責するというより、道理を説いて説得するという調子で書かれ、娘に対する信頼と配慮がこめられている。にもかかわらず、「将来はこの闘争にかかっている」と叱咤激励し、片思いに耽ることを傷を刺し貫く毒矢のイメージで語る[21]など十分に脅迫めいた表現となっている。いずれにせよ、恋愛における男女の立場がきわめてアンバランスであるのみならず、「思慮分別という美徳が社会を崩壊から守る絆である」[22]という一節から、女性の意志や感情を極力抑えることが社会の安定には必須であると考えられていることがうかがわれる。

「説教」と題されたこの章が、後にジョン・グレゴリーの『娘たちに贈る父の教え』（一八〇九）という作法本に取り入れられた[23]ことからも、これが当時の女子教育の神髄と考えられたと推察される。女子教育の基本は「型にはめること」と「抑制」であり、「謙虚」と「従順」がジェンダー構築の中心テーマであったとフレッチャーは指摘している。[24] しかし、一方で、「素直、従順、順応性」にすぐれ、自分の感情や意志を抑えるようにと教育されたカミラやユージニアは、まさにその「望ましい」性質ゆえに、困難や不幸に遭遇することも忘れてはならない。エドガーを従妹インディアナの結婚相手と見なした伯父の意向に従って自分の想いを隠して誤解されたり、兄の要求に応じるままにやむを得ず伯父や伊達者のサー・セドリーに多額の借金をするまでに追い込まれる。また、社交にふさわしい衣装や装身具を揃えるために心ならずも勧められるままに高利貸しを利用し、返済できずに父が投獄されるという非常事態を招く。カミラは常に自分の意志や感情から疎外された行動をとるべく「教育」されており、まさにそのために苦境に陥ると言えるであろう。「女らしさ」の強制が、女性を合理的言動から遠ざけている状況が明らかである。また、ユージニアには「従順」ゆえに一層過酷な経験が待ち受けている。伯父の相続人となったため、財産目当ての男性に結婚を強要され連れ去られるが、「夫への服従」という美徳ゆえに忍耐の生活を選ぶ。結婚が脅迫によるもので無効だと証言するようにと母親が勧めても応じず、夫の暴力に耐える。女性の美徳が自己破壊につながるという重要な指摘は、ユージニアの夫が軽率な死を迎えるために十分に展開されることはないが、結婚後の女性の人生もまた相手次第では地獄となりうることを示唆している。

以上のように、娘たちに対しては女性の行動や感情に対する社会的な規制を内面化する教育が施され、愛情と義務の観念によって補強されていたことがわかる。他方で男性に対してはどのような行動規範が求められたのであろうか。カミラの兄ライオネルやインディアナの兄クラーモントは、大学に行ったり、大陸旅行に数年を費やしたりと、妹たちには許されない自由で気ままな生活を享受している。しかし、恵まれた境遇を有効に活用することも感謝することもなく、軽薄で浪費癖のある自分勝手な若者である。ライオネルは小遣い欲しさに母方の伯父を何度も脅迫し、それが発覚して相続権を剥奪されてしまう。しかも深い反省の色もなく、サー・ヒューに総計七百ポンドの借金を重ね、さらにカミラを通してサー・セドリーに二百ポンド、新たに人妻との情事が明るみに出そうになり三百ポンドが必要になる。この合計金額は父の年収の二倍に当たる。ティロルド氏はやむを得ず娘たちの将来に備えて残しておいた貯金を返済に充てる。他方、クラーモントも千ポンドの借金を作り、伯父で後見人のサー・ヒューは節約のため引越して生活規模を縮小する事態になる。彼らの無軌道な生活は家族を窮地に陥れるが、相変わらず無責任なままである。娘たちは父のため、兄のために黙ってわずかな小遣いを差し出す。息子たちへの特権的待遇は彼らに人間的成長をもたらさず、むしろ堕落を招いていること、娘たちは兄の不始末の犠牲になることも厭わない構図が明らかである。一説によれば、「近代家族」は母の役割や影響力を重視したために、中産階級の息子は男性としてのアイデンティティが不安定であったという。[25] とすれば、女性に対する過度の抑圧は、男性側のアイデンティティ不安と、女性性への恐怖ゆえであったと考えられる。一方、子供の教育におけるジェンダーの差別化は十九世紀に最も強かったとされる。男子は強靭で攻撃的であること、女子は礼儀正しく、感情豊かで、清潔であることが尊ばれ、男子には勤勉と自立、女子には服従と自己犠牲が求められた。[26] とすれば、服従と自己犠牲を身につけて育った「母」の元で、息子が強靭さ、攻撃性、自立などを学んで真の男らしさを身につけることの困難さは想像に余りある。『カミラ』の中で唯一責任感と良識を兼ね備えた若者として登場するエドガーが、両親をもたないことは極めて示唆的であると言えよう。

しかし、そのエドガーもジェンダー・イデオロギーに強く支配された恩師マーチモント博士による「教育」により次第に影響を受けるようになる。マーチモントによれば、女性の半数は生活安定のため打算的な理由もしくは中途半端な気持ちで結婚するものであるから、女性の心を完全に所有し、その性質をくまなく知らなければ平和はあり得ないと言う。自らの二度にわたる失敗から女性全般に偏見を抱いているために、女性の置かれた経済的苦境には無頓着、しかも男性側の非や欠点には盲目である。カミラの魅力を認めながらも、その天真爛漫な性格が致命的な愚かさや思慮のなさに結びつくのではと懸念し、慎重に見極めるようにと忠告する。そして、今後は「妻」として望ましいかどうかを考え、「彼女がそうするのが正しいかどうか」ではなく、「それが自分にとって好ましいかどうか」[27]という判断基準で測るよう勧める。すなわち、「妻の座」に値するか否かは、倫理性や人間性ではなく、夫となる男性を喜ばせるか否かという基準で測られる。師の教えに従って、エドガーはカミラを注意深く監視し、忠告を繰り返しては「教育」し、自分の理想に近づけようとする。これがふたりの間で誤解や行き違いを生む。ここでも『セシリア』同様に、大人の干渉が若い世代の幸福を阻む構造が見られる。しかも、エドガーはモーティマーの独善的な態度や優柔不断さを受け継いでいるだけでなく、さらに積極的にカミラの人間関係に介入、干渉する。カミラが故郷の狭い人間関係から離れて新たな人々との交際の機会をもつたびに、エドガーは不安に駆られて後を追い、警戒を怠らない。自分の抱く理想像から離れている証拠をカミラが見せると(見せたと考えるだけでも)、失望し不機嫌になる。一方、カミラはエドガーの機嫌を損ねることを恐れ、彼の反応に一喜一憂する。もともと幼なじみとして好意を抱き合っていた時には対等であった関係が、「教育」によって次第に社会化され、序列化されていく過程が示されている。恋愛関係における男女のヒエラルキィが、ジェンダー・イデオロギーに根ざした「教育」によって作り出されることは明らかである。

4　「恋愛」というジェンダー化の装置

恋愛関係における男女の力関係についてさらに考察する。カミラを自分の思い通りに支配しようとするエドガーの身勝手さは、アールベリー夫人の批判の的となる。夫人はバーニーの小説に必ず登場する、規範から逸脱することを厭わずに自分の意見を述べる個性的な女性である。彼女の洞察に満ちた辛辣な発言は、『エヴェリーナ』のセルウィン夫人や『セシリア』のオノリア・ペンバートン以上に含蓄が深い。「自分の思うままに生きなければ、世間の奴隷になってしまう。少々中傷を受けても自分の生き方が大切。自分のやり方を通しても世の中は同じように進んでいく」[28]と独自の人生観を公言してはばからない。「完璧な人について考えるよりも、愚かな人や間違いについて話す方がずっと楽しい」[29]と言って、実例としてカミラの兄や従妹を平気で引き合いに出す。また、「男性は優越感をもつために美しい馬鹿な女性を好むものだが、結婚して年齢とともに美が失われると、後に残るのは愚かさだけになる」[30]と男性一般の結婚観に対しても手厳しい。カミラは自分の受けてきた教育とは対極に位置する、夫人の率直な態度と大胆な発言に魅了される。なぜなら、夫人の言動は、カミラがこれまで「慎み深く素直で従順」という美徳の陰で、無意識のうちに押し殺してきた疑問、戸惑い、諦め、憤りなどを解放してくれるからである。しかし、エドガーから見れば夫人はカミラに悪影響を及ぼす危険人物と映るので、しきりに遠ざけようと忠告する。カミラは夫人の核心をついた発言に内心共感しつつも、エドガーに嫌われたくはないので遠慮して全面的に夫人に同調できない。一方、エドガーの一挙一動に動揺するカミラを心配した夫人は、「あまりに相手の機嫌をとると主人のように振る舞わせてしまう」[31]と注意し、「エドガーはカミラの心が自分の意のままになると思っているので、そうでないことを示せば足下にひれ伏すだろう」[32]と助言する。女性に要求される「従順」という美徳が、男女のポリティクスにおける男性優位と支配・被支配関係を助長していることが的確に指摘されている。やがてカミラはエドガーと婚約するが、その後、誤解ゆえに自分が以前ほど信頼されていないと感じると解消を申し出て、エドガーを慌てさせる。無意識のうちに夫人の忠告に従って、自分の意志で行動し、必ずしも相手の思うままにならないことを示すのである。夫人によれば、エドガーは「相手を信頼せず、すぐに不安に駆られて動揺し、誤った選択ではないかと恐れるような、考慮に値しない男」[33]である。カミラを思い通りに操縦しようとするエドガーの傲慢さに反感を抱く夫人は、裕福な準男爵サー・セドリーをカミラに接近させて牽制しようとする。言い換えれば、カミラの代わりに夫人はエドガーの優位を挫き、対等な関係をめざそうとしている。この展開はカミラをめぐって夫人とエドガーの対立構造へと発展するかに思われるが、作者は慎重に男女の対決姿勢を回避している。むしろ、夫人のあまりに現実的な結婚観をカミラが拒絶することによって、結果的にエドガーの「基準」からカミラが決して逸脱していないことを示している。このような不徹底さが初期のフェミニズム批評からバーニーが無視された所以でもあろう。また、裕福な老貴族の求婚を退けたカミラに向かって夫人は、愛情などいずれ長続きしないものだから、良い条件ならば結婚すべきと助言する。なぜなら、寡婦になれば「自由、意のままになるお金、気に入った友人、望むままの楽しみ」[34]が手に入るのだから。すなわち、現在の夫人の恵まれた立場は、裕福な（そして恐らく相当年長の）夫との結婚生活に耐えた後、気ままな寡婦となって始めて可能になったことが推察できる。当時、女性の中で裕福な寡婦が最も自立した境遇にあったことを考えれば、エドガーのような妻を監視する同年代の男性よりも、短期間の結婚生活ののち妻を解放して自由を与えてくれる男性を、望ましい結婚相手として夫人がカミラに勧めるのは、合理的な選択と言えるかもしれない。しかし、夫人の忠告は「打算的な結婚ならばしない方がまし」[35]と考える恋愛至上主義のカミラには非常識と映る。結局カミラは夫人の人間性や洞察力には感服しながらも、自己を抑制して既存のシステムに順応する道を選び、めでたくエドガーの基準を満たすことになる。

カミラの葛藤と最終的な選択は、心身喪失状態に陥った夢の中の出来事として象徴的に描かれる。『セシリア』同様に、日常性を剝ぎ取られた半ば狂気の状態でなければ女性の本心が明らかにされることはない。自分の借金ゆえに父が投獄され、手紙に返事ももらえず母から拒否されたと絶望したカミラは、偶然妹の夫が亡くなったことを知り、極度の疲労ゆえに危機的な精神状態に陥る。死を覚悟したカミラは教区牧師を呼んでもらうように頼み、横になると、幻覚が現れる。「死」が冷たい手をカミラの胸に押し当て、「お前はどこへ行くのか、どこから来たのか」と問う。続いて別の恐ろしい声がすぐそばで響き、不遜にも死を願ったことを厳しく非難し、「永遠の記録」に「鉄のペン」で記するようにと命ずる。目に見えない力に動かされ、カミラは両親への配慮を欠いて身勝手に死を願ったことを書く。その文字はぎらぎらと光りながらカミラの視界につきまとう。後悔したカミラが生に留まる決心をする。さらに書くように、そして、次のページに記された運命を読むようにと促されて、ペンをとり苦心して書き終えた時、ページは白紙のままであった。[36]この部分は様々な解釈がされている[37]が、二通りの意味が考えられる。すなわち、沈黙＝白紙を強いられた（文字化を許されない内容であった）、または、自らの非を認める告白をカミラが拒否した結果が白紙として示されているというものである。いずれにせよ、「書かれなかったこと」がまさにカミラの本心を表していると言える。しかし、他方で「白紙」は「何でも書き込める状態」でもある。とすれば、今後何でも受け入れる「従順」な状態へとカミラがリセットされたとも考えられる。すなわち、「白紙」には重層的な意味が込められている。この通過儀礼によってカミラは運命に従順な女性へと変貌を遂げる。さらに「ページを繰って運命を読め」という声が何度も響き、自然と次ページが開いた瞬間に夢から覚める。続いて登場するのは教区牧師の代わりとしてのエドガーである。彼がまさに運命のページの主役として提示される。物語の末近くで「沈黙」または「拒否」、さらには「従順」を示唆する「白紙」の次にエドガーが現れるという寓意的な展開は、この小説が「幸福な結婚」で終わるという定型をとりながら、通常その結末が保証する幸福を切り崩している。言い換えれば、女性には妥当な選択肢として「結婚」という生き方しかないにもかかわらず、そのゴールは必ずしも高次の幸福を意味しないことになる。

5 結び

『カミラ』の結末で描かれるハッピー・エンディングは、「諦め」という言葉で終わる『セシリア』同様に、ロマンスにおける男性主人公が最終的に達成する自己実現と同質のものではない。それは、カミラをめぐる状況が物語の初めと終わりで本質的に変わらないことからも明らかである。結婚後もふたりはエドガーの家、カミラの実家、サー・ヒュー宅を行ったり来たりして生活する。引き続き、父の「教育」、伯父の「溺愛」、夫の「監視」という「穏やかな圧制」がカミラを取り巻くことであろう。今後はアールベリー夫人のような「悪影響」を及ぼす人物との接触は注意深く避けられるに違いない。バーニーは前作『セシリア』で、「恋愛結婚」が対等で自由な選択を可能にするという通念に疑問を突きつけた。『カミラ』ではさらに一歩進んで、もともと男女が序列化されている社会での選択は、力関係による支配、被支配にならざるを得ないことを明らかにしている。しかも、「家族」や「教育」というシステムが「愛情という名のカルト」を助長し、女性の「意志」を阻む。一方で、女性には「自分の意志は愛されること」と支配構造を内面化させる。現代まで根強く残るこのような潮流を見据えてひそかに警鐘を鳴らしている作者の慧眼には改めて驚かされる。そして社会秩序の安定を図るには、「家族」を巧みに操作することによって、女性の「意志」を抑えることが何よりも重要だと考えられたことがわかる。

女性が社会の不安定要素であったことは、『カミラ』では相続に関する挿話に最も顕著に示されている。長らく独身であったティロルド夫人の兄は、ひそかに家政婦と結婚してしまい、甥ライオネルが相続する見込みは消える。また、バーリントン夫人の兄、メルモンドは裕福な叔母が再婚したために、その財産が夫の管理下となり、相続の望みを断たれる。いかに結婚が経済問題と深く結びついていたか、そして、裕福な親戚の予想外の結婚、再婚によって、相続できるはずの財産を失って人生設計を狂わせた男性の例が少なくないことがわかる。従ってそのような混乱を避けるためにも、女性のセクシュアリティは巧みに抑制される必要があったに違いない。「家族」は性役割形成の場として重要な役割を担うばかりでなく、女性の「意志」を家庭内に囲い込む有効な制度として機能していたことを『カミラ』は教えてくれる。そして、そのような制度に取り込まれ、支配構造を内面化せざるを得なかった女性の閉塞的状況を余すところなく伝えていると言えるであろう。

14

虐待の解剖

サッカリー『バリー・リンドン』に見る暴力の構図

宇貫　亮

序

ウィリアム・メイクピース・サッカリー（William Makepeace Thackeray, 1811-63）の『バリー・リンドン』（*The Luck of Barry Lyndon*, 1844；後一八五六年に改訂され、*The Memoirs of Barry Lyndon, Esq.*と改題）は、十八世紀を舞台とし、極悪非道の悪漢を主人公としているため、フィールディングやホガースを敬愛する彼の十八世紀への関心や、犯罪者を美化するニューゲイト小説への彼の批判から生まれた作品と片づけられがちである。だが、この作品の執筆当時、妻の地位と権利が大きな論争の的となっており、また禁酒運動でもアルコール依存症の夫や父による妻や娘への暴力が問題にされていたことも、忘れてはならない。特に、一八三九年の幼児保護法（The Infant Custody Act）や後の一八五七年の婚姻訴訟法（The Matrimonial Causes Act）の成立に貢献したキャロライン・ノートン

(Caroline Norton, 1808–77) とサッカリーは、『フレイザーズ・マガジン』の常連寄稿者仲間として親しかったと言われる。[1] そのうえ、彼がこれ以前の作品から度々男女間の虐待関係を扱ってきたことや、彼自身が仕事と社交にかまけて妻を精神錯乱に追い込んでしまったことへの深い悔悟の念に苦しんでいたことなども考えると、身分ある妻を虐待しその財産を浪費した十八世紀の実在の人物アンドルー・ロビンソン・ボウズ (Andrew Robinson Bowes, 1745–1810) の生涯から構想を得た[2] この作品の創作には、当時の社会的および個人的関心が深く関わっていると見てよいだろう。そこで本論では、この作品で虐待の問題がどのように扱われているかを検証してみたい。

1

この作品で最も重要なのは、もちろん、バリー・リンドンと妻レイディー・リンドンの虐待関係である。この二人の関係を理解するのに、最近のいわゆる「ドメスティック・ヴァイオレンス」や監禁状態での心理に関する研究は、重要な手掛かりを与えてくれる。

バリーが彼女自身の資格で爵位と財産を有する女伯爵のレイディー・リンドンをものにするべくとった戦略は、基本的に、精神科医ジュディス・L・ハーマンの指摘する人間の奴隷化のための第一歩——被害者に犯人は万能であり抵抗は無益だとわからせる[3] ——に合致する。彼は、あらゆる手段で、「彼女の胸に恐怖の感情を増大させ、[彼] から逃れることなど不可能だと彼女に信じこませる」。(二二〇)[4] 彼に買収された占い師に彼との結婚は運命だと告げられた彼女が友人に書いた手紙は、印象的である。

「この化け物は、」と彼女は書いていた。「本当に、自分で豪語しているとおりのことができ、運命さえも自分の意志に従わせることができるのでしょうか？――彼は、この私が心底彼を嫌っているというのに、私を彼と結婚させ、彼の足下にはいつくばる奴隷にすることができるのでしょうか？彼の黒く蛇のような眼のぞっとする目付きは、私を魅了すると同時に怯えさせます。それはどこでも私の後をついてくるように思われ、私が目を閉じているときでさえ、まぶたを通してその恐ろしい眼はなおもじっと私に注がれているのです。」（二二〇）

ここで、レイディー・リンドンは、バリーと結婚したら自分が奴隷化されることを悟っている。だが、彼女は既にバリーの視線にいつでもどこでもまとわりつかれている感覚に悩まされている。しかも、「蛇のような眼」という表現は、バリーが恐怖の感情を引き起こす存在であると同時に女を堕落させる誘惑者であること――二人が知り合ったときレイディー・リンドンは病弱なサー・チャールズ・リンドンの妻であったことを見落としてはならない――を暗示している。バリーの容姿や男性的な力強さ、さらには彼女のことを常に見ていて何でも知っているかのような強烈な「所有への執着」[5]でさえもが、一種の快感を伴って彼女を魅了しているのである。

この手紙を盗み読んだバリーは、「女が男のことをこんなふうに言うようになったら、その女をものにできない男はよっぽどの間抜けだ」（二二〇）と語る。そして、これ以上悩ませないでほしいと懇願した彼女は、逆に、「あなたのお言葉に従うにはあなたの命令で死ぬしかありません。あなたは私が死ぬことをお望みですか？」と迫られ、屈服してしまう。

彼女は、笑いながら（というのは彼女は快活でユーモアに富む性分だったので）、私が自殺することは望まないと言い、そして私はその瞬間から彼女は自分のものだと感じたのだった。（二三二）

このように語った直後、バリーは、その一年後に二人が結婚したと告げる。ハーマンは被虐待者が虐待者に対してささやかな譲歩を繰り返すことで深みにはまっていくことを指摘している[6]が、ここで彼女はまさにその譲歩をしてしまっているのだ。

二人の結婚は、その初日から虐待関係に陥る。紙数が限られているのでその詳細をここで逐一検討することはできないが、それは、ドメスティック・ヴァイオレンスの典型的な要素を網羅したものであり、同時に、ハーマンの言う「自分以外の人間の完全なコントロールを確立する方法」としての「断絶化」と「無力化」[7]に当てはまるものである。

だが、それ以上に興味深いのは、サッカリーが、バリーがときには彼女に優しかったことも示している点である。彼女は「私が彼女にかけたごく些細な優しい言葉で眼をきらきらと輝かせるのだった」(256)、とバリーは語っている。これは、恐怖と徹底的な支配の中でたまにかけてもらえる優しい言葉などが被虐待者にとって大きな慰めとなり、その結果被虐待者をより虐待者に結びつけてしまう、というハーマンの指摘[8]や、レノア・E・ウォーカーの提示している「暴力のサイクル理論」[9]の中で、虐待者がそのサイクルの第二相でのひどい虐待を後悔して過剰なまでに愛情深い優しい態度を示す期間である第三相こそが「バタード・ウーマン（＝被虐待妻）の犠牲化が完了する」時期として特に重要視されている[10]ことなどを考えると、驚くほど的確と言えるだろう。

その点を踏まえると、彼女が救出される直前に、かつての恋人ポイニングズ卿らによる罠が仕掛けられている部屋のドアの前で、「入らないで。きっとよくないことがあるわ。時間はまだあるわよ、帰りましょう――アイルランドへ――どこへでも！」（三〇四）と、計画を台なしにしかねないことを彼女自身が言い出すのも理解できる。非常な困窮状態の中で金を餌におびき出されたバリーは、金のことを考えて上機嫌になっていて、そのためレイディー・リンドンは駅伝馬車の中でバリーの肩にもたれながら「結婚して以来一番幸せな旅」（三〇三）だと言ったほどだった。ハネムーンの時でさえバリーの虐待に苦しめられた彼女にとって、「結婚して以来一番幸せな旅」は抵抗の気力を萎えさせるのに十分すぎるほどだろう。結局、彼女は、金に目のくらんだバリーが引きとめる彼女を「老いぼれの馬鹿（'an old fool'）」（三〇四）呼ばわりしたことにショックを受け、その部屋の呼び鈴を鳴らす。だが、そうでなければ、その後もそれまでと同じ状態が続いたであろうことは想像に難くない。

さらに、前夫との間の息子ブリンドン子爵と彼女の関係は、彼女が一面で虐待の共犯者になっていることを示す。ブリンドン子爵は、継父バリーに対し常に反抗的で、母同様バリーによる虐待の被害者である。レイディー・リンドンは、あるとき、酔ったバリーに暴力をふるわれて彼に救いを求め、彼は母を守ることを約束する。だが、当の彼女は、彼がバリーに虐待されていてもかばってやらないだけでなく、彼の反抗的な態度をたしなめるようなことを言って、結局彼に見捨てられる。彼は、「私は、これまで、お約束したとおり母上様のお力になってきたことと思います。ですが、あなたは最近あなたの夫の味方をなさっているようです」（二七一）という母への非難を含んだ手紙を遺して、屋敷を去るのだ。

この言葉には、レイディー・リンドンが監禁状態と虐待によって一種のストックホルム・シンドローム的な状態に陥っていることが見て取れる。それは、彼女が究極的な隷従状態に置かれていることを示すとともに、虐待における彼女の共犯性をも明らかにする。「監禁状況においては犯人は被害者の生活においてもっとも強い権力を持った人間となり、被害者の心理は加害者の行動と信念との刻印を受ける」[11] というハーマンの言葉は、まさに彼女に当てはまるだろう。そして、このバリー自身の手になる「回想録」の「編者」たるフィッツブードル（＝サッカリーの初期のペルソナの一つ）が、彼女は終生「自分の魅力は永遠であると思っていて、夫への愛情を無くしたこともなかった」（三〇八）と語っているように、その「刻印」は、彼女本来の虚栄心と同じくらい克服不能なほど強く深かったのである。

バリー自身が自分とレイディー・リンドンとの関係について述べている箇所がある。

> 私は夫人が私のことをひどく怖がるようにさせていたので、私が彼女に微笑む時は彼女にとって至福の時と言ってもよかった。そして、もし私が彼女に手招きすれば、彼女は犬のように媚びへつらいながら飛んでくるのだった。私は、学校に行っていた短い間、臆病で性根の卑しい連中が、もし先生が冗談でも言おうものなら、どんなに笑っていたかを思い出す。連隊でも同じで、ごろつきの軍曹がおどけてみせたときには必ず――新兵の誰一人として大笑いしないものはなかった。そう、賢く毅然とした夫なら、自分の妻をこのようなよくしつけられた状態（'this condition of discipline'）にするだろう。そして私は、我が上流出の妻に、私の手に口づけさせ、私のブーツを脱がさせ、召使同然に物を取ってこさせたり運ばせたりし、そして私の機嫌が良いときには休みにしてもやったのだ。（二九九）

ここでバリーが自分のブーツを妻レイディー・リンドンに脱がさせていることに言及しているのは、興味深い。それは、彼女の前夫サー・チャールズ・リンドンが、自分の後釜を狙うバリーに、「善良でまめに家事をこなす働き者で君を愛してくれる人」を得るよう勧めたときの言葉を思い出させる。

> 彼女たちは、何物にもまして我々の生活を安楽で便利なものとするために生まれてくるのだ。我々の——我々の道徳的なブーツ脱ぎ具（'our moral bootjacks'）だよ、言うなればね。（一九〇）

だが、そのとき、サー・チャールズ・リンドンは、自身の結婚を嘆き、彼女とは対照的な女性を指してそう言ったのだ。つまり、バリーは、本来男に都合のよい柔順な女性ではなかったレイディー・リンドンを、虐待によって、まさにそのような「よくしつけられた状態」にし、文字どおりの「ブーツ脱ぎ具」にまで貶め、彼女自身が同じくバリーの虐待の被害者でもある実子ブリンドン子爵からバリーとの共犯性を告発されるほどにまでしたのである。

2

レイディー・リンドンは、言うなれば、性の二重基準を内在化させられたのである。だが、それは、実のところバリーのみの力によるのではない。彼女の監禁において監視者の役を果たすのは、むしろバリーの母親なのだ。そこで、今度はバリーの行う虐待と女性の関係をもっと広い視野で探ってみよう。

バリーの母は、息子を溺愛する一方で貧しさの中でも非常にプライドの高い人物で、彼に「自分の血で自分の名を守るのですよ、レディ（＝バリーの本来の名前レドモンド・バリーの愛称）」[17]と教えこむような親である。バリーの強迫的な「名誉」の観念とその「名誉」を力ずくでても守らなければならないという姿勢は、この母親に由来するのだ。

もう一人の重要な女性として、彼のいとこで初恋相手でもあるホノーリア（＝ノーラ）・ブレイディがいる。彼女は、バリーよりも年上のコケティッシュな女性である。

その残酷なコケットが私に味わわせた嫉妬の苦しみはひどいものだった。彼女は、ある時は私を子ども扱いし、またある時は一人前の男として扱った。彼女は、家によその人が来るときにはいつも私をほったらかしにしておくのだった。

「だって、何と言っても、レドモンド、」と彼女はよく言った。「あなたはたった十五歳だし、この世に一ギニーも持ってないじゃないの。」これに対して、私は、自分は今までに知られているアイルランド出身のどの英雄よりも偉大な英雄になるんだと宣言し、二十歳までにブレイディ城の六倍も大きな地所を買えるぐらいの金持ちになってやると誓ったものだった。（二三）

ここには、バリーの強烈な自尊心と、その現実とのギャップから生じる激しいコンプレックスとを見て取れる。ここで、バリーは、初恋相手から一人前の男として扱われたり子ども扱いされたりする中で「男」としての意識を強固にされ、彼女に貧乏人と蔑まれることで財産の所有への執着を強化される。

妻を虐待する夫の特徴の一つとして、ウォーカーが、「男性至上主義者で、家庭における男性の性的役割を信じている」[12]ことを挙げている点を考えると、バリーの虐待の根源をこのような意識と結びつけているのは、サッカリーの洞察の鋭さの証拠と言えるだろう。

このように母親と初恋相手によって植えつけられ強化されたジェンダーと階級の意識が、バリーを、ノーラをめぐるクイン大尉との決闘に導く。その決闘は、バリー自身が繰り返し言っているように、自分が一人前の「男」だと証明する闘いであると同時に、「紳士」としての名誉を守る闘いでもあった。

次の引用は、そのような彼の意識について考えるうえで興味深い。決闘の約束をして家に戻ったバリーが、自分に好意的なフェイガン大尉を客として招き、自分の家が貧しくてまともな酒がないことを承知していたにもかかわらずボルドーを持って来るよう使用人のティムに命じた直後の場面である。

> ティムはひどく驚いて女主人（'the mistress'）を見た。実のところ、その六時間前なら、私は、自分のためにクラレットを出せと命ずるくらいなら家を焼き払う方がましだと考えていただろう。だが、私は、今や自分は一人前の男であり命令する権利があると感じていたのだ（'. . . ; but **I felt I was a man now, and had a right to command.**'）。母も同じことを感じていた。というのも、母はそいつの方を向いて鋭い口調で言ったのだ。「このごろつきめ、お前の御主人様（'*your master*'）の言ったことが聞こえなかったのかい？（後略）」［傍点部は原文イタリック］（四一）

バリーの母は、この後、ティムにワインを取りに行かせるふりをしながら実際は酒蔵の鍵を渡さず、自ら取っておきの貴重な酒を取り出して、体裁を取り繕ってティムに持っていかせる。ここにおいて、バリーは、この上なく由緒ある（と彼自身が吹聴する）家の一人前の男として、使用人に対しても、父亡き後一家の女主人であった母に対しても、自分が上位に位置し命令する権利を有していると確信し、そしてその権利を確立したのである。しかも、それにも母が助力していることも見落とせない。

だが、彼がそのような「御主人様」の地位と権利を手に入れても、自身は一文無しの彼が彼なりの「名誉」観にふさわしい生活をするには、そうした地位と財産を持った女性との結婚が必要不可欠である。彼は、後に、軍隊生活と世間での長い経験で若いころ抱いていたような愛に関するロマンティックな考えはなくしたと言い、自分は「紳士にふさわしく」結婚によって自分の財産を確かなものとするのだと決意したと語る（一三八）。彼は自身のそのような野望を「高貴な大志」（一一〇）と呼んでもいる。

このことは、エリザベス・ラングランドが、ヴィクトリア時代の中産階級のイデオロギーにおいて、階級のステイタスの確立と維持に女性が重要な役割を果たしており、女性こそが階級のステイタスを示す役割を担っていた、としている[13]点を考えると興味深い。しかも、当時の法では結婚した女性には財産権など夫から独立した権利はほとんど認められておらず、それどころか妻が夫の財産の一部のように見なされていて、既に触れたような論争が起こっていたことも、忘れてはならない。このような「名誉」や財産と女性の結びつきや、女性を手に入れることでそれらを獲得しようというバリーの「高貴な大志」は、まさにこの作品の執筆当時の支配的イデオロギーへの痛烈なアイロニーと言えるだろう。

そのように考えると、バリーの初恋相手とレイディー・リンドンがともに「名誉（'honour'）」と語源的に関連する「ホノーリア（'Honoria'）」という名前であることは意味深長である。彼は、「名誉無しの人生などどんな価値があるだろうか？それは必要不可欠なものであり、それゆえ我々はなんとかしてそれを手に入れようとするのだ」（二四六）と語っている。だが、最初の「ホノーリア」・ブレイディには弄ばれて捨てられ、「名誉」とそれに結びついた女性を手に入れ損なうとともに、彼女の兄弟たちに騙されて決闘相手を殺したと思い込んだ彼は、逃亡という形で世間に押し出されることになる。もう一人の「ホノーリア」であるレイディー・リンドンとの結婚で、「名誉」とそれに結びついた女性を一度は手に入れるが、虐待と監禁によってそれらを保持しようとするも、結局彼女の救出とともに「名誉」は彼の手を擦り抜けていってしまう。しかも、皮肉なことに、その彼の「名誉」を守るためのなりふりかまわぬやり方や、「御主人様」たる「男」としての妻レイディー・リンドンへの虐待自体が、継子ブリンドン子爵によって「粗暴で紳士らしくない振る舞い（'brutal and ungentlemanlike behaviour'）」（二七一）と看破されるのだ。

以上のように見ると、バリーの生涯は、母と初恋相手によって植えつけられ強化された階級上およびジェンダー上の「御主人様」としての「名誉」という強迫観念に振り回された人生だったとも言える。前述のレイディー・リンドンの姿や、「名誉」と女性の関係などと考え合わせると、サッカリーは、この作品で、女性を虐待され搾取される哀れな被害者として描くと同時に、その虐待とそうした虐待を生み出す一方でそれによって維持されるジェンダーや階級の階層秩序――いわば制度的暴力と暴力的制度――の内在化と再生産の連鎖に女性が深い共犯関係にあることをも示していると言ってよいだろう。

既に引用したバリーの言葉の中で、レイディー・リンドンと同じ「よくしつけられた状態（'condition of discipline'）」の例として、学校の生徒と軍隊の新兵が挙げられていたことも見落とせない。学校と軍隊とは、バリーがまさにミシェル・フーコーの言う「良き訓育の手段」としての「規律・訓練（'discipline'）」[14]を受けた場なのだ。

しかも、恐怖を伴う男女間の関係が学校や軍隊と結びつけて語られるのは、これが初めてではない。X公爵の宮廷でのエピソードで、バリーは、ヴィクトル公子の妃オリヴィエが、彼女の浮気の秘密を握っている彼の前で、「先生（'schoolmaster'）を前にした子どものように」震えていたと言っている。謁見の日には、彼女の方が、バリーのいた歩兵連隊では「鞭が厳しくくわえられたか」尋ねたりしたが、そのような当てこすりに対してバリーは、「学校で少年たちがやるように次に回す」――つまり、その場にいる彼女の不倫相手に辛辣なことを言う――ことで彼女に報復する（一四九）。

ここには、学校や軍隊が恐怖と暴力によって教育を行う場であることが示されると同時に、その恐怖や暴力が「次に回す」という形で再生産されていく図式が示されている。学校では古典の勉強を、軍隊では優秀な兵士としての能力や技術を、それぞれ生徒や兵士にまさに「叩き込む」ために、鞭打ちをはじめとする暴力的な「規律・訓練」が行われるのであり、バリーはまさしく学校と軍隊でそのような虐待を受けるのである。しかもバリーは、そうした暴力によって、求められる能力や技術だけでなく、上下関係の規律や、そうした階層秩序の中で「規律・訓練」のためとして上位者から下位者への暴力を正当化する論理をも、内在化させる。彼のレイディー・リンドンへの虐待は、まさに彼自身が学校と軍隊で受けた「規律・訓練」としての虐待を家庭において再生産したものにほかならないのだ。

このような見方は、バリーが学校でも軍隊でも上位者からの暴力に対し抵抗していることや、脱走願望や自由への渇望を度々表明すること、さらにプロシア軍内で虐待に耐えかねて反乱を起こした男を「自分の自由を手に入れるために二人の歩哨を殺したのだ」と弁護して次のように言っていることと、矛盾しているように思われるかもしれない。

ナイセの二人の歩哨の脳を打ち砕いた斧を研いだのは、その制度の忌まわしい暴虐（'the accursed tyranny of the system'）であった。だから、世の士官の方々は、これを戒めとして、哀れな連中を鞭打つ前によく考えるようにしてもらいたい。（一〇〇）

だが、この点を考えるには、学校と軍隊が、ともにバリーにとって「御主人様」（'master'）が存在する場であることに注目すべきだろう。学校には「先生」（'schoolmaster'）がいて、出来の悪い彼を鞭打った。そして、プロシア軍には、彼自身が「我が御主人様」（'my master'）と呼ぶ人物がいた。ポツドルフ大尉がその人であり、一八四四年発表当初の *The Luck* では、バリーが卑屈なまでに彼の機嫌を取る様子が語られる部分で、この「回想録」の「編者」フィッツブードルが次のような注釈を加える。

元の手書き原稿では、バリー氏自身の手によって、「我が御主人様」（'my master'）という言葉がしばしば書かれていたが、後に消され、代わりに「我が大尉殿」（'my captain'）と書き直されている。（一〇八）

この注釈からは、彼がレイディー・リンドン同様「よくしつけられた状態」にされていたことと、その影響を長年引きずっていたことが窺える。まさに、彼は克服困難なほど強く深い「刻印」を受けたのだ。バリーはしばしば軍隊生活を奴隷制度に喩える[15]が、バリーにとって、学校と軍隊は彼に「御主人様」ではなく鞭打たれる「奴隷」であることを強いる場であり、彼の脱走願望と自由への渇望は、あくまでも奴隷の身分から脱して自分自身が「御主人様」の身分になりたいという願望なのである。つまり、学校と軍隊での「規律・訓練」は、既に母によって植えつけられていた彼のジェンダー上および階級上の「御主人様」としての意識を一層強く深く固定化し、同時に「規律・訓練」として暴力を正当化する論理も植えつけたのだ。かくして、後に彼自身が「御主人様」になったとき、彼は妻に対して虐待の限りを尽くすのである。

バリーがプロシア軍内の虐待のひどさについて次のように言うとき、上位者から下位者への「規律・訓練」としての暴力が、決して戦時下やあるいは学校や軍隊といった組織などの特殊な状況下のみならず、恒常的かつ普遍的に社会に存在していることが示される。

懲罰は絶え間無かった。士官たちは皆好き放題に罰を課し、しかもそれは、平時には戦時以上に残酷だった。というのも、平和なときには、王が士官たちのうち高貴な生まれでない者を功績の如何にかかわらずお払い箱にしてしまったからだ。(一〇二)

平時には軍隊内の階級が軍人としての能力ではなく「生まれ」を重視する社会的階層と一致させられることで戦時以上に暴力がひどくなったということは、そうした暴力がまさしく社会の階層秩序を維持する手段であることを示している。被虐待者として虐待者側の「行動と信念との刻印」を受けたバリーによるそうした暴力の内在化と再生産には、そのような暴力が社会のジェンダーや階級などにおける階層秩序的制度によって絶えず生み出されると同時に、まさにその暴力がそうした社会の階層秩序的制度を絶えず生み出し維持していく、という相互関係的な図式を見いだすことができるだろう。

バリーは、自分が妻を監禁しているという噂を否定した直後に、次のように語る。

男なら誰でも、ある程度自分の妻を監禁するものだ。もし女が気の向くままに外出したり帰宅したりすることが許されたら、この世の中は大変なことになるだろう。我が妻レイディー・リンドンを監視するについては、私は、すべての夫に名誉と服従とをもたらしてくれる合法的な権威を発揮したにすぎないのだ。(二八九)

ここには、社会の秩序と女性の「監禁」との間にある、同様の相互的な図式が見いだされる。このバリーの身勝手な自己弁護は、一面では、次に引用する創作当初の *The Luck* 第一章での性の二重基準に関する長広舌とともに、世間（の特に男性たち）が当然視している社会規範としての「モラル」の根本的な問題点を、アイロニカルに告発していると言ってよいだろう。

淑女の方々にとっては、生涯にただ一度だけ恋に落ちるのがふさわしいかもしれない――つまり、彼女たちの手を授けられた幸せな人間とだ。ハノーヴァー・スクウェアの聖ジョージ教会まで無垢な心をもってくるのが、彼女たちにふさわしく貞淑な行為というものであろう。そして、嫉妬深く強欲で自分勝手なサルタンたる「男」（'the jealous, greedy, selfish sultan, Man'）は、もしできることなら、彼女たちの愛情をしっかりと閉じ込め、自分が彼女たちを好意の対象に選ぶ時までは彼女たちには考えることも感情を抱くことも許さないであろうことは間違いない。だが、彼自身の側については、頰髭を生やした御主人様たる「男」（'Man, the whiskered lord and master'）は決してそんなにやかましくないもので、（後略）（一七）

その点を考えるとき、バリーの妻への虐待を予示するようなヴィクトル公子夫妻のエピソードは興味深い。ヴィクトル公子は厳格なモラリストだが、妃の不貞を知ると、その相手に無実の罪を着せて自殺させ、妃の方は狂人として幽閉し狡猾な策略によって死に追い込んでいく。そしてその後、父の時代には快楽の都と言ってよい状態だったその公国で、厳格なピューリタン的改革を行うのである。

彼の「モラル」は、本質的に、バリーの「御主人様」としての「名誉」の観念と同様、ジェンダーと階級の階層秩序の観念に支えられている。彼は、決定的な証拠を突きつけられるまでは、妃が「彼女自身の家柄と私の名前と彼女の子どもたち」(一五三)を忘れて不貞など働くはずがないと、まったく妃を疑わないのだが、その言葉がまさに彼の「モラル」の本質を露呈している。このエピソードは、そのような階層秩序的な制度と結びついた「モラル」と暴力との相互的な関係を示していると言える。

このように見ると、バリーは、社会や制度と暴力との相互的関係が作り出す「規範」の内在化と再生産の円環の中で生み出された暴君であるとも言える。しかも、その内在化と再生産は、絶えず繰り返される。彼の階層意識の源でありレイディー・リンドンの監視者でもある彼の母が「御主人様」となった彼のブーツを脱がせる姿が言及される(二八八)のは、彼女自身がそもそも「ブーツ脱ぎ具」的な女性になるべくそのような意識を植えつけられていたことを窺わせる。そして、既に見たように「よくしつけられた状態」にされ共犯関係にまで陥ったレイディー・リンドンも、その連鎖の一つの環である。さらにまた、バリーに虐待されたブリンドン子爵も、バリー自身によって「自分の若いころを思い出す」(二四〇)と語られるように、バリーに反抗するほど皮肉なことにバリーとの類似性を示してしまう。現実にも虐待家庭に育った人が虐待者になる傾向があると指摘されている[16]ことを考えると、これは見事な洞察と言える。最後に後日談としてブリンドン子爵が立場を逆転してバリーを鞭打ったことが報告される(三〇八)のは、そのような連鎖のもたらす皮肉な結末である。その意味で、バリーは、同時多発的にさまざまなレヴェルで社会に存在する多数の暴君の一人であり、また上位から下位へある世代から次の世代へと絶えず繰り返される制度的暴力と暴力的制度の内在化と再生産の連鎖の一つの環なのだ。

この作品で、サッカリーは、虐待行為とその被害者の複雑微妙な心理を見事なリアリズムで描いている。レイディー・リンドンがバリーの選挙運動のために監禁の噂を否定すべく市長夫人らのもとを単独で訪問させられた際、人々が「なんで戻る気になるのか、夜食がわりに鞭を食らうのがそんなに好きなのか」（二七六）と尋ねるが、この作品は、現代でも虐待する夫から逃げようとしないかに見える被虐待妻に対して一般の人が抱くこの疑問への、最新の研究成果にも適った解答を与えていると言えるだろう。

それだけでなく、サッカリーは、バリー自身もまた「刻印」を受けた存在とし、そのジェンダーおよび階級の階層秩序における「御主人様」としての「名誉」の観念がバリーの虐待を生み出したことを示している。この暴君を生み出す過程の検証は、女性が虐待の被害者であると同時に一面で共犯者でもあることを示し、また「規律・訓練」として暴力を是認する社会や制度の問題を暴きたて、そのような制度的暴力と暴力的制度の内在化と再生産の連鎖の構図を明らかにするのである。

加害者としてのバリーの悪漢ぶりをアイロニカルに際立たせる彼の欺瞞的な自己弁護が、同時にそのような悪漢を生み出す社会やその価値観を共有する世間の人々への痛烈なアイロニーともなっているという、サッカリー一流の複眼的な視点と多方面的かつ多層的なアイロニーのために、この作品は解釈が難しいところがある。だが、サッカリーは、まさにそうした視点とアイロニーによって、男女間の虐待への社会的および個人的関心の中で創作したこの作品で、虐待の問題を心理的および社会的に見事に解剖してみせたのである。

15

人種と帝国意識

ジョージ・オーウェルのビルマ文学再考

渡辺愛子

1

大英帝国による植民地獲得が地球的規模で展開されたヴィクトリア朝の隆盛ののち、その力が収束していった二十世紀前半の時代は、帝国がそれまで世界に向けて築きあげた物理的かつ心理的権威が崩壊してゆく様相を、人々の心にさまざまな形で刻印することになった。社会主義の作家とされるジョージ・オーウェル（George Orwell, 1903–50）は、帝国主義[1]の温床に育った世代のひとりであると同時に、帝国解体への過程を身をもって経験したひとりである。アングロ・インディアン（在印イギリス人）の家庭に生まれた彼は、少年時代にラドヤード・キプリングなどの先行作家たちによる植民地文学に影響を受け、その後は当時の属領ビルマの警察官として実際に植民地政策に加担した。しかし、彼の作品には、かつてキプリングがたたえたような帝国に対する高揚した雰囲気は見る影もなく、アジアでの経験をもとに描いた自伝的色彩の濃い「絞首刑」('A Hanging', 1931)、『ビルマの日々』(*Burmese Days*, 1934)、「象を撃つ」('Shooting an Elephant', 1936)には、帝国の形骸化した権威に抑圧された白人の罪悪感や自慰感が充満している。さらにそこには、彼が時代精神に影響されたと思われる帝国主義支持と人種差別意識、そしてのちには植民地における白人支配者としての苦悶の諸相が混在している。彼が内包するこのような曖昧性や両義性は、大英帝国の末期的様相の、ある一面を浮き彫りにしているようにも思われる。本論では、理性と感情の対立を不安定な形でみずからのうちに保ちつづけたオーウェルの境遇をその作品と照らし合わせながら、彼が体験した植民地における白人旦那(サヒブ)[2]の当時の状況を検分し、とくに小説『ビルマの日々』を中心に彼の人種観、帝国主義観の変貌について考察する。

2

イギリスが大国としての地位を不動なものにしたのが十九世紀のヴィクトリア朝であったということに異論を唱える者はいないだろう。一八三七年から六十四年もの長きにわたったヴィクトリア女王の治世には、イギリスは財力・国力とともに世界一の座についた。こうした帝国の繁栄ぶりは、たとえば一八五一年にロンドンで開催された大英博覧会、一八八七年の女王即位五〇年祭、九七年の六〇年祭に象徴されている。また、当時の高揚した社会の風潮は、「イギリス国民の魂の声を代弁している」[3]と賞賛された国民作家ラドヤード・キプリングの詩に窺い知ることができる。

白人の責務を背負え――
　種族から最良の者を送り出せ――
行け、息子たちをその任務へと向かわせよ
　捕らわれた者たちの要請に応えるため
重い制服を身にまとい
　動揺し、野蛮な民衆を相手にすること――
新たに捕えられた、むくれ顔の者たち
　半分悪魔のようで、半分子供のような
白人の責務を背負え――
　辛抱強く待て
恐怖の威嚇に覆いをかぶせ、
　誇りの誇示を抑えよ
単純明解な言葉で
　百度も説きつくし
他の利益を求め
　そして他の利得のために働くのだ
――「白人の責務」（'The White Man's Burden', 1899）より

キプリングの詩には、帝国主義支配を肯定するものが多く見られるが、植民地において現地人を劣等人種とみなし、彼らを教化することに帝国主義の正当性を求める風潮は、一八五七年のインド大反乱事件後顕著にあらわれはじめた。一九〇〇年、『ウェストミンスター・レヴュー』に掲載された「帝国の使命」の著者E・D・ベルは、帝国は人類の親善と平和のために、全人類が「単一の連合体」となるまで膨張を続けるべきものとし、そのために「低能人種および後進国家が、より先進的な諸帝国へ隷属し統合される」必要性を強調している。[4] ここには、低劣な人種を文明化するためにはイギリス人の人種的優越性が必要不可欠であるという論理がひそんでいる。

しかし、ヴィクトリア女王がイギリス史上最長の治世を終え、一九〇一年に没して迎えた二十世紀の世界は、もはやイギリスにとっての独壇場ではなかった。産業革命の余波はすでに世界各国に行き渡り、イギリスはいわば、ドイツやアメリカなどの新興勢力と世界的覇権を争うことになる。十九世紀後半にさかんにうたわれた「帝国の使命」は、その世紀の終わりにもなると世界を牛耳る国家としての権威失墜を危惧する風潮から、次第に国益維持のための大義名分にすり替わっていった。[5] イギリス国内では、民衆の社会的地位の向上が進むなか、第一次世界大戦（一九一四〜一九一八年）、一九二〇年代末の世界恐慌を経て、その国力は低下の一途をたどってゆく。このような状況の下、オーウェルは、表面上は白人のアジア人支配が恒久かつ不変な秩序と見えながらも、実際にはノスタルジックに理想化された「帝国の使命」が残存する一九二〇年代の植民地ビルマに赴き、この経験をのちにいくつかの作品に書き綴ることになる。

3

一九二二年、十九歳のオーウェルは、三代にわたって親類縁者のいたビルマへ警察官として赴任した。植民地、それも当時はインドの属領であったビルマへの赴任は、名門イートン校出身者としてはかなり特異なケースであった。彼は一九二七年七月に病を理由に帰国するまでの四年半の間、メイミョー、ミャウングミャ、トワンテ、シリアム、インセイン、モールメイン、カターの合計七ヵ所の農村部を中心とした駐屯地に勤務している。一八八六年に大英帝国によってインド領の一部であることを宣言されたビルマは、第一次大戦ごろまで宗主国とは比較的平穏な関係を維持していたが、その後次第にイギリスだけでなくインドによる二重統治への不満が募り、民族主義に根差した反英闘争がもっぱら仏教僧や学生を中心に目立ちはじめた。当初の反対行動は、青年仏教僧が主導するイギリス商品不買運動に見られ、しばしばダコーイティーと呼ばれる武装盗賊集団が民家に侵入して殺人、強姦を重ねることによって、次第に社会不安が募っていく。[6] オーウェルの赴任した当時のビルマは「インド帝国内でも最高の犯罪発生率」[7] を記録し、すでに社会問題となっていた殺人事件は過去十年間の二倍に達していた。そんななか、彼は自らのビルマ経験をのちに振り返って、「私はインド警察に五年間いたが、その終わりごろには説明のつけようのないにがにがしい気持ちで、自分が仕えていた帝国主義を嫌悪するようになっていた」[8] と語っている。

オーウェルの最初の小説である『ビルマの日々』は、あるアングロ・インディアンが、現地人の治安判事の政治的陰謀に巻き込まれて自滅してゆく話である。主人公のフローリは、材木商に勤めながら十五年もの歳月をビルマで過ごすうちに母国イギリスよりもビルマを愛するようになる。そして、周辺地に比べると反英感情が厳酷なこの地において、大英帝国がもたらした白人支配の欺瞞に底知れぬ不信感を抱く。

今や彼の思想の中核を占め、すべてを毒しているのは、彼の住む帝国主義的風潮への激しい憎悪の念であった。英領インド帝国は専制政治である。確かに寛容ではあるものの、最終的には収奪をともなう独裁政治でしかない。[9]

また、短篇「象を撃つ」には、「そのときすでに私は、帝国主義は悪であり、なるべく早くに仕事を辞めてそこから抜け出す方がいいと心に決めていた。理論上は——もちろん心のなかでのことだが——私は全面的にビルマ人の側にあり、圧政者つまりイギリス人に対抗していた」[10]とあり、職業がら公に反帝国を標榜できなかったものの、内心ではつねに帝国主義を憎んでいたことを告白している。

しかし、オーウェルのこのような内なる帝国批判意識は、当初から一貫して純粋かつ堅固なものであったとは考えられない。つまり、当時彼は「理論上は」、「全面的に」ビルマ人を支持しながらも、感情的には現地人にたいして底知れぬ憎悪の念を抱いていたのである。

私にわかっていたことといえば、自分が仕える帝国への嫌悪の念と、私の仕事に支障をもたらそうとした、あの悪意ある小さな奴等への怒りとの間にはまり込んでしまうということだった。一方では、崩すことのできない専制政治が、屈服した人々の意志を「未来永劫」に弾圧すると心のどこかで思いながらも、また別のところでは、この世における最大の喜びは、仏教僧の腹に銃剣を突き刺してやることだろうと考えたことだった。こんな気持ちは、帝国主義のお決まりの副産物である。在印の官吏に非番のときに会うようなことがあったら、聞いてみるといい。('Shooting an Elephant', *CEJL*, I, 236)

オーウェルは、当時民族主義を主導する地位にあった仏僧侶たちに非常な敵意をもっており、同じイートン校の出身者であったクリストファー・ホリスに向かって、彼らが「自分を見てはくすくすと笑う横柄な態度」に我慢がならず、「罰も加えなければ鞭も与えないというパブリック・スクール流の理論はビルマ人には通用しない」と語ったという。さらに、「自由(「彼らが発音する」'Libbaty')なるものは黒ん坊にはそぐわない」として、彼らにたいしては暴力も辞さない考えであることを伝えている。[11] 実際、行政官的な職務の多かった都市部とは異なり、農村部に勤務経験を持つオーウェルがビルマ人とたびたび接触しては、いざこざを起こしていた記録が残っており、彼はそうした体験をいくつか自らの作品に織り交ぜている。たとえば、オーウェルが一九二四年に学生相手に起こした乱闘騒ぎは、『ビルマの日々』でエリスという白人優位主義者が、現地人の高校生にからかわれたことに腹が立ち、持っていたステッキでひとりの青年の目を突いて失明させてしまうエピソードの下敷きになっている。[12] このように、痛烈な帝国主義批判者として知られるオーウェルが作家として世に出る前の言動には、十分注意を払う必要がある。マルコム・マガリッジは『ビルマの日々』を評して、「彼の性格にはインド支配やその崇敬な雰囲気をロマンチックに描くようなキプリング的な側面がある」[13]と指摘しているが、作家となったオーウェルは、作品に事実を如実に書き記すことも、その逆に過去の自分のあやまちや「罪悪感」、「自慰感」といったものへの過剰反応から、それに対峙する白人特有の優越感や被害妄想意識にある種のオブラートをかぶせてストーリーを脚色することもあったと考える方が妥当であろう。

当時のオーウェルは圧政にあえぐビルマ人の境遇に同情を寄せながら、こと自らの身辺に起こる悶着にたいしては所詮「白人」であった。つまり、彼はビルマ経験を通じて、帝国主義の実態を目の当たりにし敵意を助長させた一方で、それまでに体験したことのなかった有色人種への差別的感情をも新たに自らのうちに包含するようになり、そのためにかえって理性的な反帝国主義がしばしばわきに追いやられ、憎むべきはずの帝国主義を支持せざるを得ないという、相反した心理状態に追い込まれている。

4

エドワード・サイードは、オーウェルのモロッコを舞台としたエッセイ「マラケシュ」('Marrakech', 1939)にも見られる彼の有色人種蔑視傾向を引き合いに出して、ヨーロッパ人は非ヨーロッパ人を「未分化の類型」として「抽象化」すると指摘しているが、[15]オーウェルは、有色人種を自分の慣れ親しんできた世界の外部に存在する、完全に異質な存在、未知なる者ととらえたために、そこにある種の違和感や脅威を覚えていたようである。だからこそ「絞首刑」のなかで、死刑執行の準備が淡々と進むなか、目の前で絞首台に連行される囚人が、ふと足元の水溜りを避けたのを見た瞬間、「奇妙なことだが、そのときまで私は、健康で、意識あるひとりの人間を殺してしまうということがどんなことなのかまるでわかっていなかった」[16]と愕然とするのである。それは、彼らと自分が同類の人間であるという動かしがたい事実を天啓のように悟ったからだけでなく、それでもなお彼らのうちに相容ることのできない「他者」をも同時に再認してしまったために、彼は愕然としたのである。こうして、ヨーロッパ人にとっては理解不能の「他者性」が、オーウェルのビルマをめぐる一連のテクストのなかにも帝国への憎悪とつねに併存するかたちで、極度に単純化され、類型化された「顔」となって表出する。

五年間、私は抑圧体制の手先となってきたために、良心の呵責にさいなまれていた。数え切れないほどの顔が思い出された。被告席にいた囚人たちの顔、独房で死刑を待つ男たちの顔、私に怒鳴り散らされた部下たちや、邪険に扱われた老いた農夫たちの顔、私がかっとなって拳骨をくらわせた……召し使いやクーリーたちの顔。それらが耐えられないほどに私を悩ませつづけた。（*WP*, 198）

さらにこの他者性は、有色人種を「有色」たらしめる「色」によってより際立つものとなる。先にも引いた「象を撃つ」は、ある白人警察官の苦悶の物語である。ビルマのモールメインで警察官を務めていた「私」は、さかりがもとで暴れている象をなんとかして欲しい、という通報を受けて現場へ向かうが、現地に到着してみると幸い象は平静を取り戻していた。「私」は安堵して引き返そうとするが、その瞬間、彼の行く手を阻んだものは、象殺しという「ショウ」を観るために興味本位で集まったビルマ人たちの「黄色い顔」であった。

> 私はここで、銃を持った白人として、武器を持たない現地人の群れの前に立っていた——一見、劇の主役であるかのようだった。だが実のところ、私は、背後にいる多くの黄色い顔の意のままにあちこちと動かされる愚かな操り人形に過ぎないのだった。このとき私が悟ったのは、白人が暴君と化すとき、彼はみずからの自由を破壊するということである。……サヒブはサヒブらしく振る舞わなければならないのだ。（'Shooting an Elephant', *CEJL*, I, 239)

こうして彼は自分の意志とは正反対に、とうとう大群衆の威圧に屈して引き金を引かざるを得なくなる。ここで注目に値するのは、象殺しの現場において、支配者と被支配者の立場の転倒が「私」の意識のなかで起こっていることである。むろん、「黄色い顔」には白人警察官に指図をする権限などない。にもかかわらず、彼をそのような状況に追い込んだ帝国主義体制の内部で、「私」は黄色い顔の前に、みずからを「操り人形」だと思い込んでいる。ここに、帝国主義を是とする時代風潮に躍らされ、「白人の責務」を背負って支配する立場にありながら逆に被支配者に支配されるという逆説的な言説を、自己の意識として内面化してしまう、ある種「空洞化」した白人支配者像が形成される過程を読み取ることもできよう。

しかしここでは、あくまで抵抗を挑む主体の動向に的を絞ってみたい。これまで見てきたように、自己意識のゆらぎを抱いていたビルマ時代のオーウェルの心境は、伝記をはじめ彼が帰国後に書き記した作品から伺うことができるわけだが、この数年の期間は、同時に、作家として立とうとした彼が自伝的要素の強い作品にある種のメッセージを託すことで、過去の心的苦悩を相殺し、身動きのとれなかった曖昧な自分自身に決別しようと努めてきた期間であるとも考えられる。オーウェルは、「償わなければならない罪のものすごい重み」（*WP*, 138）を感じていたと告白しているが、『ビルマの日々』の主人公フローリの痣には、そんな作者の苦悶の状況が投影されている。私たちは、その痣の変貌を通して、作者の混沌たる帝国意識がカタルシスとなって昇華されてゆく様相を読み取ることができる。

5

オーウェルの初期の作品群には、「登場人物が習慣的な生活から逃れようとするものの、また元に戻されてしまうという円環構造」[17]があり、主人公たちはみな、なにかしらコンプレックスもしくは強迫観念に悩むというパターンが一貫して存在している。すなわち、『牧師の娘』（*A Clergyman's Daughter*, 1935）の主人公ドロシーには英国国教会信者としての「信仰心」が、『葉蘭を風に』（*Keep the Aspidistra Flying*, 1936）のゴードンには「金銭」が、『空気を求めて』（*Coming Up for Air*, 1939）のボーリングには「故郷」が、そして『ビルマの日々』のフローリには「痣」（birthmark）がある。ビルマ時代、他者性をつねに現地人の顔、そしてその表情に感じ取っていたオーウェルにとって、『ビルマ』の主人公のコンプレックスが、顔の上の痣という視覚性の強い象徴に凝縮されているのは、実に興味深い。

フローリは三十五歳ぐらいで、中肉中背、見てくれも悪くなかった。……だが、そんなことは二の次だった。フローリを見てまず目にとまるのは、左頬の上を目元から口元にかけて流れるギザギザで三日月型の、忌まわしい痣だった。暗紫色のその痣は打ち身のようにも見えたため、左側から見た彼の顔は打ちひしがれ、悲しげだった。彼にはこの痣のおぞましさがよくわかっていた。そして、人と一緒のときにはいつもその痣を隠すように顔を斜めに向けるようになっていた。(*BD*, 80)

この痣は、フローリにとって最大の汚点であり、恥辱感、孤独感、疎外感、罪悪感、劣等感の結晶である。普段から「痣が気になって人を正視することができず」、痣の影響は表情に、声に、そして態度にまで波及し、「どうにもならなくなってしまうことがよくあった」(*BD*, 85)。とくに人前で失態を演じてしまったときはいつでも、この痣が「インキでもぶちまけたように」(*BD*, 166)、「泥を塗りつけたように」(*BD*, 207)、そして「ペンキでひとはけはいたように」(*BD*, 241) 醜く浮かび上がる。「母の胎内」(*BD*, 110) ですでに息づいていたというこの宿命のモチーフ、「生まれながらに刻まれた印 ('birth-mark')」は、作者自身のアングロ・インディアンとしての生い立ちを思い起こさせるばかりでなく、作家の選択する主題や題材は「作家が生きている時代によって決定づけられる」[18] と彼自身が述べているように、人間の思想形成の土壌が時代に翻弄されうることを暗示しているようである。

さらにこの痣は、フローリが同時にふたつの人種を表象的に兼ね備えていることを示している。彼を嫌う者にとってこの痣は格好の中傷の的となるのだが、白人優位主義者のエリスはこの痣に異人種を重ね合せることで、彼を人種的にも差別視する。

「奴は左に寄りすぎて俺の趣味には合わん。現地人とつるんでる奴なんぞ虫ずが走るぜ。あの黒タールをひと塗りしたような風貌なんか怪しいもんだ。それだったら顔のあの黒い痣だって説明がつくってもんだ。混血野郎め。それに、奴は黄色人種にも見えるぜ。髪は黒いし、肌は黄色いしよ」

(*BD*, 91)

このことは、生粋の白人であるはずのフローリが「キプリングの亡霊が漂う」(*BD*, 113)イギリス人クラブという特権的領域に存在する一方で、自らの顔に染みついた「白」ではなく、「青」または「黒」と描写される痣のために、ビルマ人社会にも帰属していることを示唆し、これによって一見相互の「他者性」を打ち破っているようにも思われる。しかし、実はこの両義性がかえって徒となり、彼が西欧社会の「中心」から「周縁」へと流れてゆこうにも、その縁に近づけば近づくほど、今度は白人であるという「白」の属性のために、周囲の有色人種からもまた拒絶されてしまう。現地人初のクラブ入会を狙う権謀術数の治安判事ウ・ポチン(U Po Kyin)は、高官で医師のヴェラスワミ(Dr Veraswami)と仲の良いフローリを陥れようと、かつての愛人マ・フラメイ(Ma Hla May)を利用して、彼女に公衆の面前で彼を誹謗させる。そしてこの事件が、ビルマ人のことを「野蛮人同然」の「黒い顔をした劣等人種」(*BD*, 143, 144)としかみなせないイギリス人女性エリザベスとフローリとの仲を引き裂くことにつながる。しかし、この決定的な場面でもふたりの決裂を致命的なものにしたものは、彼の痣であった。

だがそれよりも酷かったのは、なによりも酷かったのは、この瞬間に彼が見せた醜怪さだった。……その顔は彼女を震撼させた……痣だけが生きているように思えた。今や彼女はその痣ゆえに彼を憎悪していた。この瞬間まで、この痣がこれほど屈辱的で、これほどまでに許し難いものであったとは考えてもなかった。（*BD*, 241–42）

白人だけでなく現地人の前ですべての面目を失い、愛するエリザベスにも峻拒されたあげく、抜け殻のようになったフローリが家路につく様子がこう語られる。

そうして彼はまた戻ってきてしまった――いろいろあったが、結局はこの、昔ながらの密やかな生活へ――以前と同じ世界へ、また戻ってきてしまった。（*BD*, 245）

こうしてフローリは、もはや生の世界に自分の居場所を見つけることができず、結局「その痣が命取り」（*BD*, 244）となって自殺する。しかし、彼が命を絶ったその瞬間、それまでまるで生き物のようだった彼の痣が「たちまち色褪せ、かすかに灰色がかったシミ程度にしか見えなくなっていくのである」（*BD*, 246）。消滅していく痣、これは一体なにを意味するのだろうか。

『ビルマの日々』もオーウェルの他の初期の作品と同じように、精神に傷を負った主人公がある事件をきっかけに自分のおかれた状況から脱しようと苦悩したのちに達成できず、また振り出しに戻るパターンをたどっている。しかし、『ビルマ』が他の作品と異なるのは、他の主人公たちがなにかを喪失してもなお生き続けてゆくのにたいし、フローリはひとり「またこんな生活に耐えていけるだろうか……いや、もうこれ以上無理だ……」(*BD*, 245)と観念し、元の場所への回帰を拒絶して、いわば、自らのトラウマと心中していく点である。これを、他の作品の主人公のコンプレックスがみな後天的に生まれたものであるのにたいし、フローリのそれは先天的なものであったために、主人公を死なせる以外にとるすべはなかったのだと、単に筋書き上の問題に還元するのは早計であるように思われる。

6

芸術活動の核となるものはつねに欲望の充足であるが、マックス・ミルネールは、「芸術作品のなかで、欲望は抑圧の監視の裏をかくとすれば、欲望はまた昇華の過程によって抑圧と妥協している。昇華は欲望に抑圧から逃れる出口を与える」という。[19] よって、これに作者オーウェルの経験をふまえると、彼が主人公フローリを葬り、痣を葬り、作品のなかに自らの過去をも葬り去ることによって、彼自身の帝国支持・人種への偏見を封じ込めようとしたと考えられるだろう。彼は、『ビルマの日々』という自伝的な作品のなかに、「大長編の自然主義小説を書きたかった」[20] という作家としての純粋な欲求を同化させることによって、自らを抑圧する要素を転移、圧縮、象徴化するイメージに置き換え、ある種の悪魔払いを試みたとは考えられないだろうか。

本論では、大英帝国の最後の申し子ともいえるオーウェルが、植民地を実体験することによってはからずも直面することになる自らのアイデンティティの危機を手がかりに、彼の人種意識の所在を帝国主義言説における他者性の発見のうちに探りあて、身動きのとれない作者自身の鬱積した感情を昇華させるひとつの手だてを、彼の小説に読みとることを試みた。オーウェルのその後は、この意味で象徴的である。彼は、以後二度とアングロ・インディアンとしての生まれ故郷であるインド地方に戻ることはなく、「帝国主義から逃れるだけでなく、人間が人間を支配するあらゆる形態から逃れるために」(*WP*, 138)、パリ・ロンドンで貧困生活を体験し、階級なき社会の実現を求め、ファシストを打倒すべくスペインへと遍歴を重ねる。オーウェルの人生行程がつねに新天地に向かっていることを考えると、彼が帝国主義と決別を遂げたことはむしろ必然かつ不可欠な行為であり、彼のビルマ経験は「回帰点」なのではなく、むしろ意味ある「通過点」だったといえるのである。

16

逸脱するアイリッシュ

トロロプのアイルランド人像

委文光太郎

アントニー・トロロプ（Anthony Trollope, 1815–82）の少年時代から続く孤独で悲惨な生活は、ロンドンにある郵政局本部で働き始めてからも一向に変わる気配を見せなかった。このままでは転落していくだけだと思い始めた時、アイルランドで郵政監察官補佐（surveyor's clerk）のポストに欠員が生じたとの連絡がロンドン本部に入った。それはトロロプにとって転落人生から脱出する絶好の機会となった。すぐさま彼は犬猿の仲であった直属の上司の所に出向き、アイルランド行きを志願した。こうして彼は一八四一年に二十六歳という若さで生まれ故郷のイギリスを離れ、以後十八年もの間アイルランドで生活することとなる。

アイルランドでの様々な経験は、当然のことながら小説家トロロプに大きな影響を与えた。彼のデビュー作『バリクローランのマクダーモット家』（*The Macdermots of Ballycloran*, 1847）と未完の遺作『土地同盟の人々』（*The Land-Leaguers*, 1883）はいずれもアイルランドを舞台とした作品である。トロロプというとイギリスのヴィクトリア朝社会を緻密に写実的に描く作家という印象が強いが、彼とアイルランドもまた切っても切れない関係にあったのである。トロロプのアイルランドを舞台とする小説は、上記のものも含めて計五作品ある。[1] その中でも彼がアイルランドを去る直前に書き始めた『リッチモンド城』（*Castle Richmond*, 1860）は、リチャード・マレン（Richard Mullen）も言っているように、長年滞在したアイルランドに対する思い入れが最も強い作品となっている（六三）。そこで本論では、主としてこの作品に焦点を当て、トロロプがどのようなアイルランド人の姿を読者であるイギリス人に伝えようとしたのか考えてみたい。

『リッチモンド城』は、一八四五年頃からアイルランドにおいて深刻な問題となりつつあった大飢饉を背景に、プロテスタント大地主の息子ハーバート・フィッツジェラルドと同じく大地主の娘で恋人のクレアラが、イギリス人のゆすり屋モレット親子によってもたらされたフィッツジェラルド家存続の危機をイギリス人弁護士プレンダーガストの助けを借りて乗り越え、無事結婚にいたるまでの話である。生きるか死ぬかという大飢饉の最中の恋物語という性格ゆえ、この二つの要素がうまく融合していないとの理由でこの作品の評価は長い間低いままであった。この小説の出版九日後に出された『サタデー・リヴュー』誌の「ミルクと水は本当は別々の容器に入れるべきだ」[2] という意見は、『リッチモンド城』に対するそれ以後の批評を結果的に象徴するものとなっている。生死の境をさ迷う貧しい人々と、恋愛にエネルギーを割く余裕のある地主階級の子供たちという対照的な構図は、確かに「ミルクと水」というレッテルを貼られる危険性が高い。しかし皮肉にもその「ミルク」と「水」の混ざり合う場面こそが、トロロプのアイルランド人観を語る上で欠かすことのできない重要な場面となっているのである。

主人公のハーバートが飢饉に苦しむ人々と接するのは主に救援活動を介してである。トロロプはこうした場面を連続してではなく、ある一定の間隔を置いて挿入している。まず最初は、直接的な接触こそないが、彼が妹二人とクレアラを連れて貧困者のためにフィッツジェラルド家が開設した給食施設(soup kitchen)を視察する場面である。ハーバートが別の用事でそこを離れている間、彼女たちはカウンターで手伝いをしている。すると、そこに両腕に二人の子供を抱えて後ろに四人を引き連れた母親がカウンターの前の人込みを掻き分けてクレアラの前にやって来る。彼女はおもむろにハンカチを解き、食べるにはあまりに固くざらざらとした小麦粉を指差して文句をまくし立てる。

次は、クレアラの家の門の所で、ハーバートとクレアラが、二人の子を背負い他に三人の裸同然の子供たちを連れた母親と出くわす場面である。トロロプは、このような光景を、それまでもなかったとは言えないが「ここ二、三ヶ月で恐ろしいほどありふれるようになった」(一八九)と説明している。真冬の凍える寒さの中ハーバートがクレアラの家に入っていくのを見かけたその母親は、何か恵んでもらえるかもしれないと、彼が出てくるまで辛抱強く待っていたのである。クレアラは子供たちのあまりに不憫な姿を見てハーバートに何かあげるように懇願するが、彼はなかなかお金を恵もうとはしない。実は、彼が議長となって活動している救護委員会(relief committee)において、「一人の人にお金を恵むことは結果的に多くの人々を救うことにならない」という経済学的見地から施しは禁止事項になっていたのである。しかし結局彼は、その母親にお金を恵んでしまう。お金をもらった母親は、喜びのあまり、感謝の気持ちとしてハーバートとクレアラ二人のために神の恩恵をいつまでも祈り続ける。

最後に取り上げる場面は、この飢饉がまさに最悪の状況を迎えアイルランド史上前代未聞の死者と移民を出した最中のものである。アイルランドを旅立つ前日、ハーバートは最後の別れを言いにクレアラの家に向かうが、その途中で突然雨が降り出し、彼は雨宿りをするため一軒の粗末な作りの小屋に入る。真っ暗な家の内部には生活に最低限必要な囲炉裏の火もテーブルも椅子も無く、地べたの上に一人の今にも死んでしまいそうな母親が、腕に子供を抱えて突然の訪問者に身動きひとつすることなく無表情で座り込んでいる。しばらくして、ハーバートは、偶然にも、部屋の隅に積まれているわらの山の下から餓死した子供の死体を発見する。彼は恐怖に打ちひしがれるが、援助の手を差し伸べずに彼らを置いて立ち去ることができない。

そこで彼はポケットからシルクのハンカチを取り出して小屋の隅に戻り、その死体を包むべくハンカチを広げた。当初彼は、魂が抜け出て行ってしまったその小さな剥き出しのやせ衰えた人間の残骸に触れたくなかった。しかし徐々にそうした嫌悪感を乗り越え、跪いて子供の手足を真っ直ぐに伸ばし、目をつむらせ、そしてその痩せた体をハンカチで包んだ。(三七三)

これをマレンは「最も感動的な死の場面であり、トロロプの作品の中でもこれよりうまく描かれていたり、これ以上に痛ましいものはほとんどない」(六六)と評している。この後、彼は何も要求しない女性に銀貨を手渡し、彼女たちを救貧院に連れて行くように手配をして立ち去る。しかし彼が去ったすぐ後に、彼女たちの命は尽きてしまう。

これら三つの場面に登場する女性たちは、連れている子供の数からも明らかなように同一人物ではないが、作品を通して見た場合に「援助する者」ハーバートによって「援助される者」としてひと括りにすることができる。その場合、「援助される」対象の女性は飢饉の進行具合に呼応するかのように、その身体的及び精神的衰弱も段階的に進んでいる。まだ飢饉が生死に関わるほど深刻になっていない段階では、女性の側にも配給された食料への不満を露わにする力が残されているが、時間の経過とともに飢饉がその深刻さを増すにつれて、下層の人々はその日一日の食料にも事欠くようになる。それにより人々は飢饉の実態を肌で感じ、もはや不平不満を口にしてもどうにもならないことを理解する。この二番目の母親は子供たちのミルク代を恵んでもらおうとハーバートに懇願しているのだが、そのお金は子供たちの命を繋ぎ止める最後の頼みの綱なので、それを手にした時の彼女の感謝の念は計り知れないものとなる。また、仮にこの時何も得られなかったとしても、彼女の口から不平不満が漏れたとは考えにくい。事実、なかなかお金を恵もうとしないハーバートの姿を見て、この母親は文句ひとつ口にせず子供たちに向かって「さあ行くよ」（一九一）と言っている。つまり、飢饉のこの段階において、人々の間に空腹や喜びという感覚は敏感に残されていたが、怒りや不満は徐々に薄れていったのである。

さらに、慢性的な食糧不足によって多数の死者が出始めるにつれ、何とか死を免れている人々の間にも死の兆候が次第に見られるようになる。ハーバートが小屋で出会った三番目の女性は、すでに飢えによる苦痛を感じる段階は過ぎ去り、喜びや悲しみ、希望といった感覚が一切麻痺した状態にあった。それゆえ彼女は、運良く「援助する者」に接することができても何の要求も不満も漏らそうとしない。そればかりか餓死した自分の子供に対して悲しみを露わにすることさえできなかったのである。このように、時間の経過すなわち飢饉の進行が、徐々にしかし確実に「援助される者」の肉体を蝕み、怒りや喜びや悲しみといった感情の喪失を引き起こしている。散発的に挿入されているため見落としがちであるが、この一連の女性の様子は大飢饉における「援助される者」の典型的モデルとして見なすことができる。

それでは、「援助する者」であるハーバートの行動はどのように分析できるだろうか。ここでは特に二番目と三番目の場面に注目したい。まず道端で物乞いをされた時、彼は、自ら議長を務める救護委員会の合意事項となっていた「施し禁止」のルールに違反して、その母親にお金を恵んでしまう。それも物乞いを受けた最初の瞬間から、彼はルールを破ることになるだろうと予感している（一九二）。さらに次の場面で、彼は死への最終段階に達している女性に対して、何も要求されていないにもかかわらずお金を手渡している。話すことも身動きひとつすることもままならないその女性に彼が施した銀貨が一体どれほどの助けになるのか、と疑問視されても仕方ないだろう。また、死体に触れるという嫌悪感を懸命に乗り越えて子供の亡骸をハンカチで包んであげるという彼の行為は、確かに感動的ではあるが、多くの死者が当たり前のように出ている状況の中で人命救助の効率性を考えた場合、必ずしも理想的な行動とは言えない。そうこうしている間にも、まだ何とか死を免れている人を救貧院に連れて行ったり食料を与えたりすれば、より多くの人命を救うことができるかもしれないからである。こうしてみると、ここでひとつの大きな疑問が生じてくる。なぜトロロプは、最も効率的な人命救助の原則に反するような行為をあえてハーバートにさせたのだろうか。

飢饉に限らず地震などの災害時に一人でも多くの被災者を救助しようとする場合、そこに感情的なものを優先させることは結果的に多くの被災者の命を救うことには繋がらない。『リッチモンド城』執筆の十年程前に『イグザミナー』誌に掲載されたアイルランド飢饉に関する彼の書簡の中でも、そのような類の主張が見られる。この書簡は、当時『タイムズ』紙上で飢饉に対するイギリス政府の対応を痛烈に非難していた博愛主義者シドニー・ゴドルフィン・オズボーン（Lord Sidney Godolphin Osborne, 1808-89）に反論する形で書かれたもので、トロロプ自ら『イグザミナー』誌に掛け合って掲載にこぎつけたものである。この書簡において、トロロプがイギリス政府の対応を肯定的に評価する際の判断基準となったものが次の問いとなって現われている。「より少ない費用で、より悪い影響を及ぼすことなく同じ数の人命が救えただろうか？（七五）」ここからもわかるように、イギリス政府は限られた時間と財源の中でアイルランドの人々を救おうと最善の努力をしたのだというのが、彼が政府の対応を支持する最大の理由となっている。つまり、トロロプは、飢饉におけるイギリス政府の人命救助に関して、その効率性を一番の判断基準としているにもかかわらず、そうした考え方をハーバートの行動には適用せず、むしろそれに真っ向から反するような行為をさせているのである。ビル・オゥヴァートン（Bill Overton）はこうしたハーバートの行動を「人間的反応」と説明している（一三一-四）。確かに、冷静にルールに従おうとするがどうしてもできない理由を「人間的反応」と解釈することに異論はない。しかし、ハーバートの行動は、トロロプにとって単なる「人間的反応」でしかなかったのだろうか。

『リッチモンド城』の冒頭部分で、トロロプは長年過した愛着あるアイルランドを去るに際して次のようなことを書いている。

私は今や緑の島（＝アイルランド）と古くからの友人達を残して出て行こうとしている。できることなら進んで彼らについて言っておきたいことがある。もし今そのことを言わなければ、それについてもう二度と語られることはないだろう。(二)

イギリスの植民地であったアイルランドは、当時数多くの難問を抱え、イギリスにとって厄介な存在であった。そして、それを反映するかのように、『リッチモンド城』のようなアイルランドを舞台とする小説は、当時のイギリス人読者に全く歓迎されることはなかった。トロロプ自身、それまでに『バリクローランのマクダーモット家』と『ケリー家とオケリー家』(*The Kellys and the O'Kellys*, 1848)というアイルランド小説を二作出版し、その厳しい現実を痛感していた。それにもかかわらず彼が再度アイルランドを舞台に小説を書いたという事実、そして冒頭部分でのこの明確な意思表明を考え合わせると、『リッチモンド城』におけるトロロプのアイルランド人に対する思い入れは、過小評価されるべきではないだろう。そこで、彼がそれまでどのようなアイルランドの社会や人々の姿をイギリス人読者に向けて描いてきたのか、とりわけそれが明確に描き出されている『ケリー家とオケリー家』を中心に、ここで振り返ってみたい。

『ケリー家とオケリー家』では、興味深いことに、地主と小作人、イギリス系アイルランド人(Anglo-Irish)と土着のアイルランド人、プロテスタントとカトリック、主人と召し使いなどの様々な対立軸がぼかされた社会、言い換えれば境目の曖昧な混成社会として、アイルランド社会が描かれている。この作品は一八四四年に実際に行なわれたダニエル・オコンネル(Daniel O'Connell, 1775-1847)に対する裁判の描写から始まっている。オコンネルはアイルランドが生み出した偉大なる独立運動家の一人で、一八二九年に悲願であったカトリック解放を実現させた後、次なる目標として「連合法(the Act of Union)の撤廃」を掲げ大規模な運動を展開していた。当時、彼の裁判はアイルランドの人々の大きな関心事であった。この冒頭の場面は一見すると政治小説のそれを思わせるが、話が進むや否やその話題はすぐに影を潜め、最終的には裁判の判決予想が人々の賭けの対象でしかなくなっている(一八六)。ロバート・ポレムス(Robert Polhemus)は、トロロプが「歴史的現実をすぐに破棄している」ため「登場人物の生活と時代背景との間に一貫した繋がりが見出せない」(一九)と彼の裁判の扱い方について不満を漏らしているが、トロロプは前述の『イグザミナー』誌の中で「アイルランドの人々は、本来政治的なものに関して興奮しない傾向にある」(九八)と自らの見解を述べている。つまり、話の導入としてのオコンネル裁判はトロロプのこうした見方を反映しているに過ぎないのである。イギリスとの「連合」の是非を巡って、本来なら重要な意味を持つはずのこの裁判が単なる話の導入としてしか扱われていない事実や、アイルランドの利益のためにもイギリスとの「連合」は維持すべきだという考え方を持つイギリス人としてのトロロプの立場を考慮すると、連合法が制定された一八〇〇年以降、アイルランドにはもはや純粋なアイルランド人も純粋なイギリス人も存在せず両者はうまく混じり合っているのだ、という彼の考えが垣間見えるかのようである。

この作品は、タイトルにもあるように、プロテスタント地主のフランク・オケリーと彼の遠い親戚で小作人でもあるカトリック教徒マーティン・ケリーの二人が、それぞれの恋人と様々な障害を乗り越えて結婚するまでの話である。フランクは二十四歳の時に爵位と広大な土地を相続し、その一部をマーティンが「ある種頼りになる小作人」(八)として借りている。フランクは地主だが、金のかかる競馬の趣味などが災いして金銭的に困窮した生活を余儀なくされている。一方のマーティンは、小作人にもかかわらず、倹約的な性格ゆえにそれなりの生活が送れている。二人は階級的には全く異なっているが、経済面でそれほど差はなく、それどころかフランクが小作人のマーティンに借金をしているほどである。また、両者の間には物語上の強力なパラレルが存在している。二人とも相手の女性の財産を考慮した上で結婚を申し込んでいるのだが、運悪く両者とも女性の保護者的立場の男性から、同じく金銭的理由により強い反対に会う。結局二人ともプロテスタント牧師アームストロングらの尽力により、最終的には幸せな結婚をするわけだが、こうした社会的立場の全く異なる二人が同時に迎えるハッピー・エンディングは、アイルランド社会が対立的なものというよりはむしろ融合的であるとするトロロプの見方を反映していると考えられる。

また宗教的な視点に立つと、アイルランド社会は異なる宗派に対して寛容であるとトロロプが見ていることがわかる。『ケリー家とオケリー家』で中心的な役割を果たしているプロテスタント教区牧師のアームストロングは、周囲のほとんどの人々がカトリック教徒であるにもかかわらず、彼の人柄の良さが幸いして、近隣の人々と非常に良好な人間関係を築き上げている。例えば、英国国教会の高官が視察に訪れるような時、良い印象を与えようとアームストロングが頼めば、近所のカトリックの人達は教会に集まってくれる（四八八）。これなどは、プロテスタント牧師とカトリック民衆との宗派の垣根を超えた人間的な繋がりを示す端的な例と言える。

『バリクローランのマクダーモット家』にもそうした寛容性が描かれている。カトリックのジョン神父は、苦悩する主人公サディ・マクダーモットが絞首刑となるまさにその最後の瞬間まで彼を励まし心の支えとなっていた人物であるが、そのサディから妹のフィーミーとプロテスタントの密造酒取締官アッシャーとの交際についての悩みを打ち明けられた時、次のようなことを助言している。

「彼（＝アッシャー）は腹黒いプロテスタントじゃないか、ジョン神父。それに国中の人が彼の貧乏人を追い詰めるやり方がひどいって彼のことを憎んでいるじゃないか。」
「彼はプロテスタントかもしれない、サディ。でも『腹黒く』はないよ。いいかい、私はフィーミーが善良なカトリック教徒と結婚するのを見たくないと言っているのではないんだよ。でも、もし彼女がプロテスタントに心を決めたのなら、それが理由でその相手に恨みを抱くようなことをお前にして欲しくないのだよ。そんなのはお前の信仰を示す手段などではなくて、単にお前の自尊心を癒しているに過ぎないんだよ。…」（五七）

信仰から可能な限り偏見を排除し、異なる宗派であっても寛容な姿勢を尊重すべきだというこの神父の発言は、民衆を先導する立場にある者の発言だけに注目に値するものと言えよう。

階級制度がはっきりと社会を支配しているイギリスでは、当然のことながら主人と召し使いの間には絶対に超えることが許されない境界線というものが存在する。その結果、そうした社会を描く小説においても、召し使いという存在は表舞台に出ることがほとんどなく、あったとしても存在感の薄い黒子的な役回りがいいところである。しかし、『ケリー家とオケリー家』では召し使いが随所で重要な役割を果たしている。例えば、マーティンの恋人アンティの召し使いビディと、キャッシェル伯爵夫人に仕えているグリフィスの二人は、主人にとって精神的にも身体的にも必要不可欠な存在となっている。当時アンティは、父が死んで遺産を独り占めしようと躍起になっている兄のラリーから、結婚を思いとどまらなければ殺すと脅迫される。恐ろしくて眠れなくなったアンティは、召し使いのビディを呼んで隣で一緒に寝てもらう。さらにアンティの身の上を案じたビディは、翌朝早くにこっそりと家を抜け出し、マーティンの家まで出向いて彼女を保護してもらうよう頼み込む。こうしてビディは彼女を救うことに成功するわけだが、兄ラリーの凶暴性が限界まで来ていたことを考えると、ビディのこの行為は非常に重要であったと言える。一方のグリフィスもまたキャッシェル伯爵夫人の精神的支えとしてかけがえのない存在で、二人は「最も固く結ばれた友人」（一七〇）であった。夫人の姪のファニー・ウィンダムが夫人の部屋に相談事をしに来た際、気を利かせて部屋を出て行こうとするグリフィスに「…いい、すぐに戻って来るのよ。ウィンダムさんが帰ったらベルを鳴らすからね。お願いだから今私を一人にしないでちょうだい。」（一七〇）と言わずにはいられない。さらにグリフィスが新しい料理人を探しに二、三日家を留守にしなければならなくなると夫人はパニックに陥ってしまい、娘のお手伝いさんの助けを借りるが、寝ることも起きることもままならなくなってしまう。精神的支えという観点からすると、グリフィスの果たしている役割の大きさは夫のキャッシェル卿以上である。

最後に、アイルランド人の特性として「ホスピタリティー」（'hospitality'）を忘れてはならないだろう。トロロプは『ケリー家とオケリー家』の中で、台所を例に取りながらイギリス人とアイルランド人の国民性の違いを見事に説明している。

イギリス人とアイルランド人の性質の違いは、それぞれの台所に最も明白に認められる。前者の場合、台所は家の中でも恐らく最も清潔で、間違いなく一番整然としているだろう。全くの部外者が立ち入ることは稀で、そこにある全てのものが主たる占有者の油断のない監視下に置かれている。もし自分の器具が権限のない者の支配下に置かれたら、その占有者は、重要な類にせよそうでない類にせよ自らの務めを遂行していくのは完全に不可能だと感じただろう。（一方）アイルランドの台所はその言葉のあらゆる意味においてホスピタリティーに委ねられている。そこの扉はほとんどすべての怠け者やのらくら者に開かれていて、不具者のビリー・ボーンや耳の不自由な老婆のジュディー・モロイの方が料理人よりも必要な道具がどこにあるか恐らくよく知っているだろう。（五四）

イギリスの台所は衛生面や効率性において優れているかもしれないが、一つの大きな欠点は否めない。つまり、一人の「主たる占有者」にしか使いこなせないということである。これと対照的に、アイルランドの台所は汚く混沌としているかもしれないが、傲慢さや気取った所が一切なく、お互い同じ人間にすぎないという素朴な考えの下、人を分け隔てせず常に万人を快く受け入れる用意があることがわかる。

以上のように、自分達の信奉する宗派とは敵対関係にあるプロテスタントに対しても一定の理解と寛容性を示し、アームストロング牧師のように性格的に問題がなければ、宗派ではなく人間性が優先される。また、召し使いだからと言って必ずしも蔑まれるのではなく、同じ人間として時に良き相談相手や友人のような関係にもなりうる土壌がある。さらに、他人を区別することなく困っている人には誰にでも手を差し伸べ、常に万人を快く受け入れる「ホスピタリティー」を欠かすことはない。こうした、他人との間の垣根の低い、言い換えれば、より人間らしい人間こそ、トロロプがイギリス人読者にどうしても伝えたかったアイルランド人像だったのではないだろうか。

つまり、この「より人間らしい人間」像こそが、『リッチモンド城』でハーバートにあえて効率性に反する行動をとらせる最大の要因になったと考えられる。オゥヴァートンはそうした姿を「人間的反応」と解釈したが、それだけではなく、そこにはトロロプのアイルランド人観が色濃く反映されていたのである。確かに、プロテスタントで地主階級のハーバートを、全体の八割以上がカトリックの貧民であるアイルランド人の代表的な存在として見なすことができるのか、という疑問が生じるかもしれない。しかし、既に見てきたように、トロロプはアイルランド社会を様々な対立軸が曖昧にされた混成社会と見なしているのである。ハーバートもそうした混成社会の一員として見れば、彼のこの一連の行為はトロロプのアイルランド人観を象徴するものと解釈することができる。一人の人に施すお金があるのなら救護委員会に回してもっと多くの人を救うべきだと理屈では理解していても、感情的に抑えきれず目の前の一人を助けることに専念してしまう。数え切れない人々が死んでいる事実は知っていても、いざ死者を目の前にすると事の重大性や悲劇性に鈍感ではいられず、時間やお金を費やしてでもその死者を悼もうとする。こうした効率性のルールに逸脱する姿こそ、トロロプがアイルランド小説の中でイギリス人読者に向けてひたすら描いてきたアイルランド人像そのものではないだろうか。

17 ABCくらい簡単?

キプリングSF小説

桑野佳明

ラドヤード・キプリング（Rudyard Kipling, 1865-1936）のテーマは多岐に渡る。その中でもウェルズ（H. G. Wells）風な未来科学空想小説二編、「夜行郵便とともに」（'With the Night Mail'）[1]と「ABCくらい簡単」（'As Easy As A. B. C.'）[2]は特異である。

ジョージ・オーウェルは、キプリングは「まさにきっちりと一八八五年から一九〇二年という時期に属している」[3]と述べている。この際、オーウェルはその後のキプリングの政治的立場表明、政治的変化への適応を失敗と見ていることは疑いない。この発言をどうとらえるかは別として、キプリング作品を考える場合オーウェルが指摘した年代は興味深い手がかりとなる。

一八八五年といえばキプリングはまだインドで新聞記者として活躍しており、新聞や雑誌に初期の名作を発表し始めた時期に当たる。ちなみにこの年はドイツでダイムラーとベンツによってガソリン自動車の生産が開始された年でもある。様々な分野の科学技術の発展に興味を示していたキプリングは自動車マニアでもあり、一九〇二年、彼にとって最初のガソリン自動車を購入以来、最高級車をたびたび買い換えるほどの熱狂を示している。[4]

彼の科学技術への興味は自動車のみに留まらなかった。海軍の艦船、艦隊行動に興味を示した彼は、一八九八年海峡艦隊の演習に随行する。[5] 彼の関心は海軍が実験中だったマルコーニの新製品による無線技術に向けられた。この経験は二作品のみならず様々な作品に生かされている。

「夜行郵便とともに」は戦争、国家主義が消滅した西暦二〇〇〇年を舞台とし、空路による大西洋横断についてのジャーナリストの詳細な記述の形を取っている。全世界ネットの無線サービスが定期航路を管理し、航空機はガス・タービンを動力とし、雲を透過する光線によって操縦される。執筆されたのは一九〇四年である。無線電信機器を装備した艦船は少数実在したが、無線電話は無かったし、公共放送の概念すら無かった。作中の無線サービスは天気予報を提供し、安全レベルや着陸優先順序を割り当てている。「航空管制」が登場する三十年前のことである。このジャーナリストの報告書の技術用語に溢れた著述が、それに付された形で掲載された公式報告書、往復文書、航空機や部品の広告など架空の文書の集成と相まって、本当らしさを創り出すことに見事に成功している。

「ABCくらい簡単」は、この短編の続編である。[6] 執筆はおそらく一九〇七年と考えられている。[7] まだウィルバー・ライト（Wilbur Wright）は来欧しておらず、ルイ・ブレリオがドーヴァー海峡横断飛行に成功する以前である。この作品でキプリングは、前作では示唆するにとどまっていた政治的な問題について掘り下げている。

ABC——半ば選挙により、半ば指名による少数の人からなる団体が、この惑星を統制している。運輸は文明——これがわれわれのモットーである。理論上、われわれは交通と、交通が包含する全てのものを妨害しない限りにおいて、われわれの好きなことを行う。実際上、ABCは全ての国際的な調整を確認し、あるいは無効にする。また最新の報告から判断するならば、われわれの寛容で滑稽で怠惰な惑星が、あまりにも容易に、公的な調整の任務全てをABCに負わせることに気付いたようである。(『創造物の多様性』一頁)

この短編の舞台は二〇六五年である。世界は、日本人も含んだ多国籍のメンバーからなる航空支配委員会、略称ABCの慈愛に満ちた技術的な統治下にあり、戦争は排除され、生活の全ての局面での統制と同様、出生率が科学的に統制されているために全員に富が行き渡り、長寿と健康が確立されている。この世界で最も重大な犯罪は「プライバシーの侵害」と「群衆の形成」(『創造物の多様性』二頁)である。この作品は委員会の公式記録者によって語られる。彼は世界をこの時代に「慣らされた」目で見ており、自分の生きる現在の世界を受け入れ、過去を哀れみと驚きの目を持って振り返っている。

この惑星もそろそろABCの報告書に興味を持って良い頃では無かろうか? 今日簡単になった意志疎通と、過去におけるプライバシーの欠如が、人類の好奇心というものを消滅させてしまったことを人は知っている。だが、委員会の公式記録者として私は話をしなくてはならない。(『創造物の多様性』一頁)

ここには記録者のかすかに不機嫌な様子が伺える。彼には自分のレポートが「辛抱強く、おどけた、怠惰な小さな惑星」では殆ど興味を喚起しないことがわかっているからだ。

この世界はユートピアではない。また、オーウェルの『一九八四年』のように恐怖を予言するものでもない。テクノクラートたちが向かうであろう方向に科学を進歩させていった場合に何が起こるか、ということをこの短編は淡々と述べている。気味の悪いまでの正確さで放送技術が予言されており、無線を通じてのエネルギー伝達は現在の現実の技術を越えている。その結果ＡＢＣが惑星を統制し、見えざる支配を行っている。主権国家は消滅し、政治的イデオロギーは迷信的な存在として、見せ物的に生き残っているに過ぎない。こうした世界で時折先祖返り的な民主主義の暴発が起きるが、解決は、それこそ「ａｂｃくらい簡単」だ。権力は世界規模の無線ネットワークを通じて交通を監督する機関に帰属しなくてはならない。未来の人類は、民主主義の愚行を嬉々として放棄し、見返りとして個人のプライバシーと適切な公共サービスを保証するシステムを受け取った。「運輸は文明」であり、もしＡＢＣが「交通と、交通が包含する全てのもの」に対して責任を負うとすれば、政治は忘れられても構わないのだ。

歴史上最後の暴君、民主主義は世界から排除された。この短編の後に付けられた「マクダノーの歌」（'Macdonough's Song'）はこう歌っている。

神聖な国家や神聖な国王や
神聖なる人民の意志は――

無分別なこととは関係ない。
銃殺隊を並べて殺すのだ！（「マクダノーの歌」、『創造物の多様性』四四頁）

これは古き悪しき日々と訣別する際に人々が歌った歌である。二〇六五年にはこの歌を歌うことは既に禁止されている。まさに、「運輸は文明、民主主義は病気」（『創造物の多様性』二〇頁）なのだ。この反民主主義、プライバシー尊重の傾向が最も顕著だったのは、辺鄙な小さな街シカゴだった。シカゴには、過去の酷い群衆の力の象徴そのものである「炎に包まれた黒ん坊」像、黒人奴隷を私刑にかける様を表現した彫刻が保存されていた。

まさにこのシカゴから、民主主義的な狂気の暴発、それに引き続いて起こる暴力の危険性が伝えられたというのは皮肉なことである。

「信じられますか？ 彼らは、彼らが『人民の政府』と呼ぶものにまで話を進めたのですよ。本当に！ 彼らは私たちに、あの紙と木の箱でやる投票とかいうブードゥー教の迷信みたいなことや、言葉に酔った人々、印刷された書式、新聞などという、古い時代に戻ることを要求したのです！彼らは、自分のフラットやホテルの部屋で何を食べるか決めるために、こうしたことを実践してきたというのです」（『創造物の多様性』二三頁）

民主主義の暴発を引き起こした住民は、「サーヴィル」（『創造物の多様性』二〇頁）と呼ばれる、いわゆる都市住民といった層だった。一方この暴動に反対する住民、特に女性は民主主義志向者に対する肉体的な報復を望んでおり、シカゴ市長は困難を伴いつつ今のところこの動きを抑制している。ＡＢＣのメンバーは、市当局者を助けるべく投入され、人間の行動を停止させる光線を用いることで秩序を回復する。民主主義者たちは、ロンドンのミュージック・ホールに収容され、投票や演説などという「怪奇な」行為が娯楽放送として放送されることになる。

オーウェルの示した年代に戻ろう。一八八五年頃のイギリスの政治に目を転じると、第三次選挙制度改革が特筆に値する。第一次ほど有名ではないが、一八八四―八五年の第三次選挙制度改革の政治的影響は大きかった。原則として一戸を構える成人男子には選挙権が認められ、人口基準による議席の再配分も一応の成果をみた。一八三二年には有権者は約七十万人と総人口のわずか四％に過ぎなかったが、一八八〇年代には五百万を越すようになった。数がものを言う、政治の大衆時代が到来したと言えよう。[8]

「ＡＢＣくらい簡単」は一九〇七年に書かれ、一九一二年に発表された。一九〇五年から一九一四年のイギリスでは労働党が政権党であった。キプリングは創作生活を通して、人間関係を秩序立てる装置としての「政治」そのものへの幻滅を深めていった。二つの短編は、統一された世界秩序の中で、抗争する党派間の政治的な論争が管理と運輸の技術的な問題に転換されていく過程を描いていると要約できる。彼は、大衆が全ての政治的権利を放棄し、その見返りにテクノクラートによる慈愛に満ちた統治を受ける未来像を描いて見せた。短編全体は群衆と暴徒に対する恐怖と嫌悪で満たされている。この短編では神経症的なまでのプライバシー欲求が政治的事実の一つになっている。全員が裕福で、高身長、長寿を誇りながら、彼らの望みは「放っておいて欲しい」ということのみである。民主主義に対する嫌悪は理性を凌いでいる。

キプリングの政治哲学を現代の目から真剣に検討することはあまり意味がないかもしれない。彼は本質的に「頑固者」であり、また個人を描くときに本領を発揮した。政治について、彼がほとんど無意識下で本能的に感じていたこと、それは、人にとって必須の任務は秩序を守ること、というものだと要約できる。幸福と自由は法に対して個人が規律に則り服従することによってのみ実現される、と彼が信じていたことは様々な作品に見て取れる。フィリップ・メイスンはこれを、イギリスのインド統治を目の当たりにしてキプリングが学んだ「ローマ帝国主義」と呼んでいる。しかし彼は「知的に問題解決をせず、かつ一緒に時を過ごした者に影響されやすい」ため、二〇世紀初頭、キャリアの中期には「ローデシア流の帝国主義」へと流されていった。[9]「それに伴い、群衆に対する神経症的嫌悪、プライバシー熱望が彼の中に生じた。この時期の彼の作品に顕著な政治は、彼の精神の表層から来ているものであり、私の好みではない。」とメイスンの分析は続く。[10]

「マクダノーの歌」は、政治の真の中心が何か、どこに権威があるのか、という問題を提示している。神聖な国家、神聖な国王を拒絶し、神聖なる人民の意志を拒絶する。しかし銃殺隊に命令を下すのは誰か。暴徒の暴力を憎悪しているならば、何らかの形の警察力が必要なはずだ。この短編では神聖なる人民に、神聖なる統制委員会が取って代わっただけである。テクノクラートによって構成された委員会の、魂のない圧制に対するキプリングの嫌悪が確かに見て取れる。

この短編に描かれた世界は彼が望んだ世界だったのだろうか。そうである、とも違う、とも言える。ここには未来の技術的な楽園の命題の矛盾が見て取れる。彼の創造的想像力は、テクノクラートが支配する技術の楽園が崩壊しそうになる瞬間、意見の不一致と闘争という疫病がこの完全な世界に予期せず訪れたまさにその瞬間に発揮されているのである。これを、この「楽園」への人間の意志の自発的従属に対する反論と見ることもできよう。

作中の寛容なる世界の指導者たちは奇妙に両義的な発言をしている。ロシア人のドラゴミノフは「われわれは出生率を落としてきた。非常に落としてきた……ああ！ それは大変にいいことだ。私は裕福だ。君も裕福だ。われわれは皆裕福で幸福だ。だってわたしたちはこんなに少数でこんなに長生きするのだからね。ただ私は、全能の神はこの惑星が群衆と疫病の時代だった頃にどんな風だったか覚えていると思うんだ。おそらく神はわれわれに英雄を遣わすだろう。ピロロ、どう思う？」と問いかける。イタリア人のピロロは「もしかしたら神はもう英雄を遣わしているのかも知れないよ」と答える（『創造物の多様性』五―六頁）。その後光線が最初に使用される。寛容な委員会は、光線を蜂起した群衆の聴覚と視覚を一時的に奪うだけの強度に調整していたのだが、それでも老人ドラゴミノフは「許してくれ。私は死を見たことがないのだ」（『創造物の多様性』十四頁）と恐怖のために涙にくれる。またシカゴ市長は、常習的民主主義者が不平を述べるのを初めて聞いたと、喜んでＡＢＣに報告している。

「彼らは何を話したのですか？」タカヒラが尋ねた。「まず、市の運営がいかにまずいか、ということです。これにはわれわれ喜びました。われわれは良さそうな人を一人か二人、市の仕事をさせるために捕まえようと望みました。行政能力を持った人がどんなにまれか、ご存じでしょう。たとえ捕まえられないにせよ、行政に興味がある人がいることが分かって、大変新鮮でした…生きた人間が生じさせる変化の兆しすらない中で、年がら年中仕事をすることがどんなものか、お分かりにはなりますまい…この惑星には反抗も反抗する人も残っていないのですよ」(『創造物の多様性』二一一二頁)

こうした発言には、この指導者たちも作者自身も、自ら支配するこの空虚な「完璧な」世界に幻滅していることがはっきり見て取れる。

キプリングが一九〇二年サセックスの田園に居を構えた後、テーマ上の関心が変化していることは明らかである。『プック丘のパック』(*Puck of the Pook's Hill*, 1906)、短編「強いられた居住」('An Habitation Enforced', 1905) などエドワード朝に書かれたイングランドの田舎を舞台とした短編の多くは、土地の歴史に対する興味と、社会の構造に対する触知可能な感覚に根ざしている。特に「強いられた居住」では社会的・歴史的枠組みに対し、個人は従属している。しかし「ABCくらい簡単」では、社会の究極の目標は個人と家族のプライバシーであることが提示されている。そのプライバシーの天敵は「群衆」による個人の生活に対する侵入である。ここには有名作家になったキプリングを襲ったプライバシーの危機が大きく関係しているに違いない。

サセックスのベイトマンズ定住以前、イギリスに居を定める決心をした彼は、ロッティングディーンにある叔父サー・エドワード・バーン＝ジョーンズ家の夏の屋敷からほど近い屋敷を借り、一八九八年に移り住む。[11] この地域には親族、友人も多く居住していたが、やがて一家はこの地の環境を耐え難いものと感じるようになる。この地にいた五年の間にも社会習慣が大きく変化し、ブライトンから二マイル半の、ほんの少し前までは静かな緑の村であった地まで観光客を満載した馬車バスをどんどん送り込んでくるようになったのだ。キプリングはいまや大変な有名人であり、ブライトンの避暑客にとって彼の住まいを見に出かけることは自然な観光コースの一部となる。家は緑地の真横に面しており、高い壁もプライバシーを保護することはできなかった。物見高い観光客はどんどん押し寄せ、一家には大きな不便を強いることになった。[12]

馬の引くバスで押し寄せる観光客の大群は大衆旅行時代とモータリゼーション時代の到来を象徴している。前世紀末から自動車の保有台数は増加していくが、この当時、大量生産以前の時点では、一部限られた階層の持ち物に過ぎなかった。キプリング自身、まだ自動車を保有していない。街には自動車と並んでまだ馬車が現役だった。自動車のおかげで、玉突き的に馬車の伝統的な役目が中産階級上層まで拡大した、と言うこともできよう。

また、暴動寸前の群衆との皮肉な対決と言う事件も影響を及ぼしているに違いない。一九〇二年には、キプリングの政治的イメージにとって非常に苦々しい事件も起こった。六月一日、ボーア戦争の講和が結ばれたというニュースが届いた。当初熱狂していた大衆の戦争に対する意見は変化しており、一貫して戦争遂行を指示してきた彼の熱狂を分かち合うことのできない人々も多くなっていた。その一人がバーン＝ジョーンズの妻、ジョージー叔母だった。彼女はボーア人の降伏は喪に服すべき日と主張し、自宅の窓から、大きな文字で「われわれは殺し、財産を奪った」と書かれた黒旗を掲げた。群衆がバーン＝ジョーンズ邸を取り巻き、黒旗を引き下ろそうとし、ある者は黒旗が被さっている生け垣に放火しようと試みた。この騒乱に慌てたキプリングは、愛する叔母を救出するため、緑地を越えて駆けつけた。キプリングが「上の空の物乞い」（'The Absent-Minded Beggar', 1899）で戦費を集めるなど、戦争遂行を強烈に支持していたことは周知の事実であり、大演説を行い、なんとかデモ群衆を解散させることに成功した。これはキプリングにとって奇妙な役回りであり、新聞沙汰にならぬはずがなかった。[13]

彼には「プライバシーの侵害」と「群衆の形成」というロッティングディーン居住中の大変苦々しい記憶があったのだ。

シカゴ暴動に対して勝利を確信したＡＢＣが提案した解決策は、「政治的感傷主義者」たちに、ロンドン放送サービスの軽い番組で、喜劇的な役回りとして群衆の形成、演説、投票をやらせる、というものだった。

キプリングはバーや兵営、ミュージック・ホールに、人々が本当に歌っている歌は何かを見つけるために足を運び、それに新しい歌詞を付けた。彼の初期のバラッドの多くはこうして創作されている。そこでしばしば歌われるメロディは賛美歌であり、「ジョン・ブラウンの身体」（'John Brown's Body'）など南北戦争の時代に作られたアメリカ起源の流行歌であった。彼は子供の頃からロンドンのミュージック・ホールに父親が心配するほど魅了されていた。また、「ミュージック・ホール」には彼と、後に第一次世界大戦で戦死する息子ジョンとの間の特別な世界があったこともうかがえる。父子はミュージック・ホールに連れ立ってしばしば出かけていた。これは男同士が分かち合う楽しみで、妻や娘は一緒にこの楽しみを分かち合うことを常に許されるとは限らなかった。[14]

「ABCより簡単」では、キプリングにとって特別な思い入れのある場所であるミュージック・ホールに民主主義者たちを隔離し、好き放題にさせることにしている。さらに、奇妙にもこの状況は笑劇として扱われていない。ミュージック・ホールに行われるこうした行為は、集団になった人間の無謀な残虐さを全ての正気の人間が認識している時代に、彼らが社会的厄災からかろうじて逃れるためのものとして扱われている。キプリングの目には、未来は住んで愉快な世界ではなく、神経症に苛まれ、ゼロに向かって絶えず減少していく出生率によっていずれ絶滅することが運命づけられた世界なのだ[15]

一九〇二年九月三日、キプリング家はロッティングディーンの家を離れ、彼の終の棲家となるベイトマンズに引っ越した[16] ほぼ同時に彼が自動車を購入したことは前述の通りである[17] 彼は大衆との接触を嫌い、イングランドの田園風景を愛して移住した。しかし皮肉なことに、有名作家となった彼の社交生活を維持するためには自動車が不可欠だったのだ。キプリングは、自ら愛した自動車がもたらした玉突き的なモータリゼーションがプライバシーを脅かすことに気付きつつも、快適な生活を楽しむためには田園の屋敷と自動車を両立させざるを得なかった。

社会保障主義が伸張するこのロイド・ジョージ時代当時、群衆の圧制による無政府状態、秩序の崩壊に対してかつてないほどの恐怖を覚えたキプリングは、苦痛、抗争、多様性が廃止された未来のユートピアを描いて見せた。しかし彼はその中に計り知れない喪失感を記録している。それらこそが彼の想像力の源泉であることを知っていたからだ。[18]

彼は衆愚政治に恐怖を抱き、時の自由党政権に嫌悪を示していた。しかし「ABCくらい簡単」で保護されたのは、プライバシー保護と群衆嫌悪にいきり立った人々によって殺されそうになっていた「政治的感傷主義者」の方だった。捕らえた「政治的感傷主義者」が収容されるのは、キプリングが詩作の源泉とし、大いに楽しんだ「大衆」的なミュージック・ホールだった。

豊富な専門用語を集め、あるいは案出してまで鏤めて、リアルな未来像を描いてみせることはキプリングにとって簡単なことだったかもしれない。しかし、自らの政治観、民主主義のあるべき姿、科学技術がもたらす未来世界についての結論を提示することは、さしものキプリングにとっても「abcくらい簡単」とはいかなかったようだ。

18

キプリングの児童文学

Just So Stories 論

宮尾レイ子

序

ラドヤード・キプリング（一八六五～一九三六）は児童文学者の側面をもつ。児童文学が「子どものための作品」であるとすれば、キプリングの児童文学を探るには、初期の作品に見られる「子どもを主題とした作品」へと遡る必要がある。彼が初めて子どもを主題に選んだのは、短編「トッド少年の法改正案」（"Tods' Amendment", 1887）である。続いて子どもの世界が題材の短編集『ウィー・ウィリー・ウィンキー』（*Wee Willie Winkie and Other Child Stories,* 1888）を出版する。このような「子どもを主題とした作品」では、六歳のアングロ・インディアンの少年が主人公であることが多い。これはキプリング自身がアングロ・インディアンとして生まれたこと、そして六歳という年齢設定は、後に「六歳までの子ども時代を返してくれるなら、残りの人生すべてを引き換えにしてもいい。」[1] と述べるような重要な背景がある。

引用は『ウィー・ウィリー・ウィンキー』の序文である。

パレードの末尾には、きまって幼い子どもが付いてまわりますね。そんなわけでシリーズ最後になるこの本も、子どもの話がふさわしいでしょう。子どもをよく理解できるのは女性だけです。しかし男性でも、落ち着いて謙虚な気持ちになり、優越者、すなわち子ども、を威圧的に怒鳴りつけたりしなければ、子どもは男性にもなつき、心を開いてくれることもあります。もっとも、どんなに子どもを注意深く観察してみても、一緒に遊んでみても、幼い子どもについての物語を書くとなると、なかなか難しいものです。[2]

子どもを理解できるのは女性だけ、というと、差別主義的な発言とも受け取れるが、よく読むとそういう話ではない。子ども好きのキプリングも、当時は未婚で子どもがなく「子どもを主題とした作品」には慎重に向かわざるをえない、ということである。そこで作品に自伝的要素を使い、実体験を通して子どもの世界へと踏み込んでいくのである。実際「トッド少年の法改正案」や「ウィー・ウィリー・ウィンキー」(“Wee Willie Winkie”)では、インドでの楽しい幼少時代と、子どもが英雄となる幼い頃の夢が描かれる。また傑作の一つとされる「めぇー、めぇー、黒い羊さん」(“Baa Baa Black Sheep”)では、抑圧された幼少時代の思い出を、ホロウェイ夫人への抜きさしならぬ恨みとともに披瀝する。この作品は特に自伝的要素が色濃く、児童文学ばかりでなく、キプリングの世界そのものを理解する重要な手がかりとなる。家族の中の厄介者を意味する「黒い羊」とは六歳の主人公パンチ少年であるが、これは六歳の誕生日を目前に両親から離れて英国の見知らぬ家庭にあずけられたラドヤード少年自身である。自分を全く理解してくれない大人との耐えがたい生活の中で、憎しみ、猜疑心、絶望を心の奥深くに抱きながら、本の世界、物語の世界に心の癒しを見出していく。

「子どもを主題とした作品」は、その後『ジャングルブック』(*The Jungle Book*, 1894)、『続ジャングルブック』(*The Second Jungle Book*, 1895)、『ストーキーと仲間たち』(*Stalky and Co.*, 1899)、『キム』(*Kim*, 1902) など長編へと続く。一方で、キプリングは「子どものための作品」を発表する。それが『おやすみ前のいつもの話』(*Just So Stories for Little Children*, 1902) である。[3] この本は、結婚後自分の子どもに語り聞かせる中で出来たいくつかの話を、最終的に刊行用にまとめたものである。ホロウェイ家では悲惨な少年時代を送ったが、そこから得たものがあるとするなら、それは読書の楽しみを知り、物語のもつ力を認識した事であろう。そこに子どもに対する深い愛情と理解が相まって、自分の子どもには手作りの物語を与え、その物語によって子どもの心にやすらぎを与えようとしたのである。

1　遊び道具としての『おやすみ前のいつもの話』

「クジラの喉が狭いわけ」(“How the Whale got his Throat”) は一八九七年既に雑誌発表されており、[4] ‘The “Just-So” Stories’と題するキプリングによる序がつけられている。長女ジョゼフィーンのためにこの話をつくったこと、幼い子どもは就寝前に楽しいお話を「いつもお決まりの調子」（"just so"）でしてあげると安心して眠るものであること、が述べられている。夜伽話は繰り返し聞かされ、筋を熟知しているから眠れるのである。だから一九〇二年刊行の *Just So Stories for Little Children* とは、子どもの「動物はどうして…なの？」という問いに答える「そう（"just so"）だからだよ」という意味だけでなく、「おやすみ前の『いつもの』お話」（'The "Just-So" Stories'）という思いが、より強く込められていることになる。

『おやすみ前のいつもの話』は、最初は刊行を目的とせず、自分の子どもを安心して寝付かせるための子守歌的な夜伽話であった。ただし、眠りを誘う心地よい単調な物語ではなく、結構盛り上がりのあるユーモアたっぷりの話である。しかも、登場人物の死とか、悲しい結末はなく、子どもが安心して眠れるようにつくられている。話の筋は「どうしてそうなったの？」を説明するもので、多くは動物の身体的特徴に関するものである。しかし、怠け者で無礼なラクダには神様が懲らしめのためにこぶをつけた、というように、決して科学的なものではない。キプリングは子どもを寝かしつける時に、科学知識を伝授したり教化を目的とはしなかった。つまり教訓や意識といった昼の領域、言い換えれば「父性」に属するものでなく、子どもたちの無限に続く「どうして？」に付き合う、いわば夢やファンタジーといった「母性」の無意識領域に属する話である。

キプリングの語る『おやすみ前のいつもの話』を聞いたのは、一八九三年に生まれた長女ジョゼフィーンはじめ、次女エルジー、長男ジョン、そして後に作家になった親戚のアンジェラ・サーケル[5]などである。引用はサーケルの回想の一部である。

ラディ伯父さんが、深みのある歯切れよい口調で語ってくれた楽しさに比べると、印刷された『おやすみ前のいつもの話』は、なんだか退屈に思えてしまいます。伯父さんの語りは、まるで儀式のようでした。いつも一字一句違えることなく同じ調子の独特のイントネーション、この儀式性のある語りが大きな魅力でした。それは誰にも真似のできない特別なものです。強調したり、大げさに読んだり、メリハリもありました。伯父さんの語りを一度でも聞いた人なら、決して忘れることなどできないでしょう。[6]

「儀式」とはいっても堅苦しいものではない。いつも同じように語ることで、子どもとキプリングの間に成立していった秘儀的な了承のことである。彼は朗読者であり、独特の魅力をもつその語りに、耳を傾ける子どもという観衆があって、はじめてこの物語は成り立つのである。いわば、印刷された『おやすみ前のいつもの話』は台本に過ぎない。そこには演者の働きかけが要求される。

実際、話の中には言葉遊びも含まれ、内容だけでなく、音でも楽しめるように工夫がされている。引用は「クジラののどが狭いわけ」の冒頭である。

In the sea, once upon a time, O my Best Beloved, there was a Whale, and he ate fishes. He ate the starfish and the garfish, and the crab and the dab, and the plaice and the dace, and the skate and his mate, and the mackereel and the pickereel, and the really truly twirly-whirly eel.[7]

ヒトデ、ダツ、カニ、マコガレイ、ツノガレイ、デース、ガンギエイ、サバ、カワカマス、ウミウナギと、百科事典のように次々に海洋生物の名前が挙げられる。子どもには聞いたこともない名前もある。しかしリズムよく読みあげれば、意味がわからなくても楽しむことができるし、意味のわからない言葉だからこそ、かえって音を楽しむことができるのかもしれない。魚の名前で韻を踏んでおいて、「ガンギエイと仲間のエイ」と、それまでの流れをはずして韻を踏ませるところは、「ドレミの歌」が物の名前で音符を説明しておいて、「ラはソの次の音」と、流れをはずして説明するおもしろさ[8]を連想させる。また、難解な魚の名前が羅列されるときの音感は、落語の「寿限無」の音感に似たものがあるし、鮨屋で初めて魚へんの漢字の羅列を目にしたときの感嘆の気持ちにも一脈通じているかもしれない。

この作品は目で読むだけの本でなく、実際に音声にして子どもと一緒に遊ぶ道具でもある。だから遊び道具を展示物のように見ていても、また遊び方ばかり研究していても、そのおもしろさがわからないように、子どもに語り聞かせ、子どもの反応に耳を傾けなければ、その真価は理解しにくい。つまり、家族の愛情こそがこの作品の原点であり、貴重な魅力でもある。

2 キプリングの絵

キプリングは絵を描くことを好んだ。一九〇二年出版に際して『おやすみ前のいつもの話』につけられた挿絵は、すべてキプリング自身によるものである。父ジョン・ロックウッド・キプリングは画家でボンベイの美術学校の校長である。母アリスはラファエル前派エドワード・バーン・ジョーンズの義姉であり、キプリングは幼い頃から彼とも親交があった。そのような環境の故か、子ども向けの挿絵にも、ラファエル前派的、ビアズレー的世紀末的、アーツ・アンド・クラフト運動的な要素を見つけることが可能である。例えば「ネコが一人で歩くわけ」("The Cat that Walked by Himself")の挿絵は実に大人びている。黒白の色彩と風景の孤独感が猫の自律性をあらわし、さすがにエロスの影はないがビアズレー的な世紀末を感じさせる。冬枯れの木々の描写には、モリス的な唐草文様のデザイン性が生かされている。下に浮世絵風の絵がコラージュ的に挿しこまれている(図1)。

モリス的といえば、お話はすべてヴィネットと呼ばれる頭文字の飾り模様からはじまる(図2)。ヴィネット自体は中世の写本文化のものだが、キプリングがヴィネットを用いたのは、モリスが全体の美的装飾に気配りして作ったチョーサーの本を意識したものであろう。そうして、自ら挿絵をつけ、アーツ・アンド・クラフト運動的なトータル芸術を『おやすみ前のいつもの話』の中で実践している。

彼の挿絵も、他人に鑑賞を強要する類のものではない。家族の中で楽しむことが目的である。一つに、出版に際して彼自身の挿し絵が載せられたことは、印刷では伝えられない作者の音声や家族的な雰囲気を補う目的があるのかもしれない。しかし何より重要なのは、キプリングは理屈抜きに自分が楽しいから描いているということである。次女エルジーは父の絵について、こう回想している。

お話の挿絵を作成する父は、実に楽しそうでした。主に墨を用いて、細かい部分まで注意深く精密に描いていくのです。そうして、父の絵に私たちが合格点を出してあげると、大喜びしていました。[9]

(図 3)

(図 1)

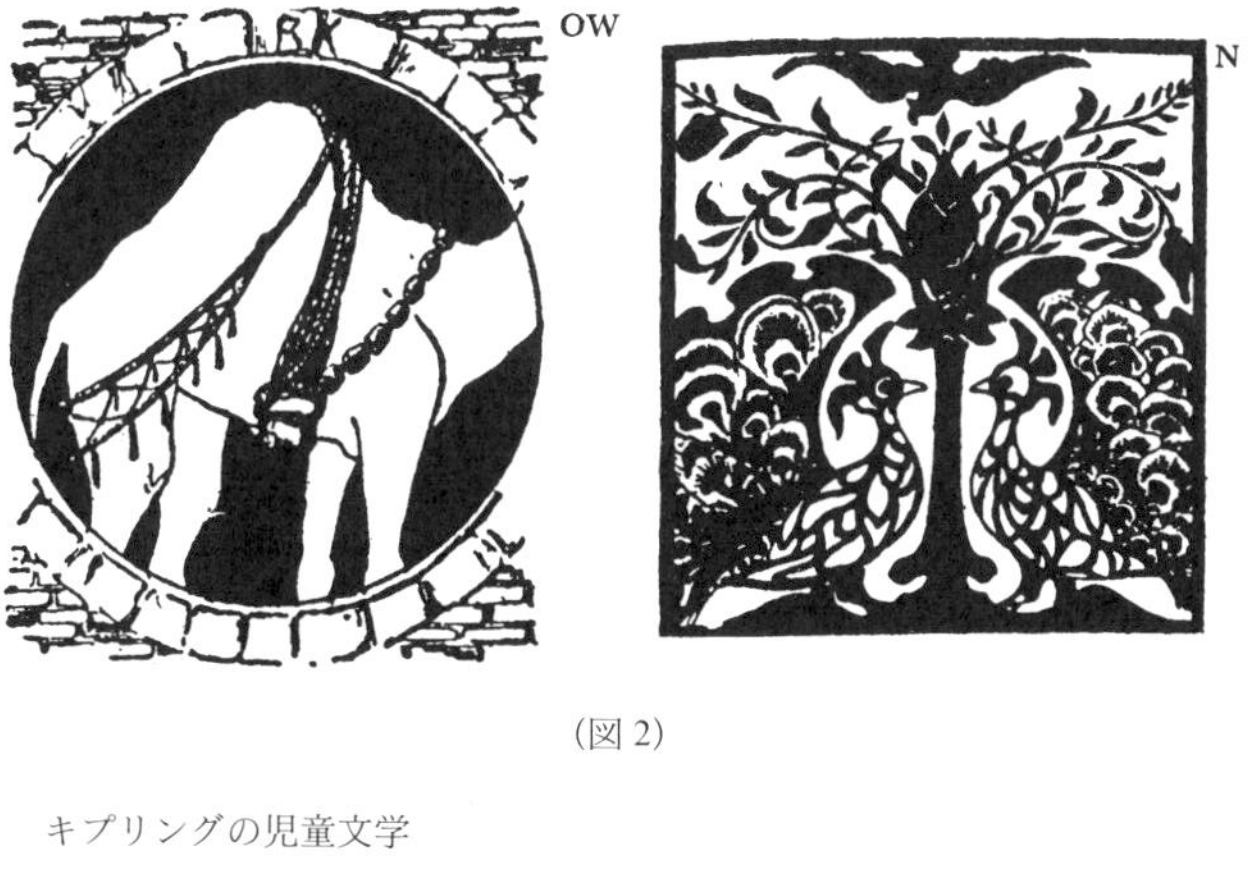

(図 2)

挿絵のもう一つの特徴として、本文と無関係のものが描かれている点がある。例えば「サイの皮膚がごわごわなわけ」（"How the Rhinoceros got his Skin"）の挿絵には、本文とは全く無関係の難破船が、画面中央に小さく描かれている（図3）。そして「乗客はみんな助け出されて、無事お家に帰ったよ」という解説文もついている。どういう経緯でこの船が描かれることになったのか、我々にはわからない。例えばこんな想像をしてみよう。父と娘が一緒に遊ぶうちに、難破船が話題になったことがあり、このサイの話をしている時に、娘がふと思い出して「あの難破船はどうなったの？」と尋ねたのかもしれない。それで難破船の絵が挿入されたのだ。勿論、想像である。何の確証もない。しかし、本文と全く無係のない挿絵が平然と描かれ、ご丁寧に解説文まで添えられる背景には、我々読者が到底入り込めぬ父と娘の濃密な関係があるのではないか。この難破船が書き込まれた秘密は、彼ら家族しか知らないのである。この本が刊行され多くの人が回覧することが可能になっても、この本は彼ら家族の本であるという書き込みが、この小さく描かれた難破船の絵のもつ意味なのかもしれない。そして、このような遊びが可能であったとすれば、それだけこの父娘は一緒にいろいろな遊びをして多くの時間を共有していたのであろう。物語とは直接関係のない難破船の絵、そして『おやすみ前のいつもの話』が成立する背景には、我々の預かり知らぬ、家族の濃密な対話が潜んでいるのである。

事実、キプリングは子どもたちと等身大で対話し、向き合う父親であった。後のことになるが、一九〇七年にノーベル文学賞を受賞したとき、その様子を十二歳のエルジーと十一歳のジョンに伝えている。子どもたちを楽しませ、その楽しみを分かち合おうとする姿勢は、『おやすみ前のいつもの話』に共通する。

まるでムチ打ちの罰をうける、いたずら少年になった気分だったよ。……（中略）とてもえらい先生が、たどたどしい英語で僕を長々とほめてくれるんだ。その間、僕は自分の鼻の頭を見つめ、じっとがまんして座っていた、本当につらかったよ。祝辞が一つ終わるたびに、僕たちギセイ者は立ちあがって、演台から降りてくるえらい校長先生（祝辞を述べた人）とあく手しなくちゃならない。おまけに、胸に造花バラをつけた青年が、ギセイ者に賞状と金メダルを手渡してきたからたいへんだ。大きなスベスベ革の賞状入れの上に、巨大ティファニー宝石入れみたいな赤いツルツル革のメダル箱をのせ、これを片手で抱えながら、ニコニコしながら、もう片方の手であく手をする。どんなにむずしいことか想像できないだろう。そうだ、うちにあるインク吸い取り紙台の上に、銀のカギ箱をのせて、片手で持ってごらんよ。どんな感じかわかるから。[10]

この手紙には、たくさんの手に握手を求められて圧倒される自分の様子を描いたユーモラスな絵も添えられている。キプリングは子どもにノーベル賞の受賞を自慢することはない。むしろ大人の世界の体裁や見栄を「王様は裸だ」と叫ぶ少年のように、あるがままに、しかもユーモラスに伝えている。さらに、まだ幼い子どもでも自分の友人であるかのように語りかける文章である。前述引用[2]でも、キプリングは子どもを「優越者」という言葉で表現している。当時の英国の家長的な父親像を考えると、キプリングは子どもに対して敬意を持つ進歩的な父親である。また、親元から離れて暮らす十一歳の息子ジョンには「ちゃんと歯磨きをするように」との指示をユーモラスな絵を添えて送った手紙もある。[11] 歯磨きのような基本的生活習慣を子どもに指示するのは、当時は父親の役目ではなかった。こんなところにも育児する父キプリングの姿があらわれている。

3　キプリングと夏目漱石

話の多くは動物に関するものだが、趣を異にするものとして、「手紙ができたわけ」("How the First Letter was Written") と「アルファベットができたわけ」("How the Alphabet was Made") がある。新石器時代が舞台のこれらの話は、テグマイという男性と娘タフィーが中心人物で、キプリングと長女ジョゼフィーンがモデルである。ここではタフィーは単なる聞き手ではなく、話に参加し中心的な役割を果たす。

例えば「アルファベットができたわけ」は、タフィーの提案で文字を発明する話である。テグマイとタフィー親子は、まず音を発する形からアルファベットを作る。そこからSHU（空）とYA（水）を組み合わせて、SHUYA（雨）とするなど、二人は音を織りなして言葉を作る遊びに夢中になる。SHUはsky、YAはwater、SHUYAはshowerにあたると思われ、まさに幼児の発音を思わせる。これは、ジョゼフィーンが成長し言葉を話し始めたことを反映している。

子どもが初めて意味のある言葉を口にした瞬間というのは感動的なものであるが、同様に、人類が初めて言葉を作る瞬間というのは神々しいまでに詩的な瞬間であろう。キプリングは、話の中で一つ一つ言葉を完成させていくことで、父と娘にこうした詩的瞬間を一つ一つ再発見させてゆくのである。

しかし、この楽しい話の最後には、悲しい詩がつけられている。

遠い、ああ、はるかに遠い昔のこと
もうあの子が父の名を呼ぶことはない
一人ぼっちでテグマイは、探しつづける
あの子はかけがえのない娘

この詩には、娘ジョゼフィーンが手のとどかぬ場所へ行ってしまった嘆きが表現される。キプリング一家はアメリカへ航海中に体調を崩し、ニューヨークで娘ジョゼフィーンが肺炎により六歳でこの世を去る。一八九九年三月のことであった。最愛の娘を失ったキプリングは茫然自失となり執筆活動も停止する。執筆の再開はそれから約五ヵ月後で、「ゾウの子ども」("The Elephant's Child")であった。以降は執筆活動により娘の死の痛手から立ち直ろうと努力する。こうした中で一九〇二年十月に刊行されたのが、現在我々が目にしている『おやすみ前のいつもの話』である。ジョゼフィーン生存中に雑誌発表した三篇、娘の死後に発表した八編、未発表の話が一編という構成で、それぞれに挿絵と解説文、そして詩をつけた。

『おやすみ前のいつもの話』はキプリングが子どもに語り聞かせた話を刊行用にまとめたと、書いた。しかし本として刊行されたお話は、厳密には「キプリングが子どもたちに話していたお話」とは違う。なぜなら「キプリングが子どもたちに話していたお話」は、共に遊んで時を過ごしながら、生きる喜びを見出している。ここには、日々の発見があり、笑いがあり、何よりも音に満ちている。一方、書物となったお話は、いわゆる「鎮魂歌集」である。これは娘の墓碑であり、そこに音はない。

さらにキプリングは「あの子たち」("They", 1904) というジョゼフィーンの死を反映させた短編を発表する。この中で主人公「私」は、生きる者と死んだ者を隔てる境を前にする。そして死んだ幼い子どもをどんなに愛していても、残された親は決して死んだ者の世界へは踏み込めず、生きる者の世界に戻るしかないという覚悟を示す。しかし一方で、無邪気にオカルトを信じ、子どもたちがいつでも遊べるように、遊び道具を用意して待っている盲目の老女の願いは、他ならない「私」の願いであることは明白である。子どもの「遊び道具」だけが散らかる部屋。しかし遊び手である子どもたちはいない。遊び手のない遊び道具が、子どもの不在を殊更明らかにしている。

子どもを愛し、ヴィクトリア朝の男性には珍しく積極的に子どもに接したキプリングにとって、娘の死は言語を絶するものであった。いや、育児に参加せずとも子どもの死はやはり痛切である。キプリングと同時代を生きた夏目漱石（一八六七～一九一六）も、同時期に子どもを失う。両者ともベストセラー作家であり、[12] 幼少期に親元離れて暮らしたキプリングと、養子に出された金之助とは精神的な共通点もある。

明治の人間で子沢山だった漱石は、キプリングのように子煩悩というわけではなかったが、五女の雛子に対しては格別の愛情をそそいでおり、その様子を『彼岸過迄』の「雨の降る日」に伺うことができる。ここに登場する宵子という幼い女の子は漱石の五女雛子がモデルであり、松本夫妻というのは漱石夫妻がモデルである。この雛子はわずか一歳で突然この世を去る。一九一一年（明治四十四年）十一月のことであった。漱石は翌年一月から小説の連載を朝日新聞に開始し、彼岸過ぎ頃に終わるであろうから『彼岸過迄』というタイトルにしたと読者に説明している。しかし、それが前年十一月に亡くなった雛子の彼岸を意識していることは明白である。小説のなかの短編「雨の降る日」は、雛子へ捧げられた鎮魂歌である。

昨日不圖図座敷にあつた炭取を見た。此炭取は自分が外國から歸つて世帶を持ちたてにせめて炭取丈でもと思つて奇麗なのを買つて置いた。それはひな子の生れる五六年も前の事である。其炭取はまだどこも何ともなく存在してゐるのに、いくらでも代りのある炭取は依然としてあるのに、破壞してもすぐ償ふ事の出來る炭取はかうしてあるのに、かけ代えのないひな子は死んで仕舞つた。どうして此炭取と代る事が出来なかつたのだらう。[13]

ここには雛子はなく、炭取りだけが取り残されている。「あの子たち」の中の不在の子どもたちの遊び道具を思い出す。同様に、残された炭取りを見て、漱石は雛子の不在を痛切に感じるのである。さらに、『彼岸過迄』の宵子が突然亡くなるのは、雨の降る日で、松本が客の相手をしている最中であった。だから彼は、「己《おれ》は雨の降る日に紹介狀を持つて會ひに來る男が厭になつた」と言う。そしてキプリングも、娘を失ったアメリカには二度と行かないと誓い、その後生涯アメリカの土を踏むことはなかった。

4　サンクチュアリとしての『おやすみ前のいつもの話』

十八世紀のイギリス児童文学は、実用的、模範的、道徳的であり、おとぎ話、冒険談、ロマンス、魔法の話、ナーサリ・ライムは、児童文学として好ましくないとされた。例えば、ペロー翻訳のマザー・グースは退廃的とみなされ、魔法使いが問題を解決してくれるアラジンの話は、どらえもんがアメリカで全く不評なのと同様に、イギリス的なセルフヘルプ（自助）の精神に欠くものとみなされた。ロックは『教育論』（*Some Thoughts Concerning Education*, 1693）において、子どもは読書を通じて人生の諸問題の具体的な処置法を学ぶべきとし、エッジワース親子は、ルソーの教育法の影響を受けて教訓物語を実践し、想像的な物語は否定した。しかし、予想を超えた結末に向かう魔法の世界や、予断を許さない冒険の世界は、子どもたちの想像力を大いに刺激し、抗しがたい魅力を提供するものであったことは言うまでもない。[14]

このように、イギリスでは児童文学を教育的見地から変形歪曲し、教育という枠組みの中に押し込もうとする伝統があった。それがある意味で、「めえー、めえー、黒い羊さん」のローザ叔母ハリー母子のピューリタン的な教条主義として現れる。一方、厄介者の黒い羊であるパンチ少年の姿には、アラビアン・ナイトやグリムやアンデルセンといった想像力を刺激する文学に安らぎと解放を求める少年キプリングの姿があらわれる。そして、帝国的、体制的というレッテルをはられた作家キプリングも、子どもには夢のある文学を創作して与え、声を出して読み聞かせ、共に遊び、自らも子ども時代に立ち返ろうとしていた。

彼にとって物語の原点とは、いわば一日の最後に楽しい話を享受しながら安心して寝入っていく空間にあった。そこには、安らぎがあり、社会からの解放があり、夢がある。それがキプリングの他の作品では見ることの難しい、『おやすみ前のいつもの話』のもつ、意識の奥深くに潜めている母性である。『ジャングルブック』『キム』などに代表される、キプリングのいわゆる児童文学の中には「軍隊的、体制的な父性、パタニティ」を探ることが可能である。同様に『おやすみ前のいつもの話』にも、そのような父性を読み取ることも可能かもしれない。しかし、この作品に父性を読み取って、キプリングがいかにも帝国的だ、体制的だという証拠立てをしたところで、実りがあるとは思えない。むしろ、素直に物語を楽しむことが『おやすみ前のいつもの話』に相応しい読み方である。子どもたちは成長し、否が応でも社会に組み込まれていく。それ故に、やがて大人の社会に組み込まれていく子どもたちへ、せめてものサンクチュアリとして、この作品が存在するのである。そしてそのサンクチュアリとは、子どものためだけでなく、他ならぬキプリング自身のためにもつくられたものである。

（付記）本稿は日本キプリング協会の第四回全国大会（一九九九年十二月四日　学習院大学）で口頭発表したものをもとにしています。その折、貴重なご意見を下さった同協会会長の橋本槙矩先生、日本イギリス児童文学会会長の谷本誠剛先生に深く感謝いたします。

19

河口伸子

ヴァージニア・ウルフの『幕間』考

『幕間』（*Between the Acts*）はヴァージニア・ウルフ（一八八二―一九四一）の遺作であり、第一次世界大戦と第二次世界大戦の間の一九三九年六月を現在として描かれている。この作品は、形式において、かつその内容においてウルフ文学を考える上で、様々な問題をはらんでいる。

1

まずはこの作品が生み出される背景を彼女の日記からみてみることにする。日記にこの作品が最初に言及されるのは一九三八年四月二六日であるが、この作品の潜在的萌芽はもう少し前にあるように思われる。ウルフは小説としては『幕間』の前作にあたる『歳月』執筆中の一九三三年四月二五日の日記で、こう記している。

風刺、喜劇、詩、物語を含むべきである。どんな形式がこれら全部を包みこめるだろうか。劇、手紙、詩なども持ち込むべきだろうか。[1]

ここでウルフは一つの作品に劇、詩、物語を持ち込もうとしている。だが、『歳月』において、この形式上の構想は実らず、彼女の構想は次の日記にあるように、次作にもちこされることになる。

> また、別の小説が浮かび上がってくることがあるだろうか。そうであるならば、どんな具合に？今のところそれに向かっての唯一のヒントは、それが対話、詩、そして散文であるべきことだ。[2]

彼女のこの長年の形式に対する思いは、一九三八年四月二六日、後に『幕間』となる作品の構想において結実する。

> 私はここで新しい本を構想している…たのむから一つの枠を作ってしまうな。あらゆる宇宙的な巨大なものをよび入れ、疲れて尻込みしておずおずしている私の脳を強制し—そのあらゆる部分を参加させて—またもう一つの全体を包みこむようにさせるのは—まだもうしばらく先に。ただ自分をおもしろがらせるために一つのメモを書いておこう。「ポインツェット・ホール」（後に『幕間』となった）を書いてはなぜいけないのだろう。一つの中心。文学すべてを、実際のちょっとふつりあいな生きたユーモアとの関連において論議するのだ。[3]

この日記にあるように、ウルフは狭い枠にとらわれずに、あらゆるもの—劇、詩、散文といった文学のあらゆる形式を援用して作品全体を包み込もうとしているのだ。生涯新しい芸術のあり方を探求してきたウルフはこの『幕間』で長年思い描いてきた、対話で構成された劇、詩、そして散文が一体化した作品を作り上げたのである。その意味でこの作品は彼女の芸術の集大成とも解釈できる。

2

『幕間』は、ロンドンから汽車で三時間ほどかかる田舎の古い屋敷ポインツ・ホールで、毎年恒例の野外劇が行われるが、その野外劇の前夜から当日の夜までの約二四時間の出来事が劇、詩、散文といった文学のあらゆる形式を使用して描かれている。その中でも、野外劇は、作品の半分を占めており、重要な役割を担っている。芸術家ラ・トロウブ嬢の野外劇は、英島の誕生、チョーサーの時代、エリザベス朝、理性の時代、ヴィクトリア朝、現代・私たち自身という英国史の諸場面から構成されている。彼女の野外劇はこの作品の中で、様々なレベルで機能している。

まず、歴史=伝統というレベルで考えてみることにする。野外劇のみならず、この作品全体が歴史を深く意識させるものとなっている。冒頭部のやや奇妙と思われる話題に登場する汚水溜のために選ばれた用地についてポインツ・ホールの主人オリヴァ氏は、次のように述べている。

ローマ道路の上である…飛行機から今でも見えます、ブリトン人によってつけられた傷跡、ローマ人に、そしてエリザベス朝の荘園領主邸に、そしてナポレオン戦争中に小麦を栽培するために丘を耕した際に鍬によってつけられた傷跡がはっきり残っているのが。[4]

そこは長い歴史が堆積した用地なのである。また、ポインツ・ホールにある睡蓮池は、「水が、何百年もの間に、くぼ地に泥と共に流れ込み、泥の黒いクッションの上に四、五フィートの深さとなってそこにあった。」(五四)まさに睡蓮池はこの作品の中で歴史の堆積物の象徴なのである。ジリアン・ビィアは、この作品の中でウルフが描いている歴史は「進化し絶えず変化するものではない」と指摘している。[5] また、リンダル・ゴードンは「変化より継続を強調する」のがウルフの歴史観であると主張している。[6] ラ・トロウブ嬢は芸術家としての観点から、英国史の諸場面からなる野外劇を創作している。彼女にとって歴史は単なる歴史ではなく、芸術、文学の歴史=伝統であるのだ。野外劇では、チョーサーの時代の英国が描かれ、彼の『キャンタベリ物語』を想起させるキャンタベリ参詣の巡礼者が登場する。そしてエリザベス朝では、女王の御前に「グロウブ座」とおぼしき舞台があらわれ、「冬のことだった」とはじまるシェイクスピアの『冬物語』を連想させる劇中劇が演じられる。そして理性の時代では、当時隆盛をきわめた風俗喜劇風の劇が演じられる。このように野外劇はチョーサーの『キャンタベリ物語』やシェイクスピアの『冬物語』などといったこれまでの文学を観客にいやおうなく意識させながら現代へと進んでいく。野外劇の最後の場面で、これまで登場したすべての役者が舞台に登場し、一斉に自分のせりふから語句や断片を朗読する。その中には、シェイクスピア、テニソンなどといったこれまでの文学のキャノンからの一節が織り込まれている。この部分は、これまでの文学が伝統となって統合され、現代へと流れこんでいることを象徴している。このようにラ・トロウブ嬢は、芸術家として文学、芸術はこれまでの文学、芸術の伝統に支えられていることを野外劇を使って描き出している。

だが、その一方で、ラ・トロウブ嬢はこれまでの文学のキャノンをパロディ化している。ここには、これまでの文学、芸術の伝統に厳しい批判の目をむけている女性の芸術家としての彼女の姿勢があらわれている。伝統に支えられていることを十分意識し、かつ、その伝統に厳しい批判の目をむけ、絶えず独自の芸術を追い求めている、まさに芸術家としてのラ・トロウブ嬢の姿がここに見られる。

彼女の野外劇は、また別のレベルでこの作品の中で重要な機能を果たしている。上記で述べてきたように、野外劇は英国史の諸場面を描き出すが、読み進んでいくうちにどうも一つ一つの劇の内容に重きが置かれているといった感じはあまりしない。実際、登場人物のせりふは風に吹き飛ばされて半分ほどしか観客には聞こえてこないし、劇の筋は観客が劇を見て知るというよりは、プログラムを見る観客の語りから、申し訳ない程度に入ってくる。オリヴァ氏の息子ジャイルズの嫁であるイザベラは、劇を見ながら、筋についてこう語る。

筋は重要であろうか？　と彼女は座り直して、右肩越しに見た…筋を頭をしぼって考える必要はない。おそらく、ラ・トロウブ嬢はこの難問を一挙に解決した時、そのつもりだったのではないであろうか？　筋に関して思い悩むな、筋は重要ではないのだと。（一〇九）

筋は重要ではないというウルフの唱えてきた論理が、この野外劇にも適用されているのである。

では、野外劇はこの作品の中でどのような機能を果たしているのだろうか。このことはこの作品の時代背景と深いかかわりあいを持っている。『幕間』は第二次世界大戦勃発直前から書き始められ、大戦の最中執筆された作品である。そのためこの作品には、戦争の恐ろしさ、脅威がいろいろなところで表現されている。ジャイルズは自分の愛している景色が戦争によって破壊されてしまうことを嘆いている。

いつ何時でも、銃がこの土地を掃射して、あぜみぞのようにしてしまうであろう。飛行機がボルニー聖堂を粉々に破壊し、あほう御殿を爆破してしまうであろう。(六七)

このような漠然とした戦争への脅威は、作品全体に流れている。この作品は、題である「幕間」の一つの意味である第一次世界大戦と第二次世界大戦の間を現在としている。[7] 第一次世界大戦で破壊された西洋文明、そしてそこに更に第二次世界大戦が追いうちをかけようとしている現在を中心に据えている。ウルフの『幕間』は彼女の出版社であるホガースプレスから同様に出版された友人T・S・エリオットの『荒地』と多くの類似点があるとこれまで指摘されている。だが、リーザ・ワイルは両作品の類似点を認めた上で、『荒地』はただ西洋文明の終末的ヴィジョンを描き出しているだけだが、『幕間』にはそこから何かを「創造」しようという強い力が見うけられると指摘する。その力を発揮しているのが、この作品に登場する女性達、特にラ・トロウブ嬢であるのだ。[8]

ラ・トロウブ嬢は野外劇で「現代、私たち自身」の場面を用意している。休憩時間を終え、観客は着席し、劇の始まるのを今か今かと待っている。だが劇はなかなか始まらない。いや、ラ・トロウブ嬢はあえて劇を始めないでいるのである。彼女は、ここで観客を「現実の時間に十分間さらす」という演出をしているのだが、観客は全くその演出に気がつかず、皆苛々している。観客同志、言葉を交しても表面的で、彼らの間には「現代」という時代に対する慢性的な苛立ちが広がっている。そこには調和といったものは一切感じられない。そしていよいよ劇が始まる。灌木から子供達が割れた鏡を持って出て来て、観客つまり私たちを映し出す。そこに映し出されたのは、「破片、くず、断片」(二二五)と化している私たち自身である。二つの大戦の間で、「破片、くず、断片」と化している私たち自身、孤立し個々と化した私たち自身を「一つに結びつける」ためにラ・トロウブ嬢は野外劇を演出しているのである。まさにウルフは、日記にも記しているように、この作品で「私」を捨てさり、その代わりに「私たち」を描こうとしているのだ。[9] ラ・トロウブ嬢が野外劇を演出し、作り上げようとしているのは、「私たち」に象徴される「自我のない世界」である。彼女は個人という概念を観客に稀薄にさせるために、野外劇に登場する人物の名前を巧みに設定している。理性の時代の劇では、サー・スパニエルをたらしこんで姪の遺産を手に入れようとするレイディ・H・Hを描く、ヴィクトリア朝の劇では、H夫人が登場する。それ以外にも、エリザベス朝の劇では、公爵の娘カリンスィア、その結婚相手フェルディナンド、理性の時代の劇では、フランヴィンダと明らかに似通った名前を登場させている。観客は劇から劇を見ていくうちに、次第に名前を混同し始める。これを証明するように、牧師のG・W・スツレツフィールド師は、「もし私が名前を取り違えているなら、許して下さい」(二二四)と語る。ノラ・アイゼンバーグが指摘しているように、これこそがラ・トロウブ嬢の演出であるのだ。観客に名前を混同させ、個人を区別する名前の重要性をはぎ取ることによって、「私たちはみな同じだ、私たちはみな一つだ」（二〇四）という意識を観客に喚起させようとしているのだ。[10]

そして野外劇が進むにつれて、個々と化していた観客にある変化がみうけられるようになる。観客は今まで自分を縛っていた狭い自我から自分たちが解放されてきていることを感じ始める。

まるで私が私自身と呼ぶものが結びつけられないでまだフワフワ漂っており、安定していないようであった。どうもはっきり彼ら自身ではない、と彼らは感じていた。（一七五）

そして牧師のG・W・スツレツフィールド師は野外劇を見て、「私には少なくとも私たちがお互いの仲間であることが暗示されました。各々は全体の一部です…私はただ観客の一人として語っています、私たち自身の一人として」（二二四）と述べ、野外劇によって自分達の間に調和、連帯感が生まれたことを実感している。野外劇が終わる頃には、役者と観客といった区別すらなくなり、その場にいるすべての人々が互いに混ざりあい、自分達の間に生まれた調和を喜びをもって実感している。ラ・トロウブ嬢が野外劇の中で一貫して使ってきた蓄音機は、

拒むことのできない、勝ち誇った、しかし別れの調子ではっきりと断言していた、散り行くよ我らは、共に集った我らは、しかし、と蓄音機は主張した、かの調和を作りしものすべてを共に保有せん。（二二九）

と語る。これを聞いた観客はもはや受身ではない、知らず知らずのうちに、自分達も野外劇に「組み込まれ」、一つの統一体を形成しているのである。前述の蓄音機の主張を聞いて、観客は「おお、共に、とおうむ返しに繰り返した（かがんだり、のぞきこんだり、手探りしながら）、団結せん。仲間には喜びが、すばらしき喜びがあるからなり。」（二二九）と相槌をうつ。

野外劇で彼らの間になしとげられた調和と一体感は、蓄音機の「統一」（Unity）という言葉に凝縮されている。このようにラ・トロウブ嬢は二つの大戦の間で「破片、くず、断片」と化している私たち自身を一つに結びつけ、連帯感を感じさせるために野外劇を演出しているのだ。まさにこの作品の中で、野外劇は二つの大戦の間で「破片、くず、断片」と化している私たち自身を一つに結びつける「道具」としても機能しているのだ。

3

次に、言語の面から『幕間』を考えてみることにする。ノラ・アイゼンバーグが指摘しているように、ウルフの言語との関係は複雑である。[11] ウルフは作家として、言語という媒介に対して、「自分の気持ちをそのまま表現できるもの」[12] と満足感を感じてもいるし、また別の箇所では、言語は「不十分な媒介」[13] であると逆に不信感を抱いている。後期の作品になるにつれて、彼女の言語に対する態度は不信感の方に大きく傾いていくことになる。『幕間』において、彼女の言語に対する不信感は頂点に達している。この作品の登場人物は言葉が自分の気持ちを適切に表現できないことを至るところで感じている。オリヴァ氏の妹スウィズイン夫人は「私たちには適切な言葉がないのです—適切な言葉がないのです」（六八）と嘆いている。また、登場人物達は、実際に言葉を交わすだけでなく、言葉なしに意思を疎通する。[14] この作品には「言葉なしに」（without words）という句が何度となく登場する。イザベラとその夫ジャイルズとの会話はまさにその典型である。作品の中で彼らは最後の最後まで実際言葉を交わすことはしない。言葉なしに相手の気持ちを理解するのである。この作品の中で言語に対して最も嫌悪感を抱いているのは、牧師のスツレツフィールド師である。彼は「冒瀆者である言葉から、不純である言葉から私たちを救い保護したまえ！私たちは私たちに思い出させるのに言葉の必要性があるであろうか」（二二一-二二二）と述べ、言語を厳しく非難している。

また、ウルフは言語に対する不信感を抱く一方で、言語には無尽の可能性があることを十分認識していた。[15] 言葉が、意味から、シニフィエとシニフィアンの構造から解放されたとき、言葉は未曾有の力を発揮するという言語の持つもう一つの可能性をウルフはこの『幕間』で描き出している。ジャイルズはまるで啓示が下ったかのように次のように言葉に対して感じている。

> 言葉は今日の午後、文の中に無気力に横たわっているのをやめた。言葉は立ち上がり、威嚇的になり、握りこぶしを人に向けて振るった。（七四）

人によって文に、意味に、縛られていた言葉は、自主性（autonomy）を獲得し、積極的に人に働きかけようとしているのである。マキコ・ミノウ・ピンクニーはこの作品で言語は平凡なコミュニケーションの機能からはずれて機能していると指摘している。[16]『幕間』では言葉の響き、音が重要視されている。この作品には音に重きが置かれた語の表記や意味から解放され、音を重視したナンセンスな言葉遊びが多数あらわれている。

しかし、ウルフは、作家である以上、言葉を意味から完全に解放して、響きや音だけを重視して作品を書くことはできない。作家としてウルフができたのは、意味の側面と音の側面をうまく共起させながら読み手に言葉のもう一つの可能性を実感させることであった。野外劇は、韻で満たされ、意味が観客に伝えられる。また、ウルフは野外劇においてだけでなく、この作品全体で言葉のこの二つの側面を意識しながら、慎重に言葉を選び使っている。エリザベス朝の劇では、タバコ販売商クラーク夫人が紛するエリザベス女王のまわりを公爵たち、司祭たち、巡礼者たち、それに白痴が手をつなぎ、頭をぶつけ合いながら踊っている様子を"It was a *mellay*: a *medley*"「それはごた混ぜであった。寄せ集めであった」(一一二)(イタリックは筆者による)と表現している。まさにこの例に示されているように、この作品の中で、ウルフは意味だけでなく、言葉の音、響きに大いなるこだわりを持っている。

しかし、ウルフの意味から解放された言葉への希求は、消えることはない。その彼女の思いはまさにラ・トロウブ嬢に反映されている。ラ・トロウブ嬢は野外劇を終えて、次の作品の構想を頭で考えているとき、ふと「意味のない言葉―すばらしい言葉」(二四八)と口にする。芸術家としてラ・トロウブ嬢は意味から解放され自主性を獲得した言葉を絶えず希求しているが、現実には実現不可能である。彼女は理想として意味のない言葉を心の中に持ち続けているのだ。

言葉の持つ音、響きの重要性を認識したウルフは、この作品の中で、言葉に限らず、音というものを重視している。2で述べたように、ラ・トロウブ嬢は野外劇で人々を一つに結びつけることを最大のテーマにしている。彼女にとって重要な道具となるのが、「音楽」なのだ。

この作品で、ラ・トロウブ嬢は蓄音機を肌身離さず持ち歩いている。そして彼女は自然の中で劇を演出するが、その際蓄音機をとても活用している。蓄音機から奏でられる旋律は、人々の耳にただ入ってくるものではなく、人々のすべての感覚を目覚めさせる。二つの大戦の間で、「四散させられ、粉々にされて」（一四二）、自分達のまわりの世界すら見る余裕もない人々は、蓄音機から奏でられる旋律を聞くことによって、これまで聞こえなかった自然の声や、これまで見えなかった自然の美しさを実感する。

> 音楽は私たちを目覚めさせる。音楽は私たちに隠れたものを見させ、壊れたものを繋がせる。見よ、そして聞け。花々がいかに赤色、白色、銀色、青色を放射しているかを見よ。そして木々は多くの舌で大いに語り、それらの緑や黄の葉は私たちをグイグイ押して、私たちを混ぜ合わせ、私たちに命じる、ムクドリのように、そしてミヤマガラスのように、共に来いと、共に群がれと。（一四三）

このように音楽は人々の眠っていた五感を目覚めさせ、人々に、調和を求める自然の声に気づかせているのだ。そして次第に人々はこの蓄音機が奏でる音楽に引きつけられていく。蓄音機が奏でる音楽は、幾つもの異なるメロディから構成されている。メロディ同志がぶつかりあったり、結び合わさったりしながら、調和し、統一された音楽が出来上がっているのだ。この音楽を聞いている人々は、それぞれのやり方でこの音楽と取り組む。取り組み方はそれぞれ異なるが、「皆」が参加して、この音楽を理解し、最終的に彼らはこの音楽によって自分たちが結び合わされていることを実感するのである。

曲が始まった。第一の調べは第二の調べを意味した、第二の調べは第三の調べを。それから下の方に一つの力が対抗して生まれた、それから別の力が。異なる高度でそれらは分岐した。異なる高度で私たち自身は前進した、花を集めながら何人かは表面に、他の人達は下りて行って意味と取り組んだ、しかし皆が理解し、皆が参加して。……混沌と不協和音から拍子が生じた。しかし表面音のメロディだけがそれを支配しているのではなかった、合戦の羽毛飾りをつけた戦う戦士たちも二つに分かれて奮闘していた。別れるためにか？　いいえ。……彼らは衝突した。解決した。結合した。（二二〇-二二一）（傍点は筆者による）

このように蓄音機が奏でる音楽は、個々の見方や考え方の違いを越えて、人々の心と心を真に結び合わせる「内なる調和」（二四二）をもたらす力を持っているのだ。

ラ・トロウブ嬢は、芸術家として、言葉と音楽を駆使しながら、そして自然の大きな力を借りることによって、戦争が刻一刻と近づき、不安にさいなまれている人々に、ほんの一瞬でも調和と一体感を感じさせることに成功しているのだ。

このようにみてくると、まさに『幕間』はウルフの持ちうるすべての様式―劇、詩、散文―を使い、彼女の考えうるすべての媒介―言葉、音楽―を用いて、芸術に挑んだウルフの大作といえるのではないか。

20

和治元義博

虚構、地獄、神話

フラン・オブライエン『第三の警官』における異界

序

アイルランドの小説家フラン・オブライエン（Flann O'Brien, 1911-66）は『スウィム・トゥー・バーズにて』（*At Swim-Two-Birds*, 1939）という実験的な小説でデビューし好評のうちに迎えられたが、次に書いた小説『第三の警官』（*The Third Policeman*, 1967）は一九四〇年には完成していたものの、出版社にその出版を断られてしまった。深く傷ついた彼はその原稿を紛失したと友人たちに触れ回り、その作品は二度と陽の目を見ないであろうと思われていた。しかし幻の長篇『第三の警官』は出版されることとなった。彼の死の翌年のことである。

この出来事が象徴的に示しているように、『第三の警官』はまず第一に「死者の書」なのである。また、原稿を紛失したというでっち上げもこの作品世界を端的に表していると言えよう。『第三の警官』

は「死者の書」であると共に、「虚構の書」でもあるからだ。本論では、「言葉の遊び、ほら話へのずぶとい耽溺、哄笑、人間の力では及びえないものにたいする繊細な感受性」[2]などが溢れている『第三の警官』を考察することで作家オブライエンの世界の一端を見ていきたい。

1

『第三の警官』を読んだ者は誰でもその中で繰り広げられる非現実的な出来事の数々に戸惑うであろう。しかも、老人殺しを告白する一文で始まるこの一人称小説の語り手「ぼく」は、終わりの方で明らかにされるのだが、第二章ですでに死んでいた「死者」なのである。第二章以降我々は「ぼく」の経験する不思議な出来事に付き合うことになる。まず、殺したはずのメイザーズ老人が「ぼく」の目の前に現れる。次に出会う二人の警官は始終自転車の話ばかりしており、自転車に長時間乗っていると人間と自転車の成分が一緒になって「自転車人間」(八五―九二)[3]が出来上がるという話までし始める。その後身体の内側に別ものの身体が組み込まれていて順々に小さくなっていって幾千もの身体が玉葱のようにくるみこまれている玉葱人間の話、肉眼では見えない位までの小さな入れ子細工を作っている話、リフトに乗って降りて行く「地下楽園」の話など、次から次へと語られるほら話とも思える語りは単なる死者の語る「夢の世界」、「幻想の世界」では片付けられない奇妙な現実感がある。まずは、「ぼく」の語るその「異界」がどのようなものなのか見ていきたい。

最初に自ら告白しているように、「ぼく」は以前から研究を続けて来ていたド・セルビィという学者に関する目録を出版するための資金欲しさに、友人のディヴニィと共謀してメイザーズ老人を殺す。メイザーズ老人の持っていた「黒い箱」すなわち、「金庫」を求める旅が物語のアクションの主軸を成している。そして「ぼく」の語るこの物語は、彼が期待していたような「すばらしい冒険」(三九)などではなく、結局「ぼく」にとって不都合で不幸なものとなる。まず「ぼく」は命を落とす。それは、隠してあったメイザーズ老人の金庫を彼一人で取りに行った時にディヴニィの仕掛けた爆弾に触れた瞬間のことで、彼自身は「何かが起った」(二四)としか認知しない。つまり、この時点で彼は自分が死んだことに気付いていないのだ。その直後彼は背後に自分が殺したはずのメイザーズ老人が座っているのに気付く。メイザーズ老人の眼は「とにかく恐ろしい」(二六)もので、「見つめているうちに、これはほんものの眼ではなくて、電気仕掛けか何かで動く義眼(mechanical dummies animated by electricity or the like)なのだという気が」(二六)するような眼なのである。ここで使われている'mechanical'という言葉は重要である。なぜならこの言葉こそ、これから「ぼく」の語る『第三の警官』の世界の基調を成すものだからである。語り手はその前にすでに「ぼくは機械のような冷静さでいくつもの事柄を目にとめていたのを覚えています」(二五)と述べており、メイザース老人と話す時の彼自身の言葉も「まるで機械仕掛けの大量生産品のようにあふれ出た」(二七)と形容するのである。また、その後警察署に行く途中に出会う盗賊のマーティン・フィヌカンも自分の力を「大馬力の蒸気機関車といい勝負」(四八)と言う。同じように、「ぼく」の前に現れる三人の警官たちもまた一般的な世界にいる人間とはかけ離れた存在として描かれている。メイザーズ老人によれば、三人は彼らの超自然的存在を暗示するかのように「何百年の間警察署にいて」(三七)、人が生まれながらに身に付けているという風の色を見る「天賦の才能を備えている」（三七）のである。その後「ぼく」は二十五年前に姿を消したフォックスを除いた二人の警官、プラックとマクリスキーンに出会うが、彼らは二人とも自転車のことばかり話している。しかも自転車が絞首刑になったことを大真面目にさえ話す始末である。彼らはホッパーが指摘するように[4]あからさまに「虚構の人物」である。そして彼らもまたメイザーズたち同様に人工的なイメージで描かれる。例えばプラックは叩いたら「ブリキのような音」（一五九）のする頭に、驚いた時には「蝶番がはずれた人形の顎のように」（一六九）だらりと垂れ下がる下顎を持っている。基本的に彼らはアイルランドの田舎に普通にいるような人の良いでっぷりと太った警官なのであるが、その言動や「ぼく」による独特の描写により非現実性と虚構性を備えた存在となっている。また、人物のみならず、風景描写にも人工性が露になっている。

そう言えば今ぼくを包みこんでいるこの朝には、冬の気配すらないのは一体どうしたことなのでしょう。それに、どちらを見渡しても広々と拡がっているこの田園風景は、美しいには違いありませんがぼくには全く見覚えのない景色なのです。…初めての土地では誰でもどこか勝手が違うという感じを味わうものですが、この土地に漂っているのはそれとは全く別種の異様さなのです。すべてがあまりにも快適すぎる、完璧すぎる、あまりにも見事に整いすぎている感じなのです。（四一）

遥か彼方の空との境のあたりには豆粒のような羊の姿が見てとれますし、折れ曲がった小径があちこちに通じています。人間の営みの痕跡は全く認められません。（五四）

ぼくはあたりを注意深く見廻しました。道の両側の湿地帯は褐色と黒とにこぎれいに色分けされていて、ここかしこにきちんとした箱型に泥炭を切り取った跡があり、そこには黄褐色、褐黄色の水がたまっています。…特製の鋤で泥炭を精確な形に鋤き起こし、荷車の二倍もの高さの堂々たる記念碑に積みあげるのです。…頭上をすっぽりくるみこんでいるのは晴朗にして計り知れず、筆舌に尽くし難くも比類のない天空で、ジャーヴィス氏の離れ家の右手二ヤードの穏やかな地点にはみごとな雲の浮島が錨をおろしています。(八八-八九)

ベッドから遥か彼方、あたかも壁に掛けた一枚の絵のように、夜は窓にきっちりと収まっています。(一二〇)

淡青色の空には距離感がありません。近くもなければ遠くもないのです。(一五六)

泥炭を掘る農夫、緑の木々、鳥のさえずりなどオブライエンの少年時代を過ごした田舎を題材とした。[5] 情景描写が盛り込まれてはいるが、どこか即物的で生活感のない世界を思わせる描写である。「十一章にわたって(明らかに物語の終わりまで)風も吹かなければ、肌寒さもなく、処刑の日の朝の土砂降りを除いては雨が降ったことにも触れられていない。装飾的な雲はそれがなければ一点の曇りもない空に流れている。『シャツの白さが目立つ』(何と超現実的な描写だろう)労働者の他に風景の中に際立って人はいない」[6] のである。ブラックの「自転車人間」の話と風景描写の後にオブライエンは「ぼく」

にこう言わせている。

この情景は疑念を挿しはさむ余地のない現実で、しかも巡査部長の話とは全く相容れないたぐいのものなのですが、彼が真実を語っているのもまた確かですから、是非なく二者択一を迫られるというのであれば、ぼくの眼に映ずる単純明快な事物の存在を余儀なく無視するという事態も大いにありうることなのでした。（傍点筆者）（八九）

ここで控えめではあるが、オブライエンは「ぼく」を通して彼の目の前にある「現実」を「虚構」によって否定し、無化し、両者の関係を極めて曖昧なものにしている。右の引用箇所の風景描写と自転車人間のことが象徴的に示しているように、『第三の警官』内の「現実」と「虚構」は互いに相対化されるものであり、どちらが真実とは決められない類いのものなのである。

まるで立体感の無い平面的で「絵」のような風景の中（そう言えば「ぼく」が訪ねていく警察署も奇妙な形をしており、「あたかも路傍に立てられた広告用看板のペンキ絵のよう」（五五）で「通例の三次元のうち少なくとも一つが欠けている」（五五）ものであった）「機械」とグロテスクなイメージで語られる警官たちは、従来の小説における「受肉化された」人物ではなく、極めて「機械的」で現実離れした「虚構性」の目立つ人物になっている。また、ド・セルビィを巡る注釈者たちにも別の「虚構性」がつきまとっている。例えば、ハッチジョーとバセットという注釈者はド・セルビィの注釈者たちであるクラウスとデュ・ガルバンディエの二人は実は同一人物で、二つの名前を使い分けていると思っているし、そのことを確かめに向かったハッチジョーは（噂によれば）クラウスかデュ・ガルバンディエに仕組まれた悪質な企みによって「自分自身に扮したというかどで」（一七六）逮捕されてしまう。[7]

このように至る所に張り巡らされためくるめく「人工性」と明からさまな「虚構性」がオブライエンの特徴であり、「現実」とそれらとの重層性こそ『第三の警官』全体を統括する基本原理なのである。

2

ところで語り手の「ぼく」とはどういう存在なのだろうか。彼は物語冒頭で自分が殺人者であることを読者に伝える。「ぼくの話をお聞かせする」（九）という全能の語り手を思わせる言葉とは裏腹にその「話」の中では彼の関知しないことが次から次へと起こっていく。彼はどういう訳か自分の名前を思い出すことができない。『第三の警官』の世界においてはすべてのものに名前が付いている。「ぼく」は、彼が死んだ瞬間から聞こえてくる「魂の声」に「ジョー」という名前をつけるし、「たとえ一頭の犬といえども自分を他の犬どもと分離するために然るべき名前を保有している」（四二）のである。そのように「名前」は自己を他人と区別し、自己を規定するアイデンティティの拠り所なのであるが、皮肉にも彼は名前、すなわちアイデンティティを持っていないという理由で絞首刑を言い渡される。しかし名前が無いことで死に至るこの世界において皮肉なことに彼はすでに死んでいる。このねじれを生じさせた彼の死の原因は、メイザーズ殺しに絡んだ仲間割れであるが、ドハーティが指摘しているように[8]メイザース（Mathers）とは「父」（father）と「母」（mother）が組み合わさった単語であり、しかも複数形であることから「人類全般」を表している、と読むことも可能であろう。彼を殺すことによって「ぼく」は人類、ひいては世界から自分を孤立させてしまったのだ。居場所が無く、死んでいる「ぼく」には絞首刑が待っており、この「死」の中の「死」という像は後述する合わせ鏡のイメージにも繋がっていく。

警官たちや風景を人工的なイメージで語って来た「ぼく」ではあるが、それらを語る「ぼく」も自分が「語られている」人間であることに薄々気付くようになる。

> ぼくがなじんでいるこの世界は別の存在の内側にほかならず、このぼく自身はその存在の内部の声なのではあるまいか？　誰が、あるいは何が、中心の核となっているのだろうか？　そして、すべてを内包する終極的巨人はどんな世界のどんな怪物なのだろうか？　神か？　無か？（一二三）

先程述べたアイデンティティの喪失はこのように彼自身の存在への疑いとなり、彼は宇宙的なビジョンを持つに至る。「神」という言葉を出しながら、ここで示唆されているのは「ぼく」の小説内での「虚構性」であり、「ぼく」とは自らの語りの中で警官たちを描くことによって彼らを創り上げる「創造主」なのではなく、作者オブライエンの「操り人形」にすぎない。[9] ここでの「すべてを内包する終極的巨人」とは「神」や「無」などではなく、明らかに作者オブライエンなのである。ここに、警官たちの世界を語りながらも、自分が語られていることを意識する「ぼく」というあからさまな虚構の人物像が浮かび上がってくる。

そもそも彼が警察署に行こうと思ったのは例の「黒い箱」の在り処を警官なら知っているだろうという奇妙な理由からであった。彼が「そのために罪を犯した」(九)と自ら告白しているその箱は、「ぼく」の頭の中ではいつしか「金庫」ではなくなり、何でも望みを叶えてくれる「全能の箱、オムニアム」(一九五)へと姿を変える。「ぼく」が熱中し、語りの中でしばしば脚注の形で引用されていて『第三の警官』の今一つの枠組みと共に「ぼく」の精神世界を形作っているド・セルビィの「旅は幻覚である」(五二)の言葉通り、「ぼく」の箱探究の旅は幻覚でしかないのであるが、作者オブライエンの「操り人形」であることに気付いていない「ぼく」は皮肉にも自信たっぷりにこう言う。「警察署をめざすぼく自身の旅については、それが幻覚ではなかったと言うだけで十分でしょう。」(五四)「地下楽園」で心に浮かんだ欲しいものが目の前に現れながら、地上に帰るリフトに乗る時に重量オーバーとなるためにそれらを持って帰れなかったように、「ぼく」の望むものはどこであっても決して手に入らない。そこにあるのは、「全能の箱」が手に入るかも知れないという幻想だけである。「自分の名前が憶い出せないのはひどくじれったいものです」(四二)と言っていた彼ではあったが、名前の問題は棚上げされたまま、かつて見たことのある風景の中再び警察署へ向かうのである。そして警察署を眼にした「ぼく」は「こんな警察署はこれまで見たこともありません」(二〇五)と言うが、この台詞は彼が物語の最初で警察署を見た時に言った言葉とまるっきり同じ(五八)で、そのことによって彼の身に降りかかる「不都合な出来事の数々」(三八)が再び繰り返されることが容易に予感されるのである。「全能の箱」を手に入れたいというファウスト的欲望を持ちながら、ギリシア神話のタンタロスのようにその欲望が満たされない彼は、未来永劫に無意味な行動が繰り返される「地獄」の真直中にいるのである。

地獄はぐるぐる繰返す。形状においてそれは環状。無窮、反復を本質とし、まずはほとんど耐え難い。(二〇七)

3

ではこの作品にあるのは「地獄」だけなのであろうか。

ドハーティも指摘するように『第三の警官』にはアイルランド神話の「ティル・ナ・ノーグ」すなわち「若者の国」のパロディのイメージが横溢している。[10] 「ティル・ナ・ノーグ」とは時間がなく、人が永遠に年を取らない、西方に位置する「常若の国」で、そこに行くためには馬で行かなくてはならない「異界」の地である。『第三の警官』においては、「地下楽園」から戻る時の「ぼく」は「赤ん坊のように声をあげて泣」(一四五)いたし、警官たちは子供のように甘いものに執着するなど、無邪気さが見られる。また、自転車人間の話の時、プラックは自分の曾祖父が死ぬ前一年は馬だった、と言っていることも興味深い。なぜなら、人間が自転車に変容する世界において、自転車ではなく「馬」に変わる人間もいるということは、自転車が馬とのアナロジーを持っていることを示しているからだ。そのことを実証する例が別のところにある。マクリスキーンの自転車を盗もうとする際に、「ぼく」はその周りにあるものを「馬具」に、そして自転車そのものを「馬」に譬えている。「やたらに飾り立てた馬具に似ていないこともないけれど明らかに全然別の用途があると思われる真鍮および革製の奇妙な品物一揃い」(一七三)の中に「飼い馴らしたポウニィのように憩う」(一七七)自転車があるのだ。このように自転車と馬とには不可分な連続性があり、「ぼく」が盗んだ自転車を乗る場面にはなまめかしいエロテイシズム（その自転車は常に女性の代名詞で呼ばれている）と妙な開放感が溢れているのである。[11]

また、「左」への異常なまでのこだわりも注目される。ブラックは「霊魂を救済」するためには自転車に乗った時は「可能な限り左折を旨とすべし」（六三）と言う。この他作品中にはプラスイメージとしての夥しい「左」への言及があるが、それは左、即ち西方にあるアイルランド神話の「異界」（ティル・ナ・ノーグ）への憧憬と考えることもできるであろう。それは子供、馬のイメージ両方からも明らかである。『第三の警官』の人工的「異界」の底辺にはもう一つの「異界」（ティル・ナ・ノーグ）への憧れが反映されているのである。ティル・ナ・ノーグには「時間」がないが、「ぼく」に「時間」が存在しないことはアメリカ製の時計を無くした、と彼が嘘を言う度に魂の声のジョーの「モトモトあめりか製金時計ナゾ持ッテハイナイクセニ。」という発言によって象徴されている。つまり、時計がないことは彼のいる世界には時間の観念がないことを暗示しているのである。しかし「常若の国」にいるかのような設定をしながら、実は「ぼく」のいるのは同じ時間のないところであっても「地獄」に他ならない。[12] 憧れの対象としての「異界」は単なる幻想にすぎないのだ。「地獄」であるこの「異界」において、「ぼく」には「名前」がなく、意味のないアクションが自転車の車輪が回るごとく永遠に繰り返されるのである。

「第三の警官」フォックスは物語の終わりの方になって現れる。『第三の警官』というタイトルがついてなければ忘れていまいそうな頃に現れるのである。この謎めいた人物について、可能性として考えられるものは「第三」という数字から即座に連想されるキリスト教の三位一体の第三位格の「聖霊」であろう。「聖霊」はギリシア語で「息」を表わす「プネウマ」と呼ばれ、そこから「聖霊」は「息」「空気」と同義と考えられる。「空気」及び「聖霊」と自転車の空気ポンプを巡る話は誰あろうオブライエンの第四作目の小説『ドーキー古文書』（*The Dalkey Archives*, 1964）に詳しく触れられている。[13]『第三の警官』の警官たちの世界において犯罪の第一は自転車の無灯火であり（「光り」は「神」を暗示する）、次に空気ポンプ盗難が来る。そして、フォックスと出会った「ぼく」は無灯火を咎められ、ランプが盗まれたと口からでまかせを言う。フォックスの方もオムニアムに関しては「急行自転車」で「ぼく」の家に届けたと言うが、不思議なことにフォックスの顔はメイザーズ老人の顔で、先程の彼と「聖霊」との関連で考えると犯罪者に「全能の箱」を渡すような人物とは考えにくい。その後フォックスはこう言って立ち去る。「ランプの件は安心してお任せ下さい。必ず盗品を見つけ出します。」（一九八）殺人者にして自転車窃盗の罪を犯している「ぼく」に「神の光」などもたらされるはずもない。「聖霊」を連想させ、「ぼく」のためにランプを見つけ出してくれるように思わせながら、実際飄々として捕らえ所のない人物フォックスとはその名「狐」が暗示するように「ずる賢い」存在であろう。タンタロスのイメージは続いているのである。再生を暗示する「卵」への言及（一九七）も空しく、「ぼく」はまた永遠に繰り返される無意味な行動の出発点である警察署に向かわなければならない。再生と救済は「光り」も「空気ポンプ」もない「地獄」にいる「ぼく」には無縁なのだ。

『第三の警官』の虚構の世界において実在するのは「幻想」だけである。「無灯火」「空気ポンプ盗難」の比喩から窺われるように、救いの無いこの世界において「黒い箱」に表象される幻想を求めて「ぼく」は「地獄巡り」の旅を続ける。「ぼく」の崇拝するド・セルビィに代表される「科学」も「ぼく」の目的達成のためには何の役にも立たない。実際のアイルランドと思われる田舎の描写、州議会などの現実めいた話と奇妙な会話に不条理な出来事が加わって作品世界は重層的で極めて複雑化している。「ぼく」が最初警察署に訪ねていった時にプラックが鏡を見ていることから、またド・セルビィの鏡の理論（六七）から暗示されるように、我々は言葉が増殖して作り上げる「虚構」と「現実」が合わせ鏡になった直中にいる。『第三の警官』においては、合わせ鏡がそれぞれの中で永遠にお互いの反射を重ねていくように、「虚構」と「現実」のみならず、あらゆるレベルのイメージが何層にも重なり合っていて、最終的にどちらがどちらを写し出しているのか分からなくなっているのである。

「申し分のない小説とは紛れもない紛いもの（self-evident sham）でなければならない」と『スウィム・トゥー・バーズにて』の作中人物は語る。[14] オブライエンにとっての真実とは「幻想」「虚構」の中において表現されるものであり、彼の極度の「人工性」と「虚構性」はそれを表現する一つの手段なのである。作中のチャイニーズ・ボックスや玉葱人間の比喩のように「現実」と「虚構」は、それぞれがお互いを包み込む形で、あるいはそれらが鏡となってお互いを限り無く照射し合っている。オブライエンは「紛れもない紛いもの」として一人の青年の「地獄巡り」の話を選び、アイルランド文学に特有の

「幻想」「異界への憧れ」、それに小説の作術法として「虚構性」をその中に盛り込んだ。平面的な風景をバックに何層にも重なった不条理でほら話的イメージで語られる一見滑稽な物語の根底にはその虚構性とは裏腹に一人の青年の深刻な地獄堕ちの悲劇がある。ここでは、地獄堕ちした魂の遍歴がアイルランド文学の伝統に即して描かれているのである。延々と続くことが予感される彼の無意味な行動とド・セルビィを巡り延々と議論を続けている批評家たち（「ぼく」もその内の一人である）などを通して犯罪者の歩む「地獄」の世界がここにはある。構成、内容、イメジャリーどれを取っても多重性に満ちていることが、この作品を単なる滑稽小説に終わらせていない要因である。また本論では詳しく触れられなかったが、オブライエンの繊細な感受性を示す、聴覚に訴える描写が多いことも注目される。[15]「きわめて前衛的でありながら、実験小説にみられがちなひよわさがみじんも感じられない」[16]のも祖国の文学の伝統に根ざした、作者オブライエンの真摯な芸術家としての姿勢があるからであり、その作品である「紛れもない紛い物」(self-evident　sham)の根底には明らかに「紛れもないアイルランド性」(self-evident *sham*rock)が存在しているのである。

21

新保松代

バーニス・ルーベンスの「フィクションのマジック」

バーニス・ルーベンス（Bernice Rubens, 1928- ）は、ユダヤ民族であること、女であること、ウェールズに生まれ育ったことは強迫観念ではなく「大いなる解放に向かう道」[1]である、と述べて、『選ばれし者』、『兄弟』、『キングダム・カム』、『母なるロシア』などでユダヤ人家族の歴史、彼らの密接な家族関係、そのために生ずる愛憎を繰り返し描いている。また、ユダヤ人に限らず、様々な桎梏から解放された現代人を捉えて離さない家族のしがらみ、男女の結びつきを扱った作品を発表し続けている。そのなかで新たな人間関係がどのように提示されているか、そして、家族の問題を書き続けることでルーベンスは何を示唆しようとしているのかをみていく。まず、「異性装嗜好者について小説を書いたのは私が最初だと思います」[2]とルーベンスが言う『日曜の晴れ着』（*Sunday Best*）を取り上げる。

この作品は、主人公ジョージと彼の父親の死との関係をめぐる謎や、ジョージが同僚の教師を殺した容疑をかけられ追い詰められていくスリルで話は展開していく。ジョージの父親は「男にみられる、女性的と説明されるどんな特質にも病的な反感を抱き、優しささえ男を作るものではない」[3]と考え、「おまえも一人前の男にしてやる」と息子ジョージを鍛えた。そんな父親をジョージは殺してやりたいと思っていた。ジョージの十二歳の誕生日に、それは両親の結婚記念日でもあるのだが、パーティが催される。その準備中既に父親は酔っ払い、ジョージが酒を飲むのをやめるように言うと、今まで指図を受けたことのない父親は腹いせにケーキの上に排尿して台無しにしてしまう。その夜ジョージは階段に針金でわなを仕掛け、父親はそのわなに引っ掛かり死ぬ。遺体は検死を受けるが事故ということになる。

父親と同じ男性であることへの嫌悪から、男性として生活している時のジョージは父親のことを考えたくないのだが、偏執狂のように憎悪と苦々しさでもって思い出してしまう。それで彼は自己防衛から、男性としての生活を「虚構の生活」[4]とみなす。彼が日曜の晴れ着を着る時、つまり女装すると、男性としての彼が消え、痛みを伴わずに父親のことを思い出すことができる。ジョージは自分が嫌いな男、例えば校長や隣人のジョンソン氏などを父親に似ているとみなし、不愉快なことがある度に女装に逃げ込みたいと思う。「回り道をする」「脱線する」「移し変える」「いずれ話そう」などの言葉が多用されることで、女装が現実逃避の手段であり、「中毒となってしまった治療」[5]であることが示されている。そして、これはフロイトのパロディといえるのだが、女性と違って男性はバスルームに入る度自分の性器に目をやらざるをえないとジョージは嘆き、男性嫌悪を示す。

父親がジョージに「お前を一人前の男にしてやる」と叫ぶ時父親は自分自身に対して言っている、とジョージは考える。父親は「女性的な価値の恩恵にあずかっているのに、これを自分にとっては価値のないものと受け取り」、[6] なにがなんでも男でいなければならないと思っていることをジョージは見抜いているのである。しかしジョージは、大人の男になりたくないと願う少年ではなく、既に中年男である。それで、社会の中で不安を感じていないかのように、頑固で威張りたがる父親の態度を真似る。とりわけ身近な人間である妻に対するジョージの態度は、「ここ数年の間彼女をひどく扱ってきた」と彼自身が告白しているように、パーティの目隠しゲームで自分の妻がわからなかった父親にそっくりである。

子供の頃ジョージが母親に対して抱いていた気持ちは次のように示されている。母親は「あまりに臆病で私の味方につくことができなかった」[7] し、ジョージは「子供の頃いつも母親から逃れようとしていた。」[8] 母親は絶えず恐々と夫の機嫌を窺い、息子ジョージに、彼女が不安を感じることのない心を許せる男になってもらいたいと期待する。息子は母親の欲求の中に抑圧を感じ、それを拒否したいという切実な思いを抱く。したがって、母親の涙は「最悪の形の脅迫状」[9] であり、母親は軽視の対象となる。しかし、ルーベンスは軽蔑すべきお定まりの母親には描いていない。

ジョージの母親はアイルランドの熱心なクリスチャンと再婚し、以来週に一度全く同じ文面の手紙をジョージに送りつけてくる。その手紙には「告解せよ、告解せよ」と紫のインクで書かれている。ここでもまたフロイトの父親殺しのテーマのパロディが見られる。母親が父親の亡霊のように告解を迫り、母親のためを思って父親を殺したはずがかえって母親の支配下から逃れられなくなる。ジョージは、誰からも「完全な告白」や「完全な暴露」[10] を無理強いされない、と言いながらも、彼の語りは脱線気味で、偏執狂的に父親殺しの告白を匂わせる。ジョージは母親からの手紙に「くだらない」(balls)[11] となぐり書きして捨てるのだが、この単語を用いていることも、ジョージが男性性に囚われていることを象徴している。

ジョージの妻ジョイ（Joy）は名前とは反対に、全く喜びのない人生を送っているようにみえる。ジョイの母親はジョイを出産して亡くなり、そのことでジョイの父親は彼女を責め続けた。ジョイの父親は、再婚した相手ががみがみと口うるさいことさえジョイのせいにした。ジョイの唯一の望みは、家を出るため結婚することであった。ジョイとジョージは素人劇団で出会うのだが、二人の将来を暗示するかのように、劇の中でジョイはメイド役、ジョージは女装である。ジョージは、ジョイの母親の死をジョイに思い出させ、子供を作らない。代わりにジョージはジョイに二羽のセキセイインコを買い与え、ジョイもその世話や家中磨きたてることに生きる目的を見出す。スピット（spit）とポリッシュ（polish）というセキセイインコの名前まで二人の結婚生活と重なり合う。

ジョイはふとしたことから夫ジョージに女装癖があることを知り、それに我慢がならず腹を立てる。ジョージの方は知られたことにほっとしながら、ジョイに攻撃的な態度をとる。そうなるとジョイが降伏するのは時間の問題で、ジョイは自分の服をジョージにやり、夫の趣味に協力する。妻の反応にジョージは女装の楽しみも失せてしまう。そして、「妻の理解が私の破滅の原因である」[12]と、妻が束縛の元凶であると恨む。同時にジョージは「女性というのは知ってのとおり知性に捧げられた存在ではない」[13]と、妻を軽蔑してみせ、よそよそしく妻に接する。このようなジョージをジョイは甘やかし続けるだけである。

ジョージは女装した姿を鏡に映すだけでは満足できなくなる。他者の目に女性と認知されてこそ性的アイデンティティーを自分で選んでいるという自由な気持ちになれるわけで、ジョージは家を出て女性として生きていこうと決心する。ジョージは女性としての生活を始めるにあたり、同僚のミス・プライスにちなんで、エミリー・プライスと名乗る。女装したジョージには、報われない頑なな愛を校長に抱くミス・プライスの孤独が痛いほどわかり、プライスこそが自分にふさわしい名前だと思ったからである。エミリー・プライスことジョージは、ジョイが失踪したジョージに呼びかけているテレビを見て、平穏を掻き乱されるような愛を感じる。そして、警察ですすり泣くジョイと面会し、妻の苦悩に胸が引き裂かれる思いがし、かつらをはずし、自分がジョージであることを証明する。傷つきやすく脆い自己への関心は他者を無視したものになりやすいが、男性という性から脱却した時、ジョージは人間らしい感情を持ち、他者との関係に目を向け、他者を助けることができるのである。

ジョージは、生活の九十パーセントは男性の役を演じているにすぎず、真実の姿は女装している時だと言っている。しかし、同僚殺しの容疑で指名手配され、女装してエミリー・プライスでいることを余儀なくされると、男性のジョージでありたいという思いに圧倒され、自分が誰であるかということを考えないようにする。男性であろうと女性であろうと、どちらか一方に性を固定させるのは息苦しいことなのである。

「今、ジョージ・ヴェリー・スミスという私自身の不確かな枠組みにおいて…私は男でも女でもないと知っている。私はそれを声に出して言う。…私はそれを書き留める、私は男でも女でもないと、それは私自身の中間状態の宣言への署名にすぎない、ただそれだけだ。」[14]

ジョージは中間状態に本当のアイデンティティーを見出す。両性のどちらの可能性も残しておくという曖昧さは不安定な自由であるが、ジョージにとって息苦しい安定より望ましいものなのであろう。アリストファネスのいう球形人間の二つに分かれた部分がどちらも男女の混合物で、男性も女性ももともと両性的であるという主張もある[15]が、ジョージは両性具有を意識しているわけではない。

女性のイメージは男性によって決められる、というフェミニズムの主張がある。男性は自分たちに一方的に好都合な女性のイメージを女性に押し付け、一方、女性はそのイメージに抵抗しながら妥協し、自分の役割を選ぶ。なかにはその折り合いがつけられず、不完全燃焼の自己希求に陥る場合もあり、そのような女性を描いていると読むことができる作品は一般に数多い。一九七一年に発表されたこの作品は、男性も成人する過程で、男女は対比的なものという規範を押しつけられてきたということ、そして、男性に女性性がみられることは、人間として成熟する可能性となりうるということを逸早く示したものといえる。

ジョージは中間状態を宣言した後なお、「父親が、頑固に居座る借家人が、私の頭の中にいる」[16]と言う。男性に戻ればすぐに、女装した時には解放される歴史的社会的関係に組み込まれてしまう。家族というトラウマと性差は、動かしがたくどっしりと人間に巣食う「碾き臼石」[17]なのである。とはいえ、ジョージは、家族以外の何ものにも眼を向けようとしない、回想に耽る哀れな存在とはなっていない。この作品はジョージが自らの告白の本を書くという形をとっている。それも、「私」という言葉で語ることにジョージは耐えられず、三人称で語っており、最後のところでようやく、父親殺しを認めるという最も辛い告白をする。しかし、それに対する罰は日曜の晴れ着のお預けを自分に課すといった程度のものであり、そう言ったすぐ後で、ほんのちょっとだけ日曜の晴れ着を試してみるかもしれない、と前言を翻す。このように、ジョージの矛盾した言動の滑稽さがこの作品に溢れている。告白することでジョージには隠すものがなくなり、秘密の重荷に打ちひしがれることもなくなる。したがって、現実逃避であった女装が、三人称で語られている新たな分身の発見となり、ジョージは男でも女でもない中間状態でいられる。いわば、ジョージは壁を突き抜けたのであり、そのことがジョージの笑いや滑稽さを可能にしているといえる。

同じく伝統的な性役割、視線、告白に憑かれた男を扱い、『日曜の晴れ着』とは対照的と思われる作品がある。一九九一年に発表された『孤独な悲しみ』(*A Solitary Grief*)を次にみていく。

『孤独な悲しみ』の主人公アリスタはロンドンの一等地で開業している精神科医で、英国人と外国人、男性と女性、正常と異常の差異を絶対視する価値観を持ち、純血の白人の長男によって永続する家系の正統性を重んじている。このアリスタが産後の妻にプレゼントする花束代を惜しんで墓地から花を盗んでいる場面で、『孤独な悲しみ』は始まる。アリスタは、妻が赤ん坊を産んだことで少しばかり優位に立ち、自分に対する態度を変えるのではないか、と想像し、男の子でなかったことにがっかりさせられたと囁いてやろう、そうすれば紳士らしい品位を保ちながら妻に逆襲できる、と考える。

アリスタとヴァージニアの夫妻にダウン症の女の子が生まれる。アリスタが花から取り外し忘れたカードに「いとしいドリス、亡くなっても決して忘れない」と書かれてあったことから、ヴァージニアは生まれたその子供にドリスと名づける。アリスタは、生まれた子供がダウン症であることに怒りと恐怖を感じるばかりで、これを到底受け入れられない。ダウン症は後天的なものでなく授けられたものなので、ドリスの存在は彼への個人的侮辱、脅威と感じられるのだろう。そして、アリスタは目に特徴のあるダウン症のドリスの顔を見ることができない。が、アリスタは、ドリスが寝ている間に、ドリスから見られないように、ドリスの小さな足を吸い、むっちり太った膝から首まで顔以外の部分を細部にいたるまで熱心に愛撫する。毎晩のこのドリス訪問に、アリスタはぞくぞくするほど恍惚となる。この奇妙な行動は近親相姦と紙一重であり、アリスタは無垢な赤ん坊を相手に異常性愛の領域をうろついている。

ドリスが四歳を過ぎても、相変わらずアリスタはドリスの顔を見ることができない。しかし、アリスタはドリスの顔を色々と想像して、いたずら書きするのが習慣になっている。ドリスの顔を描いている時、アリスタの理不尽な怒りは消える。ドリスを描くことが、顔を見ることを避けているアリスタの罪悪感の代償作用となっているのである。アリスタには、この常軌を逸した行為が中毒になっている、という自覚があり、精神科医であることが個人的問題の解決には何の役にも立たないことを知っている。「時間をくれ」がアリスタの口癖で、自分からは何も決定しない。

一方、夫への感情を麻痺させて日常生活を続けているヴァージニアは、常に、ドリスの顔を見ることができない夫に、ドリスの顔を見せないよう行動してしまう。つまり、ヴァージニアはアリスタに父親の責任や義務をめったに強要しない。そもそも二人の出会いからして、恋人にふられて淋しそうな様子のアリスタにヴァージニアが声をかけ、アリスタがヴァージニアに洗いざらい失恋話をすることで始まる。アリスタは、ヴァージニアの、男性に対する母性的態度に甘えているのである。また、アリスタは、生まれた子供がダウン症であると告げるシスター・トマスの手が彼に「母性の許し」[18]を与えたように感じ、彼女の手を握り締めて泣く。アリスタは相手の甘えは認めず、自分はとめどなく甘えようとし、それができない時には他者を避ける。アリスタがドリスを愛撫するのは、相手が無力で、他者と接する時経験する葛藤を味わわなくてもよいからである。アリスタは対人恐怖がはなはだしく強いのである。アリスタがドリスの「ダディ?」という呼びかけにドア越しながら初めて応えるのは、ドリスが四歳半になった時である。そして、いつかドリスが自分の目の前に現れるのではないか、とアリスタは恐怖にかられ、家を出て行く。

ところで、アリスタのオフィスには様々な患者が話をしにやってくる。アリスタは自分のセラピーに自信がなく、不正な稼ぎ方だと仕事に懐疑的であり、患者たちも時間つぶしの方法が他にないので精神科通いを続けている。そのなかに、追っ手から逃れるために地下鉄を乗り回し、地上に出ると目が開けられず、窒息しそうになるチューブ・トラベラーと呼ばれている患者がいる。彼は、何も見ないことは何に対しても責任を持たないことで、「幼児期のイノセンス」を与えてくれる、「盲目であることは多大な自由を与えてくれる」、[19]と自身の盲目性の意味を説明する。彼はアリスタの分身である。患者は誰一人治らず、終わることのない精神分析が揶揄されている。アリスタがチューブ・トラベラーと「互いに治療し合うことができるだろう」と思う箇所はもはや道化芝居である。

また、イーソウと名乗り、全身毛むくじゃらで、その身体を披露して「美しいと思いませんか」と尋ねて回っている四十二歳の男がアリスタのところにやってくる。アリスタは最初イーソウを猿のようだと思うが、イーソウの顔が「人を感動させずにはおかない静けさ」[20]に満ちているのを見て、彼を美しいと思う。そして、アリスタは、助けを求めたいという思いに突き動かされ、イーソウが自分を導いてくれるのではと願い、ドリスのことなどすべてを語る。聞き終わったイーソウは奇妙にもアリスタに一緒に住むよう提案する。イーソウの亡父は英国的でないものを嫌悪する医者で、毛深いイーソウを見たがらなかった。それで、イーソウは美のお裾分けをして回り、父親がまちがっていたことを証明しようとしていた。イーソウの名は旧約の毛深いエサウに由来する。エサウの盲目の父イサクは弟ヤコブをエサウとまちがえて、ヤコブを祝福するのだが、自分の子供への盲目性という点で、イサクはイーソウの父親であり、アリスタである。またアリスタの両親は、息子アリスタの家族を訪問すると言いながら、長年ヴァージニアを名前で呼ぶこともなければ、孫ドリスの顔を見に来ることもない。対面を避けるアリスタの両親もイサクと重なる。イーソウは、イサクの盲目性が「特別に受け継がれていく連鎖」[21]となって否応なく父から息子へと繰り返される、ということを示すアレゴリカルな役割を担っている。

イーソウとの生活は、アリスタが子供時代にも結婚においても感じたことのない、安定した家庭という感覚を彼にもたらし、二人は何かを暴かれる不安もなく、何でも分かち合える年老いた夫婦のようになる。そして、『日曜の晴れ着』のジョージが女装する時のように、アリスタの、妻に対する理屈にあわない苦々しさは消え、花束代さえ惜しんだアリスタが生活するのに充分な小切手を毎週妻に送る。ドリスに対してはというと、アリスタはますますドリスのいたずら書きに熱中するだけである。そして、ドリス訪問はドリスを愛する試みだと妻に打ち明けているが、離婚することになったとしても、ドリス訪問の権利だけは手放したくないと思う。ドリス訪問が「サファリ（狩猟旅行）」、「当てのない旅」[22]と表現されているところに、ドリスを支配し専有したいというアリスタの欲望が窺われる。

一方ヴァージニアは、アリスタが出ていった後、ドリスの通う幼稚園の理事で父兄のカウンセラーをしているヒューゴと親しくなり、アリスタと別れてヒューゴと結婚することを思い描く。しかし、ヴァージニアは、アリスタが永久にドリスの顔を見ることはないだろうと承知の上で、互いに馴染んだ夫婦としての歴史があるという理由から、ヒューゴよりアリスタを選び、ドリスが自分達をまた一つにしてくれるだろうと期待する。生活者としてのヴァージニアは、自分を成り立たせる枠組にしがみついて、彼女の期待が作り上げた夫と父親の枠の中にアリスタを押し込めずにはいられない。

イーソウは、アリスタと出かけたパリで、いつものように毛むくじゃらの身体を披露し、警察に捕まる。アリスタはイーソウを釈放してもらうため、イーソウは気が狂っていると警察に説明する。イーソウはそれを裏切り行為と受け取り怒るが、アリスタは、イーソウはこれ以上ないくらい気が狂っている、と思う。二人の関係は気不味いものになり、アリスタはパリから戻るとすぐヴァージニアに電話をかけ、偶然ドリスと話をする。その時のアリスタについて、「目に見えない電話線を通して、父性が確立されるだけでなく花開くだろう」[23]と述べられている。これを、アリスタがいよいよ父親らしい意識に目覚めたと読むのは難しい。この時アリスタは、「彼（アリスタ）を守るために捨てられ浮いている人生の船荷」[24]の間にあって、イーソウとイーソウの家だけがアリスタの錨という状況にある。アリスタにはイーソウの絶望が深いのがわかり、イーソウの存在が恐ろしく、アリスタ自身憂鬱な気分になり、振り子のように妻と娘の方へと戻りたくなったのであろう。

ロンドンに戻ったイーソウは真の判決を求めて美容外科へ行き、そこで、「美は見る者の目に宿るのです。例えば、奥さんがあなたを愛しているならあなたを美しいと思うでしょう。それに間違いなく、あなたのお母さんも」と言われる。美を扱う専門家から、イーソウの父親がイーソウを美しいと思えるほど愛していなかったことがはっきりと指摘され、イーソウは全身の毛を剃って自殺する。アリスタはイーソウを失い悲しむ。が、それはすぐに、どうして自分をこんな目に遭わせるのか、とイーソウに対する激しい怒りに変わる。アリスタは自己憐憫というポーズによってエゴイズムに耽り、ドリス排除の言い訳を作り上げる。

ドリスが行方不明になった後、(アリスタが幼稚園からドリスを連れ出して絞殺したということが最後に明らかにされるのだが)アリスタはヴァージニアを慰め、妻との関係を修復しようと家に戻る。アリスタは、ヴァージニアがアリスタの保護を求める以上に彼自身がヴァージニアの保護を求めている、ということを気付かれずに、妻からドリスを奪い、妻のところに戻ることができたのである。アリスタが「今までにない親近感をヴァージニアに感じた」[25]のは、アリスタにとって満足すべき夫婦関係の逆転が生じたからである。

アリスタは自分がしたことの残忍さを意識していない。彼は警察から公園でドリスが目撃されたと聞かされて、人目につく場所で殺すなんて考えなしだ、と他人事のように考える。アリスタは一連の出来事を思い返してみても、なぜドリスを殺したのかわからない。アリスタは確たる目的もなくドリスを車に押し込み公園に向かう。ドリスに「誰なの?」と尋ねられ、アリスタは「お父さんだよ」と答える。ドリスは「ダディ」と叫んでアリスタの首に腕を回して大喜びする。アリスタがドリスを殺す決心をするのはその時である。子供が親に置く完全なる信頼はアリスタには忌まわしいものなのだ。ドリスの遺体が発見されて初めて、アリスタはドリスの目を見る。そして、その後アリスタは突然両親に会いたくなり、両親に保護されたいと思う。アリスタの行動は盲目性と保護を求める欲求で説明される。アリスタは告白としてドリス殺しの場面を描き、一年後首を吊るが、アリスタが自殺するのも罪の意識からではない。ドリス殺しに関しては、誰からも保護や許しを望むことができないからであり、その「孤独な悲しみ」を分かち合うことができないからである。登場人物の死がすべて窒息によるものであることが、彼らの閉塞状況の悲惨さを、感傷の入り込む余地なく表している。

ところで、唯一明るい家庭のイメージは、奇妙にも、アリスタとイーソウのごく短期間の同居にみられる。アリスタにとってイーソウとの関係は、「認められない娘、交渉の余地のない妻、脅しを与える両親」[26]とアリスタが感じる、家族の押しつけや義務も、脅しや評価もない関係である。これは単に家族からの逃避である。アリスタは本当のところイーソウは気が狂っていると思っており、イーソウが父親に抱く感情にまで分け入ることはない。アリスタが描くドリスの絵がオフィスの机に鍵をかけてしまわれ、彼の告白の絵が誰の眼にもふれないように、アリスタはイーソウから何も学ばず、ナルシス的にも、尊大な自己とその頑迷な価値観の袋小路から出ることはないのである。

しかし、アリスタとイーソウの関係が解放に向かう過程を一九九三年に出た『オートバイオプシー』(*Autobiopsy*)にみることができる。この作品は、自分に対する両親の歪んだ関心に悩まされながら、長いこと書けないでいる作家マーティンが、友人である著名な作家ウォルターの死後、その脳を盗み、そこから思考をサイフォニングし(吸い上げ)、それをインスピレーションに書く、という奇抜な設定となっている。ここに登場する家族はことごとく崩壊し、一時的ではあるが幸福な関係を築くことができるのは、血のつながりがない他人どうしの友情だけである。時にそれは、アリスタとイーソウのような男性どうしの関係に見出される。そこでは、男性らしさごっこをする必要がなく、男性、夫、父親という固定観念化された性役割から解放されて、自分の弱さや精神的惨めさを見せ、自分が弱さも含め他の男性と同じと感じ、更に他者の感情や要求に重きを置くことができるようになる。言い換えれば、ドゥルーズ・ガタリの『アンチ・オイディプス』で主張されているように、父親、母親、子供の三者から成る閉じられた関係を壊し、所有も支配もない関係にある他者と横の関係で結ばれることの必要性を、この作品は示唆していると読むことができる。そして、そのオイディプス・トライアングルを超える関係は作品の創造により新たな領域に踏み出すということを、このメタフィクションは示しているようにみえる。

マーティンには物質的な気苦労がなく、自由であるはずなのだが、実際には、小説を書く以外に人生でなすべきことがない。彼は沈滞した環境の中で退屈な生活を送り、それゆえ一層綿密に両親に対する感情を吟味している。彼には、両親への憎悪が自分の成長を妨げているという自覚がある。彼は、ウォルターの脳をサイフォニングして得られた数行の言葉を基に書く小説が、今までに書かれたどの小説よりも真実に近いものとなるだろう、と考え、伝記的フィクションを書くつもりでいる。しかし、彼が描くウォルターの子供時代には、彼自身の家族のトラウマが映し出されており、マーティンは、ウォルターと自分の間にアナロジーを見ている。

マーティンはウォルターについての小説を書き進めながら、少なくとも自分には気の合うウォルターの人生がある、と思うようになる。「導かれるもう一つ別の人生があるということ、自分自身の人生はとても制限されたものだったということ、自分で作った限界の外側には社会があり、それに伴うあらゆるものが存在るということに気付くようになっていた。」[27] そして、久しぶりにパーティを開く気になり、その準備をしながら幸せな気分になる。

マーティンは何を次に書くか悩むことなく、憑かれたような興味をもって書く。サイフォニングした内容が、ウォルターとマーティンが初めて出会う場面に及ぶと、この小説を書くことはマーティンにとって異なる意味を帯びてくる。それは、マーティンが自分自身をエキストラの登場人物として距離をおいて見て、第三人称で描くことを意味する。つまり、それにはかなりの正直さと、おそらくは自分自身を矮小化して見ることが要求される。メンター的存在のウォルターへの関心、すなわち、オイディプス・トライアングルを超えた他者への関心が自己の経験を見下ろして立つことを可能にしたのである。その過程で、マーティンは明晰に自己を洞察し、自らの狭隘さを解放し、両親を許すことを学ぶ。そして、自分の子供時代の乳母ヴァイオレットに対しては「もし彼女がいなかったなら、私の子供時代は手に負えないものになっただろう」[28] と感謝するのである。マーティンは生まれ育った家をヴァイオレットと見て回り、ヴァイオレットはマーティンに、父が大きく関与し、トラウマとなった子供時代の出来事を、優しく思い出させる。彼女は、そのような出来事が引き起こした苦痛を今や受け入れられるくらいマーティンが幸せだと思ったからである。ヴァイオレットが「忘れてはいけませんよ、マーティン様、あなたのお父様にもお父様がいらしたんですよ、」と言ったのに対し、マーティンは「それに母親も」[29] と同意する。

また、今まで女性との付き合いを避けてきたマーティンは、ウォルターの脳をサイフォニングして小説を書き進めるうちに、ウォルターの義理の娘アマンダに関心を持ち、子連れで離婚していたアマンダに結婚を申込む。そして、アマンダが結婚を承諾する前に、「もし彼女（ヴァイオレット）が私の母親だったなら、そのまさに血のつながりが、乳母として私に示してくれた愛を変質させてしまっただろう。しかし、調整されていないその愛を、今度はサイモン（アマンダの子供）へ与えることができるだろう。」[30]と、マーティンはアマンダとサイモンと共に自分の子供時代の家に住むことを想像し、幸せな気持ちになる。マーティンは書きながら時折、このような突然のほとんど説明不可能な幸福感に圧倒される。アマンダは、自分の子供サイモンは元夫の子ではなく、義父ウォルターの子である、と最後に告白する。が、そのことをマーティンは既に自分の小説に書き込んでおり、承知している。マーティンは、亡くなった友人の妻とその子アマンダと三人で家庭を築いたウォルターと同じような人生を選び取っているのだ。

ウォルターの脳から吸い上げられた恥や罪を表す言葉に導かれ、マーティンがウォルターとアマンダの関係を書いたときのように、言葉が魔法をかけられたように頁の上に降りてきてすべてを説明することを、マーティンは「フィクションのマジック」[31]と呼んでいる。マーティンはウォルターの人生を作品として書き進めながら、書いている作品のあらゆる局面に自分の身を置き、「奇妙な情念的共犯関係を展開」[32]する。その経験は時折自分の現実と混同しそうになる程強烈なもので、いわば彼は書くという行為のなかで、自らの新しい分身を見出していく。マーティンが自らの経験を再構成する過程で、両親に対する憎悪という日常的意識から脱し、幸せや自由の輝きを見出すのは、まさにその「フィクションのマジック」によるものであろう。『日曜の晴れ着』のジョージが三人称の告白本を書きながら、分身を発見し、何とか共生していくように、「フィクションのマジック」はマーティン自身に作用し、彼は新たな人生を始める。このことは『孤独な悲しみ』のアリスタにも、イーソウとの出会いによって起こりえたはずであるが、アリスタは彼自身の小さな世界の中にあって自分を正当化するだけであり、それゆえ、「フィクションのマジック」がアリスタに生成変化をもたらすことはなく、自己耽溺という途方もない退行の道をたどる。

マーティンはウォルターの脳をサイフォニングし始める前、剽窃が横行したら、「重窃盗罪と略奪が我々の創造的世界を腐食し、剽窃の器用さと見かけを偽るやり方によってのみ結果が評価されることになるだろう」[33]と心配してみせ、サイフォニングの方法については話さない、と言う。長いこと書けないでいる作家マーティンは、剽窃をインスピレーションの源として、事実を重視することで真実らしさが保証される、と最初確信している。しかし、途中から、彼自身が宣言するように、自由に事実を盗み、ごまかし、歪曲するようになり、フィクションを現実のものにしているのかその逆なのかわからなくなる。そのなかで、もし、ごくたまにでも真実を書いたなら、それは思いがけない幸運ではなく、「マジック」なのだ、と主張する。「フィクションのマジック」という観点から、マーティンの作品の完成は、作家マーティンの成長やマーティンの実人生での望ましい変化と重なり合う。現実が最もリアルなものではなく、フィクションこそリアリティであると感じられる内面的な旅を通して、己の顔を映すことができる小説という鏡に、自分の日常の顔でなく、自分の欲する分身の顔を見出すことにより、断念や諦観とは反対の変化を生むのである。この「フィクションのマジック」が作用するからくりを、ルーベンスは『オートバイオプシー』で、作家マーティンに、例証させているのである。ルーベンスは最も自伝的な第一作目の『いがみ合い』で家族のトラウマを描き、その後も家族の問題を様々に異なる設定のもとで書き続けている。ルーベンスにとって書くことは、ウォルターに自戒させているように、自らのセラピーを意図したものではないだろう。家族の暗く重いテーマを扱い、日常的意識の袋小路を描き出してみせるだけでなく、時としてその外に変化の可能性があることを伝えようとしているのではないか。シェクスピアは、芸術は自然に掲げた鏡である、と言ったが、ルーベンスにとってその鏡は、「フィクションのマジック」により魔法の鏡にもなるのである。

22

福島富士男

「存在してはならないもの」

ゴーディマ『バーガーの娘』への疑問

『バーガーの娘』（一九七九）はナディン・ゴーディマ（一九二三―　）の渾身の作と言ってよいだろう。これほどトータルなかたちで南アの現代史を扱った作品は南アフリカ（以下、南ア）の文学史にも見当たらない。

反アパルトヘイト運動に生涯を捧げた白人活動家ライオネル・バーガーとその家族の物語で、家族のなかで一人生き残った娘ローザが物語の中心となる。活動家である父や母のもとで育った娘ローザは幼い頃から父や母の政治活動に大きく影響される生活を送る。弟が事故で亡くなり、母は病死、終身刑で獄中にあった父もまた病死する。父の死後ローザはすこしずつ自分を見つめはじめる。やがて、彼女は自分には父や母のように南アの解放に人生を捧げることはできないことに気づく。ローザは父の人生に反発するように南アを出国し、いったんは南仏ニースに暮らすライオネルの前妻カーチャのもとに身を寄せ、しかしやがてまた南アに帰国して自分なりの人生を生きようと決意する。

小説は三部構成になっていて（原書では、第一部一〜二〇九頁、第二部二一〇〜三〇〇頁、第三部三〇〇〜三六〇頁）、物語の舞台としては各部にそれぞれ南ア、ニース、南アが割り当てられている。しかし、三部構成といっても頁数を見れば明らかなように、均等な配分ではない。

第一部が全体の半分以上を占めているのだが、その理由は単純に考えていいだろう。つまり、そこで扱わなければならない課題が多くあったからである。父親の影響から逃れ、自分の人生を切り開きはじめる娘を描くのと同時に、ゴーディマはこの父娘関係に歴史的なパースペクティヴを与えようとした。おかげで、物語の進行の妨げになるのではないかと思えるほど、南アの現代史に関する膨大な情報量が第一部の前半で処理されている。一人称と三人称とで語りが重層的に構成されている（三人称の語りも何種類かに区別できる）のは、ポリフォニックな語りの効果が意図されていると同時に、その分だけ物語に広がりを持たせてそこに南アの現代史を取り入れるためでもある。南アの現代史は時代を追って構成されているわけではなく、分断され、断片化されて、むしろローザを中心とした物語の流れに利用されるかたちで、特定の過去の時間が物語のなかに引き入れられる格好になっている。

たとえば、小説冒頭からアパルトヘイトが本格的に開始される一九四八年が言及される章（BD, 88-94）までの時間構成を物語の流れに沿って見てみよう。

小説冒頭のキルト布団と湯たんぽを抱えてジョハネスバーグ刑務所の扉の前にたたずむのは、一四歳のローザである。一九六二年冬（つまり七月か八月ごろ）のこと。差入れは母へのもので、このとき母は予防拘禁反対デモに関わったかどで逮捕された。父ライオネルに終身刑の判決が下り、やがて父は獄中で病死する。そんな父を抱えながら、父のたった一人の家族として面会に行き、その一方でスウェーデン人のジャーナリストとの不倫に溺れる二〇歳を過ぎたばかりのローザ。七〇年前後の時期であり、物語の現在とつながる直前の過去である。父の死後、同棲をはじめた相手コンラッドとの会話の中では、一九六〇年のシャープヴィルの虐殺が回想される。次には、八歳のローザが現われる。弟とともに父方の叔母のもとにあずけられたときのことだ。一九五六年の暮れ、両親がともに逮捕された国家反逆罪裁判の時期に当たる。アパルトヘイト史上最大規模の裁判である。獄中の「婚約者」に激しく恋をする一六歳のローザも描かれている。一九六四年、アパルトヘイト政権による弾圧がもっとも厳しかったころである。そして、父の死後、ある男が父親の伝記を書きたいといってローザに近づいてくる。男は前もって書いてきた原稿を読み上げながら、ローザに確認を求める。物語の時間で言えば一九七二年ごろなのだが、男が読み上げる伝記の章は父がローザの母と再婚することになる一九四六年からアパルトヘイト政権が誕生する一九四八年五月にかけての時期である。

この前後にぶれながら進んでいく時間の配置は、南ア現代史の原点である一九四八年五月に物語を収斂させるためのものだと言える。そして、そのとどめを打つように、ゴーディマは父ライオネル・バーガーの伝記作者を登場させ、その娘ローザ・バーガーの誕生を告げる。

「ローザのあと知恵が伝記作者の理解を深めた。こうした出来事がすべて始まるのは、鉱山労働者ストライキ裁判で彼女の父やその同志たちが不起訴になったとき、つまり一九四八年五月のことだ。それは同時に、アフリカーナの国民党が最初に政権の座についた月でもあった。こうして、不吉な予感をみごとにたたえた文章で伝記の一章が終わった。

そして、その年のおなじ月に、つまり伝記作者の話をすっかり聞き終わるのと同時に、ローズマリー・バーガーは生まれた。」(BD, 94)

ローザ・バーガーを一九四八年五月に生まれさせるところまでたどり着くことで、物語の枠組みは一応できあがる。ここまでの段階で、一九七〇年ごろまでの南ア現代史の政治的な流れはほぼ物語のなかに取り込まれている。その後、物語と同時進行のかたちで、付け加えられる政治的な要素は、六〇年代末に起こり一九七〇年代前半多くの黒人の若者たちを政治化していった黒人意識運動(第一部の後半)、一九七五年のモザンビークの独立といった南部アフリカ全体の政治状況の変化(第二部後半)、そして小説には直接描かれることはないが、一九七六年のソウェト蜂起である。

こうして一九二〇年代(ライオネルの若き日も描かれている)から一九七〇年代中頃までの政治状況を視野に入れた作品ができあがる。ゴーディマの作品のなかでも政治的な側面が突出して感じられる作品である。

それまでのゴーディマの手法と言えば、同時代的な状況をそっくりそのまま小説の枠として利用し、白人の登場人物の心理をアイロニーを込めて描きながら、南アにおける白人存在のあやうさをあぶりだしていくというものだった。だが、七〇年代に入り、この手法は無効になりつつあった。アイロニーは白人の心理の虚偽とか、生き方のあやうさを描き出すのには有効だが、それはあくまで五〇年代(白人と黒人との共闘が南ア史上初めて可能になった希望に満ちた時期)、あるいは六〇年代(弾圧が頂点に達した閉塞の時代)のように、いずれにしろ白人支配が揺らぐことはなかった時期に可能だった手法である。七〇年代に入って南アの歴史の表面に出現する状況は、アイロニーで処理できるものではなかった。白人支配が現実に揺らぎはじめているわけで、白人の虚偽意識を衝いてもそれは後追いにもならない。むしろ、はっきりと一九七〇年代の新たな政治状況に対応できる歴史小説とでも呼べるような作品が構想されなければならなかった。

このように南アの現代史に真っこうから挑む『バーガーの娘』では、読者は政治に翻弄されるローザの軌跡を辿りながら物語を読み進むことになる。政治と個人、公共の場面で要請される役割を果たしながら、その一方でだれにも言えない自分だけの思いを抱えるローザの姿が全編を通して描かれていく。その意味で、小説冒頭のジョハネスバーグ刑務所の前に立ち、その扉を見つめるローザの描写は、作品全体をつらぬく基本イメージであると言える。一四歳のローザは、その日の未明に逮捕された母への差し入れを持って刑務所の扉の前に立っている。しかし、彼女の意識を占めているのはまったくべつのことだ。

しかし、わたしがほんとうに意識を集中させているのは骨盤の下の部分だった。あの鉛のような、引きずるような、のたうつような痛みに、わたしは全身で耐えている。生理が始まってまもない時期に特有の、身体のなかのすべての力が猛烈な勢いでその一点に集中していく、あの激しさをどう言い表わしたらいいのだろう。母が連行されていったあとで、父はわたしをもう一度びベッドに戻したが、出血が始まったのはその直後だった。痛みはなかった。すこし湿り気を感じたので、指先でさわってみた。それから明かりつけて確かめた。血だった。しかし、刑務所のまえにいるわたしは不可思議な肉体の内側の風景のなかにとりこまれたまま、わたしの内と外とは裏返しにされている。そのため、公共の場所で、社会的な出来事に相対しているそのときに(未明の一斉検挙による逮捕者の氏名はすべて新聞に出ていた。号外も売られ、それには拘留措置の決まった人たちの氏名が載っていて、そのなかに母の名もある)、わたしはあの毎月の自己崩壊の危機の内側にとりのこされていた。わたしの自身の肉体が、浄化され、引き裂かれ、そして排出されようとしている。わたしとは、わたしの子宮だ。一年まえには自分にも子宮があることなど——身体では——わかっていなかった。(BD, 15-6)

少女の身体のなかの風景は鮮烈である。それは母親が刑務所のなかにいるという公の事態の重大さと十分に拮抗し得ている。むしろそれを上回るほどか。この公と私、社会と個人、社会的責任と私的自由といった対立は、作品のなかですこしづつ比重を変えながらさまざまに変奏される。この二つのあいだをローザは揺れつづける。登場人物たちをそれぞれ公と私に割り振れば、信奉者たちとコンラッド、ライオネルとカーチャという対立がこの二項対立を維持し、最終的には黒人青年「バーシー」の登場によってそれが打ち壊される。ローザのなかで微妙なバランスで維持されていたものが、なにかべつのものに変わっていく。ローザはいったんは父親の重圧から逃れ、私的な自由を求めて南アを脱出し、やがてバーガーの娘としてではなく、南ア生まれの一人の白人の女性として、その責任を引き受けるために南アに帰ってくるのである。

政治に翻弄され、官能に溺れ、やがて自分が生きるべき人生にたどり着くローザを描いて感動的な物語なのだが、私としてはこの作品に二つほど疑問を感じている。

一つ目は、ローザの両親の結婚にまつわるエピソードである。すでに見たように、南アの現代史を小説に取り込むために、ゴーディマは第一部の前半ではいささか過剰とも言える情報量を語り手を変え、また視点を転換させながら、物語のなかに導入した。しかし、そんな複雑な語りの構成のなかにさりげなく投げ出されたエピソードがある。父に終身刑の判決が下ったその日、ローザがバーガー邸に戻ってきたときの描写である。

残されたものが過ごす、あとの時間。用意されたおもちゃがあり、タンスには衣服がいっぱい詰められている。名宛人が受け取らないことを知らない人たちから送られてくるチラシや商品案内の郵便。ただ書類とか手紙といったものはない。父や母のような人たちは、人名とか組織がわかってしまうものはいっさい保存してはならないのだ。箱がいくつかある。(古い革製の丸型のもので、バックルで留めるようになっている。聞いた話では、だれかが――たぶんライオネルの祖父だろう――固い襟(カラー)入れに使ったものらしい。)そのなかには、なぜ取っておくんだろうと思うような、こわれたものが入っている。各部屋の家具は、人の動きの論理にしたがって、そしてさらに、その論理のまわりに生じるさまざまな生活の流れに合わせて配置されている。だがそんな論理はもうそこにはない。(BD, 29)

箱といっても、じつは革のカバンなのだが、「なぜ取っておくんだろうと思うような、こわれたもの」とは、「虫の食ったウールのかがり糸を巻きつけた何枚もの厚紙と……医療部隊の真鍮製のヘビの記章」(BD, 114) のことである。それは父親ライオネルとローザの母キャシーの思い出の品として保管されていたものである。かがり糸は母親のもので、彼女は縫製労働者組合で活動していたことがあった。南アの労働運動史上最初の人種合同組合（白人とカラード）である。若い女性活動家と共産党の指導者だったライオネルとの出会いがこの二つの品に込められいる。ライオネルが医者として中東に従軍したのは南アが連合国側で参戦する一九三九年から二年間だったとされる。南アの参戦はドイツによるロシア侵攻の直後であるから、ライオネルがキャシーに初めて会ったのはいつのことか？ 出征のまえか、あとか。

さらに、キャシーが残した二枚の写真がある（BD, 82)。一枚は縫製工場で女子労働者たちといっしょに写っているもので、もう一枚がごく若い頃のロシアでの青年平和会議に出席したときのもの。キャシーが大学生だったかどうかは不明だが、ライオネルより一五歳年下の一九二〇年生まれだから、さらに青年平和会議がドイツの侵攻後にも開かれたとは考えにくいから、一九三八年あたりということになる。

ところが、この写真の存在を伝えるテキストの箇所（BD, 82) はじつにあいまいなのである。「あの家では、存在してはならないものがいくつかあった」という一文で始まるパラグラフである。ローザは同棲相手コンラッドのプライバシー（彼は幼い頃母親の不倫現場を目撃している）を引き合いに出しながら、「わたしの両親もまた共謀して隠していたことがあった」(BD, 82) と語る。といって、彼女が持ち出すのは、コンラッドの家で存在してはならなかったものが母親の不倫なら、それとおなじように自分の家では母親の美しさが存在してはいけないものだったという。奇妙な論理というか、こじつけなのである。つまり、母は美人だったのにぜんぜんそのことに無頓着だったと、ローザは言いたいらしい。どこまで納得できる論理だろうか。それは両親がわざわざ共謀して隠すようなことではない。むしろ、ゴーディマはかなり無理のある論理をわざと読者の前にちらつかせている。

いずれにしろ、このエピソードは、テルブランシュ家での会話で、テレブランシュ夫妻の過剰防衛ともとれる反応を引き起こす（BD, 99-108）。ローザはカーチャのことが知りたくて、ライオネルの死後カーチャから手紙をもらったことを告げるのだが（そのなかでカーチャは「いまでも英雄がいる国に暮らすのは不思議な感じでしょうね」という書いている）、手紙の文句にも、カーチャという名前にも、テレブランシュ夫妻ははげしく反発する。読み手の疑念はさらに深まるといえる。そして、第二部に入り、ニースのカーチャの家で、カーチャがローザに告白する（BD, 263）ことで、このエピソードはほぼ確定されることになる。つまり、ライオネルがまだカーチャと結婚している時期に、ローザの母キャシー・ヤンセンとの恋愛が始まっていたらしいということである。

エピソードとしては、ライオネルの不倫なのだが、問題はこのエピソードが『バーガーの娘』という作品にとってどういう意味をもつのかということなのだ。『バーガーの娘』という作品のどこをどうひっくり返してみても、このエピソードを展開する余地はない。このエピソードがなくても、作品本体がこれといった欠落を被るわけではないような気もする。

ところが、ゴーディマはこのエピソードに関してはなんとも用意周到なのである。まずは、「なぜ取っておくんだろうと思うような、こわれたもの」(BD, 29) にはじまって、二枚の写真 (BD, 82)、「いまでも英雄がいる国に暮らすのは不思議な感じでしょうね」というカーチャの言葉とカーチャという名前に動揺するテレブランシュ夫妻 (BD, 99)、それから明かされるカバンの中身「虫の食ったウールのかがり糸を巻きつけた何枚もの厚紙と……医療部隊の真鍮製のヘビの記章」(BD, 114) とつづいていく。そして、ついに第二部でのカーチャの告白 (BD, 263) となる。ある意味では、作品全体に最初から最後まで、かすかな地下水脈のように続いているものと言える。作品の最後で、ローザは南アの獄中からカーチャに手紙を出す。手紙は刑務所の検閲で五〇〇語を超えた分は切り取られてしまうのだが、その切り取られた空白のように、このライオネルとキャシーの不倫は存在しているように思う。つまり、しっかりと書き込まれることではなくて、むしろ書かれないことで、切り取られることで、存在している物語の可能性とでも言えばいいのか。

たんねんにたどれば、このように見えてくる三人の男女の愛憎劇なのだが、しかし、『バーガーの娘』は作品としても、その成立過程も、あまりにも南アの政治状況に深く関わっている。当然そういう見方からすればライオネルの不倫騒動はとるに足りないものとなる。じっさい、南アの現代史の主要な出来事をつぎつぎに提示されてしまえば、読者にはこのエピソードを追いかける余裕はないだろう。

以上が、一つ目の疑問である。つまり、簡単言えば、なぜそんなエピソードをただでさえ過密な物語のなかに放り込むのかということである。しかも、しっかり描いてというのならまだしも、ほとんど描かないでというのだから、たちが悪い。

とはいえ、一歩踏むとどまって考えてみることもできる。『バーガーの娘』はどういう物語だったか。

仮にも著名なアフリカーナの一家をモデルにした作品である。その物語は容易にフィッシャー一族を見舞った悲劇を想起させる。[2] 現在でも、「フィッシャー・ストック」と呼ばれる、アパルトヘイトの犠牲となった「聖家族」。父と母の出会いが不倫だったなんて「聖家族」に似つかわしいわけがない。その意味では、この物語のなかには「存在してはならないもの」である。存在してはならない物語の断片をゴーディマはあえて『バーガーの娘』のなかに投げ込んだことになる。あるいはあまりあからさまではでないかたちでスケッチしてみせた、そういうことだろうか。

なぜそんなことをするのか。その点を考えはじめると、もう一つの疑問が浮かびあがる。それは何かと言えば、ゴーディマの作品なら定番とも言えるイーストラントが『バーガーの娘』では言及すらされていないことである。

イーストラントはジョハネスバーグの東にひろがる金鉱山が集中した一帯であり、ゴーディマ自身が生まれ育った町スプリングスもその東のはずれにある。金鉱山、鉱山内の構内商店、黒人鉱山労働者のコンパウンド、あるいはそこからいくらか離れた小さな町、そしてそれらすべてを包み込むようにして広がるフェルト。このフェルトは、イーストラント一帯の冬の風物詩である野焼きで黒焦げになった草原としてもよく登場する。このフェルトの五〇キロほど西には大都市ジョハネスバーグがある。

ところが、『バーガーの娘』ではイーストラントは言及すらされないのである。仮定の話だが、ほかのゴーディマの作品からの類推で言えば、いくつかイーストラントの可能性がなくはないのである。

まずコンラッドという人物だ。インド洋岸の都市ポート・エリザベス出身のボヘミアンの青年。父親はたたき上げの屑鉄業者、母親は若い恋人を家に連れ込み、少年コンラッドはそのセックスの現場を目撃して衝撃を受ける。同時に、彼は母親への抑えがたい欲望を感じたという。しかし、なぜ、ポート・エリザベスなのだろう。コンラッドの視線を使って描き出される名門バーガー家の並外れた生活、贅沢というのではないが、南ア白人社会のなかでたとえ共産党に属していようとも、のがれがたくこの家族にまつわりついている、南アの白人の階層区分でいえば上層にある一家。コンラッドの視線は、イーストラント出身の貧しい階層の白人がジョハネスバーグ北の郊外の高級住宅地に大邸宅を構える白人たちに向ける視線と同じものだと言える。

イーストラントの可能性はそのほかにも二つある。

テレブランシュの一家の住んでいる場所、あるいは板金工をしているというディック、ないしはその妻アイヴィ。労働者階層出身という役回りを与えられたテレブランシュ一家が住んでいる地域がイーストラントの鉱山町の一角にある、中の下ほどの白人住宅地である可能性は高い。ただここでも語り手はいっさいその所在を明らかにしない。

そして、もっともイーストラント出身の可能性が高く、そしてもっとも語り手の沈黙のなかに引き止められているのがカーチャである。コレット・スワン、ライオネル・バーガーの最初の妻、のちに南アを逃れ、イタリアに赴き、やがてマダム・バニェリと名乗る女性。彼女の過去について語られるのは、夫ライオネルを裏切り、同志であるディックとディックの家のアイヴィのベッドで寝たという話。そして、もう一つはバレリーナになる夢を持ち続けた少女時代、そして現在でもダンスを教えているという話。これはゴーディマ本人の伝記的事実に行き当たる。バレリーナになるというのは、少女時代のゴーディマが抱いた夢でもあった。しかし、語り手がカーチャの南アでの少女時代に話を向けることはない。

では、『バーガーの娘』はいわばゴーディマの原点と言えるイーストラントを受けつけない作品なのか。そうかもしれない。イーストラントの痕跡もまた『バーガーの娘』という物語にあっては「存在してはならない」ものであったのかもしれない。これは自己検閲というより、この作品を成功させようとする作家のなみなみならぬ自己抑制のような気がする。

その後の顚末だけ簡単にスケッチしておこう。

『造化の戯れ』(一九八六)、『マイ・サンズ・ズトーリー』(一九九〇)、『この道を行く人なしに』(一九九四)という一九九〇年のネルソン・マンデラ釈放を挟んで発表された小説三本を並べてみるとよりはっきりするのだが、それは一言で言えば『バーガーの娘』が解体されていく過程だということである。

まず『造化の戯れ』の主人公ヒレラはローザとまったく対照的な少女である。母親は男を追いかけて家を飛び出し、ヒレラもまた知的というよりは本能の赴くままに行動する女の子である。ヒレラにはローザのような家族関係はなく、何にもかもたちまちのうちに自由にできてしまう存在である。おかしなことに、八歳のローザ・バーガーがこの作品に登場させられているのだが、ヒレラやヒレラの従姉妹の反応は冷たい。お金持ちの子供が通うエリート学校の生徒ということで、軽蔑さえされている。(SN, 32)

『マイ・サンズ・ズトーリー』では文体もがらりと変わって軽やかになり、『バーガーの娘』の難解な文体はぐっと後退する。小説は一六歳の息子が父親を不倫の現場を目撃するところからはじまる。『バーガーの娘』の世界が根底からゆらぎはじめると言ってよいだろう。

ここでは、『バーガーの娘』の家族関係がほとんどそっくりそのまま再現される。といっても、家族は白人の家族ではなく、「カラード」の家族である。物語の語りの一部を担うのは、『バーガーの娘』のように娘ではなく、息子である。家族というさまざまな矛盾をはらんだ人間関係の束のようなものが探求されるのは、『バーガーの娘』以後初めてのことである。じつに一〇年ぶりと言えるだろうか。そして、何よりも重要なのはイーストラントが舞台であることだ。この小説では家族がまだのどかな生活を営んでいた時期にはイーストラントのベノニという町にある「カラード」の居住区に住んでいたことになっている。家族はそれからやがてジョハネスバーグ郊外の白人地区に移り住む。といっても、ライオネル・バーガーの屋敷があった北の郊外の高級住宅地ではない。そして、大事なことだが、だれもが生き延びる。

そして、とどめは『この道を行く人なしに』である。ゴーディマが初めて書いたユーモア小説と呼びたいくらいだ。闊達で、滑稽で、哄笑に満ちている。その冒頭のエピソードを一つ。ここにはゴーディマがほとんど初めて見せる物語ることの喜びのようなものが感じられる。ただもうあっけにとられてしまう。

一枚の写真をきっかけに語られる第二次大戦中のエピソード。夫の出征中に他の男とセックスをし、それを夫に知らせようと、写真を葉書がわりに夫に送り、写真のなかの恋人の顔を円くインクで囲む女ヴェラ・スタークが登場する。

絵葉書だった――一枚しかない絵葉書――送ったのは山岳地帯へ旅行したとき。仲良し数人で出かけた休暇の旅行で撮った写真。その裏に彼女が記した言葉は（いまその写真を裏返すのは、まるで重石を持ち上げるようだ）切手を買う合間に走り書きしたもの。ありきたりの電文のような文句だ――天気は最高、ほんとに登山しているの、一日に何マイルも歩くの、泳いだわ、池の水はとってもきれい、ホテルは変わってないわよ、かなり痛んではきたけど。みんながくれぐれも身体に気をつけてだって――というのも、腕を組んで写っているのは夫の友人でもあったし、新顔は一人だけだった。彼女の左に立っている男で、顔が円く囲われていた。その男の名前は天気の語句から縦に絞り出された一行を読めばわかった。

写真の裏に書いた言葉が伝えたいことではなかった。伝えたかったのは知らない男の顔を円く囲ったインクの輪だった。これが私の恋人の顔よ。いまこの人に恋しているの、並んで立っているこの彼とセックスしてるのよ。ほら、私っていつも隠し事はしなかったでしょ。（NAM, 4）

夫はそのインクの丸には気づかずに帰国してくるのだが、彼女はそれに気づかない夫の鈍感さをなじる。夫とは離婚のために別居することになり、しかし別居中にトランクの鍵を探しにやってきた夫に欲情して、どうやらそれが元で妊娠してしまう。離婚が成立し、その恋人が夫になったとき、ヴェラは前夫の子供を妊娠していたことになるのだが、それはヴェラだけしか知らない秘密である。

いやはや、なんともである。

しかしこうして、作家ゴーディマは大作『バーガーの娘』の重圧を生き延びたような気がする。その意味では、ライオネルの不倫はどうしても『バーガーの娘』という物語の底にしのばせておかなければならない、文学的な担保であったような気がしてくる。作家ゴーディマ自身が生きのびるための文学的担保である。

注

1　シェイクスピアの肖像

使用文献

Barker, David J. (1997) 'Where is Ireland in *The Tempest*, in Mark Thornton Burnett and Romana Wray (eds) *Shakespeare and Ireland: History, Politics, Culture*, London: Macmillan.

Bentley, Gerald Eades (1986) *The Professoion of Dramatist in Shakespeare's Time, 1590-1642*, in *The Professoion of Dramatist and Player in Shakespeare's Time, 1590-1642*. Princeton: Princeton University Press.

Burke, Sean (ed) (1995) *Authorship From Plato to the Postmodern: A Reader*, Edinburgh: Edinburgh University Press.

Graff, Gerald and Phelan, James (eds) (2000) *William Shakespeare The Tempest, A Case Study in Critical Controversy*, Boston: Bedford / St. Martin.

de Grazia, Margreta (1991) *Shakespeare Verbatim: The Reproduction of the Authenticity and the 1790 Apparatus*, Oxford: Clarendon Press.

Dympha, Callaghan (2000) 'Irish memories in The *Tempest* in *Shakespeare Without Women: Representing Gender and Race on the Renaissance Stage*, Accents on Shakespeare, London: Routledge, 97-138.

Holderness, Graham, Loughrey, Bryan & Murphy, Andrew (1995) ' "What's the matter ?": Shakespeare and textual theory', *Textual Practice* 9: 1, 93-119.

Kastan, David Scott (1999) *Shakespeare After Theory*, New York: Routledge.

Lowenstein, Joseph (1985, 88) 'The Script in the market place', *Representations* 12: 101-14; rpt. in Stephen Greenblatt (ed) *Representing the English Renaissance*, Berkley: University of California Press, 1988, pp. 265-78.

Marcus, Leah (1988) *Puzzling Shakespeare: Local Reading and Its Discontents*, Berkley, Ca.: The University of California Press.

——(1996) *Unediting the Renaissance: Shakespeare, Marlowe, Milton*, London: Rooutledge.

Murray, Timothy (1987) *Theatrical Legitimation: Allegories of Genius in Seventeenth-Century England and France*, New York: Oxford University Press.

Masten, Jeffrey (1997) *Textual Intercourse: Collaboration, Authorship, and Sexualities in Renaissance Drama*, New York: Cambridge University Press.

Norbrook, David (1992) ' "What cares these roares for the name of king?": language and utopia in *The Tempest*', G. McMullan and

Jonathan Hope (eds) *The Politics of Tragicomedy: Shakespeare and After*, London: Routledge, pp. 21-54.

Pinter, Harold (1965) *The Homecoming*, London: Eyre Methuen.

Richards, Jennifer and Knowles, James (eds) (1999) *Shakespeare's Later Plays: New Readings*, Edinburgh: Edinburgh University Press.

Stallybrass, Peter (1992) 'Shakespeare, the individual, and the text', Lawrence Grossberg, Cary Nelson & Paula Treichler (eds) *Cultural Studies*, New York: Routledge, pp. 593-610.

Taylor, Gary (1997) 'General Introduction' to Stanley Wells and Gary Taylor (eds) *William Shakespeare: A Textual Companion*, New York: Norton & Company.

van den Berg, Sara (1991) 'Ben Jonson and the ideology of authorship' in Jennifer Brady and W.H.Herendeen (eds) *Ben Jonson's 1616 Folio*, Newark: University of Delaware Press, 111-37.

コーベット・M&ライトバウン・RW（一九七九）『寓意の扉―マニエリスム装飾表題頁の図像学』篠崎実・中野春夫・松井みどり訳（平凡社、一九九一）。

グリーンブラット、スティーヴン・J（一九九〇）『悪口を習う――近代初期の文化論集』磯山甚一訳（法政大学出版局、一九九三）。

サイード、エドワード・W（一九七五）『始まりの現象―意図と方法』山形和美・小林昌夫訳（法政大学出版局、一九九二）。

ピーズ、ドナルド・A（一九九〇）「作者」篠崎実訳、レントリッキアほか（編）『現代批評理論22の基本概念』大橋、正岡、篠崎、利根川ほか訳（平凡社、一九九三）所収。

2　ヘンリー五世をめぐって

シェイクスピア史劇の指摘箇所の注記は、*The Complete Oxford Shakespeare*, ed. Stanley Wells and Gary Tayllor, 1987 による。

1　*Richard II*, I.i.

2　Woefgang Iser, *Staging Shakespeare*: *The Lasting Impact of Shakespeare's Histories*, New York, 1988, p.71.

3　*Richard II*, I.iii. 209-217, 219-225, 229-235　4　*Richard II*, I.iii. 148-166　5　*Richard II*, II.iii. 112-135　6　*Richard II*, III.ii. 32-58

7　*Richard II*, III.iii. 34-47　8　*Richard II*, IV.i. 266-285　9　*Richard II*, V.vi. 49-50　10　*1Henry IV*, I.i. 1-29　11　*1Henry IV*, I.i .52-58　12　*1Henry IV*, I.i. 77-89　13　*2 Henry IV*, IV.i.

14 R. Holinshed, “The Third Volume of Chronicles”, G. Bullough, *Narrative and Dramatic Sources of Shakespeare*, vol.4, London, 1 962 pp.271-274.

15 R. Holinshded, “Chronicle” and Edward Hall, “The Union of the Two Noble and Illustre Families of Lancastre and Yorke”, G. Bullough, *ibid*.

16 E.M.W. Tillyard, *Shakespeare's History Plays,* Harmondsworth, 1962; Lily B. Campbell, *Shakespeare's Histories*, London, 1963

17 J.J. Norwich, *Shakespeare's Kings*, London, 1999, p.167

18 *1Henry IV*, I.ii. 192-214

19 Phyllis Rackin, *Stages of History: Shakespeare's English Chronicles*, Ithaca, 1990, p.139

20 *1Henry IV*, II.v. 376-485　21　*2 Henry IV*, IV.iii. 267-305　22　*2 Henry IV*, I.i.

23 *2 Henry IV*, V.ii. 101-144　24　*2 Henry IV*, V.iv. 47-70　25　*Henry V*, I.ii. 33-95　26　*Henry V*, I.ii. 222-233

27 Graham Holderness, *Shakespeare: The Histories*, London, 2000, pp.149-150

28 *Henry V*, IV. Chorus 1-47　29　*Henry V*, IV.i. 29-33　30　*Henry V*, IV.i. 227-281　31　Phyllis Rackin, *ibid*., pp.243-244

3　情念と理性の相剋

1 本論は主に以下の拙論（口頭発表および論文）に基づいている。

「Shakespeare 悲劇における狂気の観念と構造―― *King Lear* を中心に」（第13回シェイクスピア学会　於北海道大学　昭和49年10月）

「*Othello* におけるエリザベス朝心理学と芸術作品としての悪」（第49回日本英文学会　於明治学院大学　昭和52年5月）

「呪縛の精神構造―『マクベス』とエリザベス朝心理学」、『オベロン』第17巻第2号、南雲堂、昭和53年、九四-一一三頁。

「『ハムレット』における復讐と生の論理」、『オベロン』第22巻第1号、南雲堂、昭和63年、七四-八六頁。

2 Craig, Hardin. *The Enchanted Glass: The Elizabethan Mind in Literature*. New York, 1935. pp.113-138.

3 本論は次の当時の文献に依拠した。

Bartholomaeus Anglicus. *Batman uppon Bartholome, His Booke De Proprietatibus Rerum*. London, 1582.

La Primaudaye, Peter de. *The French Academie*. London, 1586.

Davies, Sir John. *Nosce teipsum!*. London, 1599.

Wright, Thomas. *The Passions of the Minde*. London, 1601.

Charron, Peter. *Of Wisdome*. London n.d. (before 1612).
Burton, Robert. *The Anatomy of Melancholy*. Oxford, 1628 (Everyman's Library, London: Dent, 1972)
本論の基盤となる今世紀の主な研究は、上記Craigの書の他、次の通りである。
Dowden, Edward. "Elizabethan Psychology," *Essays Modern and Elizabethan*. London, 1910. pp.308-333.
Bundy, Murray W. "Shakespeare and Elizabethan Psychology," *Journal of English and Germanic Philology*, XXIII (1924). pp.516-549.
Craig, Hardin. "Shakespeare's Depiction of Passions," *Philological Quarterly*, IV(1925). pp.289-301.
Anderson, Ruth L. *Elizabethan Psychology and Shakespeare's Plays*. New York: Russell & Russell, 1966. (first published in 1927)
Babb, Lawrence. *The Elizabethan Malady*. East Lansing: Michigan-State University Press, 1951.
4 例えば、Edmund Spencer の *The Faerie Queene* の第II巻には、情念と理性の対立、中庸の大切さが描かれている。
5 Craig, "Shakespeare's Depiction of Passions." *op.cit*. p.289.
6 La Primaudaye. *op.cit*. pp.27-35　7　La Primaudaye. *op.cit*. p.181.
8 用語別頻度を算出した書ではないが、例えば、次の書でも明らかである。
Bartlett, John. A *Complete Concordance to Shakespeare*. London: Macmillan Press, 1979.
9 Charron. *op.cit*. pp.91-92.　10　Wright. *op.cit*. p.93.　11　Wright. *op.cit*.. pp.98-101.
12 清水豊子、「『マクベス』における病的イメジャリーと狂気」、『メトロポリタン』第18号、昭和49年、四五-六五頁
13 Gardner, Helen. *The Business of Criticism*. Oxford: Oxford University Press, 1959. p.41.
14 Joseph, B.C. *Elizabethan Acting*. Oxford: Oxford University Press, 1951. p.137.
15 イメージ研究から、ハムレットは物事を客観的、批判的にみることができる「緻密な現実分析主義者」と論じられている。
Clemen, W.H. *The Development of Shakespeare's Imagery*. London: Methuen, 1967. p.108.
16 清水豊子、「ハムレットの精神状況」、『メトロポリタン』第16号、昭和47年、九〇-一一七頁
17 Shimizu, Toyoko. "Hamlet's 'Method in Madness' in Search of Private and Public Justice," *Hamlet and Japan*. ed. Yoshiko Ueno. New York: AMS Press, 1995. pp.57-72.
なお、引用は *Shakespeare Complete Works*（London: Oxford University Press, 1971）に依った。

4　シェイクスピア劇と上演空間

1　完成以前の一九九六年夏、プロローグシーズンが開幕したが、正式のオープニングは一九九七年である。

2　ロイヤル・シェイクスピア・シアター（ストラトフォード・アポン・エイヴォン）とロイヤル・ナショナル・シアター（ロンドン）は、ともに本拠地にある大中小三サイズの劇場で主な公演を行うほか、地方巡業も展開している。

3　七四年には二〇〇人の観客を収容するジ・アザー・プレイスが、八十六年には四六〇人を収容するスワンが開場している。

4　ロイヤル・シェイクスピア・カンパニー一九九九／二〇〇〇シーズンの『オセロ』（マイケル・アッテンボロー演出）、『夏の夜の夢』（マイケル・ボイド演出）、ロイヤル・ナショナル・シアター一九九九シーズンの『トロイラスとクレシダ』（トレヴァー・ナン演出）はいずれも新しい舞台空間を十分に生かし、高い評価を得た。

5　一九八九年にテムズ南岸でローズ座の一部（約六〇％）とグローブ座の一部（約一〇％）が続いて発掘され、シェイクスピア当時の劇場についての貴重な情報が新たに提供された。

6　観客と演技者の関係による芸能空間の分類については清水裕之『劇場の構図』（鹿島出版会、一九八五年）参照。

7　『ヘンリー五世』（プロローグ、一三行）。なお、本論中のシェイクスピアの引用行数表示は *The Riverside Shakespeare*, ed. G. Blakemore Evans (Houghton Mifflin Company, 1974)による。

8　シェイクスピアの舞台空間の性質とその空間を生かした上演方法の詳細については、J.L. Styan, *Shakespeare's Stagecraft* (Cambridge University Press, 1967)と同著者による *Perspectives on Shakespeare in Performance* (Peter Lang, 2000)参照。また、喜志哲雄『劇場のシェイクスピア』（早川書房、一九九一年）も、シェイクスピアの舞台空間の特性について詳しい。

9　J.R. Mulryne and Margaret Shewring eds., *Shakespeare's Globe Rebuilt* (Cambridge University Press, 1997), p.32.アメリカ出身の俳優サム・ワナメーカーがグローブ座再建を考えるに至った経緯、その意図、および完成までの経過は同著を参照。

10　Pauline Kiernan, *Staging Shakespeare at the New Globe* (Macmillan, 1999).

11　劇場のスケールによる分類方法は、建築思潮研究所編『建築設計資料六三　演劇の劇場』（建築資料研究社、一九九七年）を参考にした。

12　戦後のシェイクスピア上演空間の変遷を規模別にまとめると次のようになる。ここでは、東京近郊の公演に限定した概数を記した。

全上演数に占める割合

上演場所	一九五〇年代	一九六〇年代	一九七〇年代	一九八〇年代	一九九〇～九六年

多目的ホール	六〇%	四三%	二三%	一二%	九%
大規模劇場	四% 帝国劇場 宝塚大劇場	三九% 主に日生劇場 (三二%)	一六% 主に日生劇場 (九%)	一八% 日生劇場 帝国劇場等	一〇% 日生劇場 帝国劇場等
中規模劇場	三四% 東横ホール 俳優座劇場等	八% 東横ホール 俳優座劇場等	一六% 三百人劇場 俳優座劇場等	三二% 三百人劇場 東京グローブ座等 (グローブ座が一〇%)	五四% 主に東京グローブ座 (四〇%)
小規模劇場			四二% 主にジァンジァン (三六%)	二六% 主にジァンジァン (一〇%)	一六%

13 建築家磯崎新はホラーのエッチング、デ・ウィットのスケッチ、フォーチュン座の契約書をもとに東京グローブ座をデザインした。後舞台も備えた舞台の奥行きは、オリジナルグローブ座よりはるかに深い。(約二五メートル)
(参考資料　高橋康也監修　佐々木隆編『シェイクスピア研究資料集成』別巻2　日本図書センター、一九九八年)

14 森山直人「劇場の空間　ゲーテ座から利賀村まで」、『パブリックシアター』第七号(れんが書房新社、一九九九年)

15 八〇年代以降の日本の劇場建築状況については、建築思潮研究所編『建築設計資料六三　演劇の劇場』(建築資料研究社、一九九七年)参照。

16 服部幸雄「江戸の芝居空間」、『劇場をめぐる旅』(INAX出版、一九九四年)、七頁。

17 このような舞台空間意識は、アジア演劇に共通するようである。詳しくは、宮尾慈良「アジアの演劇空間　宇宙を映す場」、『劇場をめぐる旅』(INAX出版、一九九四年)参照。

18 日本の伝統芸能とシェイクスピアの演劇空間、演技様式の類似性については、安西徹雄「劇場空間の力学と形而上学」、『シェイクスピアを学ぶ人のために』(世界思想社、二〇〇〇年)、Robert Hapgood "A playgoer's journey from Shakespeare to Japanese classical theatre and back," *Shakespeare and the Japanese Stage* (Cambridge, 1998)を参照。

19 『リア王』演出　蜷川幸雄、音楽　宇崎竜童、美術　堀尾幸男、衣装　小峰りりー

主な配役　リア　ナイジェル・ホーソン、グロスター　ジョン・カーライル、エドガー　マイケル・マローニー、道化　真田広之
九九年九月二三日―一〇月一一日　彩の国さいたま芸術劇場大ホール
九九年一〇月二五日―一一月二〇日　バービカン・シアター（ロンドン）
九九年一二月四日―二月二六日　ロイヤル・シェイクスピア・シアター（ストラトフォード・アポン・エイヴォン）

20　松岡和子訳『リア王』シェイクスピア全集　五（筑摩書房、一九九七年）。なお、『リア王』におけるこの台詞の重要性については、安西徹雄『この世界という巨きな舞台』（筑摩書房、一九八八年）、一六三―六四頁参照。

21　イギリスの劇評家の間で、このプロダクションの評価は分れたが、この場面の壮大さ、荘厳さについてはジョン・ピーター（サンデー・タイムズ）、ジョン・グロス（サンデー・テレグラフ）を初め、多数の劇評家が言及している。*Theatre Record* XIX: 1999, 1428–34.

5　ジョー・オートン『執事』／が見たものサバイバル

1　『執事が見たもの』ジョー・オートン作。演出、フィリダ・ロイド。ロイヤル・ナショナル・シアター内リトルトン・シアター、ロンドン。一九九五年八月五日。

2　John Lahr, *Prick Up Your Ears*, Harmondsworth: Penguin Books Ltd., 1987 (first published, 1978), p. 315.
「執事が見たもの」機械については、機械のある場所を含めて、友人のキャロル・モーリーに教わった。その日時、一九九八年八月十六日。

3　C. W. E. Bigsby, *Joe Orton*, London & New York: Methuen, 1982, p. 18.

4　Simon Shepherd, *Because We're Queers*, London: GMP Publishers Ltd., 1989, p. 97.

5　Oscar Wilde, *The Importance of Being Earnest*, ed. Russell Jackson, London: Ernest Benn Limited, 1980, p. 30, Act I, 540–1.

6　Ronald Bryden, 'On the Orton Offensive,' *The Observer*, 2 Oct. 1966.

7　John Lahr, *Prick Up Your Ears*, p. 334.

8　Joe Orton, *What the Butler Saw*, London: Methuen Drama, 1995 (first published, 1969), p. 11. Oscar Wilde, *The Importance of Being Earnest*, p. 86, Act III, 77–8.

9　John Lahr, *Prick Up Your Ears*, p. 279.

10　Maurice Charney, *Joe Orton*, London and Basingstoke, The Macmillan Press Ltd., 1984, pp. 25, 100.

11 同右、一〇一頁。

12 Joe Orton, *What the Butler Saw*, p. 87.

13 Susan Rusinko, *Joe Orton*, New York: Twayne Publishers, 1995, p. 106.

14 Joe Orton, *What the Butler Saw*, p. 90.

15 同右、九一頁。

16 John Lahr, *Prick Up Your Ears*, pp. 333–4.

17 Simon Shepherd, *Because We're Queers*, pp. 7, 8, 9, etc.

18 Michael Woolf, 'Lifting the Lid: Theatre 1956–99', *Literature and Culture in Modern Britain*, eds. Clive Bloom and Gary Day, Edinburgh Gate, Essex: Pearson Education Limited, 2000, p. 110.

19 Susan Rusinko, *Joe Orton*, P. 98.

20 Frank Marcus, 'A Classic is Born', *The Sunday Telegraph*, 9 Mar. 1969.

6　イギリス・ロマン派と黒人奴隷の解放

1 Stewart Crehan, *Blake in Context* (1984) p. 99.

2 "Rule, Britannia! Rule the waves!/ Britons never will be slaves."
イギリスの現首相トニー・ブレアは「クール・ブリタニア」(cool Britannia) をスローガンとして労働党を勝利に導きました。「すてきな、いかす」(very good) という意の「クール」が、アメリカの黒人の間から生まれたスラングであるのは実に皮肉なことです。

3 M. Dorothy George, *London Life in the 18th Century* (1925, rep. 1976) pp. 139–140.

4 W. E. H. Lecky, *A History of England in the 18th Century* (1899) pp. 280–1.

5 Edith F. Hurwitz, *Politics and thd Public Conscience: Slave Emancipation and the Abolitionist Movement in Britain* (1973) p. 81

6 村岡健次・川北稔編著『イギリス近代史』(一九八六年。ミネルヴァ書房) 八九-九〇頁

7 G. M.トレヴェリアン／大野真弓監訳『イギリス史　3——宗教革命から現代まで』(一九七五年。みすず書房) p. 95.

8 "Am I not a man and brother?" Asa Briggs, *A Social History of England* (1983) p. 176.

9 W. E. H. Lecky, *History of England in the 18th Century* (1899) p. 293.

10 トゥサン・ルヴェルチュールに関しては、青木芳夫監訳『ブラック・ジャコバン　トゥサン＝ルヴェルチュールとハイチ革命』

（一九九一年。大村書店）がくわしい。また、浜忠雄『ハイチ革命とフランス革命』（一九九八年。北海道大学図書刊行会）を参照。

11 トレヴェリアン『イギリス史 3』一三三頁 12 J. A. Williams, *The Evolution of England* 2nd ed., p. 396.

7 ダグラス・ダン

本文中でのダグラス・ダンの詩集の表記は次の略号を用いている。

Terry Street, Faber and Faber, London, 1969.(TS)

The Happier Life, Faber and Faber, London, 1972.(HL)

Love or Nothing, Faber and Faber, London, 1974.(LN)

Barbarians, Faber and Faber, London, 1979.(B)

St Kilda's Parliament, Faber and Faber, London, 1981.(SKP)

Elegies, Faber and Faber, London, 1985.(E)

Northlight, Faber and Faber, London, 1988.(N)

Dante's Drum-Kit, Faber and Faber, London, 1993.(DD)

1 Muir, Edwin, *Scott & Scotland: The Predicament of the Scottish Writer*, Routledge, London, 1936. pp.17–30.

2 *P.N. Review*, 2000, May-June, VOL.26, No.5 pp.25–28.

3 Dunn, Douglas, *Under the Influence: Douglas Dunn on Philip Larkin*, Edinburgh Library, 1987.

4 Heaney, Seamus, *Preoccupations: Selected Prose 1968–1978*, Faber and Faber, 1980.

5 ex. Martin Seymour-Smith in *Oxford Companion to 20th-Century Poetry*, Oxford, 1994, p.139.

6 Spring, Ian, "Lost Land of Dreams—Representing St Kilda" in *Victorian Culture*, 1993.

8 北イングランドのルクレティウス

1 Basil Bunting, *Complete Poems* (Newcastle upon Tyne: Bloodaxe Books, 2000), p.149.

2 *Complete Poems*, p.61.『ブリッグフラッツ』からの引用はすべてこの版による。

3 次の二冊の研究書はバンティングのルクレティウス的側面を綿密に調べている。Peter Makin, Bunting: *The Shaping of his Verse*

(Oxford: Clarendon Press, 1992), and Harry Gilonis, 'The Forms Cut Out of the Mystery: Bunting, Some Contemporaries and Lucretius's 'Poetry of Facts'', in Richard Caddell, ed., *Sharp Study and Long Toil* (Durham: *Durham University Journal*, 1995), pp.146-162.

4 Lucretius, *De Rerum Natura*, translated by W.H.D. Rouse (Cambridge, Mass.: Harvard UP, 1982), Book 1, line 150. 以下のこの書からの引用はこの版による。尚、日本語訳として、『ウェルギリウス・ルクレティウス』（世界古典文学全集21）岩田義一・藤沢令夫訳（筑摩書房）昭和40年を参考にした。（訳者）

5 Charles Darwin, *The Formation of Vegetable Mould Through the Action of Worms with Observations on their Habitats* (London: William Pickering, 1989), pp.103, 105. この本に関してのバンティングの注釈は *Complete Poems*, p.228.
バンティングのダーウィンについての評価は *Bunting: The Shaping of his Verse*, pp.16-17 et seq.

6 Wordsworth, 'An Essay on Epitaphs', in *The Excursion: 1814* (Woodstock and New York: Woodstock Books, 1991), p.434.

7 From Bunting's lecture 'The Codex', in Peter Makin, ed., *Basil Bunting on Poetry* (Baltimore: John Hopkins UP, 1999), pp.5, 18.

8 Ezra Pound, ed., *Ernest Fenollosa: The Chinese Written Character as a Medium for Poetry* (San Francisco: City Lights Books, 1983), pp 19, 21, 32.

9 *The Chinese Written Character as a Medium for Poetry*, pp.10,16.

10 Makin, p.16.（『ブリッグフラッツ』同様、複雑な『四つの四重奏』では一八種の動物と二二種の植物が登場する。未だ両者の関係は指摘されてこなかったが、今後の研究課題としたい。）

11 *The Chinese Written Character as a Medium for Poetry*, p.9.

12 *The Formation of Vegetable Mould*, p. 137.

13 'God and Basil Bunting', in Donald Davie, *With The Grain: Essays on Thomas Hardy and Modern British Poetry* (Manchester: Carcanet, 1998), pp.308-11.
Verse, pp.16-17 *et seq*.

9 鍵穴からメリー・クリスマス

1 使用テクストは *The Poems of Dylan Thomas* (New York: New Directions, 1952)

2 Paul Ferris, *Dylan Thomas the Biography*, (London: J.M. Dent, 1999) p.246.

3 Ian Hamilton, ed., *Companion to 20-th century Poetry*, (London: Oxford Up., 1994)

4 “cliche”の言い換えは、トマスの専売特許ではない。イエーツの『塔』には、得体の知れないものを示す“Fish, flesh, or fowl”という表現や一切合切の意の“lock, stock and barrel”という表現が見つかるし、他にも“Like milk spilt on a stone.”とか“Came out of a needle's eye”といった表現もある。また、オーデンの“Leap before you look”も同様、古くからの言い回しを逆手に取った好例である。

5 田中清太郎著『原初の町への旅』（国文社　昭和六一年）二三九-五四頁

6 “If I were tickled by the rub of love”

7 R.P. Draper, *An Introduction to Twentieth-Century Poetry in English*, (New York: St. Martin Pr., 1999) p.176.
James A. Davies, *A Reference Companion to Dylan Thomas*, (Westport, Conn.: Greenwood, 1998) p.145.

8 工藤昭雄著『破滅の証言――現代イギリス詩人論――』（南雲堂　一九六二年）一八四頁

9 “Why East Wind Chills”

10 “Fern Hill”: Interstitial Perspectives in James A. Davies, *op. cit.*, pp.196-206.
一方、トマスの堕落以前のエデンは、衛生が行き届いたブルジョワ的楽園である。「ファーン・ヒル」は英語名のウェールズの土地であるように、トマスは土着のウェールズ語でなく、都会的な英語で詩を書いた。ウェールズの古くからの言い回しを詩の中に忍ばせることで、現状の中にとどまり、決して、神秘主義、精神世界、政治活動という極端な世界に踏み込むことはなかった。

11 Dylan Thomas, “The Peach” in *Portrait of the Artist as a Young Dog*, (New York: New Directions, 1940) p.8.

12 Dylan Thomas, “A Child's Christmas in Wales”, with illustrations by Fritz Eichenberg (New York: New Directions, 1995) p.9.
Dylan Thomas, “A Child's Christmas in Wales”, with woodcuts by Ellen Raskin (London: J.M. Dent & Sons Ltd. 1968)

13 James A. Davies, p.253.

14 Charles Dickens, *Christmas Books*, (London: Oxford Up. Pre, 1960) p.13.

15 Dylan Thomas, “A Child's Christmas in Wales” pp.55-56.

16 Modris Eksteins, *Rites of Spring*, (New York: Doubleday, 1989) pp.95-8.

17 James A. Davies, p.69.
　第二次世界大戦は一九四五年八月八日にヨーロッパでは終結する。しかし、広島、長崎の原爆投下、ベルセンの強制収容所での暴虐は、絶対的なカタストロフィーであり、以降、トマスの心に重くのしかかることになる。「ファーン・ヒル」では夜は追放されている。悪夢である夜は少年の日の夜の恐怖であり、ロンドン空襲の恐怖である。だから楽園であるファーン・ヒルでは「梟は農場を持ち去り」、すぐに翌日の朝となる。

10　ジョン・トーランドとミルトン

1　トーランドによるミルトンに関する刊行物は、『ジョン・ミルトン氏の著作集』（一六九七年）、「ミルトン伝」を付した『ジョン・ミルトン歴史・政治・雑録著作全集』三巻（一六九八年）、「ミルトン伝」だけを単行本にした『ミルトン伝』（一六九九年）である。筆者が用いたのはダービシャー編の一六九八年の「ミルトン伝」である。John Toland, *The Works of Mr.John Milton*, 1697. *A Complete Collection of the Historical, Political, and Miscellaneous Works of John Milton, Both English and Latin. To which is prefixed 'The Life of John Milton'*, 3 vols, Amsterdam, 1698. *The Life of John Milton*, London, 1699. 'The Life of John Milton, by John Toland', in Helen Darbishire ed., *The Early Lives of Milton*, London, 1932, pp.83-197.

2　共和主義を支持していると見られた人々につけられた名称。

3　Robert Rees Evans, *Pantheisticon: The Career of John Toland*, New York, 1991, p.42.

4　Darbishire, *The Early Lives of Milton*, London, 1932, Introduction, p.x.

5　*ibid.*, p.xxii.

6　ウォーデンはこれらの「ラッドロー」パンフレットとトーランドの関係を指摘している。A.B. Worden, ed., *Edmund Ludlow, A Voyce from the Watch Tower : Part Five, 1660-1662*, London, 1978, pp.34-37. John Toland, *op.cit*

7　John Toland, 'The Life of John Milton', in Darbishire ed., *The Early Lives of Milton*, London, 1932, p.83.

8　*ibid.*, p.83.　9　*ibid.*, p.136.　10　*ibid.*, p.135.　11　*ibid.*, pp.135-136.　12　*ibid.*, p.143.　13　*ibid.*, p.142.

14　John Toland, *Nazarenus*, ed. by Justin Champion, Oxford, 1999, p.18.　15　John Toland, 'The Life of John Milton', in Darbishire, *op.cit.*, p.153.　16　*ibid.*, pp.156-157.

17　James Harrington, *The Commonwealth of Oceana and A Sytem of Politics*, ed. by J.G.A.Pocock, Cambridge, 1992, pp.xi-xii.

18　John Toland, 'The Life of John Milton', in Darbishire, op.cit., p.158.　19　*ibid.*, p.161.　20　*ibid.*, p.153.

21　ピエール・ベール、『歴史批評辞典II』、野沢協訳、法政大学出版局、一九八四年、八一四頁。

22　John Toland, 'The Life of John Milton', in Darbishire, *op.cit.*, p.99.

23　*ibid.*, p.99.　24　*ibid.*, p.99.　25　*ibid.*, p.100.　26　*ibid.*, p.170.　27　*ibid.*, p.115.　28　*ibid.*, p.107.　29　*ibid.*, pp.130-131.　30　*ibid.*, p.130.　31　*ibid.*, p.170.

32　*ibid.*, p.106.　33　*ibid.*, p.195.　34　John Toland, *Nazarenus*, ed. by Justin Champion, Oxford, 1999, p.26.　35　John Toland, 'The Life of John Milton', in Darbishire, *op.cit.*, p.192.

36　拙論、「ジョン・トーランド『キリスト教は神秘ならず』の一つの背景―反三位一体論争」、『イギリス哲学研究』第十三号、一九九〇年、二八頁、及び「ジョン・トーランドの冒険—永遠無限の宇宙と地上の幸福のために」、水之江有一、他編『多元性のディスクール』、一九九五年、三一六頁-三二五頁参照。

37 ピエール・ベール、前掲書、八一九頁。

38 同書、八一〇頁。

11 近代医者なら彼を何と呼ぶだろうか

1 リアリズムはヨーロッパのブルジョア階級の運命を記録するのに適した、帝国主義的／国家主義的な表現様式であって、中産階級の十分に成熟していなかったアイルランド社会を描くには、単なるリアリズムでは不十分であり、ラシュディーの言う「不可思議なものとありふれたもの（the miraculous and the mundane）が同一レヴェルに共存することが可能となる」ような表現形式を創出する必要があった、という指摘がある（Kiberd, 339）。これは『ユリシーズ』を意識した議論のなかで述べられたものだが、本稿の文脈で参照してもいいだろう。

2 シンポジウムの席上、扶瀬氏から、このパラグラフにはミスター・ダフィの自慰行為が隠されている可能性についての指摘があった。二つの異なったパースペクティヴの並置を説明する興味深い指摘であると思う。ジョイスが自慰行為を含めて、セクシュアリティの諸相を様々の変奏、偽装のもとに描いたことはこれまでも多くの指摘がある。ここでは、一次資料を参照しつつ当時のダブリンには「同性愛」を含む「性的倒錯」が「夥しく」存在し、「ジョイスはそれを熟知していた」という指摘のあること（Walzl, 45）を確認しておきたい。

引用文献

Attridge, Derek. *Joyce Effects: On Language, Theory and History* (Cambridge: Cambrige U.P., 2000)

Basic, Sonja. 'A Book of Many Uncertainties: Joyce's *Dubliners*' in Bosinelli and Mosher Jr.

Baccoline, Raffaella. '"She Had Become a Memory": Women as Memory in James Joyce's *Dubliners*' in Bosinelli and Mosher Jr.

Beck, Warren. *Joyce's* Dubliners: *Substance, Vision and Art* (Durham, N.C.: Duke U.P., 1969)

Boldrini, Licia. 'The Artist Pairing His Quotations: Aesthetic and Ethical Implications of the Dantean Intertext in *Dubliners*' in Bosinelli and Mosher Jr.

Bosinelli, Rosa M. Bollettieri and Harold F. Mosher Jr. eds. *Rejoycing: New Readings of* Dubliners (Lexington, Kentucky: The University Press of Kentucky, 1998)

Brandabur, Edward. *A Scrupulous Meanness: A Study of Joyce's Early Work* (Urbana, Chicago & London: University of Illiois Press, 1971)

Brown, Homer Obed. *James Joyce's Early Fiction: The Biography of a Form* (Cleveland and London: The Press of Case Western Reserve University, 1972)

Cixous, Hélène. *The Exile of James Joyce*. Trans. Sally Purcell (London: Calder, 1976)

Connolly, Thomas E. 'A Painful Case' in Clive Hart ed., *James Joyce's* Dubliners (London: Faber and Faber, 1969)

De Man, Paul. *Allegories of Reading: Figurative Language in Rousseau, Nitzsche, Rilke, and Proust* (New Haven: Yale U.P., 1979)

Gifford, Don. *Joyce Annotated* (Berkley: University of California Press, 1982)

Hyman, Suzanne Katz, '"A Painful Case": The Movement of a Story through Shift in Voice,' *James Joyce Quarterly* 19 (Winter 1982), 111–18.

Ingersoll, Earl G. *Engendered Trope in Joyce's Dubliners* (Carbondale and Edwardsville: Southern Illinois U. P., 1996)

Joyce, James. *Dubliners: Text, Criticism and Notes*. Ed. Robert Scholes and A. Walton Litz (New York: Viking, 1969)

Joyce, Stanislaus. *My Brother's Keeper* (New York: Viking, 1958)

Kiberd, Declan. *Inventing Ireland: The Literature of the Modern Nation* (1995; London: Vintage, 1996)

Kolodny, Annette. 'Some Notes on Defining a "Feminist Literary Criticism"' *Critical Inquiry*, 2–1 (1975), 75–92.

Leonard, Garry M. *Reading Dubliners Again: A Lacanian Perspective* (Syracuse: Syracuse U.P., 1993)

Manganiello, Dominic. *Joyce's Politics* (London: Routledge & Kegan Paul)

Reid, Stephen. '"The Beast in the Jungle" and "A Painful Case": Two Different Sufferings,' *The American Imago*, 20–3 (1963), 221–39.

Rice, Thomas. Jackson. *Joyce, Chaos, and Complexity* (Urbana and Chicago: University of Illiois Press, 1997).

Riquelme, John Paul. *Teller and Tale in Joyce's Fiction: Oscillating Perspectives* (Baltimore: The Johns Hopkins U. P., 1983)

Schneider, Ulrich. 'Titles in *Dubliners*' in Bosinelli and Mosher Jr.

Walzl, Florence L. '*Dubliners*: Women in Irish History' in Suzette Henke and Elaine Unkeless (eds.), *Women in Joyce* (Urbana: University of Illinois Press, 1982)

Williams, Trevor, L. *Reading Joyce Politically* (Gainesville, Florida, The University Press of Florida, 1997)

12 スウィフト、ガリヴァー、そしてヤフー

1 「ソフト派」(the Soft School)「ハード派」(the Hard School) という言い方を定着させたのは James L Clifford の論文'Gulliver's Fourth Voyage' in *Quick Springs of Sense*（一九七四）である。要約すると、第四部の問題点は大きく分けて四点ある。㈠ヤフーの意味（これはヤフーと人間の関係をどう考えるかという問題）、㈡フウイニムの意味（理想の姿かどうか、あるいは理神論に対する批判かなど）、㈢メンデズ船長の意味（ガリヴァーを親身になって世話してくれるこの船長の存在をどうとらえるか）、㈣物語の結末部の解釈（ペシミスティックな悲劇か、それとも喜劇なのか）。ヤフーの意味については現在ヤフーを人間と同一視する見方は少ない。メンデズ船長の問題については「ハード 派」は完全に無視している。逆に「ソフト派」はヤフー、フウイニム両極の中間の重要な存在として考えている。「ソフト派」と「ハード派」の一番大きな違いはフウイニムを風刺と見るか、それともパーフェクトな存在として見るか。それによって最後の結末部分の読み方をガリヴァーの奢りからくる愚かなコミックな姿と見るか、フウイニムランドからのショックで立ち直れず、人間社会に順応できなくなった悲劇的人物と見る かに分かれる。つまり後者、「ハード派」の読み方はガリヴァーの状況にかなり同情した読み方なのだ。

2 Harold Williams ed., *The Correspondence of Jonathan Swift* (Oxford, Clarendon Press, 1963), Vol.III, p. 103.（以下書簡は同書から）

3 W.M. Thackeray, *The English Humourists*, in Everyman's Library, 1968. p.35.
ウォルター・スコットもスウィフト自身の当時の精神状態を疑った。これは事実誤認で、確かに体調がこの作品の執筆時頃（一七二一―一七二五）から段々悪くなってくるが、『ガリヴァー旅行記』執筆後もスウィフトは少なくとも十五年間は正常な活動を続けた。

4 夏目漱石、『文学評論』、漱石全集第十巻（岩波書店、昭和五十年）、二八一頁。

5 *Boswell's Life of Johnson* (Oxford U. P., 1965), p.595.『ガリヴァー旅行記』は一七一四年頃 Martinus Scriblerus のクラブでそもそも考え出された。それによれば、第一回目の航海はピグミー国へ、第二回目は巨人国へ、第三回目は数学で支配される哲学者の国へ、そして第四回目は、マーティナスが人間嫌悪のメランコリー症状を示す。Cf. *Memoirs of the Extraordinary Life, Works, and Discoveries of Martinus Scriblerus* (New Haven, Yale U. P., 1950), pp.164-165.

6 使用テクストは、*Gulliver's Travels*, Case Studies in Contemporary Crticism, ed. by Christopher Fox (Boston, Bedford Books of St. Martin's Press, 1995).

7 『ガリヴァー旅行記』は基本的には旅行記の形を取っている。ローラ・ブラウンはホッテントットとヤフーとの類似を指摘している。Laura Brown, 'Reading Race and Gender: Jonathan Swift', *Eighteenth Century Studies*, 23 (1989-90), p.439.ジャンルとしては空 想旅行記である。

8 アイルランドと、またイギリスの植民地支配と比べる論文もある。Cf. Donald T. Torchiana, 'Jonathan Swift, the Irish, and the

Yahoos, *Philological Quarterly*, 54 (Winter, 1975). Carole Fabricant, Swift's Landscape (Baltimore, Johns Hopkins U. P., 1982).

9 cf. James E. Gill, 'Beast Over Man: Theriophilic Paradox, *Studies in Philology* 67 (1970), pp. 532-49.

10 Brown, *Life Against Death: The Psychoanalytical Meaning of History* (Middletown, Conn., Wesleyan U. P., 1959), pp.179-201.

11 H・D・ケリングによれば、スウィフト得意の逆さ言葉であるとすると、mnhnhyuoh。この二つのｈを取ると発音は manni に近くなり、「優れた馬」を表すラテン語の mannus の複数形ということになる。残る uoh は voc つまり vox。合わせると「しゃべる馬」ということなのだ。H. D. Kelling, 'Some Significant Names in *Gulliver's Travels', Studies in Philology* 48 (1951), p. 769.

12 Ronald Knowles, *Gulliver's Travels* in Twayne's Masterworks Studies (New York, Twayne Publishers), p.119.

13 *Ibid*., p.121.

14 *Ibid*., p.135.

15 オーウェルはスウィフトをよく理解した人だが、有名なスウィフト論に、'Politics vs. Literature: An Examination of Gulliver's Travels' (1946)がある。フウイニム支配の全体主義性も指摘している。

16 Terry Castle, 'Why the Houyhnhnms Don't Write: Swift, Satire, and the Fear of the Text', in *Gulliver's Travels*, Case studies in Contempory Criticism.

17 cf. John F. Reichert, 'Plato, Swift, and the Houyhnhmns', *Philological Quarterly* 47 (1688). pp.179-192.

13 「家族」と「教育」による複合的支配構造

1 Elizabeth Kowaleski-Wallace, *Their Father's Daughters: Hannah More, Maria Edgeworth, and Patriarchal Complicity* (Oxford U. P., 1991) p.110.

2 Lawrence Stone, *Family, Sex and Marriage in England, 1500-1800* (Penguin, 1979) Chapter 8.

3 Susan Staves, *Married Women's Seperate Property in England, 1660-1833* (Harvard U. P., 1990) p.224.

4 cf. Leonore Davidoff and Catherine Hall, *Family Fortunes, Men and Women of the English Middle Class, 1780-1850* (Univ. of Chicago P., 1987) .

5 Frances Burney, *Camilla, or a Picture of Youth* (Oxford World's Classics) p.221.

6 Paula Marantz Cohen, *The Daughter's Dilemma* (Univ. of Michigan P., 1991) p.21.

7 Robert B. Shoemaker, *Gender in English Society 1650-1850* (Longman, 1998) p.90.

8 Frances Burney, *op.cit*., p.838.

9 Caroline Gonda, *Reading Daughters' Fictions 1709-1834, Novels and Society from Manley to Edgeworth* (Cambridge U. P., 1996) p.29. 10 *Ibid*., p.31.

11 Nancy Armstrong, *Desire and Domestic Fiction: A Political History of the Novel* (Oxford U. P., 1987) p.3.

12 *Ibid*., p.61. 13 *Ibid*., p.18. 14 Frances Burney, *op.cit*., pp.356-7.

15 Anthony Fletcher, *Gender, Sex & Subordination in England 1500-1800* (Yale Univ. P, 1995) p.375.

16 17 Frances Burney, *op.cit*., p.358. 18 *Ibid*., pp.359-360. 19 *Ibid*., p.361. 20 21 *Ibid*., p.362. 22 *Ibid*., p.361.

23 *Ibid*., p.941. 24 Anthony Fletcher, *op.cit*. pp.368-9. 25 Robert B. Shoemaker, *op.cit*., p.130. 26 *Ibid*., pp.23-5, p.131. 27 Frances Burney, *op.cit*., p.160.

28 *Ibid*., p.246. 29 *Ibid*., pp.253-4. 30 *Ibid*., pp.254-5. 31 *Ibid*., p.447. 32 *Ibid*., p.455. 33 *Ibid*., pp.482-3. 34 *Ibid*., p. 779. 35 *Ibid*., p.491. 36 *Ibid*., pp.874-6.

37 cf. Barbara Zonitch, *Familiar Violence, Gender and Social Upheaval in the Novels of Frances Burney* (Univ. of Delaware P. 1997) p.110.

14 虐待の解剖

1 キャロライン・ノートンとサッカリーの関係については、Micael M. Clarke, *Thackeray and Women* (DeKalb: Northern Illinois UP, 1995) に詳しい。

2 Gordon N. Ray, *Thackeray: The Uses of Adversity 1811-46* (London: Oxford UP, 1955), pp.339-347

3 Judith L. Herman, M.D., *Trauma and Recovery* (New York: Basic Books, 1992)：中井久夫訳・小西聖子解説『心的外傷と回復』（みすず書房、一九九六）第四章参照。この箇所は邦訳書一一六頁を参照。以後引用はこの邦訳による。

4 テキストは、William Makepeace Thackeray, *Barry Lyndon*, ed. George Saintsbury (London: Oxford UP, 1908) を使用した。これは、一八五六年の *The Memoirs* で削除された箇所を復活させた版である。以後テキストからの引用は頁を本文中の括弧内に示す。訳文は基本的に原文からの拙訳だが、ところどころ深町眞理子訳『バリー・リンドン』（角川文庫、一九七六）を参照した。

5 ハーマン、前掲書、p.125

6 同書、p.121 7 同書、p.115 8 同書、pp.118-120

9 Lenore E. Walker, *The Battered Woman* (New York: Harper & Row, 1979)：斎藤学監訳・穂積由利子訳『バタード・ウーマン――虐待される妻たち――』（金剛出版、一九九七）第三章参照。以後引用はこの邦訳による。

10 同書、p.67　11　ハーマン、前掲書、p.112　12　ウォーカー、前掲書、p.46

13 Elizabeth Langland, *Nobody's Angels: Middle-Class Women and Domestic Ideology in Victorian Culture* (Ithaca and London: Cornell UP, 1995), pp.8-11

14 Michel Foucault, *Surveiller et Punir—Naissance de la Prison* (Paris: Gallimard, 1975)：田村俶訳『監獄の誕生——監視と処罰——』（新潮社、一九七七）第三部第二章参照。

15 奴隷問題との関わりについては、Deborah A. Thomas, *Thackeray and Slavery* (Athens: Ohio UP, 1993) で論じられている。

16 ウォーカー、前掲書、pp.47-48

15　人種と帝国意識

1 本論に関連するイギリス帝国主義とそのアジアへの植民地政策の経緯については、主に十九世紀後半から二十世紀にかけて展開されたイギリス帝国主義に焦点を絞った。「帝国主義」とは一般に、ある国が国外の領土において、そこに住む人民の意思を無視して支配圏を確立しようとする、膨張主義的な国家政策を意味する。「植民地主義」もまた、国外の他の領土・人民を長期にわたって支配・隷属させようとする主義・政策として用いられ、この二つはしばしば同一視されるが、ここでは帝国主義を、十九世紀後半以降に資本主義列強が展開した侵略的領土拡張政策として解し、植民地主義を宗主国による、隣接地域ではなく遠隔地への膨張行動の具体的手段、目標、そして結果としてとらえている。

2 'sahib'とは、当時とくにインド地方で使われていた白人紳士への敬称。

3 Hugh Clifford, 'The Works of Mr Kipling', *Blackwood's Edinburgh Magazine* (October 1898), p. 474.

4 Ernest D. Bell, 'The Mission of Empire', *Westminster Review*, Vol. 154 (1900), pp. 449, 50.

5 E. Pratt, 'India and England', *Westminster Review*, Vol. 150 (1898), pp. 51-59.を参照。

6 井野憲治著『ビルマ農民大反乱（一九三〇〜三二年）——反乱下の農民像——』（信山社、一九九八年）によると、ダコーイティーによる殺人事件は二〇年代に急増し、「犯罪百万件あたりに占める割合の五年間の平均で比較するならば、一九一六〜二〇年間が一七・九件であるのにたいし、一九二一〜一九二五年では三六・〇件と倍以上になっている」（二一三頁）という。なお、北九州大学の伊野氏には、この他にも有益な情報をいただいた。

7 第一次大戦後から二十年代中盤にかけての暴行事件の増加については、John F. Cady, *A History of Modern Burma* (Ithaca: Cornell University Press, 1958), p. 274. に統計がある。これによると、一九一八年には一四五六件であった暴行事件が一九二五年には三二五七件と、倍以上に増えていることがわかる。また、東京外国語大学根本敬氏より提供いただいたIndia Office Library

and Records 所蔵の'M / 3 / 419 Burma Crime Statistics'によると、殺人事件による逮捕者数が一九二〇年代に入って軒並み増加していることがわかる。一九一〇年には四三七人であった逮捕者が一九二〇年には六二一人、その後一九二八年には過去最高の八九七人を数えている。したがって、オーウェルが『ビルマの日々』のなかで「年間八〇〇人あまりが殺害されていた」と記していた数字はほぼ妥当と考えられる。

8 George Orwell, *The Road to Wigan Pier, The Complete Works of George Orwell*, V (London: Secker & Warburg, 1986), p. 134. 以下、*WP* と略記する。

9 George Orwell, *Burmese Days: The Penguin Complete Novels of George Orwell* (London: Penguin, 1983), p. 112.以下、*BD* と略記する。

10 George Orwell, 'Shooting an Elephant', *The Collected Essays, Journalism and Letters of George Orwell*, I, ed. by Sonia Orwell and Ian Angus (London: Secker & Warburg, 1968), p. 236.以下、*CEJL* と略記する。

11 Christopher Hollis, *A Study of George Orwell: The Man and His Works* (London: Hollis & Carter, 1956), p. 27.

12 Michael Shelden, *Orwell: The Authorised Biography* (London: Heinemann, 1991), p. 114.によると、オーウェルがトワンテに駐在していた一九二四年の一一月、ラングーン行きの汽車に乗ろうと階段を降りてきたところで、友人とふざけていた学生が彼にぶつかってきた。オーウェルは階段の下まで転がり落ち、憤慨してこの学生の背中をステッキで殴りつけ、その後口論になったという。

13 初出は Malcolm Muggeridge, *World Review* (June 1950), pp. 45-48. Jeffrey Meyers ed., *George Orwell: The Critical Heritage* (London: Routledge & Kegan Paul Ltd., 1975), p. 55.より引用。

14 Edward Said, *Orientalism* (London: Penguin, 1978), p. 252.

15 George Orwell, 'A Hanging', *CEJL*, I, pp. 45-46.

16 Jeffery Meyers, *A Reader's Guide to George Orwell* (London : Thames & Hudson, 1975), p. 17.

17 'Why I Write', *CEJL*, I, p. 3.なお、オーウェルのこの見解は、西洋の作家は帝国主義的言説によって、期せずして東洋にたいする先入観を植え付けられるというサイードの議論に酷似している。詳しくは、Said, p. 94.を参照。

18 マックス・ミルネール著／市村卓彦訳『フロイトと文学解釈——道具としての精神分析——』（ユニテ、一九八九年）、二四一頁。原書は、Max Milner, *Freud et l'interprétation de la litérature* (Paris: C.D.U. et SEDES, 1980).

19 'Why I Write', *CEJL*, I, p. 3.

16 逸脱するアイリッシュ

1 マイケル・サドラー（Michael Sadleir）は『バリクローランのマクダーモット家』、『ケリー家とオケリー家』、『リッチモンド城』そして『土地同盟の人々』の四作品をトロロプのアイルランド小説として分類しているが、マレンは上記の作品に『目には目を』（*An Eye for an Eye*, 1879）を追加している。

2 この『サタデー・リヴュー』誌の記事は *Anthony Trollope: The Critical Heritage*, p.114.に収められている。

引用文献

Foster, Roy F. *Modern Ireland 1600–1972*. London: Penguin Books, 1989.

Mullen, Richard with James Munson. *The Penguin Companion to Trollope*. London: Penguin Books, 1996.

Overton, Bill. *The Unofficial Trollope*. Sussex: The Harvester Press; New Jersey: Barnes & Noble Books, 1982.

Polhemus, Robert M. *The Changing World of Anthony Trollope*. Berkeley and Los Angeles: Univ. of California Press, 1968.

Sadleir, Michael. *Trollope: A Commentary*. London: Constable & Company Ltd., 1947.

Smalley, Donald, ed. *Anthony Trollope: The Critical Heritage*. London and New York: Routledge, 1995.

Trollope, Anthony. "Trollope's Letters to the *Examiner*." Ed. Helen Garlinghouse King. *Princeton University Library Chronicle* XXVI (1965), pt.2, pp.71–101.

------- . *The Kellys and the O'Kellys*. Oxford and New York: Oxford Univ. Press, 1982.

------- . *The Macdermots of Ballycloran*. Oxford and New York: Oxford Univ. Press, 1989.

------- . *Castle Richmond*. Oxford and New York: Oxford Univ. Press, 1991.

17 ABCくらい簡単？

1 短編集『行動と反応』（Rudyard Kipling, *Actions and Reactions*, Macmillan's Pocket Kipling. London: Macmillan, 1909）所収。

2 引用はマクミラン・ポケット版『創造物の多様性』（Rudyard Kipling, 'As Easy as A. B. C.', in *A Diversity of Creatures*, Macmillan's Pocket Kipling. London: Macmillan, 1917）から行い、箇所は本文中に示す。

3 『ワーズワス版ラドヤード・キプリング作品集』（George Orwell, 'A Review of T. S. Eliot's *A Choice of Rudyard Kipling*', *Horizon*, Vol. V, February 1942, 111-25. Rep. in Rudyard Kipling, *The Works of Rudyard Kipling*. Ware, Heartfordshire: Wordsworth Editions Ltd., 1996）P. XVIII.

4 チャールズ・E・キャリントン『ラドヤード・キプリング――人と作品』（Charles E. Carrington, *Rudyard Kipling: His Life and Work*. London: Macmillan, 1955）三六八頁。 5 キャリントン三七五頁。

6 ノーマン・ページ『キプリング・コンパニオン』(Norman Page, *A Kipling Companion*. London: Macmillan, 1984) 一三七―八頁。
7 キャリントン 三七四頁。
8 ジョン・キャノン編『オックスフォード英国歴史必携』(John Cannon, ed., *The Oxford Companion to British History*. Oxford: Oxford University Press, 1997) 参照。
9 セシル・ローズとの親交は、キプリングに様々な影響を与えた。キャリントン参照。
10 フィリップ・メイスン『キプリング――ガラス、影、炎』(Phillip Mason, *Kipling: the Glass, the Shadow and the Fire*. London: Jonathan Cape, 1975) 一九八―九頁。
11 ハロルド・オレル『キプリング年代記』(Harold Orel, *A Kipling Chronology*. London: the Macmillan Press, 1990) 四〇頁参照。
12 アンガス・ウィルソン『ラドヤード・キプリングの不思議な旅』(Angus Wilson, *The Strange Ride of Rudyard Kipling: His Life and Works*. London: Martin Secker & Warburg, 1977) 二六〇頁。 13 キャリントン三二一―三頁。
14 トニー&ヴァルマイ・ホルト『息子のジャックは?』(Tonnie and Valmai Holt, *My Boy Jack ? The Search for Kipling's Only Son*. Barnsley, South Yorkshire: Leo Cooper, 1998) 七三頁参照。
15 キャリントン 三七五頁。 16 ウィルソン 二六〇頁。 17 キャリントン 三六八頁。 18 ウィルソン二五〇頁。

18 キプリングの児童文学

1 Rudyard Kipling, *Something of Myself*, 1936, Penguin Books, 1992, p. 33.
2 Rudyard Kipling, *Wee Willie Winkie and Other Stories*, The Indian Railway Library, 1888, Preface, Penguin Books, 1989, p. 417.
3 キプリング自身が「幼い子どものため」と明言する作品である。その意味で、『ジャングルブック』などセント・ニコラス誌(*St Nicholas*)掲載の諸作品がはたして児童文学か、という議論もある。
4 St Nicholas Magazine, December, 1897. "How the Whale got his Tiny Throat"という題で発表している。
5 キプリングの従姉妹マーガレット(ジョージアナ・バーンジョーンズの子)の娘。
6 Angela Thirkell, *Three Houses*, 1931; quoted, Roger Lancelyn Green, *Kipling and the Children*, Elek Books, 1965, pp.170-1.
7 Rudyard Kipling, *Just So Stories*, "How the Whale got his Throat", 1902, Oxford University Press, 1995, p.3.
8 Oscar Hammerstein II, "Do-Re-Mi", 1965.
"Sew a needle pulling thread, La a note to follow sew."

9 The Kipling Papers, the property of Mrs. George Banbridge; quoted, C. E. Carrington, *The Life of Rudyard Kipling*, Doubleday & Company, Inc., 1955, p.396.

10 Edited by E.L. Gilbert, *O BELOVED KIDS, Rudyard Kipling's Letters to His Children*, Harcourt Brace Jovanovich, Publishers, 1983, p.56.　11　*Ibid*., pp.52-3.

12 『漱石全集』第十六巻、岩波書店、一九六七年、三三七、四九四頁。

13 『漱石全集』「日記」、一九一一年十二月三日、第二十六巻、岩波書店、一九七九年、八〇頁。

14 松島正一、「児童文学と教育―イギリス・ロマン主義時代における」、『イギリス・ロマン派研究』、第十九・二十合併号、一九九六年三月。

19 ヴァージニア・ウルフの『幕間』考

1 Virginia Woolf, *A Writer's Diary* (New York: Harcourt, Brace and Company, 1953) p.191.尚、引用文に関しては、『ヴァージニア・ウルフ著作集　8　ある作家の日記』（神谷　美恵子訳、みすず書房、一九七六）を参照した。

2 *ibid*.,p. 275.　3　*ibid*., p.279.

4 Virginia Woolf, *Between the Acts* (London: The Hogarth Press, 1941) 8.以下、本書からの引用は文中に頁数のみを記す。尚、引用文に関しては、『ヴァージニア・ウルフ著作集　6　幕間』（外山　弥生訳、みすず書房、一九七七）を参照した。

5 Gillian Beer, *Virginia Woolf: The Common Ground* (Edinburgh: Edinburgh University Press, 1996) p.8.

6 Lyndall Gordon, *A Writer's Life*, (Oxford: Oxford University Press, 1984) p.163.

7 John Bennett, *Virginia Woolf: Her Art As a Novelist* (Cambridge: Cambridge University Press, 1964) p.113.

8 Lise Weil, 'Entering a Lesbian Field of Vision', in *Virginia Woolf: Lesbian Readings* eds. Eileen Barrett and Patricia Cramer. (New York: New York University Press, 1997) p.249.　9　Virginia Woolf, *A Writer's Diary* p.279.

10 Nora Eisenberg, "Virginia Woolf's Last Words on Words: Between the Acts and 'Anon'", in *New Feminist Essays on Virginia Woolf*, ed. Jane Marcus (London: Macmillan Press, 1981) p.256.　11　*ibid*., p.253.

12 *The Flight of the Mind: The Letters of Virginia Woolf*, vol 1: 1882-1912, ed. Nigel Nicolson and Joanne Trautman (New York: Harcourt, Brace, Jovanovich, 1975) p.144.

13 Virginia Woolf, 'Notes on an Elizabethan Play', *Collected Essays*, 4 vols. (London: The Hogarth Press, 1966-1967) vol.1, p.59.

14 Madeleine Moore, *The Short Season Between Two Silences* (London: George Allen & Unwin, 1984) p.162.

15 Edward Bishop, *Virginia Woolf* (London: Macmillan Press, 1991) p.81.

16 Makiko Minow Pinkney, *Virginia Woolf & The Problem of The Subject* (Sussex: The Harvester Press, 1987) p.191.

20 虚構、地獄、神話

1 詳しくは、Anthony Cronin, *No Laughing Matter: The Life and Times of Flann O'Brien* (1989, New York: Fromm International Publishing Corporation, 1998) pp.99–103. を参照。

2 工藤昭雄「フラン・オブライエン『三人目の警官』」（世界文学展望―イギリス文学）『文學界』一九六八年十月号、一五四頁。

3 Flann O'Brien, *The Third Policeman* (London: Flamingo, 1993) 以下引用はこのテキストに拠り、引用の後の括弧内の数字は頁数を表す。なお、日本語訳は『筑摩世界文学体系　68　ジョイスII　オブライエン』（筑摩書房、一九九八）所収の大澤正佳訳『第三の警官』を使用させていただいた。

4 Keith Hopper, *Flann O'Brien: A Portrait of the Artist as a Young Post-modernist* (Cork, Ireland: Cork University Press, 1995) pp.125–152.　5　Cronin p.17.

6 Hugh Kenner, 'The Fourth Policeman', Anne Clune Clissman and Tess Hurson eds., *Conjuring Complexities: Essays on Flann O'Brien* (Belfast: Institute of Irish Studies, The Queen's University of Belfast, 1997) p.64.

7 M. Keith Booker, *Flann O'Brien, Bakhtin, and Menippean Satire* (Syracuse, New York: Syracuse University Press, 1995) pp.52–53.ブッカーはド・セルビィの注釈者たちのこの飽くなき誹謗中傷ぶりを取り上げて、このプロセスはコメントがコメントを生み出し、螺旋を描きながら延々と終わることなく外側に拡がっていくものである、と述べているが、このことは限り無く続く合わせ鏡のイメージと取ることもできるであろう。

8 Francis Doherty, 'Flann O'Brien's Existentialist Hell,' *Canadian Journal of Irish Studies*, 15: 2, 1989 Dec., pp.57–58.

9 Hopper p.115.　10　Doherty p.58

11 マツゥロはこの場面には「はっきりそれと分かるケルトの幸せな異界の趣き」、「罪の無いケルトの異界の現実」が示唆されていると指摘している。Concetta Mazzullo, 'Flann O'Brien's Hellish Otherworld: From *Buile Suibhne to The Third Policeman,*' *Irish University Review: A Journal of Irish Studies*, 25:2, 1995, p.325.

12 本当に「時間がない」（一三七―一三八）と形容されてまさに「常若の国」であるかのような彼が訪れる「地下楽園」もそこで欲したものを地上に持って帰れない、という点でタンタロス的地獄を表象している。

13 *The Dalkey Archives* (London: Flamingo, 1993) pp.170–173.

14 *At Swim-Two-Birds* (Harmondsworth: Penguin Books, 2000) p.25.

15 鳥のさえずりや木々のざわめきなどはしばしば言及されているが、メイザーズ老人殺害場面（一七）も聴覚に訴えているし、謎の人物フォックスが登場する時も最初は彼の声が聞こえるだけであった―「けっこうな夜ですな！」（一八六）

16 工藤昭雄、一五四頁。

21 バーニス・ルーベンスの「フィクションのマジック」

1 現代女性作家研究会編『バーニス・ルーベンス　愛憎の迷路』（勁草書房一九九二）p.242.

2 *Ibid.*, p.251.　3 Bernice Rubens, *Sunday Best*, (London, Abacus, 1988), p.38.

4 *Ibid.*, p.104.　5 *Ibid.*, p.20.

6 Wilfried Wieck, *Wenn Männer lieben lernen, (Kreuz-Verl Stuttgart, 1990)*,『「男という病」の治し方』梶谷雄二訳（三元社一九九三）p.51.　7 *Sunday Best*, p.46.　8 *Ibid.*, p.17.　9 *Ibid.*, p.17.

10 *Ibid.*, p.12.　11 *Ibid.*, p.75.　12 *Ibid.*, p.8.　13 *Ibid.*, p.40.　14 *Ibid.*, p.180.

15 Elisabeth Badinter, *L'Un est l'Autre*, (Editions Odile Jacob, 1986),『男は女、女は男』上村くにこ、饗庭千代子訳（筑摩書房一九九二）参照。

16 *Sunday Best*, p.180.　17 *Ibid.*, p.180.

18 Bernice Rubens, *A Solitary Grief*, (London, Abacus, 1992), p.7.

19 *Ibid.*, p.107.　20 *Ibid.*, p.76.　21 *Ibid.*, p.84.　22 *Ibid.*, p.129.　23 *Ibid.*, p.123.　24 *Ibid.*, p.125.　25 *Ibid.*, p.221.　26 *Ibid.*, p.125.

27 Bernice Rubens, *Autobiopsy*, (London, Abacus, 1994,), p.62.

28 *Ibid.*, p.172.

29 30 *Ibid.*, p.203.

31 *Ibid.*, p.227.

32 Gilles Deleuze & Félix Guattari, *Mille Plateaux: Capitalisme et schizophrénie*, (Les Editions de Minuit, 1980),『千のプラトー』宇野邦一、他訳（河出書房新社 1994）p.225.

33 *Autobiopsy*, p.5.

22 「存在してはならないもの」

引用文献

ゴーディマの小説（引用、言及したもの）：

BD: *Burger's Daughter* (Jonathan Cape, 1979)
〔『バーガーの娘1・2』福島富士男訳、みすず書房、一九九六〕

SN: *A Sport of Nature* (Jonathan Cape, 1986)

MSS: *My Son's Story*, (Bloomsbury, 1990)
〔『マイ・サンズ・ストーリー』赤岩隆訳、スリーエーネットワーク、一九九七〕

NAM: *None to Accompany Me*, (Farra, Straus and Giroux, 1994)
〔『この道をゆく人なしに』福島富士男訳、みすず書房、二〇〇一〕

注

1 ブラム・フィッシャーへの一〇年以上にわたるゴーディマ自身の関心については、Nadine Gordimer, *The Essential Gesture*, (Jonathan Cape, 1985)所収のいくつかのエッセイを参照のこと。またStephen Clingman, *Bram Fischer, Afrikaner Revolutionary*, (Amherst, 1998)も参考になる。

2 ゴーディマは書き終えた原稿をブラム・フィッシャーの娘イルゼに見せている。Nadine Gordimer, *Writing and Being*, (Harvard, 1995) pp.9-12,および Kathrin Wagner, *Revealing Nadine Gordimer*, (Indiana UP, 1994) pp.243-4.

あとがき

工藤昭雄教授は、平成十二年十二月三日に古稀を迎えられ、平成十三年三月をもって学習院大学を定年退職される。これを記念して工藤教授の学習院大学の同僚、および東京都立大学と学習院大学の大学院で先生のご指導を受けた教え子が、それぞれ論文を寄せ本論文集が編まれることとなった。論文集の題『静かなる中心――イギリス文学をよむ』は、工藤教授の翻訳のあるスペンダーの詩集『静かなる中心』（*The Still Centre*）にちなんで選んだ。

工藤教授の英文学者としての研究分野の幅広さは周知の通りであるが、それを反映して本論文集で扱われている分野も演劇、詩、小説、批評と多岐にわたっている。以下に本論文集に収められた論考を簡単に紹介する。

まず最初に演劇に関する論考で、シェイクスピア論が四編と現代劇についてである。

巻頭の**大橋洋一**「シェイクスピアの肖像」は、一六二三年のファースト・フォリオの肖像画をめぐって、歴史のなかで構築され編成された文化表象としての「シェイクスピアの肖像」を整理し、社会的文化的装置として肖像が存在したことを論評する。

小林清衛「ヘンリー五世を巡って――シェイクスピア史劇考察」は、シェイクスピア史劇がチュダー朝神話を元としながらも新しい歴史観を創造したことを、『リチャード二世』から始めて、ハル王子からヘンリー五世の誕生をテキストに従って証明する。

清水豊子「情念と理性の相克――シェイクスピアの「心」のドラマトゥルギー」は、シェイクスピアの四大悲劇をあつかう。シェイクスピアが「情念と理性の相克」をモチーフにしてどのように主人公を造型したかを、エリザベス朝心理学の観点から考察する。

末松美知子「シェイクスピア劇と上演空間――イギリスと日本」は、再建されたグローブ座の劇場空間がシェイクスピア上演に多大な影響を与えたことから論を進め、日本の劇場がシェイクスピアの上演空間としてふさわしいのかを、日本人の空間意識を通して考察する。

矢島直子「ジョー・オートン『執事が見たもの』／サバイバル」は、三十年前にスキャンダラスな死に方をしたオートンの最後の作品『執事が見たもの』をロンドンで見た氏のオートン再評価の論考である。

次にロマン派および現代詩人、ミルトンを論じたものが続く。

まず最初の**松島正一**「イギリス・ロマン派と黒人奴隷の解放――ブレイクを中心にして」は、ロマン派の時代の社会問題であった黒人奴隷の解放、特に奴隷貿易廃止運動に当時の詩人たちがいかに関わったかを論じたものである。

橋本槙矩「ダグラス・ダン――揺れるスコッティシュネス」は、ダンのラーキンとの出会いその影響からの脱皮によってスコットランド詩人となる過程を述べ、ダンの詩作品を四つに分類し、スコットランド詩における彼の位置付けをする。

フィリップ・ブラウン「北イングランドのルクレティウス――バジル・バンティング『ブリッグフラッツ』を精緻に読む」は、英文で書かれた論文を宮尾洋史が和訳した。この論考はバンティング『ブリッグフラッツ』をルクレティウスの『事物の本質について』との関連から精緻に読解・分析したものである。

宮尾洋史「鍵穴からメリー・クリスマス――ディラン・トマスのリリシズム」は、トマスの作品の特徴をそのリリシズム、子供時代への回帰と見、彼の語法・イメジの用い方から『ファーン・ヒル』などの作品を分析する。

三井礼子「ジョン・トーランドとミルトン――市民的自由と宗教的自由の擁護のために」は、十七・十八世紀思想のなかで、「ミルトン伝」にこめられたトーランドの共和主義のメッセージを、その政治的信念を宗教的信念と連動させて考察する。

第三部には十八世紀のスウィフトから現代の南アフリカのゴーディマに至る多様な小説論が並ぶ。

高橋和久「近代の医者なら彼を何と呼ぶだろうか――ジョイス『痛ましい事故』を素朴に読む」は、『ダブリナーズ』のなかで他の短編とは異なる印象を与える作品「痛ましい事後」を取り上げ、現代批評を批判的に組み込みながら新しい読みの可能性を探る。

塩谷清人「スウィフト、ガリヴァー、そしてヤフー――『ガリヴァー旅行記』第四部」は、馬が人間を支配する「フウイニム国への旅」をめぐり、これをペシミスティックにみる「ハード派」と喜劇的にみる「ソフト派」との長年の論争に決着をつけようとする試みである。

鈴木万里「「家族」と「教育」による複合的支配構造――フランシス・バニー『カミラ』試論」は、ジェンダー化された「家族」や「教育」が抑圧的な装置として女性を束縛する実態が明らかにされる作品として『カミラ』を捉える論考である。

宇貫　亮「虐待の解剖――サッカリー『バリー・リンドン』に見る暴力の構図」は、『バリー・リンドン』はバリーの妻に対する虐待と心理を、サッカリ一流の複眼的な視点と多層的なアイロニーによってみごとに解剖した作品であることを論評する。

渡辺愛子「人種と帝国意識――ジョージ・オーウェルのビルマ文学再考」は、オーウェルの自伝的色彩の濃い『ビルマの日々』を中心に、彼の人種意識の所在を帝国主義言説における他者性の発見のうちみ読み取る試みである。

委文光太郎「逸脱するアイリッシュ――トロロプのアイルランド人像」は、従来あまり高く評価されなかったトロロプのアイルランド小説『リッチモンド城』を取り上げ、効率性に逸脱するハーバートの姿こそが作者のイギリスへのメッセージであると論じる。

次に、キプリング論が二編ある。キプリングのテーマは多岐にわたるが、**桑野佳明**「ABCくらい簡単？――キプリングSF小説」は「夜行郵便とともに」「ABCくらい簡単」の二つのSF未来小説を扱い、キプリングにとってリアルな未来像を描くことは簡単であったが、あるべき未来社会を提示することは簡単ではなかったと述べる。もう一編は

宮尾レイ子「キプリングの児童文学――*Just So Stories* 論」。作者自身の挿絵もついた『おやすみ前のいつもの話』を紹介し、キプリングにとっての物語の原点は意識の奥深くに潜めている母性であると

主張する。

河口伸子「ヴァージニア・ウルフの『幕間』考」は、ウルフの『幕間』を彼女の持ちうるすべての様式（劇、詩、散文）を使い、彼女の考えうるすべての媒介（言葉、音楽）を用いた傑作と位置づける。

和治元義博「虚構、地獄、神話――フラン・オブライエン『第三の警官』における異界」は、死後出版の幻の長編『第三の警官』を通して、オブライエンにとっての真実とは「幻想」「虚構」の中において表現されることを証明する。

新保松代「ルーベンスの「フィクションのマジック」」は、異性装嗜好者についての小説『日曜の晴れ着』、次に伝統的な性役割に憑かれた男を扱う『孤独な悲しみ』を取り上げて、女性作家ルーベンスにとって家族の問題を書くことの意味を考察する。

最後を飾るのは**福島富士男**「「存在してはならないもの」――ゴーディマ『バーガーの娘』への疑い」である。氏は『バーガーの娘』の翻訳をはじめとして精力的なアフリカ文学の紹介者である氏は、『バーガーの娘』を分析し、この作品が南アフリカの現代史をトータルなかたちで扱った渾身の作品と評価する。

以上、各論文を簡単に紹介した。本論文集は一見雑多なテーマの論文の寄せ集めに見えるかもしれないが、よくよく見ると英文学でもイングランドだけでなく、アイルランド、スコットランド、ウェルズ、そして南アフリカなどの周縁の作家・作品に関心が集まっているものが多いのことに気付くであろう。この点が本論文集の特色の一つと言えるだろうし、これは工藤教授の学風を反映していると考えられる。

一昨年に刊行のために発起人が集まり準備を始めてから約二年が過ぎたが、ともかくここに論文集が出来上がった。執筆者一同、心から工藤教授の学恩に感謝し、今後のご活躍とご健康をお祈りしたいと思う。出版、配布の労を引き受けていただいた南雲堂にも心から感謝したい。

発起人を代表して、松島正一が記す。

二〇〇一年二月

発起人

塩谷清人　鈴木万里

橋本槇矩　福島富士男

松島正一　宮尾洋史

執筆者について

工藤昭雄　くどう　あきお
一九三〇年生まれ。東京大学英文科卒。東京都立大学教授（一九六一年～八四年）を経て、現在、学習院大学教授。英文学。

大橋洋一　おおはし　よういち
一九五三年生まれ。東京大学大学院修士課程修了。現在、東京大学文学部教授。シェイクスピア、現代批評。

小林清衛　こばやし　せいえい
一九四一年生まれ。東京大学大学院修士課程修了。現在、中央大学教授。シェイクスピア。

清水豊子　しみず　とよこ
一九四二年生まれ。東京都立大学大学院博士課程中退。現在、千葉大学教授。イギリス演劇、ドラマ教育。

末松美知子　すえまつ　みちこ
一九五七年生まれ。東京都立大学大学院博士課程中退。現在、群馬大学助教授。英国演劇。

矢島直子　やじま　なおこ
一九四七年生まれ。東京都立大学大学院博士課程中退。現在、駒沢大学教授。シェイクスピア、イギリス現代演劇。

松島正一　まつしま　しょういち
一九四二年生まれ。東京大学大学院修士課程修了。現在、学習院大学教授。英詩、イギリス・ロマン派。

橋本槇矩　はしもと　まきのり
一九四四年生まれ。東京大学大学院修士課程修了。現在、学習院大学教授。現代イギリス、アイルランド文学。

フィリップ・ブラウン
一九六二年生まれ。オックスフォード大学セント・ピーター・カレッジ近代英文学修士課程修了。現在、学習院大学助教授。近代英文学、現代米文学。

宮尾洋史　みやお　ひろし
一九五八年生まれ。学習院大学大学院博士後期課程満期退学。現在、防衛医科大学校助教授。現代イギリス、アイルランド文学。

三井礼子　みつい　れいこ
一九四九年生まれ。東京都立大学大学院博士課程満期退学。現在、千葉大学講師（非）。イギリス17世紀思想。

高橋和久　たかはし　かずひさ
一九五〇年生まれ。東京大学大学院修士課程修了。現在、東京大学文学部教授。英文学。

塩谷清人　しおたに　きよと
一九四四年生まれ。東京大学大学院修士課程修了。現在、学習院大学教授。イギリス小説。

鈴木万里　すずき　まり
一九五七年生まれ。学習院大学大学院博士後期課程満期退学。リーズ大学大学院ヴィクトリア朝文学専攻修士課程修了。現在、東京工芸大学女子短期大学部助教授。18、19世紀イギリス小説、女性学。

宇貫亮　うぬき　りょう
一九七〇年生まれ。学習院大学大学院博士後期課程満期退学。現在、学習院大学講師（非）。19世紀イギリス小説。

渡辺愛子　わたなべ　あいこ
一九六七年生まれ。学習院大学大学院博士後期課程満期退学。現在、日本学術振興会特別研究員（DC）。現代英文学・英国文化研究。

委文光太郎　しとり　こうたろう
一九七二年生まれ。学習院大学大学院博士後期課程満期退学。イギリスヨーク大学大学院英語学科修士修了。現在、学習院大学講師（非）。19世紀イギリス小説。

桑野佳明　くわの　よしあき
一九六四年生まれ。学習院大学大学院博士後期課程満期退学。現在、流通経済大学助教授。現代英米小説。

宮尾レイ子　みやお　れいこ
一九六二年生まれ。学習院大学大学院博士前期課程修了。現在、学習院大学講師（非）。現代イギリス小説、イギリス児童文学。

河口伸子　かわぐち　のぶこ
一九六五年生まれ。学習院大学大学院博士後期課程満期退学。現在、学習院大学講師（非）。イギリス現代小説。

和治元義博　わじもと　よしひろ
一九六四年生まれ。学習院大学大学院博士後期課程満期退学。現在、北里大学専任講師。中世英国演劇。

新保松代　しんぼ　まつよ
一九五九年生まれ。学習院大学大学院博士後期課程満期退学。現在、学習院大学講師（非）。現代イギリス文学。

福島富士男　ふくしま　ふじお
一九五一年生まれ。東京都立大学大学院博士課程中退。現在、東京都立大学教授。アフリカ文学。

静かなる中心　イギリス文学をよむ

二〇〇一年四月二十日　第一刷発行

編　者　工藤昭雄
発行者　南雲一範
装幀者　岡孝治（戸田事務所）
発行所　株式会社南雲堂
東京都新宿区山吹町三六一　郵便番号一六二-〇八〇一
電話　東京（〇三）｛三二六八-二三八四（営業）／三二六八-二三八七（編集）
振替講座　東京〇〇一六〇-〇-四六八六三
ファクシミリ（〇三）三二六〇-五四二五
印刷所　壮光舎
製本所　長山製本所

乱丁・落丁本は、小社通販係宛御送附下さい。
送料当社負担にてご取替えいたします。

〈IB-267〉〈検印省略〉

ISBN4-523-29267-1 C3098

孤独の遠近法　シェイクスピア・ロマン派・女
野島秀勝
シェイクスピアから現代にいたる多様なテクストを精緻に読み解き近代の本質を探求する。
９５１５円

子午線の祀り〔英文版〕
木下順二作
ブライアン・パウエル
ジェイソン・ダニエル訳
人間同士の織りなす壮絶な葛藤が緊密に組みたてられた木下順二の代表作の英訳。
６０００円

風景のブロンテ姉妹
アーサー・ポラード
山脇百合子訳
写真と文で読むブロンテ姉妹の世界。姉妹の姿が鮮やかに浮かび上る。
７５７３円

続ジョージ・ハーバート詩集
教会のポーチ・闘う教会
鬼塚敬一訳
『聖堂』の中の二編。作品解題、訳注、略年譜、『聖堂について』も付けた。
４８５４円

ワーズワスの自然神秘思想
原田俊孝
詩人の精神の成長を自然観に重点をおきながら考察する。
９５１５円